톰 소여의 모험

The Adventures of Tom Sawyer

Mark Twain

톰 소여의 모험

마크 트웨인 지음 | 이덕형 옮김

문예출판사

차례

머리말

이 책에 기록된 대부분의 모험은 실제로 일어난 일들이다. 한두 가지는 내가 직접 겪은 경험이며, 나머지는 내 학교 친구들이 겪은 경험이다. 헉 핀은 실존 인물에서 끌어냈다. 톰 소여도 마찬가지다. 그러나 톰은 한 개인이 아니라 내가 아는 세 친구들의 특징을 결합해 만들어낸 인물이다. 다시 말해 복합식 건축물에 속한다.

이 책에서 다룬 이상한 미신들은 모두 이야기의 배경이 되는 시기, 즉 30~40년 전에 서부의 어린이들이나 노예들 사이에 널리 퍼져 있던 것들이다.

나는 주로 소년 소녀들을 즐겁게 해주기 위해 이 책을 썼지만, 바로 그 이유 때문에 성인들에게 외면당하지 않기를 바란다. 한때 자신들의 모습이 어떠했는지, 어떻게 느끼고 생각하고 이야기했는지, 그리고 때로 어떤 이상한 짓에 몰두했는지 성인들이 즐거운 마음으로 회상하도록 유도하는 것이 내 계획의 일환이었기 때문이다.

1876년 하트퍼드에서

저자

9

1장

"톰!"

아무 대답이 없다.

"톰!"

아무 대답이 없다.

"이 녀석이 도대체 어떻게 된 걸까? 얘야, 톰!"

아무 대답이 없다.

노부인은 안경을 코 밑으로 내리더니 그 안경테 너머로 방 안을 둘러보았다. 그러고 나서 이번에는 안경을 위로 추켜올리고 안경 밑으로 내다보았다. 그녀가 안경을 통해 사내아이처럼 그렇게 작은 것을 찾는 일은 거의 없었다. 아니 전혀 없었다. 그녀에게 안경은 위엄을 갖추고 자부심을 과시하기 위한 것, 멋을 부리기 위한 것일 뿐 실용적인 것은 아니었다. 이를테면 난로 뚜껑을 통해 보는 거나 다름없었다. 그녀는 잠시 당황한 표정을 짓더니, 격렬하지는 않지만 가구들도 들을 수 있을 만큼 큰 목소리로 말했다.

"이 녀석, 어디 붙잡히기만 해봐라, 그냥……."

부인은 말을 끝맺지 못했다. 그도 그럴 것이 이때쯤에는 허리를 굽히고 빗자루로 침대 밑을 들쑤시다가 그 동작을 멈추고 숨을 돌려야 했기 때문이다. 그녀가 거기서 찾아낸 것은 고양이뿐이었다.

"이 녀석을 당해낼 재간이 없다니까!"

부인은 열려 있는 문 쪽으로 다가가 정원에 펼쳐진 토마토 넝쿨과 흰꽃독말풀 사이를 바라보았다. 톰은 없었다. 그래서 멀리까지 들리도록 더 큰 목소리로 외쳤다.

"얘야, 톰!"

그녀의 바로 뒤에서 부스럭 소리가 났다. 그녀는 제때에 몸을 돌려 그 사내아이의 느슨한 윗도리 자락을 잡고 도망치지 못하게 붙들었다.

"거기 있었구나! 내가 왜 벽장 생각을 못했지? 너, 그 안에서 대체 뭘 하고 있었던 게냐?"

"아무것도 안 했어요."

"아무 짓도 안 해? 네 손 좀 봐라. 네 주둥이하고. 도대체 그 쓰레기 같은 게 뭐냐?"

"몰라요, 이모."

"모른다고? 난 다 아는데. 잼이지… 잼 아니고 뭐겠니? 그 잼에 손대면 혼내준다고 내가 너한테 마흔 번은 말했을 거다. 자, 저 회초리 집어와."

회초리가 허공에 맴돌았다. 절박한 위험의 순간이었다.

"어이쿠! 이모, 뒤를 보세요!"

노부인이 재빨리 뒤를 돌아보며 위험을 피하려는 듯 치맛자락을 잡았다. 그 순간 사내 녀석은 쏜살같이 도망쳐 높다란 판자벽을 뛰어넘더니 자취를 감추고 말았다.

폴리 이모는 잠시 놀란 표정으로 서 있다가 갑자기 인자한 웃음

을 터트렸다.

"이런 고얀 놈. 난 도대체 아무것도 터득할 줄 모른단 말인가?
이렇게 번번이 녀석한테 속고도 정신을 못 차리는 내 꼴이란, 원.
바보 중에 가장 지독한 바보가 늙은 바보라더니. 늙은 개에겐 새로
운 재주를 가르칠 수 없다는 속담도 있지. 하지만 맙소사, 이 녀석
은 같은 꾀를 이틀도 써먹지 않으니 다음에 무슨 꾀를 쓸지 통 알
수가 없단 말야. 녀석은 나를 얼마 동안 괴롭히면 내가 진짜로 화를
낼지 알고 있는 것 같아. 게다가 잠깐 그 자리를 피하거나 나를 웃

기면 화가 가셔서 내가 매를 들 수 없다는 것도 알고 있는 거야. 그래서 난 녀석한테 내 책임을 다하지 못하고 있어. 아무도 모르지만 그건 사실이지. 성경 말씀에도 매를 아끼면 아이를 망친다고 했는데. 우리 둘의 죄와 고통을 쌓아올리고 있는 셈이지. 녀석한텐 늙은 마귀가 달라붙었나 봐. 하지만 어쩌지, 녀석은 내 죽은 여동생의 자식인걸. 불쌍한 녀석이니 매질할 마음이 들지 않아. 내버려두자니 양심에 걸리고, 때려주자니 이 늙은 가슴이 미어지고. 아, 여자에게서 태어난 사람은 사는 날이 짧고 괴로움으로 가득 차 있다고 하더니, 그 성경 말씀이 딱 맞는 것 같군. 녀석은 오늘 오후에도 학교를 빼먹을 거야. 그럼 내일은 그 벌로 일을 시켜 녀석을 혼내줘야지. 다른 아이들이 모두 쉬는 토요일에 녀석에게 일을 시키기란 여간 힘든 일이 아닐 거야. 일이라면 죽기보다 싫어하는 녀석이니까. 하지만 난 그 애를 위해 얼마간의 의무를 다해야 해. 그렇지 않으면 나는 녀석을 망치고 말 거야."

톰은 학교를 땡땡이치고 신나게 놀았다. 집에 돌아왔을 때는 이미 시간이 너무 늦어 흑인 소년 짐이 저녁 식사 전에 나무토막을 톱으로 잘라 다음날 쓸 불쏘시개를 만드는 일을 거의 도와줄 수 없었다. 그러나 이미 4분의 3 정도 일을 끝낸 짐에게 그날 있었던 신나는 모험을 들려줄 시간은 충분했다. 톰의 동생(배다른 동생이라고 말하는 것이 맞다) 시드는 자기가 맡은 일, 즉 나뭇조각 줍는 일을 이미 다 끝내놓았다. 시드는 말수가 적은 소년으로 모험심이 없고 말썽도 부리지 않았다.

저녁을 먹으면서 톰이 기회 있을 때마다 설탕을 슬쩍하는 동안 폴리 이모는 그에게 음흉하고 의미 있는 질문을 던졌다. 톰이 덫에

걸려 스스로에게 불리한 자백을 하도록 유도하고 싶었기 때문이다.
머리가 단순한 보통의 많은 사람과 마찬가지로, 폴리 이모에게도
자신이 음흉하고 기가 막힌 외교술의 재능을 타고났다고 믿는 어설
픈 허영심이 있었다. 그래서 속이 훤히 들여다보이는 뻔한 시도를
기적 같은 잔꾀로 여기고 싶어 했다. 그녀가 입을 열었다.

"톰, 오늘 학교에서 꽤 더웠지?"

"예, 이모."

"지독히 덥지 않았니?"

"예, 이모."

"그럼 헤엄치러 가고 싶었구나, 톰?"

이 말에 톰은 겁이 벌컥 났다. 불안하게도 의심이 담긴 말이었기
때문이다. 톰은 폴리 이모의 얼굴을 살폈지만 아무 기색도 보이지
않았다. 그래서 톰이 대답했다.

"아뇨, 그다지 가고 싶지 않았어요."

이모는 손을 뻗어 톰의 셔츠를 만져보고 말했다.

"그런데 넌 지금 그다지 덥지 않은 것 같구나."

이모는 자신의 속내를 드러내지 않으면서 그 셔츠가 보송보송하다는 것을 알아냈다는 생각에 내심 우쭐했다. 그러나 이모는 모르지만 톰은 지금 사태가 어떻게 돌아가는지 알고 있었다. 그래서 다음에 일어날지도 모르는 사태에 대해 선수를 쳤다.

"몇몇 아이들이랑 머리에 대고 펌프질을 했어요. 그래서 제 머리는 아직 축축해요. 그렇죠?"

폴리 이모는 이런 상황 증거를 간과한 나머지 톰의 속임수를 놓쳐버렸다는 생각이 들자 화가 났다. 그때 새로운 영감이 하나 그녀에게 떠올랐다.

"톰, 머리 위에다 펌프질만 했다면 내가 꿰매준 셔츠 깃을 떼어버릴 필요는 없었겠구나? 어디, 윗도리 단추 좀 풀어보렴!"

톰의 얼굴에서 불안해하던 표정이 사라졌다. 그는 윗도리를 열어 젖혔다. 셔츠 깃은 제대로 붙어 있었다.

"에이, 귀찮은 녀석! 어서 나가보거라. 네가 학교를 빼먹고 헤엄치러 갔었다는 걸 다 알고 있어. 하지만 용서해주마, 톰. 너는 불에 털을 그슬린 고양이 같은 녀석이야. 속담에 나오는 그 고양이 말이다. 겉보기보다는 낫구나. 이번에는 그렇다는 말이야."

이모는 자신의 꾀가 빗나가서 유감스러웠지만, 한편으로 톰이 그나마 한 번이라도 굴복하는 태도를 취해준 것이 기뻤다.

그때 시드가 입을 열었다.

"저기, 난 이모가 그 깃을 하얀 실로 꿰맸다고 생각했는데 지금은 검은 실로 꿰매져 있네요."

"그래, 맞아. 하얀 실로 꿰맸지! 톰!"

그러나 톰은 다음에 벌어질 일을 기다리지 않았다. 그는 문 쪽으로 달려가며 소리쳤다.

"시드, 너 각오해!"

안전한 장소에 이르자 톰은 윗도리의 접힌 깃에 실을 감아 꽂아 놓은 큰 바늘 두 개를 살펴보았다. 한 바늘에는 하얀 실이, 다른 바늘에는 검은 실이 끼워져 있었다. 톰이 투덜거렸다.

"시드 녀석만 아니었으면 이모가 결코 알아차리지 못했을 텐데. 에이, 빌어먹을! 이모는 어떤 때는 하얀 실로 꿰매고 어떤 때는 검은 실로 꿰맨단 말야. 어느 한 가지만 쓰면 좋겠구먼. 도대체 종잡을 수가 있어야지, 원. 그나저나 시드란 놈, 어디 가만히 두나 봐라. 뜨거운 맛을 보여주지!"

톰은 마을의 모범생이 아니었다. 모범생을 잘 알고 있었지만 그런 녀석들을 지독히 싫어했다.

톰은 2분도 채 지나지 않아 모든 귀찮은 일을 잊어버렸다. 그의 고민거리가 어른들이 겪는 일보다 조금이라도 덜 우울하거나 덜 고통스러워서가 아니라, 새로 재미있는 일이 생겨 먼저 일어난 일들을 잠시 그의 머릿속에서 밀어내버렸기 때문이다. 마치 어른들이 새로운 일을 시작하면 흥분된 기분에 이전의 불운을 잊어버리는 것과 같다. 지금 톰에게 새로운 흥밋거리란 휘파람을 부는 소중한 새 경험이었다. 톰은 어떤 검둥이한테 휘파람 부는 요령을 배웠는데, 방해받지 않고 연습하느라 무척 고생하고 있었다. 음악을 휘파람으로 불면서 혀를 짧은 간격으로 입천장에 붙였다 뗐다 하면 새가 지저귀고 물이 송알거리는 듯한 독특한 소리가 났다. 어린 시절을 겪은 독자라면 그렇게 부는 휘파람의 요령을 기억할 것이다. 집중해서 열심히 하다보니 톰에게 곧 요령이 생겼다. 입에는 화음을 가득 담고 영혼은 감사함으로 충만한 채 톰은 성큼성큼 걸어서 거리를 내려갔다. 마치 새로운 유성을 발견한 천문학자가 느끼는 그런 기분이었다. 강렬하면서 깊이가 있고 순수한 기쁨으로 말하자면 천문학자보다 오히려 톰이 더 큰 기쁨을 느꼈을 것이다.

여름의 저녁은 길었다. 아직 어둡지 않았다. 이윽고 톰은 휘파람을 멈췄다. 낯선 사내아이가 그의 눈앞에 나타났기 때문이다. 톰보다 키가 조금 큰 소년이었다. 세인트피터스버그처럼 보잘것없고 작은 마을에서는 나이나 성별에 상관없이 낯선 사람이라면 누구나 감명 깊은 호기심의 대상이었다. 게다가 소년은 옷도 잘 차려입고 있었다. 평일인데도 그렇게 옷을 잘 차려입다니, 여간 놀라운 일이 아니었다. 멋진 모자에 단추가 촘촘히 달린 남색 윗도리는 새것이라서 말쑥한 데다가 바지도 그러했다. 금요일인데 구두까지 신었고, 심지어 밝은 색 리본으로 만든 나비넥타이도 매고 있었다. 도시 냄새를 풍기는 그 소년 때문에 톰의 오장육부가 뒤틀렸다. 소년의 찬란한 모습을 응시하면 할수록 그 멋진 차림을 향해 코만 더 높이 들어올리게 되었지만, 자신의 옷차림은 더욱더 초라해 보였다.

두 소년 모두 말이 없었다. 한쪽이 움직이면 다른 쪽도 움직였다. 서로 옆으로 움직이거나 원을 그리며 움직이기만 할 뿐 앞으로 다가서지는 않았다. 줄곧 상대방의 얼굴을 바라보면서 서로에게서 눈을 떼지 않았다. 마침내 톰이 말했다.

"너 한 대 맞아볼래!"

"그럴 수 있나 보고 싶군."

"흥, 난 널 팰 수 있어."

"넌 못할걸."

“할 수 있다니까.”

“아냐, 넌 할 수 없어.”

“할 수 있다고.”

“할 수 없다니까.”

“할 수 있다니까.”

“할 수 없다고!”

잠시 어색한 침묵이 흐르고, 톰이 다시 말했다.

“이름이 뭐냐?”

“알아서 뭐 하게?”

“알아둘 일이 있으니까.”

“그럼 알아내보시지.”

“입을 자꾸 놀리면 내 그냥……”

"놀리고 놀리고 또 놀릴 테다. 자, 어디 해봐."

"너는 네가 엄청 똑똑한 것 같지? 안 그래? 난 마음만 먹으면 한 손을 뒤로 묶어놓고 나머지 한 손만으로도 너를 패줄 수 있어."

"한번 해보시지 그래. 입으로만 떠들지 말고."

"그래, 네가 원한다면 그렇게 해주지."

"오, 그러시겠지. 난 너처럼 구는 인간들을 많이 봤거든."

"이 여우 같은 놈아! 넌 네가 대단한 놈이라고 생각하는 모양인데, 안 그래? 저 모자 꼴 좀 보라지!"

"모자가 마음에 안 들면 어디 한번 뭉개봐. 용기가 있으면 땅으로 던져보라고! 용기가 있으면 족제비처럼 알을 훔칠 것 아냐?"

"넌 거짓말쟁이야!"

"너도 거짓말쟁이야."

"넌 늘 사람과 다투는 거짓말쟁이야. 감히 싸움도 못 걸면서."

"오, 이제 저리 가!"

"흥, 너 정말 그렇게 계속 건방을 떨면 돌을 집어 네 골통을 날려줄 테다."

"오, 물론 그러시겠지."

"정말 그럴 거다."

"그럼 왜 그렇게 안 하지? 왜 계속 떠들기만 하는 거야? 왜 못하는 거지? 겁나서 그러나?"

"난 겁 안 나."

"넌 겁먹고 있어."

"아니라니까."

"그렇다니까."

다시 침묵이 흘렀다. 두 소년은 여전히 상대방의 눈을 노려보며 서로 옆걸음질을 계속하다가 곧 서로 어깨를 나란히 하고 마주 섰다. 톰이 말했다.

"여기서 꺼져!"

"너나 꺼져!"

"난 여길 떠나지 않을 테다."

"나도 여길 떠나지 않을 테다."

두 소년은 각각 한쪽 발을 버팀목의 각도로 세우고 있는 힘껏 상대방을 밀치며 선 채 서로를 증오의 눈길로 노려보았다. 그러나 어느 쪽도 상대방을 제압할 수 없었다. 두 소년은 얼굴이 붉게 달아오를 때까지 버티다가 마침내 경계를 늦추지는 않으면서 긴장을 풀었다. 톰이 말했다.

"너는 겁쟁이 강아지야. 우리 큰형한테 너를 일러바칠 테다. 그는 널 새끼손가락으로도 족칠 수 있어. 형한테 그렇게 하라고 부탁할 거야."

"네 형 따위는 겁 안 나. 난 네 형보다 더 큰 형이 있어. 게다가 우리 형은 네 형을 저 담 너머로 던져버릴 수도 있다고." (물론 그들 두 소년에게는 형이 없었다.)

"그건 거짓말이야."

"네가 거짓말이라고 해서 거짓말이 되지는 않아."

톰은 엄지발가락으로 땅 위에 줄을 긋고는 이렇게 말했다.

"이 금만 넘어봐, 두 발로 서지 못할 때까지 두들겨 패주겠어. 도전에 응할 사람이라면 양도 훔칠 테지."

그러자 새로 나타난 그 소년이 즉시 선을 넘으며 말했다.

"어디 한번 패봐."

"귀찮게 굴지 마. 조심하는 게 좋을걸."

"야, 두들겨 팬다고 했잖아. 왜 안 하는 거야?"

"틀림없이 그래주겠어. 2센트만 주면 그렇게 할 거라고!"

그러자 낯선 소년은 주머니에서 넓적한 동전 두 개를 꺼내더니 코웃음을 치며 톰에게 내밀었다. 톰은 그 동전을 쳐서 땅에 떨어뜨렸다. 그 순간 두 소년은 고양이처럼 서로를 움켜잡고 한데 뒤엉킨 채 땅 위를 굴렀다. 1분 동안 서로의 머리채와 옷을 잡아당기고 찢는가 하면 상대방의 코를 때리고 할퀴는 동안 소년들은 자존심을 세우며 흙먼지를 뒤집어썼다. 이윽고 혼란이 형체를 드러내더니 안개 같은 싸움판의 흙먼지 속에서 톰의 모습이 드러났다. 톰은 낯선 소년을 깔고 앉아 두 주먹으로 그를 마구 강타하고 있었다.

"졌다고 항복해!" 톰이 말했다.

그러나 상대방은 다만 빠져나오려고 몸부림만 칠 뿐이었다. 그 소년은 분해서 엉엉 울고 있었다.

"졌다고 항복하란 말야!" 톰의 주먹질은 계속되었다.

마침내 낯선 아이가 숨을 헐떡이며 "항복!" 하고 내뱉었다. 그러자 톰은 그가 일어나도록 내버려두며 말했다.

"이제 정신을 차렸겠지? 다음부터는 상대가 누군지 알고 까부는 게 좋을 거다."

새로 온 아이는 옷에 묻은 흙먼지를 털고 그 자리를 뜨면서 코를 훌쩍이며 흐느꼈다. 그리고 이따금 뒤를 돌아보고 머리를 흔들며 '나중에 잡히기만 하면' 톰을 어떻게 하겠다고 협박했다. 그 협박에 톰은 비웃음으로 대응하고 신이 나서 가던 길을 갔다. 톰이 등을 돌린 순간 그 새로 온 소년은 돌멩이 하나를 잽싸게 집어들더니 톰의 어깨 사이의 등판을 맞히고 영양처럼 쏜살같이 달아나버렸다.

톰은 그 배신자를 쫓아가 그가 사는 집을 알아냈다. 한참 동안 문 앞에 자리를 잡고 서서 적이 나오기를 기다렸지만, 그놈은 창문으로 얼굴을 내밀고 톰을 놀려댈 뿐 밖으로 나오지 않았다. 마침내 그의 어머니가 나타나더니 톰을 고약하고 악질에다 천한 녀석이라고 부르면서 당장 떠나라고 명령했다. 그리하여 톰은 물러났다. 그러나 "어디 두고 보자" 하고 톰은 웅얼거렸다.

그날 밤 톰은 아주 늦게야 집에 돌아왔다. 조심스럽게 창문을 통해 기어 들어갈 때 폴리 이모가 잠복해 있는 것을 발견했다. 톰의 옷이 엉망인 것을 본 그녀는 휴일인 토요일에 톰을 잡아놓고 힘든 일을 시키겠다는 결심을 더욱 굳혔다.

2장

토요일 아침이 밝았다. 여름을 맞은 세계는 온통 밝고 신선하며 생동감이 넘쳐흘렀다. 모두의 가슴속에는 노래가 있었고, 젊은이의 가슴에서는 그 노래가 입술을 통해 흘러나왔다. 얼굴마다 웃음이 감돌고, 모든 발걸음에는 용수철이 달려 있었다. 개아카시아나무에는 꽃이 피어 그 향기가 대기를 가득 채웠다. 마을 너머 그 위쪽에 위치한 카디프힐은 초목으로 푸르렀다. 저 멀리 위치한 그곳은 마치 몽롱하고 평온한 것이 오라고 손짓하는 낙원처럼 보였다.

톰이 한 양동이의 회반죽과 긴 손잡이가 달린 붓을 들고 길가에 나타났다. 담장을 훑어보는 순간 즐거움이 싹 가시면서 침울함이 그의 마음을 깊이 짓눌렀다. 높이가 3미터나 되는 판자 담이 30미터나 펼쳐져 있었다. 그는 삶이 공허해지면서 산다는 것이 다만 무거운 짐 같았다. 한숨을 내쉬며 톰은 붓을 회반죽에 담갔다가 담장 꼭대기 판자를 따라 길게 끌며 칠을 해갔다. 그 작업을 반복했다. 다시 반복했다. 톰은 아직 칠하지 않은 광활한 대륙 같은 부분과 방금 칠한 보잘것없이 작은 부분을 비교해보았다. 그 순간 너무 실망한 나머지 한 나무 상자 위에 털썩 주저앉았다.

그때 문 근처에서 짐이 양철 양동이를 들고 〈버팔로 아가씨들〉

을 노래하며 경쾌한 발걸음으로 걸어왔다. 이제까지 톰은 마을 공동 우물에서 물을 길어 오는 일을 지겨운 일로 여겨왔었다. 그런데 지금은 그 일이 지겨워 보이지 않았다. 우물에는 어울릴 친구가 있다는 생각이 들었기 때문이다. 그곳에는 언제나 백인, 혼혈, 흑인할 것 없이 소년 소녀들이 차례를 기다리며 쉬거나 장난감을 서로 바꾸하거나 말다툼이나 싸움질을 하거나 뛰놀고 있었다. 우물까지의 거리는 겨우 140미터였지만 짐은 한 양동이의 물을 한 시간 안에 길어 오는 법이 없었다. 한 시간이 지나는 경우에는 흔히 누군가가 그놈을 부르러 가야만 했다.

톰이 짐에게 말했다.

"이봐, 짐. 회칠 좀 해줘. 그러면 내가 대신 물을 길어올게."

짐은 고개를 저으며 말했다.

"안 되유, 톰 도련님. 주인 마님께서 말씀하셨슈. 물을 푸고 나서는 아무하고도 장난치지 말구 곧장 돌아오라구유. 도련님이 나더러 회칠을 해달라고 부탁할 테니께 그런 말은 듣지 말구 내 일이나 하라고 말씀하셨슈. 담장 칠은 마님께서 살핀다고 하셨다니께유."

"짐, 이모가 한 말을 신경 쓰지 마. 이모는 늘 그런 식으로 말하셔. 그 양동이 이리 줘. 금방 갔다 올게. 이모는 알지도 못할 거야."

"아, 난 감히 그럴 수 없슈, 톰 도련님. 그랬다간 마나님께서 내 머리통을 부숴버릴 거유. 정말 그럴 거유."

"이모가? 이모는 누구든 절대로 때리지 않아. 골무로 머리를 톡치는 정도지. 그 정도는 누구도 염려 안 해. 잔소리야 지겹지. 하지만 잔소리 듣는다고 어디가 터지냐? 이모가 울지만 않으면 염려없어. 짐, 내가 너한테 공깃돌 하나 줄게. 하얀 공깃돌 말야!"

그 말에 짐의 마음이 흔들리기 시작했다.

"짐! 하얀 공깃돌이야. 게다가 얼마나 멋지다고."

"히야! 정말로 멋진 공깃돌이구먼유! 하지만 톰 도련님, 난 주인 마님이 지독히 무서워서……."

"어디 그뿐인 줄 알아? 내 말대로 하면 발가락에 난 상처도 보여 줄게."

짐도 인간이었다. 그로서는 이 유혹을 물리칠 수 없었다. 짐은 양동이를 내려놓고 공깃돌을 받아 들었다. 그리고 톰이 붕대를 푸는 동안 잔뜩 기대에 부풀어 몸을 굽히고 그 발가락을 지켜보았다. 하지만 다음 순간 짐은 욱신거리는 엉덩이로 물통을 든 채 길거리를 쏜살같이 달려갔고, 톰은 기운차게 회칠을 하고 있었다. 슬리퍼한 짝을 손에 든 폴리 이모는 승리의 눈빛으로 밭에서 집으로 돌아가고 있었다.

그러나 톰의 체력은 오래가지 못했다. 그날을 위해 계획해둔 재미있는 놀이를 머릿속에 떠올리기 시작하자 슬픔이 커져갔다. 곧 한가한 아이들이 온갖 신나는 놀이를 즐기려고 이곳을 지나칠 테고, 그들은 일을 해야 하는 나를 마음껏 놀려댈 거야. 바로 이런 생각에 이르자 몸에서 열불이 났다. 톰은 주머니에 들어 있는 전 재산을 꺼내어 점검했다. 몇 개의 장난감과 몇 개의 공깃돌, 그리고 하나같이 너절한 것들뿐이었다. 이런 것을 주고 일을 바꿔서 할 수 있을지는 모르지만 단 30분이라도 완전한 자유를 사기에는 충분치 않았다. 그리하여 톰은 보잘것없는 재산을 다시 주머니에 넣고 그런 것으로 꾀어서 아이들에게 일을 시키겠다는 생각을 접었다. 이렇게 암담하고 절망적인 순간 그에게 영감 하나가 떠오르는 게 아닌가! 위대하고 찬란한 영감이었다.

톰은 붓을 집어 들고 평온한 마음으로 다시 일에 착수했다. 이윽고 벤 로저스가 모습을 드러냈다. 톰은 모든 소년 중에서도 특히 벤의 놀림을 받을까 봐 걱정했었다. 벤의 발걸음은 삼단뛰기였다. 기분이 좋고 기대에 부풀어 있다는 증거였다. 그는 사과를 먹으면서 틈틈이 곡조가 있는 소리를 길게 지르고는, 이어서 저음으로 딩동동 딩동동 하는 소리를 이어붙이고 있었다. 그는 지금 증기선 흉내를 내는 것이다. 벤은 가까이 오면서 속도를 늦추고 길 한복판을 차지하더니, 몸을 오른쪽으로 잔뜩 기울이며 육중하고 위풍당당하면서도 아주 정밀하게 뱃머리를 바람이 불어오는 쪽으로 돌리며 멈춰 섰다. 벤은 '빅 미주리 호'를 흉내내면서 자신이 지금 물속 3미터까지 잠겨 있다고 생각했다. 그는 증기선인 동시에 선장이며 기관실의 종이었다. 그래서 그는 갑판 꼭대기에 올라가 명령을 내리고 그 명령을 따르며 서 있는 자신을 상상하고 있었다.

"정선(停船)! 선장님! 땡-땡-땡!" 배의 속도가 거의 정지에 이르자 그는 천천히 배를 인도 옆으로 댔다.

"후진! 땡-땡-땡!" 그는 두 팔을 곧게 뻗어 옆구리 아래로 내렸다.

"우현으로! 땡-땡-땡! 칙-칙폭-칙!" 그러는 동안 그의 오른손은 큼직한 원을 그렸다. 그것은 12미터의 외륜(外輪)을 나타내는 동작이었다.

"좌현 후퇴! 땡-땡-땡! 칙-치-칙-칙!" 왼손이 원을 그리기 시작했다.

"우현 중지! 땡-땡-땡! 좌현 중지! 우현 전진! 정지! 외륜 서행! 땡-땡-땡! 치익치익! 활대 밧줄을 꺼내라! 어서 힘내라! 자, 고물 밧줄을 꺼내라! 너희들은 그곳에서 무얼 하고 있느냐! 밧줄 고리가 달린 저 기둥을 돌아라! 이제 저 선창에 정지하라! 이제 배를 놔두어라! 엔진이 중지했습니다, 선장님. 땡-땡-땡! 쉿! 쉿! 쉿!" (보일러의 검수기가 내는 소리였다.)

톰은 회칠을 계속하며 증기선에 전혀 관심을 보이지 않았다. 그러자 벤이 잠시 쳐다보다 입을 열었다.

"야, 너 할 말을 잃었구나!"

아무 대답이 없었다. 톰은 화가라도 된 양 마지막 손질한 곳을 찬찬히 살폈다. 그러고 나서 또다시 붓으로 덧칠하고는 아까처럼 그 결과를 살폈다. 벤이 톰의 곁으로 다가섰다. 그 사과 때문에 톰의 입에는 군침이 돌았지만 일에만 몰두했다. 벤이 말했다.

"이봐, 친구, 그렇게 일해야만 하니?"

톰은 갑자기 몸을 돌리며 말했다.

"어, 벤이구나! 네가 온 줄 몰랐어."

"난 지금 수영하러 가는 길이야. 너도 같이 가면 좋겠는데. 하지만 너는 일을 해야지? 그렇지? 물론 일해야겠지."

톰은 잠깐 동안 벤을 빤히 쳐다보더니 이렇게 말했다.

"넌 뭘 보고 일이라고 하는 거냐?"

"어렴쇼. 그게 일이 아니고 뭐니?"

톰은 다시 회칠을 하면서 아무렇지도 않다는 말투로 대답했다.

"글쎄, 이건 일일 수도 있고 아닐 수도 있지. 어쨌든 내가 알고 있는 것은 이게 톰 소여에게 딱 맞는다는 거야."

"이봐, 지금 설마 이 일을 좋아하는 척하는 건 아니겠지?"

톰의 붓은 계속 움직이고 있었다.

"좋아하느냐고? 내가 이 일을 좋아하지 않을 이유도 없지. 아이들에게 담장에 회칠할 기회가 어디 매일 있을 것 같냐?"

이 말은 상황을 다른 관점으로 보게 하는 계기가 되었다. 벤은 사과 먹기를 멈추었다. 톰은 멋을 부리며 앞뒤로 붓질을 하고는 물러서서 그 효과를 점검하고, 여기저기 덧칠을 한 뒤 다시 그 효과를 평가했다. 그러는 동안 벤은 톰의 일거수일투족을 유심히 지켜보면서 점점 흥미를 느끼기 시작했고 차츰 그 작업에 빨려들었다. 마침내 벤이 말했다.

"이봐, 톰. 나도 좀 칠해보자."

톰은 잠시 생각하는 모습을 보이더니 허락할 참이었다. 그러다가 곧 그는 마음을 바꿨다.

"안 돼… 안 돼. 그건 안 될 것 같아, 벤. 저기, 폴리 이모는 이 담장에 대해 여간 까다로운 게 아니야. 특히 사람들이 지나 다니는

29

길거리 쪽 담장에 대해서 더 그렇거든. 하지만 뒤쪽 담장에는 나나 이모나 별로 신경 쓰지 않아. 맞아, 이모는 이 담장에 대해 지독히 까다로워. 그래서 아주 조심스레 칠해야 돼. 내 생각에 이 일을 제대로 해낼 수 있는 아이는 아마 천 명에 하나, 아니 2천 명에 하나 있을까 말까일 거다."

"설마, 그게 정말이니? 그럼 한 번만 하게 해줘. 아주 조금만 해볼게. 만약 나라면 네 부탁을 들어줄 거야, 톰."

"벤, 나도 그러고 싶어. 정말이야. 하지만 폴리 이모가… 있잖아, 짐이 이 일을 하고 싶어 했거든. 하지만 이모가 허락하지 않았어. 시드도 하고 싶어 했지만 이모는 절대 허락할 생각이 없었어.

내 처지가 그렇다는 걸 이제 너도 알겠지? 네가 이 담장 일에 달려
들었다가 무슨 일이라도 생기면……."

"아이, 그런 말은 집어치워. 너처럼 주의해서 칠할게. 자, 이제
하게 해줘. 저기 말이야, 이 사과의 속을 너한테 줄게."

"정 그렇다면, 여기… 아냐, 벤, 아무래도 안 되겠어. 걱정되는
것은……."

"이 사과 전부 줄게!"

톰은 마지못해 붓을 넘겨주는 표정을 지었지만 마음속으로는 빨
리 넘겨주지 못해 안달이었다. 그래서 연착한 증기선 빅 미주리 호
가 뙤약볕 아래서 땀을 뻘뻘 흘리며 일하는 동안, 은퇴한 화가는 가
까운 그늘 아래 놓인 통 위에 앉아 두 다리를 아래로 대롱거리며 사
과를 먹고 있었다. 톰은 사과를 먹으면서 벤보다 더 어리석은 녀석
들을 골탕 먹일 방법을 궁리했다. 걸려들 녀석들은 얼마든지 있었
다. 사내아이들이 줄줄이 나타났다. 톰을 놀리러 왔다가 결국 담장
을 칠하고야 말았다. 벤이 녹초가 되었을 때 톰은 이번에는 빌리 피
셔에게 손질이 잘된 연을 받고 대신 일을 맡겼다. 피셔가 지쳐버리
자 조니 밀러가 죽은 쥐 한 마리와 그것을 매달아 빙빙 돌리고 다닐
노끈 하나를 가져왔다. 이런 식으로 시간은 계속 흘러갔다.

그날 오후 중반에 이르자 아침에는 가난에 찌들었던 톰이 그야
말로 엄청난 재산을 갖게 되었다. 앞에서 말한 물품 말고도 공깃돌
열두 개, 입에 물고 손가락으로 튕기는 작은 하프, 들여다보고 노는
푸른 병 유리 조각, 대포 모양의 실패, 아무것도 열지 못하는 열쇠
하나, 분필 토막, 유리 병마개, 양철로 된 장난감 병정, 올챙이 몇
마리, 폭죽 여섯 개, 애꾸눈 새끼 고양이, 놋쇠 문고리, 개 목걸이

(그러나 개는 없다), 칼의 손잡이, 오렌지 껍질 네 조각, 낡고 망가진 창틀 등이 그의 손에 들어왔다.

그러는 동안 줄곧 톰은 한가로이 멋지고 편한 시간을 즐겼다. 그것도 많은 친구들과 함께 말이다. 또한 담장은 칠이 세 겹으로 칠해져 있었다! 회반죽이 떨어지지만 않았다면 톰은 온 마을 아이들을 파산으로 몰아갔을 것이다.

따지고 보면 세상은 그렇게 공허한 것은 아니라고 톰은 속으로 생각했다. 그는 얼떨결에 인간의 행동에 관한 위대한 법칙 하나를 발견했던 것이다. 그 법칙이란 바로 어른이건 아이건 어떤 물건을 갖고 싶은 마음이 들게 하려면 그 물건을 손에 넣기 어렵게 만들기만 하면 된다는 것이다. 만일 톰이 이 책의 저자처럼 위대하고 현명한 철학자였다면, 일이란 의무적으로 해야 하는 것이고 놀이란 의무적으로 할 필요가 없는 것이라는 사실을 깨달았을 것이다. 이 법칙을 알면 종이로 조화를 만들거나 발로 밟아 방아를 찧는 것은 일인 반면, 볼링을 하거나 몽블랑을 등반하는 것은 놀이에 지나지 않는다는 사실을 깨닫는 데 도움이 될 것이다. 영국에는 여름철에 하루 일정으로 네 마리 말이 끄는 마차를 몰고 40~50킬로미터나 되는 거리를 달리는 부유한 신사들이 있다. 그런 특권을 얻으려면 상당한 돈이 들어간다. 그러나 그들이 그 대가로 임금을 받는다면 그것은 일이 될 테고, 그들은 곧 그 일을 그만둘 것이다.

톰은 재산이 쏠쏠하게 불어난 이 변화를 얼마 동안 곰곰이 생각했다. 그런 다음 상황 보고를 위해 집으로 향했다.

3장

톰이 폴리 이모 앞에 나타났다. 이모는 쾌적한 뒷방의 열린 창가에 앉아 있었다. 이 방은 침실, 아침 식사를 위한 방, 식당, 서재로 두루 사용되는 곳이었다. 향기로운 여름 공기와 평화로운 고요함, 여러 가지 꽃향기와 졸음을 부르는 벌들의 윙윙거리는 소리 등이 각자 영향력을 발휘하면서 이모는 뜨개질을 하다가 꾸벅꾸벅 졸고 있었다. 그녀의 말벗이라고는 고양이뿐이었다. 그 고양이도 이모의 무릎 위에서 잠들어 있었다. 안경은 떨어지지 않도록 희끗희끗한 머리 위에 얹혀 있었다. 이모는 보나마나 톰 녀석이 일을 때려치우고 벌써 오래전에 뺑소니를 쳤을 거라고 생각했다. 그래서 톰이 이렇게 용맹스럽게 자기 앞에 다시 나타나자 은근히 놀랐다. 톰이 말했다.

"이모, 이제 나가 놀아도 되죠?"

"뭐라고? 벌써? 얼마나 칠했는데?"

"다 끝냈어요, 이모."

"톰, 이모한테 거짓말하지 마라. 난 거짓말은 못 참아."

"이모, 난 거짓말 안 해요. 다 끝냈단 말이에요."

폴리 이모는 톰의 말을 믿지 않았다. 그녀는 직접 눈으로 확인하

33

기 위해 밖으로 나갔다. 톰의 말이 20퍼센트만 진실이라도 그것으로 만족할 작정이었다. 그런데 담장 전체가 희게 칠해져 있을 뿐 아니라 정성껏 덧칠이 되어 있고 심지어 땅바닥까지 길게 칠이 된 것을 보자, 이모는 너무 뜻밖의 일에 어찌나 놀랐는지 말문이 막힐 지경이었다. 이모가 말했다.

"원, 세상에! 그렇지, 이래야지. 톰, 너도 마음만 먹으면 일을 잘할 수 있는 거야." 그녀는 이렇게 칭찬을 했지만 다음과 같이 덧붙여 그 칭찬을 희석시켰다. "그런데 네가 제대로 마음먹는 일은 가뭄에 콩 나기지. 안 그러냐? 그래, 이제 나가 놀아도 좋아. 그렇다고 너무 오래 있으면 안 돼. 그랬다가는 혼날 줄 알아라."

폴리 이모는 톰이 그처럼 일을 멋지게 해내서 어찌나 기뻤던지 그를 벽장으로 데리고 가 아주 좋은 사과를 하나 골라 건네주었다. 그러면서 그 사과는 죄를 짓지 않고 성실한 노력으로 얻은 것이니까 각별히 귀하고 맛이 있을 것이라는 설교를 덧붙였다. 이모가 이렇게 멋진 성경 구절로 화려하게 설교를 끝맺는 동안 톰은 도넛을 하나 '슬쩍'했다.

그러고 나서 톰은 밖으로 뛰어나왔다. 그때 2층 뒷방으로 통하는 바깥 층계를 올라가고 있는 시드의 모습이 톰의 눈에 들어왔다. 근처에 흙덩어리들이 있었고, 순식간에 대기는 흙덩어리들로 가득 차며 우박처럼 시드 주변으로 쏟아져 내렸다. 폴리 이모가 놀란 가슴을 가다듬고 시드를 구하러 출격했지만 이미 흙덩어리 예닐곱 개가 시드의 몸을 때린 뒤였다. 톰은 담장을 넘어 사라져버렸다. 문이 있었지만 언제나 그렇듯 그 문을 이용하기에 톰은 너무 시간에 쫓기고 있었다. 톰은 이모 앞에서 검정 실 이야기를 꺼내 자기를 곤경

에 빠뜨린 시드에게 복수를 했기 때문에 마음이 후련했다.

톰은 자기가 사는 구역을 벗어나 이모의 외양간 뒤로 지나가는 질퍽한 골목으로 들어섰다. 이윽고 이모에게 잡혀 벌받을 염려가 없는 곳에 이르자 톰은 마을 광장을 향해 급히 내달렸다. 그곳에는 미리 약속한 대로 둘로 나뉜 '군'부대가 있었다. 톰은 그중 한 부대의 대장이었고 (그의 죽마고우인) 조 하퍼는 다른 부대의 대장이었다. 이들 두 사령관은 직접 수고스럽게 전투에 참가하지는 않았다. 그 것은 졸병들한테나 어울리는 일이었기 때문이다. 대신 그들은 높은 곳에 함께 앉아서 부관을 통해 명령을 전달해 작전을 수행토록 했다. 오랜 시간 치열한 전투 끝에 톰의 군대가 큰 승리를 거두었다. 그들은 전사자의 수를 점검하고 포로들을 교환한 뒤, 의견이 분분한 다음 전투의 조건을 합의하고 필요한 전투 날짜를 정했다. 그런 다음 두 부대는 열을 지어 행진하여 그곳을 떠났다. 톰도 혼자 집으

로 향했다.

톰이 제프 새처가 사는 집 앞을 지나고 있을 때였다. 그 집 정원
에 웬 낯선 소녀 하나가 서 있는 것이 보였다. 파란 눈에 예쁘게 생
긴 작은 소녀는 금발 머리를 두 갈래로 땋아 내리고, 흰 여름 원피
스에 수놓은 헐렁하면서 긴 속바지를 입고 있었다. 새로 훈장을 받
은 전쟁 영웅은 총 한 방 쏴보지도 못하고 그 자리에서 쓰러졌다.
에이미 로런스라는 여자 아이는 추억의 흔적 하나 남기지 않고 그
의 마음에서 사라졌다. 이제껏 그는 에이미를 미친 듯이 사랑한다
고 믿었고, 그녀에 대한 정열을 숭배라고 여겨왔다. 그러나 지금 생
각해보니 그것은 보잘것없고 속절없는 편애에 불과했다. 에이미의
마음을 얻기까지는 여러 달이 걸렸다. 에이미가 톰에게 좋다고 고

백한 지는 일주일도 채 되지 않았다. 톰은 겨우 7일 동안 세상에서 가장 행복하고 자신만만한 소년이었다. 그러나 지금 이 순간 에이미는 마치 잠시 들렀다가 가버린 낯선 손님처럼 그의 마음에서 깨끗이 사라지고 없었다.

톰은 상대방이 눈치 채지 못하게 슬쩍 이 새로운 천사를 바라보았다. 마침내 그 천사가 자기를 발견했다는 생각이 들었다. 그러자 톰은 그녀가 그곳에 있는 것을 모르는 척하며, 소녀의 마음을 끌려고 사내아이들이 하는 온갖 바보스러운 재주를 부리며 '뽐내기'를 시작했다. 그는 얼마 동안 이 괴상한 바보짓을 계속했다. 그러나 잠시 후 톰이 위험한 체조 묘기를 보이다가 소녀 쪽을 힐끗 쳐다보니 그녀가 집 안으로 발걸음을 옮기고 있었다. 톰은 담장으로 다가가 그곳에 몸을 기댄 채 서글픈 마음으로 그녀가 좀 더 밖에 머물러 있기를 바랐다. 그녀가 계단 위에서 잠시 걸음을 멈추더니 문 쪽으로 움직였다. 그녀가 현관에 발을 들여놓는 순간 톰은 크게 한숨을 내쉬었다. 그러나 곧 그의 얼굴이 밝아졌다. 그녀가 사라지기 직전에 담장 너머로 팬지 꽃 한 송이를 던졌기 때문이다.

톰은 달려가 그 꽃에서 한두 발짝 떨어진 자리에 멈추었다. 그런 다음 손으로 햇빛을 가리며 마치 지금 뭔가 재미있는 일이 벌어지고 있는 것을 발견한 듯 길 쪽을 바라보았다. 곧이어 그는 지푸라기 하나를 집어 콧잔등에 올려놓고 머리를 뒤로 젖힌 채 그것이 떨어지지 않도록 몸의 균형을 잡으려는 동작을 시작했다. 그러고는 지푸라기가 떨어지지 않도록 조심조심 좌우로 움직이며 조금씩 팬지 꽃을 향해 접근했다. 마침내 맨발이 팬지 꽃에 닿자 그의 유연한 발가락이 그 꽃을 집어 올렸다. 그런 다음 톰은 그 보물을 가지고 깡충깡충 뛰듯이 모퉁이를 돌아 사라졌다. 그가 사라진 것은 잠시였다. 다만 그 꽃을 윗저고리 안쪽 단춧구멍에 꽂기 위해서였다. 그러니까 자기 심장 가까이에, 아니 어쩌면 위장 가까이에 꽂아두기 위해서였다. 톰이 심장인지 위장인지 헷갈리는 것은 인체 구조에 대해 그다지 아는 것이 없었고, 무엇이든 꼬치꼬치 따지는 성격도 아니었기 때문이다.

톰은 이제 다시 담장으로 돌아와 밤이 될 때까지 그 주위에서 아까처럼 '뽐내기'에 몰두해 있었다. 그러나 그 소녀는 다시 모습을 드러내지 않았다. 그래도 톰은 그녀가 창문 근처에 서서 자신이 그녀에게 이토록 관심을 가지고 있음을 알아차리고 있을지도 모른다고 생각하며 스스로를 위로했다. 마침내 가련한 머릿속에 여러 환상을 가득 담은 채 그는 마지못해 집으로 발길을 돌렸다.

저녁 식사 내내 톰의 기분이 어찌나 들떠 있던지 폴리 이모는 '저 아이의 머리가 어떻게 된 게 아냐?' 하고 생각했다. 톰은 시드에게 흙덩어리를 던진 일로 꽤 꾸중을 들었지만 조금도 개의치 않는 것 같았다. 톰은 이모의 코앞에서 설탕을 훔치려다가 손가락을 찰싹 얻어맞았다. 톰이 말했다.

"이모, 시드가 설탕을 집을 때는 때리지 않으셨잖아요."

"그건 말야, 시드는 너처럼 사람을 귀찮게 하지 않거든. 내가 감시하지 않으면 네 녀석은 설탕 속으로 아예 들어가버릴 게다."

잠시 뒤 이모는 부엌으로 갔다. 그러자 시드는 면책특권에 도취된 듯 설탕 그릇 쪽으로 손을 뻗었다. 톰은 자신을 약올리는 듯한 행동에 거의 참을 수 없었다. 그런데 시드의 손가락이 미끄러지는 바람에 설탕 그릇이 바닥으로 떨어져 박살이 났다. 톰은 한없이 기뻤다. 어찌나 고소하던지 톰은 심지어 혀를 단속하며 잠자코 있었다. 이모가 부엌에서 돌아와도 입을 열지 않고 누가 이런 못된 짓을 했느냐고 물을 때까지 전혀 아무 말 없이 조용히 앉아 있을 거라고 톰은 속으로 생각했다. 그런 뒤에 자초지종을 밝힐 참이었다. 세상에서 귀염둥이 모범생이 '혼꾸멍나는' 모습을 지켜보는 것보다 더 신나는 일은 없을 것이다. 환희로 가슴이 뿌듯해진 톰은 이모가 돌아와 박살난 설탕 그릇을 보고 안경 너머로 분노의 번갯불을 번득이고 있을 때 침착하게 몸을 가눌 수 없을 지경이었다. '이제 벼락이 떨어지겠지!' 톰은 속으로 중얼거렸다. 그런데 다음 순간 바닥에 나동그라진 것은 톰이었다. 이모의 힘찬 손바닥이 다시 내려치려고 허공으로 치켜 올라간 순간 톰이 비명을 질렀다.

"잠깐만요, 도대체 왜 저를 때리세요? 그걸 깬 건 시드예요."

이모는 당황하여 손을 멈췄다. 톰은 이모가 측은한 마음을 담아 어떤 위로의 말이라도 해주기를 기대했다. 그러나 다시 입을 연 이모는 이렇게 말할 뿐이었다.

"흠! 하지만 네가 공연히 얻어맞은 건 아니다. 내가 가까이 없는 동안 어차피 뻔뻔한 못된 짓을 했을 테니까. 뻔하지."

그러나 그 뒤로 이모는 양심의 가책을 느꼈다. 뭔가 친절하고 따뜻한 말을 해주고 싶었지만, 그렇게 했다가는 자기가 잘못했다는 고백으로 들릴 테고 훈육에도 좋지 않을 것으로 판단했다. 그래서 이모는 입을 다문 채 편치 않은 마음으로 일을 계속했다.

톰은 샐쭉해서 구석에 앉아 자신의 슬픔을 음미했다. 그는 이모가 속으로는 자기에게 무릎을 꿇고 있다는 것을 알았고, 그래서 심술궂은 만족감을 느꼈다. 이모에게 아무 신호도 보내지 않고, 이모가 보내는 어떤 신호도 모르는 체할 참이었다. 이따금 이모가 자기에게 눈물 어린 아쉬운 눈길을 보내고 있다는 것을 알았지만 톰은 일부러 모르는 척했다. 또한 톰은 병에 걸려 죽어가는 자신의 모습을 그려보았다. 이모가 자기 위로 몸을 구부려 용서의 한마디를 애걸하지만 자신은 벽 쪽으로 얼굴을 돌린 채 용서한다는 말을 끝내 하지 않고 죽어가는 모습을 상상했다. 아, 그때 이모의 기분은 어떨까? 또한 톰은 자기가 강물에 빠진 익사체가 되어 곱슬머리가 물에 흠뻑 젖고 심장은 멎은 채 집으로 실려오는 장면을 상상했다. 이모는 시체 위로 몸을 던지고 눈물을 빗줄기처럼 쏟을 것이고, 하나님에게 톰을 돌려달라고 기도하면서 다시는 그를 학대하지 않겠다고 말할 것이다. 그러나 톰은 그곳에 식은 몸으로 백지장처럼 누워 아무 반응도 나타내지 않을 것이다. 슬픔을 마감한 가엾은 어린 것,

고생만 하더니!

이렇게 서글픈 꿈으로 자신의 감정을 혹사시켰기 때문에 톰은 계속 침을 삼켜야만 했다. 그냥 숨이 막힐 것 같았다. 두 눈에 물이 고여 앞이 뿌옇게 보였다. 눈을 깜박거리자 눈물이 흐르며 코끝에서 똑똑 떨어졌다. 슬픔으로 앵돌아지는 이 상태가 톰에게는 큰 쾌감이어서 어떤 세속의 기쁨이나 시끄러운 쾌락으로 이 감정을 방해받기 싫었다. 이 감정은 너무 성스러워 세속과는 접촉할 수 없었다. 그래서 얼마 뒤 오래 시골에 가 있다가 일주일 만에 집으로 돌아온 사촌 누나 메리가 기분이 좋은지 춤추듯 가벼운 발걸음으로 집 안으로 들어오자 톰은 벌떡 자리에서 일어나 밖으로 나가버렸다. 메리가 한쪽 문으로 노래와 햇살을 몰고 들어온 것처럼 톰은 한쪽 문으로 구름과 어둠을 몰고 나갔다.

톰은 아이들이 늘상 모이던 곳에서 멀리 떨어져 지금 자기의 기분에 맞는 황량한 장소를 찾았다. 강 위에 떠 있는 통나무 뗏목이 그를 불렀다. 그래서 그 뗏목 바깥쪽 가장자리에 걸터앉아 황량하고 광활한 강을 바라보았다. 강물을 바라보면서 바로 이 순간에 지체없이, 그것도 전혀 의식할 틈도 없이 조물주가 계획해둔 불편한 고통도 겪지 않은 채 그대로 물에 빠져 죽을 수 있다면 얼마나 좋을까 하고 생각했다. 그때 불현듯 그 꽃이 생각났다. 구겨지고 시든 그 꽃을 꺼냈다. 그러자 울적한 행복감이 훨씬 더해졌다. 그 소녀가 자신이 물에 빠져 익사한 것을 알면 불쌍히 여겨줄까? 울면서 두 팔로 죽은 소년의 목을 감아 안고 위로해줄 권리가 자신에게 있기를 바랄까? 아니면 모든 공허한 세상처럼 소년을 향해 냉랭하게 등을 돌릴까? 이렇게 그의 상상 속 그림은 가슴을 아리게 하는 감미

로운 고통이었다. 톰이 그 그림을 속으로 계속 되풀이하며 손질하고 새롭고 다양한 관점에서 재구성하는 통에 마침내 그림은 나른나른하게 닳아버릴 정도였다. 마침내 그는 한숨을 내쉬며 일어나 어두운 가운데 뗏목을 떠났다.

밤 9시 반이나 10시쯤 되어 톰은 인적이 끊긴 거리를 따라 그 사모하는 이름 모를 소녀가 사는 곳에 이르렀다. 그는 잠시 걸음을 멈췄다. 귀를 기울여보았지만 아무 소리도 들리지 않았다. 한 개의 촛불이 2층 창문 커튼에다 희미한 빛을 던지고 있었다. 그 성스러운 존재가 거기 있을까? 담을 기어오른 톰은 살그머니 식물 사이를 헤치고 나아가 마침내 창문 밑에 섰다. 설레는 마음으로 오랫동안 창문을 올려다보았다. 그리고는 앞가슴에 올려놓은 손에 그 가엾게 시든 꽃을 쥔 채 등을 대고 반듯이 땅 위에 누웠다. 이렇게 그는 죽어버릴 것이다. 집 없는 아이의 머리를 가려줄 지붕도 없이, 임종 순간 이마에서 흐르는 죽음의 물기를 닦아줄 친구 하나 없이, 죽음 직전에 찾아오는 큰 고통의 순간에 그를 굽어보며 동정할 사랑 어린 얼굴 하나 없이 이 차가운 세상에서 하직할 것이다. 상쾌한 다음날 아침 창밖을 내다보다가 소녀는 그의 모습을 발견할 것이다. 오! 그녀는 그 불쌍하고 생명이 없는 형체 위에 작은 눈물 한 방울을 떨어뜨릴까? 밝고 어린 한 생명이 그토록 모질게 시들고 때 이르게 꺾인 것을 보고 작은 한숨을 내쉴까?

그때 창문이 열리며 하녀의 거친 음성이 거룩한 정적을 깨뜨리는가 싶더니, 누워 있는 순교자의 유해 위로 물벼락이 쏟아지는 것이 아닌가!

숨이 막힐 뻔한 영웅은 겨우 살았다는 듯이 코를 킁킁거리며 벌떡 일어났다. 잠시 뒤 중얼거리는 욕설과 함께 공중에 유도탄이 날아가듯 휙하는 소리가 들리고, 유리가 부서져내리는 소리가 이어졌다. 그러더니 희미하고 작은 형체가 담을 넘어 어둠 속으로 비호처럼 사라졌다.

집으로 돌아와 잠을 자려고 옷을 모두 벗은 톰이 물에 흠뻑 젖은 옷을 양초 불빛에 비추어 살피고 있을 때 시드가 눈을 떴다. 시드의 머릿속에 '넌지시 한마디' 하겠다는 생각이 떠올랐지만 곧 생각을 고쳐먹고 입을 다물었다. 톰의 눈빛이 예사롭지 않았기 때문이다.

귀찮음을 배가시키는 기도를 생략한 채 톰은 잠자리로 기어들었고, 시드는 톰이 기도를 빼먹은 것을 마음속에 기록해두었다.

4장

해는 고요한 세상 위로 떠올라 평화로운 마을 위로 축복을 내리 듯 햇살을 쏟고 있었다. 아침 식사가 끝나자 폴리 이모는 가족 예배를 드렸다. 예배는 빼놓을 수 없는 성경 인용이라는 토대 위에 독창성이라는 엷은 회반죽을 곁들인 기도로부터 시작되었다. 예배가 절정에 이르자 이모는 시나이 산의 모세처럼 율법 가운데 엄격한 한 계명을 설교했다.

이제 톰은 말하자면 허리띠를 단단히 졸라매고 '성경 구절 외우기'라는 과제를 시작했다. 시드는 며칠 전에 이미 다 외워둔 상태였다. 톰은 다섯 구절을 외우는 일에 온 힘을 다 쏟았다. 그는 산상수훈의 일부를 선택했는데, 그것보다 더 짧은 구절을 찾을 수 없었기 때문이다. 30분이 지난 뒤에야 톰은 외워야 할 구절의 개념을 대충 희미하게 짐작할 수 있었다. 그 이상의 이해는 없었다. 그의 마음은 온갖 잡념으로 가득 찬 데다 손은 손대로 재미난 장난질로 바빴기 때문이다. 메리가 톰의 책을 빼앗더니 암송해보라고 했다. 톰은 안개 속을 더듬어나가려고 노력했다.

"복이 있나니, 저… 저… 저…….."

"가난한 자…….."

"맞다, 가난한 자. 가난한 자는 복이 있나니 저… 저……."

"마음이……."

"그래, 마음. 마음이 가난한 자는 복이 있나니 그들은… 그들은……."

"그들의 것이요……."

"맞다! 마음이 가난한 자는 복이 있나니 천국이 저희 것이요, 애통하는 자는 복이 있나니 그들은… 그들은……."

"할……."

"그들은 저……."

"… 할 것……."

"그들은 저… 아, 난 그다음이 뭔지 모르겠어."

"… 할 것이요!"

"그래, 할 것이요! 그들은 장차… 애통할 것이요… 저… 저… 하는 자는 복이 있나니… 애통할 것이요… 할 테니까. 다음이 뭐지? 메리 누나, 그냥 가르쳐줘. 왜 그렇게 치사하게 구는 거야?"

"이 바보 멍청이! 난 너를 놀리는 게 아냐. 난 절대 안 그래. 넌 가서 다시 외워야겠다. 실망하진 마. 넌 잘해낼 수 있을 거야. 네가 잘하게 되면 내가 아주 멋진 걸 줄게. 자, 그래야 착한 아이지."

"좋아! 메리 누나, 근데 뭐야? 멋진 게 뭔지 말해봐."

"염려 마, 톰. 내가 멋진 거라고 말하면 분명 멋진 거야."

"틀림없이 멋지겠지. 메리 누나, 좋아. 그럼 내가 마음먹고 다시 해볼게."

그래서 톰은 '다시 마음먹고' 달려들었다. 선물에 대한 호기심과 장차 그것을 얻게 되리라는 기대에 들떠 그는 열성적으로 공부

해서 훌륭한 성과를 거두었다. 메리는 톰에게 12센트 반이나 하는 신품 발로나이프를 주었다. 톰은 너무나 기뻐서 온몸을 부르르 떨었다. 사실 그 칼이 잘 들지는 않았지만, '틀림없는' 발로나이프였고 상상을 초월할 만큼 멋졌다. 서부에 사는 아이들이 이 무기의 모조품은 도저히 만들 수 없다고 생각한 이유가 무엇인지는 대단한 수수께끼였고, 어쩌면 앞으로도 영원히 수수께끼로 남을지 모른다. 톰은 나이프로 찬장을 긁어볼 계획이었지만, 우선 옷장부터 긁으려는 참이었다. 그때 주일학교에 갈 복장을 챙겨 입으라고 톰을 부르는 소리가 들렸다.

메리는 양철 대야에 물을 받아 비누 조각과 함께 톰에게 건넸다. 톰은 문밖으로 나가 대야를 작은 벤치에 올려놓고 비누를 물에 담갔다가 꺼내어 내려놓았다. 그리고 소매를 걷어 올리고 대야의 물을 살그머니 바닥에 부어버리고는 부엌에 들어가 문 뒤에 걸어놓은 수건으로 얼굴을 열심히 닦기 시작했다. 그러나 메리가 수건을 빼앗으며 소리 질렀다.

"창피하지도 않니, 톰? 제발 못난이처럼 굴지 마. 물이 너를 잡아먹니?"

톰은 좀 무안했다. 대야에 물이 다시 채워졌다. 이번에는 마음을 다잡고 잠시 대야 위를 보고 서 있다가 크게 심호흡을 한 뒤 세수를 시작했다. 두 눈을 감고 수건을 찾아 두 손으로 허공을 더듬으며 부엌으로 들어오는 톰의 얼굴에서 세수를 했다는 확실한 증거로 비누 거품과 물방울이 뚝뚝 떨어지고 있었다. 그러나 수건에서 나타난 그의 얼굴은 만족스럽지 못했다. 마스크처럼 턱까지만 깨끗할 뿐 그 턱이라는 경계선 밑과 그 너머 목 주위에는 더러운 때가 아직 관개시설이 되지 않은 대지처럼 잔뜩 끼어 있었다. 메리가 톰을 잡고 세수를 씻겼을 때 톰은 피부 색깔에 관계없이 버젓한 '동포요, 형제'였다. 그의 젖은 머리는 깨끗이 빗겨지고 짧은 고수머리는 잘 매만져져 균형 잡힌 멋쟁이의 효과를 발휘하고 있었다. (톰은 몰래 공들여 고수머리를 펴서 머리통에 찰싹 달라붙게 했다. 고수머리를 계집애답다고 생각하는 톰은 그 고수머리 때문에 인생이 비참했던 것이다.)

세수가 끝나자 메리는 톰이 지난 2년 동안 일요일에만 입어온 옷 한 벌을 꺼냈다. 그 옷을 단순히 그의 '다른 옷'이라고 부르는 것을 보면 톰의 옷장 규모가 얼마나 작은지 알 수 있다. 톰이 옷을 입자 메리는 옷매무새를 제대로 '매만졌다.' 짧은 윗도리의 단추를 턱까지 끼워주고, 넓은 셔츠 깃을 어깨 위로 젖혀주고, 옷을 털어준 뒤에는 작은 무늬가 있는 밀짚모자까지 씌워주었다. 이제 톰은 몰라볼 정도로 멋쟁이가 되었지만, 동시에 불편해 보이기도 했다. 옷

전체가 거북한 데다 특히 그 정결함 때문에 괴로웠다. 메리가 구두에 대해서는 잊고 있기를 톰은 바랐지만, 그 희망도 꺾이고 말았다. 그녀는 당시의 관례대로 구두에 양초를 듬뿍 입혀서 가지고 나왔다. 톰은 화가 나서 하기 싫은 일만 골라서 시킨다며 투덜거렸다. 그러자 메리는 설득하듯 말했다.

"톰, 자 어서… 그래야 착한 아이지."

하는 수 없이 톰은 으르렁대면서 구두를 신었고, 메리도 곧 준비를 마쳤다. 그리고 세 아이는 주일학교를 향해 출발했다. 그곳은 톰이 지긋지긋하게 생각하는 곳이지만 시드와 메리는 좋아하는 곳이었다.

주일학교는 9시부터 10시 30분까지였고, 이어서 예배가 시작되었다. 두 아이는 설교를 듣기 위해 늘 자발적으로 예배에 참석했지만, 나머지 한 아이는 좀 더 강력한 이유로 늘 남아 있었다. 등이 높고 쿠션이 없는 교회 좌석에는 약 3백 명이 앉았다. 교회당은 작고 소박했으며, 꼭대기에는 뾰족탑 대신에 소나무 상자가 얹혀 있었다. 교회당 입구에서 톰은 한 걸음 뒤로 처지면서 나들이복을 입은 한 친구에게 말을 걸었다.

"야, 빌리, 너 노란 딱지 있니?"

"응."

"그거 나랑 바꾸지 않을래?"

"뭘 줄 건데?"

"감초 사탕 한 개하고 낚싯바늘 하나."

"어디 봐."

톰이 보여주었다. 그 물건들은 꽤 괜찮아서 서로 물건 주인이 바

꾀었다. 다음으로 톰은 흰 구슬 몇 개를 주고 석 장의 빨간 딱지를
받았고, 어떤 허섭스레기들을 주고 파란 딱지를 몇 장 얻었다. 그
뒤로도 약 10분에서 15분 동안 서서 다른 아이들을 기다렸다가 여
러 가지 색깔의 딱지를 계속 사들였다.

이제 톰은 한 무리의 말끔하고 시끄러운 사내아이들과 계집아이
들과 함께 교회로 들어가 제자리로 가기가 무섭게 바로 옆에 앉은
아이와 최초의 말다툼을 시작했다. 근엄하고 나이 지긋한 선생이
싸움을 말렸다. 선생이 등을 잠시 돌리자 톰은 바로 옆 의자에 있는
남자 아이의 머리카락을 잡아당기고는, 그 아이가 고개를 돌리자
책에 열중한 시늉을 했다. 곧이어 또 다른 아이를 핀으로 찔러 "아
야!" 하는 비명을 지르게 해서 선생에게 또 꾸지람을 들었다. 톰네

반 전체가 하나같이 가만히 있지 못하고 시끄럽게 떠들며 말썽을
피웠다.

성경 과제를 암송하는 시간에는 누구 하나 제대로 완벽하게 해
내는 아이가 없어서 줄곧 옆에서 불러줘야 했다. 그러나 그럭저럭
해내어 아이들마다 상을 받았는데, 그 상은 성경 구절이 적힌 조그
만 파란색 딱지였다. 파란색 딱지는 성경 두 구절을 외웠을 때 받는
상이었다. 파란 딱지 열 장은 빨간 딱지 한 장과 같아서 그 비율로
바꿀 수 있었다. 빨간 딱지 열 장은 노란 딱지 한 장과 맞먹었는데,
노란 딱지 열 장을 모은 학생에게는 주일학교 교장 선생이 소박하
게 제본된 성경 한 권을 주었다(물가가 싼 그 시절에 무려 40센트나 하는
성경이었다).

이 책을 읽는 독자 가운데 근면함과 집중력으로 2천 구절을 암
송해서 '도레 성경책'을 받을 수 있는 사람이 몇 명이나 될까? 그런
데도 메리는 이런 식으로 성경을 두 권이나 받았다. 2년에 걸친 인
내와 노력의 결실이었다. 독일계 부모를 둔 어떤 사내아이는 무려
네 권인가 다섯 권을 받았다. 그 아이는 언젠가 쉬지 않고 3천 구절
을 암송한 적도 있다. 그러나 너무 무리하게 머리를 쓴 탓인지 그날
부터 그 아이는 바보 천치나 다름없이 되었다. 주일학교로서는 슬
프고도 불행한 사건이었다. 행사가 있는 날이면 언제나 교장 선생
이 그 아이를 사람들 앞으로 불러내 (톰의 표현을 빌리자면) '잘난 척
하게' 만들었던 것이다.

나이 든 학생들만이 성경을 받으려고 오랫동안 딱지를 보관하고
그 지루한 암송 작업에 매달렸다. 이런 상 하나를 받는 학생은 그날
굉장히 뛰어나 보이기 때문에 모든 학생의 가슴이 새로운 야심으로

불탔지만, 그런 야심은 흔히 몇 주간 지속되다 사그라들었다. 톰은
그러한 상을 받기를 한 번도 열망해본 적이 없다. 그러나 그가 그
상에 따르는 영광과 갈채를 오랫동안 갈망해온 것은 의심할 수 없
는 사실이었다.

시간이 되자 교장 선생이 한 손에 들고 있던 찬송가 책 페이지
사이에 집게손가락을 끼운 채 교단 앞에 서더니 모두의 주목을 끌
었다. 주일학교 교장이 관례에 따라 짧은 연설을 할 때면 으레 찬송
가 책을 손에 들고 있었다. 음악회 무대에 선 성악가가 손에 반드시
악보를 드는 것과 같았다. 왜들 그러는지는 수수께끼다. 왜냐하면
그 어느 쪽도 찬송가나 악보는 단 한 번도 보지 않기 때문이다. 호
리호리한 교장은 서른다섯 살로 엷은 갈색 턱수염에 짧은 갈색 머
리를 하고 있었다. 그의 칼라는 빳빳하게 고정돼 있었는데, 그 위쪽

끝은 귀까지 올라오고 뾰족한 끝부분은 입 언저리와 나란히 앞으로 휘어 있었다. 칼라가 얼굴 양쪽에 울타리처럼 놓여 있어 교장은 똑바로 앞만 볼 수 있었기 때문에 옆을 보려면 몸 전체를 돌려야 했다. 그의 턱은 펼쳐진 넥타이가 받치고 있었는데, 그 넥타이는 은행권처럼 넓고 길며 가장자리는 톱니 무늬로 장식된 것이었다. 그의 구두코는 당시의 유행에 따라 썰매의 바닥날처럼 날카롭게 위로 향해 있었다. 젊은이들이 여러 시간 동안 구두코를 벽에 대고 힘껏 누르고 있어야 얻을 수 있는 성과였다.

월터스 교장은 무척 진지한 외모에 마음씨는 성실하고 정직했다. 그는 성스러운 물건과 장소를 매우 공경해서 그것들을 세속적인 것과 엄격히 구분했기 때문에, 자신은 의식하지 못하겠지만 주일학교에서 말하는 그의 목소리에는 평소 목소리에서는 들어볼 수 없는 독특한 억양이 담겨 있었다. 그가 다음과 같은 식으로 말하기 시작했다.

"어린이 여러분, 모두 될 수 있는 대로 똑바로 예쁘게 앉아서 잠깐 동안 나에게 주의를 기울여주세요. 됐어요, 그거예요. 착한 어린이들은 바로 그렇게 하는 거예요. 작은 아가씨 한 명이 지금 창밖을 내다보고 있군요. 그 아가씨는 지금 선생님이 저 바깥 어디에 있다고 생각하는 모양이에요. 아마 선생님이 저 나무 위에 올라앉아 작은 새들에게 연설을 하고 있다고 생각하나 봐요. (박수 갈채를 보내듯 킥킥 웃는 소리) 이렇게 밝고 깨끗한 어린이들이 이런 자리에 모여 훌륭한 일을 하고 착한 사람이 되는 법을 배우고 있는 것을 보니 선생님은 얼마나 기쁜지 몰라요."

이렇게 교장 선생의 말은 계속되었다. 그의 연설의 나머지 부분까지 여기에 적을 필요는 없을 것이다. 판에 박힌 데다 모두가 뻔히 아는 이야기이기 때문이다.

연설의 뒷부분 3분의 1은 몇몇 개구쟁이들이 다시 싸움질과 장난질을 시작하고 아이들이 안달하며 소곤대는 소리를 내면서 엉망이 되어버렸다. 그 쑥덕거림과 안달은 넓고 멀리 퍼지면서 바위처럼 고고하고 흔들리지 않는 시드와 메리의 마음까지 흔들어놓았다. 그러나 월터스 교장의 목소리가 잦아들면서 모든 소리가 갑자기 멎었고, 교장의 연설이 끝나자 고맙다는 침묵이 장내를 압도했다.

아이들의 쑥덕거림이 시작된 것은 아주 드문 사건, 즉 방문객이 예배당으로 들어온 일 때문이었다. 방문객은 아주 허약하고 나이 들어 보이는 남자를 동반한 새처 변호사, 희끗희끗한 머리에 풍채가 당당한 중년 신사, 그리고 그의 부인임에 틀림없는 점잖게 생긴 숙녀였다. 그 부인은 한 아이를 데리고 있었다. 톰은 초조하고 안달이 나고 불만으로 가득했다. 양심의 가책도 느꼈다. 그는 에이미 로런스와 눈을 마주칠 수도, 그녀의 다정한 눈길을 받아들일 수도 없었다. 그러나 새로 나타난 이 소녀를 보는 순간 톰의 마음은 행복감으로 타올랐다. 다음 순간 그는 있는 힘을 다해 '뽐내고' 있었다. 사내아이들을 때리거나 머리를 잡아당기고 얼굴을 찡그리기도 했다. 한마디로 그 소녀의 관심을 끌고 호감을 얻어낼 것 같은 온갖 기술을 모두 동원하고 있었다. 톰의 이 짜릿한 기쁨에는 단 한 가지 아픔이 있었는데, 바로 그 천사 같은 소녀의 정원에서 굴욕을 당한 기억이었다. 그러나 모래 위에 새겨진 흔적은 지금 밀려오는 행복의 파도에 씻겨 빠르게 사라지고 있었다.

방문객들은 귀빈석으로 안내되었다. 월터스 교장의 연설이 끝나자마자 학생들에게 방문객들이 소개되었다. 중년 신사는 대단한 인물로 다름 아닌 지방 판사였다. 아이들이 이제껏 본 사람 중에서 제일 으리으리한 인물이었다. 아이들은 저 사람의 몸뚱이는 무엇으로 만들어졌을까 하고 생각했다. 한편으로는 그 사람의 우렁찬 포효를 듣고 싶어 했고, 다른 한편으로는 그가 그럴까 봐 두려워하기도 했다. 그 사람은 이 마을에서 20킬로미터 떨어진 콘스탄티노플에서 왔다고 했다. 그렇다면 온 세상을 두루 여행하면서 많은 것을 보았을 것이다. 바로 저 두 눈은 양철 지붕으로 되어 있다고들 하는 그 지방재판소를 내려다보았을 것이다. 이런 생각을 하는 아이들이 얼마나 긴장했는지는 그들이 그렇게 조용히 앉아 눈만 말똥말똥 뜨고 응시하는 것만 봐도 알 수 있었다. 그는 새처 판사로, 이 마을의 변호사 새처 씨의 형이었다.

제프 새처는 얼른 자리에서 일어나 앞으로 걸어 나가 학생들의 부러움을 받으며 이 위대한 판사와 친밀하다는 것을 보여주었다. 학생들의 소곤대는 소리는 그의 영혼을 울리는 음악 같았을 것이다.

"짐, 저 애 좀 봐. 저 위로 올라가고 있어. 야, 보라니까! 저 사람과 악수를 하려고 해. 이제 악수를 하고 있네. 정말이지, 너도 제프가 되고 싶지 않니?"

월터스 교장은 명령을 내리고 판단을 하며 이곳저곳 눈길이 닿는 곳마다 지시를 내리는 등 온갖 직무상의 활동을 하고 부산을 떨면서 '뽐내기' 시작했다. 도서실 사서도 책을 한 아름 안고 이리저리 뛰어 다니면서, 곤충의 권위자 톰을 즐겁게 할 푸푸하는 소리며 호들갑 떠는 소리를 내며 '뽐내고' 있었다. 젊은 여선생들도 '뽐냈다.' 전에 친구에게 얻어맞은 학생들은 허리를 구부린 자세로 쓰다듬어주고, 버릇없이 구는 사내아이들한테 예쁜 손가락을 들어 경고하고, 착한 아이들의 등을 다정하게 두드려주면서 말이다. 젊은 남자 선생들도 아이들을 조용히 꾸짖거나, 다소 권위를 보이면서 아이들의 훈육에 관심이 깊다는 것을 '뽐내고' 있었다. 남녀 가릴 것 없이 선생들 대부분은 강단 옆에 있는 도서실에서 일거리를 찾았는데, 그런 일을 (짜증나는 표정을 지으며) 흔히는 두세 번 반복해야 했다. 어린 계집아이들도 여러 가지 방식으로 '뽐냈다.' 사내아이들은 어찌나 열심히 '뽐냈던지' 공중에는 집어던진 종이 뭉치가 날아다니고, 다투면서 내는 웅얼거리는 소리도 들렸다. 그런데 이런 일이 벌어지는 동안 그 위대한 사람은 위에서 굽어보며 모든 신도를 향해 판사다운 엄숙한 웃음을 던지면서 자신의 위대함이라는 햇빛 속에서 일광욕을 하고 있었다. 사실 그도 '뽐내고' 있었다.

월터스 교장의 기쁨을 완벽한 것으로 만드는 데 단 한 가지가 부족했다. 그것은 성경을 상으로 주면서 자신의 천재성을 과시할 기회였다. 노란 딱지를 가진 학생이 몇 명 되었지만 상을 탈 만큼 충분히 가진 학생은 한 명도 없었다. 그는 이미 스타가 될 만한 학생들 사이를 돌면서 물어본 뒤였다. 그 독일계 소년이 온전한 정신으로 그 자리에 돌아올 수 있다면 얼마나 좋았을지 모른다.

희망이 사라진 바로 그 순간에 톰 소여가 등장했다. 그는 노란 딱지 아홉 장에 빨간 딱지 아홉 장, 게다가 파란 딱지 열 장을 가지고 나와 성경을 달라고 했다. 바로 이런 경우를 두고 청천벽력이라고 하는 것이었다. 월터스 교장은 앞으로 10년 동안은 이 소년이 성경을 달라고 요구하는 일은 없을 것이라고 예상하고 있었다. 그러나 톰의 신청을 외면할 수는 없었다. 여기 톰이 내놓은 것은 보증수

표나 다름없었기 때문이다. 그래서 톰은 판사와 귀빈들이 있는 높은 단상으로 올라가게 되었다. 또한 본부에서도 이 엄청난 소식을 발표했다. 이 소식은 최근 10년 동안 있었던 일들 중에서 가장 놀라운 것이었다. 너무나 엄청난 사건이라서 이 새로운 영웅은 판사와 동등한 대열에 올랐고, 주일학교에는 이제 놀랄 일이 하나가 아니라 둘이 되어버렸다.

사내아이들은 하나같이 질투심에 사로잡혔다. 그러나 그중에서 가장 아픈 고통을 받은 이들은 바로 이 미운 영광을 이룩하는 데 자신이 기여했다는 사실을 뒤늦게 깨달은 아이들이었다. 그들은 자신들이 모은 딱지를 지난번 톰이 담장을 칠할 수 있게 허락하는 특권을 팔아서 모은 재산과 맞바꾸었던 것이다. 풀섶에 숨어 있는 간사한 뱀과 같은 그 교활한 사기꾼의 꾀에 속아 넘어간 자신들이 원망스러웠다.

톰에게 상이 수여되는 순간 교장 선생은 그런 환경에서 할 수 있는 최대의 찬사를 곁들였으나 왠지 진정성이 없었다. 그도 그럴 것이 교장은 본능적으로 이번 일에는 쉽게 납득할 수 없는 어떤 수수께끼가 있음을 감지했기 때문이다. 이 소년이 자신의 기억에 2천 개에 달하는 성경의 지혜 다발을 쟁여놓을 수 있다는 것은 터무니없는 일이었다. 열두 구절을 담아두기에도 틀림없이 힘겨웠을 것이다.

에이미 로런스는 자랑스럽고 기뻤다. 그래서 톰이 자기 얼굴에서 그런 표정을 읽게 하려고 노력했지만 톰은 쳐다보려고도 하지 않았다. 에이미는 의아한 마음이 들었다. 다음에는 좀 걱정이 되었다. 그다음에는 희미한 의심이 들다가 사라졌다. 그러더니 다시 의심이 들었다. 그녀는 톰을 지켜보았다. 슬쩍 쳐다보는 것만으로도 돌아가는 분위기를 모두 알 수 있었다. 그녀의 가슴은 찢어지는 듯했다. 질투가 나고 분노가 일었다. 다음 순간 눈물이 났다. 그녀는 모든 인간이 미웠다. 톰이 제일 미웠다(그녀의 생각이었다).

톰은 판사에게 소개되었다. 그러나 톰은 혀가 굳어지고, 숨이 제대로 나오지 않았으며, 심장이 뛰고 있었다. 판사의 압도적 위대함 때문이기도 했지만 판사가 그 소녀의 아버지라는 이유가 더 컸다. 사방이 어두웠더라면 톰은 무릎이라도 꿇고 존경을 표했을 것이다. 판사는 톰의 머리에 손을 얹고 훌륭한 소년이라고 칭찬하면서 이름을 물었다. 톰은 더듬거리며 숨을 헐떡이다가 입에서 제 이름을 겨우 꺼냈다.

"톰입니다."

"아, 그게 아니고 톰 말고 거 있지……."

"토머스입니다."

"옳지, 그거야. 거기에 더 붙는 게 있을 텐데. 그것도 좋지만, 아마 다른 이름도 있을 거야. 그 이름도 나한테 말해주지 않겠니?"

"토머스, 네 성도 말씀드려야지." 월터스 교장이 끼어들었다. "그리고 '판사님'을 붙여야지. 예절을 잊어서는 안 돼."

"토머스 소여입니다… 판사님."

"바로 그거야! 착한 소년이구나. 훌륭한 사내아이야. 훌륭하고 사내다운 꼬마야. 2천 개의 성경 구절은 대단한 거야. 엄청나게 많은 양이지. 그 많은 것을 외우는 데 들인 수고는 절대로 후회스럽지 않을 거다. 지식은 이 세상에 있는 무엇보다 값진 것이니까. 지식이 있어야 위대한 사람도 되고 착한 사람도 될 수 있거든. 너도 언젠가는 훌륭하고 착한 사람이 될 거다, 토머스. 그러면 지난날을 돌아보

면서 이 모두는 내가 어린 시절에 소중한 주일학교를 다닌 특권 덕
택이지, 나를 가르쳐주신 사랑하는 선생님들 덕분이지, 나를 격려
하시고 지켜주시고 아름다운 성경을 주신 교장 선생님과 여러 선생
님들 덕분이지, 언제나 내 것으로 간직할 수 있게끔 주신 그 훌륭하
고 멋진 성경 말이야, 모든 것이 나를 옳게 교육하신 덕분이지… 하
고 말하게 될 거란다, 토머스. 2천 구절은 제아무리 큰돈하고도 바
꿀 수 없는 것이란다. 암, 바꿀 수 없을 거야. 자, 이제 나하고 여기
있는 숙녀 분께 네가 암송한 구절을 조금 들려주지 않겠니? 네가
들려주리라는 것을 알고 있단다. 우리는 뭔가를 배우는 어린 소년
들을 자랑스럽게 여긴단다. 자, 넌 예수님의 열두 제자들 이름을 틀
림없이 알고 있겠지? 그중에서 제일 먼저 제자로 지명된 두 사람의

이름을 말해주지 않겠니?"

톰은 단춧구멍 하나를 잡아당기며 수줍은 듯한 표정을 지었다. 이제 얼굴이 홍당무가 되어 눈을 아래로 깔고 있었다. 월터스 교장의 가슴이 철렁하고 내려앉았다. 그 아이는 아무리 쉬운 질문이라도 대답할 수 없을 것이라고 교장은 생각했다. 도대체 판사는 왜 그 아이에게 질문한단 말인가 하고 교장은 속으로 생각했다. 교장은 입을 열어 자기가 말해야겠다고 느꼈다.

"토머스, 판사님께 대답하거라. 겁내지 말고."

톰은 여전히 꾸물거렸다.

"자, 그럼 나한테는 말할 수 있겠지?" 그 숙녀가 말했다. "열두 제자 중 첫 제자 두 명의 이름은……?"

"다윗과 골리앗입니다!"

자, 나머지 장면은 커튼을 내려 자비를 베풀자.

5장

10시 30분경 그 작은 교회의 깨진 종이 울리기 시작했다. 이윽고 사람들이 아침 설교를 들으러 모여들기 시작했다. 주일학교 학생들은 제각기 흩어져 부모들과 함께 자리를 잡고 앉았다. 어른들의 감시를 받기 위해서였다. 폴리 이모도 와서 톰, 시드, 메리와 함께 앉았다. 톰을 중간 통로 바로 옆에 앉힌 것은 열린 창문과 그 밖에 펼쳐진 유혹하는 여름 경치에서 되도록 멀리 떨어뜨려놓기 위해서였다.

사람들이 중간 통로를 따라 줄지어 들어왔다. 한때는 잘살았지만 지금은 늙고 가난한 우체국장과 시장 내외가 들어왔다. 이 마을에는 쓸데없는 것이 여럿 있는데 시장도 그중 하나였다. 또한 마을의 보안관이 들어오고, 인물이 좋고 똑똑한 더글러스 과부댁이 들어왔다. 마흔 살인 그 부인은 관대하고 마음씨가 좋은 데다 재산도많았는데, 언덕 위에 있는 그녀의 저택은 마을에서 하나밖에 없는궁전처럼 으리으리했다. 손님 대접이 극진했고 세인트피터스버그마을이 자랑하는 여러 축제에 아낌없이 돈을 기부하는 사람이었다.또한 허리가 굽고 점잖게 생긴 워드 소령과 그의 아내, 멀리서 새로이사 온 명사인 리버슨 변호사가 들어왔다.

다음으로 마을 최고의 미인으로 꼽히는 아가씨가 들어왔고, 그 뒤를 이어 사내들의 마음을 아프게 한 젊은 여자들이 엷은 면으로 된 옷에 리본을 달고 들어왔다. 그러고 나서 읍내의 모든 젊은 사무원이 한꺼번에 들어왔다. 젊은 아가씨들을 흠모하는 그들은 교회 입구에 둥근 벽을 이루며 둘러선 채 여인들에게 부드러운 선웃음을 짓고 수작을 걸며 사탕수숫대의 윗머리를 빨고 서 있다가 희롱을 받아줄 여인이 모두 교회로 들어서자 따라 들어온 것이다.

맨 마지막으로 모범생 윌리 머퍼슨이 자기 어머니가 마치 컷글라스라도 되는 양 아주 조심스럽게 모시고 들어왔다. 언제나 어머니를 교회로 모셔오는 그는 모든 기혼 부인의 사랑을 한 몸에 받았다. 따라서 다른 사내아이들은 그를 몹시 싫어했다. 그는 그만큼 착했다. 게다가 기회가 있을 때마다 그는 '모범생의 표본'으로 거론되

었다. 일요일에는 늘상 흰 손수건이 그의 주머니 밖으로 매달려 있었다. 그것도 일부러 그런 것이 아니라 우연히 그런 차림이 된 것처럼 보였다. 톰에게는 손수건이 없었으며 그것을 가지고 다니는 아이들을 속물로 여겼다.

교인들이 가득 차자 지각하는 신도들에게 경고를 주기 위해 종이 다시 울렸다. 그러자 숙연한 분위기가 교회 전체에 감돌았다. 이 숙연함을 방해하는 것은 회랑에 있는 성가대원들의 킥킥거리는 웃음소리와 속삭임뿐이었다. 성가대원들은 예배를 드리는 동안에도 줄곧 킥킥대고 소곤거렸다. 언젠가 버릇이 나쁘지 않은 성가대를 한 번 본 적이 있는데 어느 교회였는지 이제 잊고 말았다. 아주 오래전의 일이라 그 성가대에 대해 기억나는 것은 거의 없지만 아마 외국 어딘가에서 만난 것 같다.

목사가 찬송가 가사를 낭송했다. 그는 정취 있게 읽었다. 당시 그 지방에서 훌륭하다고 인정되는 독특한 스타일이었다. 그의 목소리는 중간 어조로 시작해 점점 높이 올라가서는 마침내 어떤 단계에 이르면 가장 중요한 낱말에 강세를 준 뒤 마치 스프링보드에서 물속으로 풍덩하고 떨어져 들어가는 것이었다.

뭇 성도 피를 흘리며 큰 싸움 하는데

나 어찌 편히 누워서 상 받기 바랄까

목사는 훌륭한 낭송자로 인정받았다. 교회 '친교 모임'에서 그는 늘 시를 낭송해달라는 부탁을 받았다. 그의 시 낭송이 끝나면 숙녀들은 두 손을 올렸다가 무릎 위로 속절없이 떨어뜨리고 '눈알을 굴리고' 고개를 흔들면서 마치 이렇게 말하는 것 같았다. "말로는 표현할 수 없어. 사람 사는 세상이 감당하기에는 너무나도 아름다워."

찬송가를 부른 뒤 스프라그 목사는 스스로가 게시판이 되어 모임과 친교 파티 등의 행사가 있다는 '광고'를 읽어 내려갔다. 그 광고의 목록은 세상의 종말이 올 때까지 계속될 것 같았다. 이 야릇한 관습은 신문이 널리 보급된 오늘날까지 미국에서, 심지어 대도시에서도 아직껏 그대로 지켜지고 있다. 전통 관습이란 그것을 정당화할 근거가 없으면 없을수록 없애기가 더욱 어려운 경우가 많다.

이제 목사가 기도를 시작했다. 선함과 관대함이 넘치는 기도로 그 내용이 매우 구체적이었다. 이 교회와 교회의 어린이들을 위해, 마을의 다른 교회들과 마을 자체를 위해 기도했다. 군과 주와 주정부 관리들, 미합중국과 미합중국의 교회들, 의회와 대통령을 위해 기도했다. 폭풍이 부는 바다에서 풍랑에 시달리는 불쌍한 선원들을 위해, 유럽의 군주국들과 동양의 독재정치 밑에서 신음하며 핍박받는 수많은 민중을 위해 기도했다. 또한 광명이 비치고 기쁜 소식이 전해져도 그것을 볼 눈도 없고 들을 귀도 없는 사람들을 위해 기도했고, 저 멀리 바다에 떠 있는 섬에 사는 이교도들을 위해 기도했다. 그러고는 자기가 선포하려는 말씀이 하나님의 은총을 받아 옥토에 뿌린 씨앗이 되어 때가 되면 고마운 선의 열매를 거둘 수 있기를 기원한다는 말로 기도를 끝냈다. 아멘.

옷이 스치는 소리가 들리고 서 있던 회중이 자리에 앉았다. 이 소설의 주인공에게는 그 기도가 하나도 재미없었다. 그는 그냥 참고 있었다. 가까스로 참아낸 것이다. 그 기도가 이어지는 동안 톰의 마음은 내내 들떠 있었다. 톰은 자신도 모르게 기도의 세부 내용을

63

조목조목 따지고 있었다. 주의 깊게 듣지는 않으면서도 구태의연한 기도의 바탕과 그 내용을 통상적으로 밟아가는 목사의 수법을 알고 있었다. 그래서 새로운 내용이 기도 사이사이에 조금이라도 삽입되면 톰의 귀는 그것을 포착하고 속으로 화를 냈다. 톰은 정해진 기도에다 살을 붙이는 것은 부당하고 비열한 짓이라고 생각했다.

이렇게 기도가 진행되는 동안이었다. 파리 한 마리가 앞줄 의자 등받이에 내려앉더니 앞다리를 모아 조용히 비비는가 하면 두 다리로 머리를 감싸고 문질러댔다. 그것이 톰의 신경을 건드렸다. 어찌나 열심히 문질러대는지 목을 연결하는 가는 근육이 훤히 드러나면서 머리가 몸통으로부터 떨어져 나갈 것 같았다. 파리는 뒷다리로 날개를 비비다가 마치 야회복의 옷자락인 양 그것이 몸에 더 가까이 닿도록 살살 만져 더 평평하게 했다. 지금 자신의 목숨은 완벽히 안전하다고 생각하듯 차분하게 온몸을 단장하고 있었다. 실로 파리는 지금 안전했다. 톰의 양손은 파리를 낚아채고 싶어 근질거렸지만 감히 그럴 수 없었다. 기도 중에 그런 짓을 하면 자신의 영혼이 순식간에 파괴될 것이라고 믿었기 때문이다. 그러나 기도가 마지막 문장에 들어서자 톰은 손을 반쯤 둥글게 오므리며 살며시 앞으로 움직였다. 목사가 "아멘" 하는 순간 파리는 톰의 포로가 되었다. 이모가 그 행동을 보고 파리를 놔주라고 말했다.

목사가 성경 구절을 낭독한 뒤 단조로운 어조로 설교를 웅얼거리자 어찌나 장황한지 많은 사람이 차츰차츰 고개를 떨어뜨리며 졸기 시작했다. 설교는 끝도 없이 불타는 지옥의 유황불에 관한 내용으로, 그 요지는 구원받기로 예정된 자들의 수가 점점 줄어들어 결국 거의 구원할 가치도 없을 정도로 극소수밖에 남지 않았다는 것

이었다.

　톰은 설교 원고의 페이지 수를 세었다. 예배가 끝나면 톰은 설교 원고가 몇 페이지였는지 늘 알고 있었지만, 설교의 내용에 대해서는 아무것도 기억하지 못했다. 그러나 잠시 동안이었지만 오늘 설교 내용에는 톰의 관심을 끄는 대목이 있었다. 사자와 양이 함께 뒹굴고 어린아이가 그들을 이끄는 천년왕국에 세상의 주인들이 함께 모인 장면을 목사가 웅장하고 감동적인 표현으로 묘사한 것이다. 그러나 그 장엄한 장면이 담고 있는 감동이나 교훈이나 윤리는 톰에게 와닿지 않았다. 모두가 보는 앞에서 눈에 띄게 활동하는 그 주인공 어린이에 대한 생각뿐이었다. 그 생각으로 톰의 얼굴에 빛이 났다. 그 사자가 길들여진 사자라면 자신이 그 어린이가 되고 싶다고 생각했다.

　무미건조한 설교가 다시 계속되자 톰은 또다시 수난 속으로 빠져들었다. 이윽고 톰은 자기가 가지고 있는 보물 하나를 떠올리고 그것을 끄집어냈다. 강력한 주둥이를 가진 크고 검은 딱정벌레였다. 톰이 '집게벌레'라고 부르는 그놈은 뇌관 상자 속에 있었다. 딱

정벌레가 제일 먼저 한 일은 톰의 손가락을 깨무는 것이었다. 당연
히 톰은 손톱으로 그놈을 튕겼다. 그러자 놈은 중간 통로로 튕겨 나
가 벌렁 나자빠졌다. 톰은 얼얼한 손가락을 입속으로 가져갔다. 딱
정벌레는 바닥에 누운 채 속절없이 허공에 발을 허우적거렸지만 자
세를 바로잡을 수는 없었다. 그 모습을 보던 톰은 다시 그것을 잡고
싶어졌다. 그러나 벌레는 그의 손이 닿지 않는 거리에 있었다. 설교
에 관심이 없는 다른 사람들도 그 딱정벌레에게서 안도감을 느끼며
바라보았다.

　그때 이리저리 배회하던 푸들 한 마리가 어슬렁거리며 다가왔
다. 마음도 심란하고 여름의 나른함과 고요함으로 나태해진 데다
잡혀 있는 것도 지겨워서 기분 전환이 절실했던 모양이다. 딱정벌
레를 발견한 푸들은 늘어졌던 꼬리를 위로 쳐들고 살래살래 흔들었

다. 전리품을 보고 그 주위를 한 바퀴 돌았다. 그리고 안전한 거리를 두고 냄새를 맡더니 다시 한 바퀴 돌았다. 이제 좀 더 대담하게 더 가까이 접근하여 냄새를 맡았다. 그다음 주둥이를 내밀어 신중히 낚아채려 했지만 놓치고 말았다. 다시 낚아채려는 시도를 하고 또다시 반복했다.

푸들은 그 놀이가 재미있어지기 시작했다. 딱정벌레를 앞발 사이에 둔 채 배를 땅에 대고 엎드려 앉아 실험을 계속했다. 마침내 그 장난에 싫증이 났는지 관심을 잃고 멍청하게 앉아 있었다. 그런데 꾸벅꾸벅 고개를 떨어뜨리며 턱이 조금씩 아래로 처지는가 싶더니 적을 건드리고 말았다. 그러자 적이 개를 물었다. 요란하게 짖으며 개가 머리를 세차게 흔들어대자 딱정벌레는 몇 미터 저편으로 내동댕이쳐져 다시 한 번 등부터 땅에 떨어졌다. 근처의 관람자들은 은근히 재미있어서 몸을 흔들었다. 몇몇 사람들은 부채와 손수건으로 얼굴을 가렸다. 톰은 한없이 행복했다.

개는 멋쩍은 표정을 지었는데 실제로 멋쩍다는 느낌을 가지고 있는지도 몰랐다. 그러나 속으로는 분노를 느끼고 복수를 열망하고 있었다. 그래서 개는 딱정벌레에게 접근해 다시 조심스럽게 공격을 시작했다. 둥글게 원을 그리며 여러 각도에서 공격하고, 3센티미터도 안 되는 거리에서 앞발로 내리누르기도 했다. 전보다 더 가까운 거리에서 이빨로 벌레를 낚아채는가 하면, 두 귀가 펄럭일 때까지 고개를 흔들어댔다. 그러나 잠시 후 개는 다시 싫증이 나서 이번에는 파리 한 마리와 재미있는 시간을 가져보려고 노력했지만, 역시나 위안이 되지 못했다. 그러자 다시 코를 바닥에 가까이 대고 개미 한 마리를 쫓아다녔다. 그러나 곧 그것에도 싫증이 났다.

　결국 하품을 하고 한숨을 쉬더니 딱정벌레에 대해서 까맣게 잊고 그 위에 자리를 잡고 앉았다. 그 순간 요란한 비명을 지르며 푸들은 중앙 통로를 달려 올라갔다. 깨갱 소리는 계속되었는데, 그게 다 푸들이 지르는 소리였다. 개는 예배당 안을 가로질러 제단 앞으로 달려가더니 다른 쪽 통로를 달려 내려왔다. 다시 여러 문 앞을 지나 마지막 홈스트레치로 접어들었다. 이러한 전진과 더불어 고통도 커져갔다. 마침내 푸들은 광속으로 빛을 발하며 궤도를 따라 움직이는 털이 보송보송한 혜성으로 변했다. 급기야 그 미친 듯한 수난자는 궤도를 벗어나 주인의 무릎 위로 뛰어올랐고, 주인은 푸들을 창밖으로 던져버렸다. 고통스런 비명은 금세 가늘어지더니 멀리 사라져버렸다.

　이쯤 되자 예배하던 모든 사람은 웃음을 참느라 거의 질식할 지경이 되어 얼굴이 빨개지고, 설교는 완전히 중단되었다. 곧 설교는 다시 이어졌지만 김이 샌 탓에 매끄럽지 못하여 감명을 줄 가능성은 전혀 없었다. 심지어 엄숙한 분위기의 구절에도 마치 가련한 목사가 꽤나 우스운 농담이라도 한 듯 사람들은 앞쪽 멀리에 있는 의자 등받이에 얼굴을 숨기며 불경스럽게 터져 나오는 웃음을 손으로 틀어막는 동작으로 답할 뿐이었다. 이런 시련이 끝나고 축도를 올리자 회중 일동은 그제야 진정한 안도를 느꼈다.

톰 소여는 신성한 예배도 약간의 변화만 있으면 괜찮다는 생각을 하며 아주 명랑한 마음으로 집에 돌아왔다. 그러나 한 가지 아쉬움이 남았는데, 푸들이 그의 집게벌레를 가지고 노는 것까지는 기꺼이 허락하지만 그걸 가져가버린 것은 옳지 않다고 생각했던 것이다.

6장

월요일 아침, 톰 소여는 비참했다. 월요일 아침에는 늘 그랬다. 학교에 가면 시간이 좀처럼 휘딱휘딱 지나가지 않는 지루한 고통이 시작되기 때문이었다. 보통 그는 차라리 그 가운데 끼어든 휴일이 없었으면 하면서 월요일을 시작했다. 다시 갇혀 족쇄가 채워지는 신세가 되는 것을 더욱 지긋지긋하게 만드는 장본인이 바로 휴일이기 때문이었다.

톰은 누워서 생각했다. 문득 몸이 아팠으면 좋겠다는 생각이 들었다. 몸이 아프면 학교에 가지 않을 수 있을 거라는 생각이 들었다. 확실하지 않지만 가능성은 있었다. 그는 자기 몸을 여기저기 만져보았다. 아픈 곳은 발견되지 않았다. 그래서 다시 세밀히 점검했다. 이번에는 배가 아프다는 생각이 들어 거기에다 큰 희망을 걸고 추진하기 시작했다. 그러나 복통 증상은 이내 약해지더니 곧 완전히 사라졌다. 톰은 더 골똘히 생각했다. 그러다가 갑자기 무언가를 발견했다. 위쪽 앞니 하나가 흔들리고 있었던 것이다. 정말이지 다행스러운 일이었다. 그래서 그의 표현을 빌리자면 '선발 투수'로 신음을 내세우기로 하고 막 신음을 할 참이었다. 그러나 그 순간 또 하나의 생각이 떠올랐다. 만약 이가 아프다고 하면 이모가 그것을

70

뽑아버릴 테고, 그렇게 되면 정말 아플 거라는 생각이 들었다. 그래서 톰은 일단 이는 보류하고 다른 것을 더 찾아보기로 했다.

한동안 신통한 생각이 떠오르지 않았다. 그러다가 마침내 환자가 2~3주 병상에 누워 있지 않으면 손가락을 잃을 수 있는 어떤 병에 대해 의사가 이야기하던 것이 생각났다. 그래서 톰은 아픈 발가락 하나를 이불 밑으로부터 끌어내서 찬찬히 살폈지만, 그런 경우에 필요한 증상을 알지 못했다. 그러나 감행해볼 만한 가치가 있는 작전이었다. 마침내 톰은 꽤 힘을 들여 신음하기 시작했다.

그러나 시드는 정신없이 자고 있었다.

톰은 더 크게 신음했다. 그랬더니 정말 발가락에 통증이 느껴지는 것 같았다.

시드에게서는 아무 반응도 없었다.

이쯤 되자 톰은 있는 힘껏 숨을 헐떡였다. 좀 쉬었다가 다시 힘을 모아 계속 이어지는 기가 막힌 신음 소리를 만들어냈다.

시드는 계속 코를 골았다.

톰은 화가 치밀었다. 그래서 "시드, 시드!" 하고 소리치며 그를 흔들었다. 그런 조치는 효과가 있었다. 톰은 다시 신음 소리를 내기 시작했다. 시드는 하품을 하고 기지개를 켜더니, 콧김을 내뿜으며 팔꿈치로 몸을 일으키고 나서 톰을 바라보았다. 톰은 계속 신음 소리를 냈다. 시드가 말했다.

"톰! 이봐, 형!" (반응이 없다.) "이봐, 톰! 무슨 일이야, 톰?" 시드는 톰의 몸을 흔들며 걱정스러운 듯이 그의 얼굴을 들여다보았다.

톰은 신음 섞인 목소리로 말했다.

"시드, 그러지 마. 나를 흔들지 마."

"도대체 무슨 일이야, 형? 이모를 불러와야겠어."

"아냐… 걱정 마. 곧 괜찮아질 거야. 아무도 부르지 마."

"아니, 불러야 해! 형, 그렇게 앓는 소리 좀 내지 마. 끔찍해. 언제부터 이렇게 아픈 거야?"

"몇 시간 됐어. 아! 아야, 그렇게 흔들지 마, 시드. 흔들면 죽을 것 같아."

"왜 진작 날 깨우지 않았어? 아, 톰 형, 제발 그렇게 끙끙거리지마. 그 소리에 소름이 끼친다고. 어디가 아픈 거야?"

"시드, 모든 걸 용서할게. (신음 소리) 니가 그동안 나한테 한 짓모두 용서해줄게. 내가 죽으면…… ."

"제발, 형, 설마 죽는 건 아니지? 제발, 톰 형. 오, 죽지 마. 아마……."

"시드, 난 모두를 용서할 거야. (신음 소리) 사람들에게 그렇게 말해줘, 시드. 그리고 말야, 내 창틀이랑 외눈박이 고양이를 읍내에새로 이사 온 여자 아이한테 전해줘. 그 애한테……."

그러나 시드는 제 옷가지들을 휙 집어 들고 방에서 나갔다. 너무그럴듯하게 상상력을 발휘했기 때문에 톰은 이제 정말 아팠고 신음소리도 꾸밈없는 진짜 같았다.

시드는 층계를 쏜살같이 뛰어 내려가 말했다.

"아, 이모. 얼른 와보세요! 톰 형이 죽어가고 있어요."

"죽어가다니?"

"그래요, 폴리 이모. 꾸물대지 말고 어서요!"

"허튼소리! 그런 말은 안 믿는다."

말은 그렇게 했지만 이모는 계단을 뛰어 올라갔으며, 시드와 메리가 그 뒤를 따랐다. 이모의 얼굴은 하얗게 질리고 입술은 떨리고 있었다. 침대 곁에 다다른 이모는 숨을 헐떡이며 말했다.

"톰, 애야! 왜 그러니?"

"아, 이모, 난 이제…… ."

"무슨 일이냐니까, 톰, 왜 이러니?"

"아, 이모. 내 아픈 발가락이 괴저에 걸렸어요!"

그러자 노부인은 의자에 털썩 주저앉아 약간 웃으며 조금 눈물을 흘리더니, 다음에는 두 가지를 한꺼번에 하는 것이었다. 그렇게 해서 마음을 진정시킨 이모가 입을 열었다.

"톰, 너 사람을 이렇게 놀라게 하기냐? 그 말 같지도 않은 소리 닥치고 냉큼 침대에서 나오너라."

신음 소리를 그치자 고통이 발가락에서 사라졌다. 멋쩍은 생각이 든 톰은 이렇게 말했다.

"이모, 발가락이 괴저에 걸린 것 같았어요. 거기가 어찌나 아픈지 이에는 신경도 쓰지 않았어요."

"이라니, 정말! 네 이가 어떻게 됐는데?"

"하나가 흔들리는데 지독히 아파요."

"자, 자, 이제 그만! 이제 끙끙거리는 건 그만! 입을 벌려라. 어디 보자… 이가 흔들리는군. 하지만 그렇다고 해서 죽지는 않아. 메리는 가서 명주실하고 부엌에서 숯불 한 덩어리 좀 가져오너라."

톰이 말했다.

"이모, 제발! 이를 뽑지 마세요. 이젠 아프지 않아요. 아파도 끄떡 않고 참고 싶어요. 이모, 제발 이는 뽑지 마세요. 학교 빼먹고 집에 있겠다는 생각은 하지 않을게요."

　"오, 그렇지. 그런 생각은 안 한단 말이지? 그러니까 이렇게 소
란을 피운 것은 다 학교를 빼먹고 낚시질하러 가고 싶어서 그랬던
거야? 톰, 톰, 나는 너를 끔찍이 사랑하는데 넌 온갖 못된 방법으로
이 늙은 이모의 가슴을 아프게 하려고 기를 쓰는 것 같구나."

　이때쯤 이를 뽑을 도구가 준비되었다. 노부인은 명주실 한쪽 끝
을 동그란 고리로 만들어 톰의 이에 단단히 묶고 다른 한쪽 끝을 침
대 기둥에 잡아맸다. 그런 다음 뜨거운 숯불 덩어리를 집어 들어 갑
자기 톰의 얼굴에 닿을 정도로 가까이 들이댔다. 어느새 톰의 이는
침대 기둥에 대롱대롱 매달려 있었다.

　그러나 모든 시련에는 보상이 따르는 법이다. 아침을 먹고 학교
에 갔을 때 톰은 모든 학생에게 부러움의 대상이 되었다. 앞니가 빠
진 틈을 통해 새롭고 기막힌 방법으로 침을 뱉을 수 있었기 때문이

다. 이런 재주를 구경하기 위해 톰의 주위에는 많은 아이들이 모여들었다. 손가락을 칼에 베인 일로 관심과 찬사를 받아오던 아이는 이제 갑자기 모든 추종자와 함께 영광도 잃게 되었다. 그 아이의 가슴에는 멍이 들었다. 그래서 톰 소여처럼 침 뱉는 것이 뭐 그리 대단하냐며 공연히 멸시하듯 말했다. 그러자 다른 아이가 "자기는 도저히 못하니까 저러지!" 하고 말했다. 그 아이는 무기를 빼앗긴 영웅처럼 자리를 떴다.

잠시 뒤 톰은 마을에서 알아주는 주정뱅이의 아들인 불량 소년 허클베리 핀과 우연히 만났다. 허클베리는 읍내에 사는 모든 어머니가 지독히 미워하고 두려워하는 아이였다. 게으르고 멋대로 행동할 뿐 아니라 천하고 나쁜 아이였기 때문이다. 게다가 아이들이 그를 몹시 찬양하고, 어른들이 말려도 그와 노는 것을 즐기며, 용기를 내어 그 아이처럼 되기를 바라고 있었기 때문이다. 다른 점잖은 집 아이들과 마찬가지로 톰도 허클베리의 화려한 떠돌이 생활을 부러워했다. 그러나 헉과 같이 놀지 말라는 엄한 명령을 받고 있었다. 그래서 톰은 기회가 생길 때마다 그와 함께 놀았다. 허클베리는 언제나 어른이 입다 버린 옷을 입고 다녔는데, 그 옷에는 넝마 조각들이 항시 꽃처럼 만발하여 펄럭이고 있었다. 그의 모자는 광활한 폐허였고, 그 가장자리에서는 초승달 모양의 챙이 삐져나와 있었다. 외투는 입었을 때 그 옷자락이 발뒤꿈치까지 내려왔으며, 뒤쪽에 달린 단추는 등 부분보다 훨씬 아래에 매달려 있었다. 멜빵 하나가 그의 바지를 지탱하고 있었는데, 엉덩이 부분은 아래로 축 늘어지고 그 속에는 아무것도 없었다. 두 겹으로 된 밑단은 걷어 올리지 않으면 흙바닥에 질질 끌렸다.

허클베리는 제 마음 내키는 대로 나타났다 사라졌다 했다. 날씨가 좋으면 남의 집 문 앞 계단에서 자고, 비가 오는 날에는 빈 나무통 속에서 잤다. 학교나 교회에 갈 필요가 없었고, 어느 누구한테 주인님이라고 부르거나 복종할 필요가 없었다. 그가 원할 때 원하는 장소로 가서 낚시질이나 수영을 할 수 있었고, 원하는 만큼 오랫동안 머물러 있을 수 있었다. 아무도 그가 싸우는 것을 말리지 않았다. 마음이 내키면 밤 늦도록 자지 않고 앉아 있을 수 있었다. 봄이 되면 제일 먼저 신발을 벗어 던지고, 가을이 되면 누구보다도 늦게 신발을 신었다. 몸을 씻는 일도 없고 깨끗한 옷을 입을 필요도 없었다. 그는 욕을 기가 막히게 잘했다. 한마디로 인생을 소중한 것으로 만드는 데 필요한 모든 것을 가진 아이였다. 세인트피터스버그에서 시달리고 괴로워하는 얌전한 아이라면 누구나 다 그렇게 생각했다.

이 낭만적인 부랑아를 보고 톰이 큰 소리로 불렀다.

"야, 허클베리!"

"어, 너구나. 이거 어때?"

"그게 뭔데?"

"죽은 고양이야."

"헉, 어디 좀 보여줘. 우아, 아주 뻣뻣하게 굳었구나. 어디서 났니?"

"어떤 아이한테서 샀어."

"뭘 주고?"

"푸른색 딱지 한 장하고 도살장에서 얻은 소 오줌통을 주고 샀지."

"푸른색 딱지는 어디서 난 거니?"

"2주일 전에 굴렁쇠 채를 주고 벤 로저스한테서 샀지."

"근데 말야, 헉, 죽은 고양이는 어디에 쓰게?"

"어디에 쓰냐고? 사마귀 없애는 데 쓰지."

"설마! 진짜야? 난 더 좋은 방법을 알고 있어."

"알긴 뭘 알아? 그게 뭔데?"

"그건 말야, 썩은 나무에 괴어 있는 물이야."

"썩은 나무에 괸 물이라고! 그런 건 절대 인정 못해."

"인정하기 싫으면 하지 마. 그런 물을 발라본 적 있니?"

"아니, 없어. 하지만 봅 태너는 그걸 써봤거든."

"누가 그렇게 말하던?"

"그건 봅이 제프 새처한테 말했고, 제프는 조니 베이커한테 말했고, 조니가 짐 홀리스한테 말했고, 짐이 벤 로저스한테 말했어. 그리고 벤이 한 검둥이 녀석에게 말했는데, 그 검둥이가 나한테 말한 거야. 알겠지?"

"그게 어떻다는 거냐? 다 거짓말이야. 적어도 그 검둥이를 빼고는 모두 거짓말쟁이야. 난 그 녀석을 모르니까. 하지만 거짓말 안 하는 검둥이는 본 적이 없어. 빌어먹을! 자, 이제 봅 태너가 그걸 어떻게 했는지 말해봐, 헉."

"있잖아, 빗물이 괸 썩은 나무 그루터기를 하나 찾아서 거기에다 손을 담갔대."

"대낮에?"

"물론이지."

"썩은 그루터기에 얼굴을 대고 그랬다는 거야?"

"그렇다니까. 적어도 내 짐작은 그래."

"그리고 입으로 뭐라고 주문을 외면서?"

"그랬다고는 생각하지 않아. 난 잘 모르겠어."

"참 나! 그렇게 바보같이 썩은 나무에 괸 물로 사마귀를 치료하려고 하다니! 그런 식으로는 아무 효과도 없어. 한밤중에 썩은 그루터기가 있는 곳으로 혼자 가야 되는 거야. 그래서 자정이 되면 썩은 나무 그루터기에 등을 대고 기대고 나서 손을 담그고 말하는 거야.

보리알, 보리알, 인디언 밀가루,
썩은 물아, 썩은 물아, 이 사마귀를 삼켜다오.

그러고 나서 눈을 감고 빨리 열한 발짝 물러서서 세 바퀴 맴을 돈 다음 아무에게도 말을 걸지 말고 집으로 걸어가는 거야. 말을 하면 마력이 없어져."

"흠, 그거 괜찮은 방법 같은데. 하지만 봅 태너는 그렇게 하지 않았어."

"물론 안 했겠지. 그 아이는 그렇게 하지 않았을 거야. 그 녀석이 이 읍내에서 사마귀가 제일 많은 애잖아. 만일 썩은 물을 사용하는 방법을 알았다면 그 아이의 사마귀는 하나도 안 남았을 거야. 헉, 난 그런 식으로 내 손에 났던 몇천 개의 사마귀를 떼어냈어. 나는 개구리랑 자주 놀아서 늘 사마귀투성이거든. 때로 난 콩으로 사마귀를 없애기도 해."

"맞아, 콩은 효과가 있었어. 나도 써본 적이 있어."

"그래? 넌 어떤 방법으로 하는데?"

"콩을 반으로 가르고 사마귀도 피가 좀 나도록 칼로 벤 뒤에 콩에다 그 피를 묻혀. 달이 없는 어두운 밤에 네거리로 가서 거기 땅을 파고 자정쯤에 그걸 묻는 거지. 그런 다음 나머지 반쪽 콩은 태워야 해. 피 묻은 콩이 계속 오그라들면서 나머지 콩을 끌어들이는 거지. 그러면 피가 사마귀를 빨아들이는 데 도움이 되거든. 그러고 나면 곧 사마귀가 떨어져."

"헉, 맞아, 바로 그거야. 하지만 그 콩을 땅에 묻을 때 '콩은 아래로 가고 사마귀는 떨어져라. 다시 찾아와 나를 괴롭히지 말아라!' 하고 주문을 곁들이면 효과가 더 크지. 조 하퍼가 그런 식으로 하고 있거든. 그런데 그놈은 쿤빌 근처도 갔다 오고 거의 안 가본 데가 없어. 그건 그렇고… 죽은 고양이로는 사마귀를 어떻게 떼지?"

"그건 말야, 누군가 나쁜 사람이 죽어 묻히면 고양이를 들고 공동묘지로 가는 거야. 자정이 되면 귀신 하나가 나타나. 어쩌면 둘이나 셋이 나타날지도 몰라. 눈으로 귀신을 볼 수는 없지만 바람 소리 같은 걸 들을 수 있어. 어쩌면 귀신들이 이야기하는 소리를 들을 수도 있을 거야. 귀신들이 그 나쁜 사람의 시체를 가져가는 순간 그들에게 고양이를 던지면서 이렇게 말하는 거야. '귀신은 시체를 따라가라. 고양이는 귀신을 따라가라. 사마귀들은 고양이를 따라가라. 너희들하고는 끝장이다!' 그렇게 하면 사마귀가 죄다 없어진다 이거야."

"그럴듯하구나. 헉, 너 그렇게 해본 적 있니?"

"아니, 해본 적은 없어. 하지만 홉킨스 할멈이 나한테 말해줬어."

"그러면 틀림없을 거야. 그 할멈은 마녀라고들 말하니까."

"맞아! 톰, 그 할멈이 마녀인 건 나도 알아. 그 할멈이 우리 아빠에게 마법을 걸었어. 아빠한테 직접 들은 얘기야. 어느 날 길을 가고 있는데 그 할멈이 마법을 걸었대. 그래서 아빠는 돌멩이를 집어

던졌는데 할멈이 피하지 않았다면 맞혔을 거래. 여하튼 바로 그날 밤에 아빠는 고주망태가 되어 헛간에서 자다가 굴러 떨어져 팔이 부러졌어."

"야, 끔찍하구나. 네 아빠는 그 할멈이 마법을 걸었다는 걸 어떻게 알았니?"

"참 답답하군! 아빠는 금세 알아. 아빠가 그러는데, 마녀가 사람을 빤히 노려보고 있으면 그게 바로 마법을 걸고 있는 거래. 특히 뭔가 중얼거리면 아주 확실하다는 거야. 중얼거릴 때 마녀는 주기도문을 거꾸로 외우는 거고."

"이봐, 헉, 고양이는 언제 실험해볼래?"

"오늘 밤에. 귀신들이 오늘 밤에 호스 윌리엄스 영감의 시체를 찾으러 올 거야."

"하지만 그 영감은 토요일에 묻혔잖아. 그러니까 귀신들이 토요일 밤에 가져가지 않았을까?"

"그걸 말이라고 하니? 귀신들의 마법이 자정 전에 어떻게 효력을 발휘할 수 있겠어? 자정이 지나면 일요일이야. 귀신들은 일요일에는 거의 나다니지 않는다고."

"그걸 미처 생각하지 못했구나. 네 말이 옳아. 나도 너와 함께 가도 될까?"

"물론이지. 겁나지 않아?"

"겁이라고! 그럴 리가. 고양이 소리로 신호해줄래?"

"그래, 기회가 생기면 너도 야옹하고 대답해야 돼. 지난번엔 네가 대답을 하지 않아서 나 혼자 고양이 소리를 내니까 헤이스 영감이 '빌어먹을 고양이가!' 하면서 나한테 돌을 여러 개 던졌지 뭐야.

그래서 내가 그 집 창문 안으로 벽돌 한 장을 던져버렸던 거야. 하지만 이 얘기를 퍼뜨리면 안 돼."

"안 퍼뜨릴게. 그날 밤에는 이모가 나를 감시하고 있어서 고양이 소리를 낼 수 없었어. 하지만 이번에는 야옹하고 대답할게. 그런데… 그건 뭐니?"

"그냥 진드기야."

"어디서 잡았는데?"

"숲속에 갔다가 잡았어."

"뭐하고 바꿀래?"

"글쎄, 팔고 싶지 않은데."

"알았어. 어쨌든 되게 작은 진드기구나."

"남의 진드기 트집 잡는 일이라면 누구나 할 수 있지. 하지만 상관없어. 나한테는 만족스런 진드기야."

"참, 원! 널린 게 진드기야. 내가 맘만 먹으면 천 마리도 잡을 수 있어."

"그럼 왜 안 잡니? 잡을 수 없다는 걸 잘 알기 때문이겠지. 이건 꽤 일찍 나온 놈이야. 올해 들어 처음 보는 진드기거든."

"이봐, 헉. 그거 나한테 주면 내 이를 줄게."

"어디 좀 보자."

톰은 종이 한 조각을 꺼내 조심스럽게 펼쳤다. 허클베리는 부러운 듯이 그것을 보았다. 강한 유혹을 느꼈다. 마침내 헉이 말했다.

"이거 진짜니?"

톰은 입술을 올리고 빈자리를 보여주었다.

"좋아." 허클베리가 말했다. "바꾸자."

톰은 얼마 전까지 집게벌레를 가둬두었던 뇌관 상자에 진드기를 담았다. 그런 뒤에 두 소년은 헤어졌다. 둘 다 전보다 더 부자가 된 느낌이었다.

마을에서 동떨어진 곳에 나무로 지은 조그마한 학교에 다다르자 톰은 열심히 달려온 소년처럼 경쾌한 걸음으로 교실로 들어섰다. 못 위에 모자를 걸고 민첩하게 자기 자리에 가서 앉았다. 선생은 얇은 널 조각으로 바닥을 댄 큰 안락의자에 높이 앉아 학생들이 공부하면서 내는 졸린 웅얼거림을 자장가 삼아 꾸벅꾸벅 졸고 있었다. 톰이 들어오면서 낸 소리가 그의 잠을 깨웠다.

"토머스 소여!"

톰은 자기 이름이 성과 함께 불릴 때면 심상치 않다는 것을 잘 알고 있었다.

"예, 부르셨습니까?"

"이리 나와. 자, 말해보렴. 무엇 때문에 평소와 다름없이 또 지각을 했지?"

톰이 거짓말로 이 궁지에서 벗어나려는 순간, 노랑 머리를 두 갈래로 땋아 등 뒤로 길게 늘어뜨린 소녀가 눈에 띄었다. 톰은 사랑의 전류가 합선되듯 그 소녀를 알아보았을 뿐만 아니라, 여자 아이들의 좌석 쪽에는 그 소녀의 옆자리만 비어 있다는 것을 발견했다. 그래서 톰은 머뭇거리지 않고 대답했다.

"허클베리 핀이랑 이야기하느라고 늦었습니다."

선생의 맥박은 멈췄다. 그는 속절없이 멍하니 바라볼 뿐이었다. 학생들이 공부하면서 내던 윙윙하는 소리도 멈췄다. 학생들은 이 무모한 아이의 머리가 돈 게 아닌가 의아해했다. 선생이 말했다.

"뭐라고? 네가 무엇을 했다고?"

"허클베리 핀하고 이야기하느라 늦었습니다."

귀가 말을 잘못 들은 것은 아니었다.

"토머스 소여, 이건 내가 여태껏 들어본 중에서 가장 놀라운 고백이다. 이번에 저지른 죄는 자막대기만 가지고는 안 되겠군. 자, 윗도리를 벗어라."

선생은 팔에 힘이 다 빠지도록 회초리로 때렸다. 남아 있는 회초리의 수가 눈에 띄게 줄어들었다. 그제야 명령이 뒤따랐다.

"자, 이제 저기 여학생 사이에 앉아라! 이런 벌이 너에게 경고가 될 것이다."

교실 안에 잔물결처럼 일렁이는 킥킥거리는 웃음소리에 톰은 부끄러움을 타는 것 같았다. 그러나 사실 그의 부끄러움을 타는 듯한

표정은 그 이름 모를 우상에 대한 경외심과, 운 좋게도 그녀 곁에 앉게 된 데 대한 벅찬 감격 때문이었다. 톰이 소나무 널빤지로 된 의자 한쪽 끝에 앉자 소녀는 고개를 한 번 쳐들어 젖히더니 옆으로 조금 비켜 앉았다. 교실 안 아이들은 서로 팔꿈치로 쿡쿡 찌르거나 눈짓을 주고받으며 수군거렸다. 그러나 톰은 조용히 앉아 앞에 있는 길고 낮은 책상 위에 양팔을 얹고 책을 보는 척했다.

얼마 안 있어 아이들의 관심은 톰에게서 떠나고 다시 귀에 익은 웅얼거리며 공부하는 소리가 나른한 공기 속에 피어올랐다. 이윽고 톰은 그 소녀를 몰래 살짝 훔쳐보기 시작했다. 소녀는 그 눈길을 알아채고 톰을 향해 '입을 삐죽 내밀더니' 1분 동안 고개를 다른 데로 돌렸다. 소녀가 조심스럽게 고개를 원래대로 돌렸을 때 소녀 앞에 복숭아 한 개가 놓여 있었다. 그녀는 그것을 밀어놓았다. 톰은 가만히 그것을 되돌려놓았다. 소녀는 다시 그것을 밀어버렸지만 감정은 아까보다 누그러져 있었다. 톰은 참을성 있게 복숭아를 제자리에 돌려놓았다. 그러자 소녀는 그냥 내버려두었다. 톰은 자기 석판 위에 '제발 받아줘. 나한테는 또 있으니까' 하고 썼다. 소녀는 그 단어들을 힐끗 보았지만 아무런 내색도 하지 않았다.

이제 톰은 왼손으로 가리고 석판 위에 뭔가를 그리기 시작했다. 얼마 동안 소녀는 보려고 하지 않았지만, 거의 눈에 띄지 않게 조금씩 누구나 갖고 있는 호기심을 드러내기 시작했다. 톰은 소녀에게 신경 쓰지 않는다는 듯이 계속 그림을 그렸다. 소녀는 아무렇지도 않은 척하며 보려고 시도했지만, 톰은 그녀의 행동을 알고 있다는 것을 드러내지 않았다. 마침내 소녀가 항복하고 주저하듯 속삭였다.

"좀 보여줘."

톰은 가렸던 손을 조금 치우면서 형편없는 만화같이 그린 집을 보여주었다. 양쪽 끝에 박공이 하나씩 있고, 굴뚝에서는 연기가 나선형으로 솟아오르고 있었다. 소녀는 그 그림에만 정신이 팔려 그 밖의 모든 것을 잊어버렸다. 그림이 완성되었을 때 소녀는 잠시 바라보더니 속삭였다.

"멋지다… 사람도 그려봐."

화가는 앞마당에 사람을 하나 세웠는데, 꼭 기중기 같았다. 그 사람은 그 집을 성큼 넘어갈 수도 있을 것 같았다. 그러나 소녀는 혹평하지 않았다. 그 괴물 같은 사람에 만족했는지 이렇게 속삭였다.

"멋있는 사람이구나. 자, 이제 거기로 걸어오는 나를 그려봐."

톰은 모래시계를 그리고 그 위에 보름달을 얹은 다음 밀짚처럼 가는 팔다리를 붙이고, 펼친 손가락에는 큼직한 부채를 그려 넣었다. 소녀가 말했다.

"그림이 정말 멋있다… 나도 그릴 줄 알면 좋을 텐데."

"누워서 떡 먹기야." 톰이 속삭였다. "내가 가르쳐줄게."

"정말? 언제?"

"정오에. 너 점심 먹으러 집에 가니?"

"너 안 가면 나도 안 갈게."

"좋아, 잘됐다. 네 이름은 뭐니?"

"베키 새처야. 네 이름은? 아, 내가 알아. 토머스 소여지?"

"그건 나를 야단칠 때나 부르는 이름이야. 내가 착하게 굴 때는 톰이야. 넌 나를 그냥 톰이라고 부를 거지?"

"그럴게."

이제 톰은 소녀가 보지 못하도록 석판을 가리고 그 위에 뭔가를 휘갈겨 쓰기 시작했다. 그러나 이번에는 소녀가 수줍어하지도 않고 보여달라고 졸라댔다. 톰이 말했다.

"아, 이건 아무것도 아니야."

"아무것도 아니긴."

"아무것도 아니라니까. 너도 보기 싫을 거야."

"아냐, 보고 싶어. 정말 보고 싶다고. 제발 보여줘."

"다른 사람한테 말할 거지?"

"아냐, 말하지 않을게. 정말, 정말, 정말의 두 배로 말하지 않을게."

"정말 아무에게도 말하지 않을 거지? 죽을 때까지 안 할 거지?"

"절대로 누구한테 말하는 일은 없을 거야. 자, 보여줘."

"아, 보고 싶지 않을 텐데!"

"네가 나한테 그러니까 나는 꼭 볼 테야." 그러더니 소녀는 자신의 작은 손을 톰의 손 위에 얹었다. 그러자 작은 실랑이가 뒤따랐다. 톰은 정색을 하며 뿌리치는 척하면서도 가린 손을 슬금슬금 치웠다. 마침내 '너를 사랑해' 하는 문장이 드러났다.

"못됐어!" 하고 소녀는 톰의 손등을 찰싹 때렸다. 소녀는 얼굴을 붉혔지만 기분 좋은 표정이었다.

이 중대한 순간에 톰은 무언가가 서서히 다가와 자기의 귀를 불 길하게 잡고 가만히 들어 올리는 것을 알아챘다. 이렇게 귀를 꽉 잡 힌 채 교실 안을 한 바퀴 돌아 원래 자기 자리로 끌려와 앉았다. 온 교실 안에는 낄낄대는 웃음이 폭죽의 불꽃처럼 쏟아져 내렸다. 선 생은 이 껄끄러운 순간에 잠시 톰을 내려다보고 서 있다가, 마침내 한 마디도 않고 자신의 옥좌로 걸음을 옮겼다. 톰은 귀가 얼얼했지 만 마음에는 환희가 흘러넘쳤다.

교실 안이 조용해졌을 때 톰은 공부하려고 정직한 노력을 기울 였다. 그러나 그의 마음은 몹시 들떠 있었다. 다음은 읽기 시간이어 서 정신을 차렸지만 모두가 엉망이었다. 다음에는 지리 시간이었는

데, 호수가 산으로, 산이 강으로, 또 강이 대륙으로 헷갈리는 통에 다시 혼돈이 찾아왔다. 그다음 철자법 시간에는 젖먹이도 아는 일련의 낱말조차 몰라서 '미끄럼을 타는' 바람에 망신을 당했고, 지난 몇 달 동안 보란 듯이 목에 달고 다니던 백랍 메달을 반납했다.

7장

책에 정신을 집중하려고 노력하면 할수록 톰의 생각은 더욱 이리저리 방황했다. 그래서 마침내 한숨을 내쉬고 하품을 하고는 공부를 단념했다. 점심시간은 영영 오지 않을 것 같았다. 공기는 완전히 시체였다. 바람 한 점 없었다. 이렇게 나른한 날도 없었다. 스물다섯 명의 학생이 공부하면서 내는 졸리게 하는 웅얼거림은 벌들이 내는 윙윙 소리에 담긴 마력처럼 영혼을 위로했다. 저 멀리 불타는 햇살 속에서 카디프힐이 뜨거운 지열로 발생한 빛나는 아지랑이를 통해 연두색 경사면을 들어 올리고 있었다. 거리가 멀어 보라색이 섞인 경사면이었다. 몇 마리 새들이 나른한 날갯짓으로 하늘 높이 떠가고 있었다. 젖소 몇 마리 말고 살아 있는 것이라곤 아무것도 보이지 않았다. 젖소들도 잠들어 있었다.

톰의 가슴은 자유롭고 싶어 안달이 났다. 아니면 이 지겨운 시간을 보내기 위해 뭔가 재미있는 일이 없을까 해서 안달이 났다. 그의 손이 무심결에 주머니 속으로 들어갔다. 그 순간 톰의 얼굴은 감사의 빛으로 환하게 밝아졌다. 기도를 할 때나 느끼는 감정이었으나, 톰 자신은 그런 경험을 해보지 못했다. 다음 순간 슬그머니 그 뇌관 상자가 나왔다. 톰은 진드기를 해방시켜 길고 평평한 책상 위에 올려놓았다. 이 순간 진드기도 어쩌면 기도나 다름없는 감사한 마음으로 빛을 발했다. 그러나 아직 그러기에는 때가 일렀다. 고마운 마음으로 달아나기 시작하자 톰이 핀으로 길을 막더니 새로운 방향으로 가도록 조정했던 것이다.

톰하고 꽤 친한 친구가 바로 옆에 앉아 있었는데, 그 녀석도 톰과 마찬가지로 심심해서 죽을 지경이었다. 친구는 이 새로운 흥밋거리를 보자마자 깊은 관심을 보이며 고마워했다. 이 절친한 친구는 바로 조 하퍼였다. 이들 두 소년은 주중에는 의형제 같은 친구지만, 토요일이면 전투 태세를 갖춘 적이 되었다. 조는 접힌 칼라에서 핀 하나를 뽑아 그 포로를 훈련시키는 일을 돕기 시작했다. 그 장난은 점점 더 재미있어졌다. 이윽고 톰은 이런 식으로 놀면 서로에게 방해가 되어 진드기 놀이의 참맛을 느낄 수 없다고 생각했다. 그래서 톰은 조의 석판을 책상 가운데 올려놓고 위에서 밑으로 줄을 그었다.

"자…" 톰이 말했다. "진드기가 네 쪽에 있으면 네가 건드려. 난 가만 내버려둘 테니까. 하지만 그놈이 내 쪽으로 왔을 때 너는 내가 네 쪽으로 넘어가게 하지 않는 한 그놈을 그냥 내버려둬야 해."

"좋아, 어서 시작해. 놈을 출발시켜."

진드기는 곧 톰에게서 달아나 적도를 넘어섰다.

조가 진드기를 잠시 괴롭히자 그놈은 도망쳐서 금을 다시 넘었다. 이런 식으로 본거지가 자주 바뀌었다. 한쪽 아이가 진드기를 괴롭히며 재미에 빠진 동안 다른 쪽 아이도 강한 흥미를 만끽하며 지켜보았다. 두 영혼은 석판 위에 함께 머리를 숙인 채 다른 모든 것을 까맣게 잊었다. 마침내 행운은 조에게로 완전히 기우는 듯 보였다. 진드기는 이쪽으로 갔다가 저쪽으로 가고 또 다른 길로 접어들면서 아이들 못지않게 흥분하며 초조해했다. 몇 번씩이나 진드기가 조의 수중에 떨어져, 이를테면 조가 승리하자 톰은 손가락이 근질근질했다. 하지만 조의 핀은 날쌔게 진드기의 머리를 돌리게 하며 그것을 차지하곤 했다. 마침내 톰은 더 이상 참을 수 없었다. 이기겠다는 유혹이 너무 강했다. 그리하여 톰은 손을 뻗쳐 핀으로 진드기를 거들었다. 조는 즉시 화를 내며 말했다.

"톰, 녀석을 그냥 내버려둬."

"조, 그냥 좀 움직이게 하고 싶었을 뿐이야."

"안 돼, 그건 반칙이야. 내버려둬."

"젠장, 많이 움직이게 하지 않을게."

"내버려둬. 경고하는 거야!"

"싫어!"

"내버려두라고. 그놈은 내 쪽 선 안에 있어."

"이봐, 조 하퍼, 이게 누구 진드기지?"

"누구 진드기든 상관없어. 내 쪽 선 안에 있으니까 너는 건드리면 안 돼."

"누가 뭐래도 난 손을 댈 거야. 그놈은 내 진드기야. 내 것도 내 마음대로 못하면 차라리 죽어야지!"

그때 누군가가 요란한 탁하는 소리와 함께 톰의 어깨를 내리치더니, 다시 조의 어깨도 내리쳤다. 2분 동안 두 아이의 윗도리에서는 먼지가 계속 풀풀 날렸고, 반 학생 전체는 즐거워했다. 두 아이는 너무나 장난에 몰두한 나머지 선생이 살금살금 다가와서 자기들을 내려다보는 동안 교실 안이 잠시 조용해진 사실을 알아채지 못했다. 그들 놀이에 나름대로의 변화를 주기에 앞서 선생은 아이들의 그 장난을 한참 음미했던 것이다.

정오가 되어 오전 수업이 끝나자 톰은 베키 새처에게 달려가 귀에다 대고 소곤거렸다.

"보닛을 쓰고 집으로 가는 척해. 저 모퉁이에 다다르면 다른 아이들을 따돌리고 골목길을 죽 내려갔다가 돌아와. 나는 딴 길로 갔다가 같은 방법으로 이리 올게."

그래서 베키는 한 무리의 아이들과 함께 떠났고 톰은 다른 아이들과 어울려 집으로 향했다. 잠시 뒤 두 아이는 골목길 끝에서 만났다. 그들이 학교로 돌아왔을 때는 둘이서 학교 전부를 독차지한 셈이 되었다. 둘은 석판을 앞에 놓고 나란히 앉았다. 톰은 베키에게 연필을 쥐어주고 제 손으로 그녀의 손을 잡아 이끌며 또 하나의 멋진 집을 그려냈다. 그림에 대한 흥미가 사라지자 둘은 이야기를 하기 시작했다. 톰은 축복 속에서 헤엄을 치는 기분이었다. 그가 말했다.

"쥐 좋아하니?"

"아니! 싫어해!"

"그래? 나도 싫어해. 산 쥐는 싫어. 그런데 내가 말하는 건 죽은 쥐야. 끈에 매달아 머리 뒤로 빙빙 돌리기 위한 쥐 말야."

"난 싫어. 어쨌든 쥐는 별로야. 내가 좋아하는 건 씹는 껌이야."

"나도 껌을 좋아해. 지금 껌이 있으면 좋겠다."

"그래? 지금 나한테 좀 있어. 잠깐 네가 씹고 나한테 돌려줘야 해."

그것은 기분 좋은 일이었다. 그래서 그들은 껌을 번갈아 씹으며 만족에 겨워 벤치에 기대 앉은 채 다리를 대롱대롱 흔들었다.

"너 서커스 구경한 적 있니?" 톰이 물었다.

"응. 내가 착하게 굴면 아빠가 언제고 다시 데려간다고 했어."

"난 서너 번… 아니, 아주 여러 번 봤군. 교회는 서커스에 비하면 시시해. 서커스에서는 언제나 신나는 일이 일어나거든. 난 커서 서커스의 광대가 될 거야."

"어머, 그렇구나! 그거 멋있겠다. 알록달록한 옷을 입은 그 사람들은 진짜 귀여워."

"정말 그래. 광대들은 돈도 무지무지하게 벌어. 하루에 거의 1달러를 번대. 벤 로저스가 그랬어. 저기 있잖아, 베키, 너 약혼해본 적 있니?"

"그게 뭔데?"

"그것도 몰라? 결혼하겠다고 약속하는 거."

"그런 적 없어."

"약혼해보고 싶지 않니?"

"글쎄, 그런 것도 같고. 모르겠어. 그게 어떤 건데?"

"어떤 거? 어려울 거 없어. 그냥 한 남자 아이한테 다른 아이하고는 영원히 절대로 사귀지 않을 거라고 말한 다음 뽀뽀하면 돼. 누구든지 할 수 있는 일이야."

"뽀뽀? 뽀뽀는 왜 하지?"

"음… 그건 그러니까… 다들 늘 그렇게 하니까."

"모든 사람이?"

"그렇다니까. 모든 사람이 사랑하면 그렇게 해. 내가 아까 석판에 쓴 거 기억나?"

"으… 응."

"뭐라고 쓰여 있었지?"

"너한테 말 안 할래."

"내가 말할까?"

"그… 그래. 하지만 나중에 해."

"아냐, 지금 할래."

"안 돼. 지금 하지 마… 내일 해."

"아냐, 지금 할래. 제발, 베키. 속삭이는 소리로 할게. 아주 편하
게 속삭일게."

베키는 머뭇거렸지만 톰은 그녀의 침묵을 승낙으로 받아들여, 한
손으로 베키의 허리를 감싸고 입을 베키의 귀에 가까이 갖다 대고
아주 부드럽게 가만히 그 말을 속삭였다. 그리고 톰은 말을 이었다.

"자, 이번에는 네가 나한테 속삭여봐. 똑같이 하면 돼."

베키는 잠시 거부하는 태도를 보이다가 말했다.

"내 얼굴이 안 보이게 고개를 저쪽으로 돌려. 그러면 할게. 하지
만 누구한테도 얘기하면 안 돼, 톰, 알았지? 아무한테도 얘기하지
않기다?"

"알았어. 정말, 정말로 얘기하지 않을게. 자, 베키, 어서."

톰은 고개를 돌렸다. 그러자 베키는 수줍어하며 톰의 곱슬머리
가 자신의 숨결에 흔들릴 정도로 가까이 다가가 작은 목소리로 속
삭였다.

"나… 너를… 사랑해!"

그러고 나서 베키는 깡충 뛰어 달아나더니, 책상과 의자를 돌아
톰이 뒤를 쫓는 가운데 열심히 뛰는 것이었다. 마침내 그녀는 교실

한 모퉁이에 숨어 작고 하얀 앞치마로 얼굴을 가렸다. 톰은 베키의 목을 감아 안고 애원하듯 말했다.

"베키, 거의 끝났어. 이제 뽀뽀만 하면 다 끝이야. 무서워하지 마. 아무것도 아니야. 제발, 베키."

톰은 그녀의 앞치마와 두 손을 잡아당겼다.

이윽고 베키는 고집을 꺾고 두 손을 내렸다. 톰과 옥신각신하면서 빨갛게 상기된 얼굴로 앞으로 나와 순순히 응했다. 톰은 그 빨간 입술에 뽀뽀를 하고 이렇게 말했다.

"베키, 이제 모두 끝났어. 지금부터 나 말고 다른 아이 누구도 좋아해서는 안 돼. 나 말고 다른 누구와 결혼해서도 안 돼. 절대, 절대, 아주 영원히 안 돼. 알겠지?"

"응, 알았어. 너 말고는 누구도 사랑하지 않을 거야, 톰. 너 말고는 누구와도 결혼하지 않을 거야. 너도 나 말고는 누구와도 결혼하면 안 된다?"

"물론이지. 그건 일부일 뿐이야. 또 있어. 학교에 오거나 집으로 돌아갈 때 사람들이 보지 않으면 너는 나랑 같이 다녀야 해. 파티에 갈 때도 너는 나를 선택하고 나는 너를 선택해야 해. 약혼을 하면 다들 그렇게 하는 거니까."

"그것 참 좋다. 나는 그런 얘기를 들어본 적이 없어."

"아, 얼마나 재밌는데. 저, 나랑 에이미 로런스랑……."

베키의 눈이 갑자기 휘둥그레지는 것을 보고 톰은 아차 실수했다 싶어 당황한 채 말을 멈췄다.

"오, 톰! 그럼 난 네가 처음 약혼한 애가 아니구나!"

베키는 울기 시작했다. 톰이 입을 열었다.

"베키, 울지 마. 지금 나는 그 애를 더는 좋아하지 않아."

"아냐, 넌 그 애를 좋아해. 너도 알 거야."

톰이 베키의 목을 감아 안으려고 했지만, 그녀는 톰을 밀어젖히고 벽 쪽으로 얼굴을 돌린 채 계속 흐느꼈다. 톰은 다시 달래는 말로 그녀에게 접근했지만, 그녀는 톰을 뿌리쳤다. 그러자 자존심이 상한 톰은 교실 밖으로 성큼성큼 나가버렸다. 불안하고 초조해진 톰은 잠시 밖에 서서, 베키가 후회하고 자기를 찾으러 나오기를 고대하며 가끔 문 쪽을 힐끗 바라보았다. 그러나 베키는 나오지 않았다. 톰은 기분이 나빠지면서 자기가 잘못한 게 아닌가 하는 두려움이 들기 시작했다. 지금 다시 베키에게 다가간다는 것은 어려운 결단이었다. 그러나 그는 용기를 내어 안으로 들어갔다. 베키는 여전히 구석에 서서 얼굴을 벽으로 향한 채 훌쩍거리고 있었다. 톰은 가슴이 아팠다. 그녀에게로 가서 잠시 서 있었다. 정확히 어떻게 행동해야 할지 몰랐다. 다음 순간 톰은 머뭇머뭇하면서 말했다.

"베키, 난… 난 너 말고 아무도 좋아하지 않아."

대답이 없다, 훌쩍일 뿐.

"베키," 애원하듯 말했다. "베키, 뭐라고 말 좀 해봐."

더 요란하게 훌쩍일 뿐이다.

톰은 장작 받침대 위에서 떼어낸 놋쇠 손잡이를 꺼냈다. 그가 가장 아끼는 보물이었다. 톰은 그것을 베키가 보도록 허공에다 흔들며 말했다.

"베키, 이거 가질래?"

베키는 그것을 바닥에다 팽개쳤다. 그러자 톰은 교실 밖으로 나가 언덕 너머로 멀리 사라져버렸다. 그는 그날 학교로 돌아오지 않았다. 이윽고 베키는 수상한 생각이 들기 시작했다. 그녀는 문으로 뛰어갔다. 톰은 보이지 않았다. 그녀는 놀이터로 달려가보았지만 톰은 그곳에도 없었다. 그러자 베키는 큰 소리로 불렀다.

"톰! 톰, 돌아와!"

베키는 열심히 귀 기울여보았지만 아무 응답이 없었다. 그녀의 곁에는 정적과 고독뿐이었다. 베키는 그 자리에 주저앉아 다시 울면서 자신을 나무랐다. 이때쯤 학생들이 다시 모여들기 시작했다. 베키는 자신의 슬픔을 감추고 상처받은 가슴을 가라앉히며, 슬픔을 나눌 친구 하나 없는 낯선 아이들 사이에서 길고 끔찍하고 고통스러운 오후를 십자가처럼 짊어져야 했다.

8장

톰은 학교로 돌아오는 아이들의 눈에 띄지 않으려고 골목길로 요리조리 피했다. 그러고 나서 그는 시무룩해져 발걸음을 느릿느릿 떼어놓기 시작했다. 그는 두세 번 작은 '시냇물'을 건넜는데, 물을 건너는 것은 추적을 어렵게 한다는 미신이 아이들 사이에 널리 퍼져 있었기 때문이다. 30분쯤 지나 톰은 카디프힐 정상에 있는 더글러스 저택의 뒤로 사라지고 있었다. 학교 건물은 뒤쪽 계곡에 멀리 파묻혀 거의 보이지 않았다.

톰은 나무가 우거진 숲으로 들어가 길이 나 있지 않은 곳만 골라 숲 한가운데 이르자 가지를 넓게 펼친 떡갈나무 아래 이끼 긴 바닥에 앉았다. 미풍의 숨결조차 없었다. 숨 막히는 대낮의 열기는 새들의 노래조차 잠재우고 있었다. 대자연은 마법에 걸려 누워 있었고, 이 마법을 깨우는 것이라곤 이따금 멀리서 들려오는 딱따구리 소리뿐이었다. 그런데 이 소리 또한 주변에 가득 찬 고요함과 고독감을 한층 심화시키고 있었다.

톰의 영혼은 우울증에 빠졌다. 그의 기분은 그를 둘러싼 분위기와 너무나 잘 어울렸다. 무릎 위에 팔꿈치를 괴고 두 손으로 턱을 받친 채 톰은 명상에 잠겼다. 삶은 기껏해야 고행일 뿐이라는 생각이 들었다. 최근에 세상을 떠난 지미 호지스가 차라리 부러웠다. 바람이 나무 사이를 속삭이며 지나가고 무덤 위의 풀과 꽃을 어루만지는 가운데 땅속에 누워 영원히 잠자며 꿈을 꾸는 것, 더 이상 영원히 걱정하고 슬퍼할 것도 없는 것은 평화스러운 일임에 틀림없다고 톰은 생각했다. 만약 주일학교 기록이 깨끗하기만 하면 지금이라도 기꺼이 세상과 작별하고 싶었다. 그런데 이제 그 소녀는 어떻게 되는 거지? 내가 무슨 짓을 했지? 아무 짓도 안 했다. 최선을 다해 호의를 베풀었는데 개처럼, 다름 아닌 개처럼 당했어. 장차 그 애는 후회할 거야, 아마 때늦은 후회를 할지도 모르지. 아, 임시로 죽을 수 있다면 얼마나 좋을까!

그러나 탄력 있는 어린아이의 마음은 오랫동안 갑갑한 형태로 단번에 눌려 있을 수 없다. 톰은 곧 자신도 모르는 사이에 삶의 관심사로 다시 표류해 들어오기 시작했다. 지금 세상과 등지고 홀연히 사라지면 어떻게 될까? 만약 이곳을 떠나 먼 곳, 그러니까 바다 너머 미지의 나라로 가서 영원히 돌아오지 않는다면 어떻게 될까? 그러면 베키는 어떤 심정일까!

지금 다시 광대가 되겠다는 생각이 떠올랐지만 그는 메스꺼울 뿐이었다. 광대의 경박함과 농담과 몸에 찰싹 달라붙는 물방울 무늬 옷이 아련하고 엄숙한 낭만의 왕국으로 승화된 영혼으로 침범해 들어오자 불쾌하다는 생각이 들었다. 그건 아니야, 군인이 되자. 그래서 몇 년 지나 전쟁에 이겨 무공을 세우고 돌아오는 거다. 아니, 인디언 무리에 끼여 버팔로를 사냥하고 서부의 산맥들과 길도 없는 대평원에서 전쟁하는 편이 더 낫지 않을까? 그리고 먼 훗날 인디언 추장이 되어 깃 장식을 달고 몸에는 무시무시한 칠을 한 채 어느 나

른한 여름 아침에 피를 굳게 할
함성을 지르며 주일학교로 말을
몰고 들어가는 거다. 그래서 친구
들의 눈알이 참을 수 없는 부러움
으로 튕겨 나오게 하는 거다.

아니야, 그보다 더 멋진 일이
있어. 해적이 되는 거다! 바로 그
거야! 이제 톰의 미래는 그의 앞
에 대평원처럼 펼쳐져 상상할 수
없을 만큼 찬란한 빛을 내고 있었
다. 그의 이름이 전 세계에 알려
지고 사람들은 그 이름만 들어도
벌벌 떨 것이 아닌가! 길고 납작
하면서 검은 선체의 쾌속정 '폭
풍의 혼'을 타고 이물에는 소름
끼치는 깃발을 나부끼면서 파도
가 넘실거리는 바다를 얼마나 영
광스럽게 가르고 갈 것인가! 그리
고 그 명성이 절정에 이르렀을 즈
음 비바람을 이겨낸 갈색 얼굴에
검은 공단 저고리와 반바지, 큼직
하고 긴 장화, 주황색 장식띠로

치장하고, 벨트에는 큰 권총을 여러 개 차고 허리에는 피로 녹슨 단
검을 꽂고, 앞챙이 늘어진 중절모자에다 해골 밑에 두 개의 뼈를 엇

갈려 그려 넣은 까만 깃발을 펄럭이며 난데없이 옛 마을에 나타나 예배당으로 으스대며 걸어 들어가는 거야. 그때 사람들은 희열에 벅차서 이렇게 속삭일 것이다. "저 사람이 해적 톰 소여야! 카리브 해의 검은 복수자!"

그렇다, 이제 결정이 난 것이다. 톰의 행로는 결정되었다. 당장 집을 떠나 그 일을 시작하고 싶었다. 내일 아침 떠날 예정이므로, 이제부터 준비에 들어가야 한다. 우선 자원을 모아야 할 것이다. 톰은 근처에 있는 썩은 통나무로 다가가 발로나이프로 통나무 한쪽 밑의 땅을 파기 시작했다. 곧 속이 빈 듯한 나무에 칼이 닿았다. 그는 거기로 손을 집어넣고 감정을 강하게 실어 주문을 읊었다.

"이곳에 오지 않은 것은 오라! 여기에 있는 것은 여기에 머물라!"

그런 다음 톰이 흙을 헤쳤더니 소나무 널빤지 하나가 모습을 드러냈다. 그것을 들어 올리자 바닥과 옆면이 판대기로 된 작고 예쁜 보물 상자가 보였고, 그 안에는 공깃돌 하나가 놓여 있었다. 톰이 얼마나 놀랐는가는 말로 표현할 수 없을 정도였다. 당황한 톰은 머리를 긁적이며 말했다.

"이게 어떻게 된 거야?"

톰은 심술이 난 듯 그 공깃돌을 던져버리고 일어서서 생각했다. 사실은 이러했다. 톰과 톰의 친구들 모두가 늘 틀림없다고 믿어오던 그 주문이 효험을 발휘하지 못했던 것이다. 어떤 필요한 주문을 외우며 공깃돌 하나를 묻고 보름 정도 내버려두었다가 방금처럼 주문을 외우면서 그곳을 파헤치면 이제까지 잃어버린 공깃돌이 아무리 사방팔방 흩어져버렸더라도 모두 고스란히 돌아와 있어야 했다.

그런데 이런 예상이 실제로 의심할 것도 없이 빗나간 것이었다.

톰의 믿음이라는 구조물 전체가 뿌리째 흔들렸다. 지금까지 성공했다는 말은 여러 번 들어봤지만 실패했다는 얘기는 들어본 적이 없었다. 전에 톰도 직접 여러 번 시도해보았으나, 그것을 묻은 장소를 나중에 찾을 수 없었다는 사실을 미처 생각하지 못했다. 얼마 동안 이 문제에 대해 고심하다가 마침내 얻은 결론은 어떤 마녀가 방해하여 그 주문의 효과를 망쳐놓았다는 것이었다. 그는 이 점에 대해 만족스러운 해답을 얻겠다고 생각했다. 그래서 주변을 샅샅이 뒤져 마침내 깔때기 모양으로 움푹 팬 작은 모래땅을 발견했다. 톰은 그곳에 엎드려 구멍에다 입을 가까이 대고 큰 소리로 불렀다.

"개미귀신아, 개미귀신아, 내가 알고 싶은 걸 말해라! 개미귀신아, 개미귀신아, 내가 알고 싶은 걸 말해라!"

모래가 움직이기 시작했다. 곧 작고 검은 벌레 한 마리가 잠시 나타났다가 겁을 집어먹고 다시 모래 밑으로 쏜살같이 들어가버렸다.

"말해주지 않는군! 그러니까 마녀 짓이었지. 이제 알겠어."

톰은 마녀들과 싸우려고 해봤자 소용이 없다는 것을 잘 알았기에 풀이 죽은 채 단념했다. 차라리 방금 전에 던진 공깃돌이나 되찾아야겠다는 생각이 들어서 열심히 찾아보았으나, 쉽게 찾을 수 없었다. 톰은 다시 보물 상자가 있는 데로 돌아가서 아까 공깃돌을 던졌을 때서 있던 바로 그 장소를 찾아 그곳에 정확히 섰다. 그런 뒤에 주머니에서 다른 공깃돌을 꺼내 같은 방향으로 던지면서 이렇게 말했다.

"형제여, 가서 네 형제를 찾아라."

톰은 돌이 떨어지는 곳을 잘 보아두었다가 그리로 가서 살폈다. 그러나 그것은 너무 가까이, 아니면 너무 멀리 떨어졌음에 틀림없었다. 그래서 톰은 두 번 더 해보았다. 마지막 시도가 성공했다. 두 개의 공깃돌이 서로 한 걸음도 안 되는 거리를 두고 놓여 있었다.

바로 그때 숲의 푸른 통로 서쪽 밑에서 장난감 양철 나팔 소리가 희미하게 들려왔다. 웃옷과 바지를 벗어던진 톰은 멜빵을 허리띠로 바꾸고 썩은 통나무 뒤에 있는 덤불을 손으로 헤쳐 조잡하게 만든 활과 화살, 나무칼과 양철 나팔을 찾아냈다. 그러더니 그것들을 움켜쥐고 셔츠를 펄럭이며 맨다리로 뛰어나갔다. 그리고 곧 커다란 느릅나무 아래에서 걸음을 멈추고 응답의 나팔을 불었다. 그런 다음에는 발소리가 나지 않게 살금살금 걸으며 이쪽저쪽을 경계의 눈길로 살폈다. 그는 조심스럽게 상상의 동료들에게 말했다.

"멈춰, 부하들아! 내가 나팔을 불 때까지 꼼짝 말고 잠복하라."

이때 조 하퍼가 나타났다. 톰처럼 가벼운 옷을 걸치고 공을 들여 무장하고 있었다. 톰이 소리쳤다.

"서라! 내 허가증도 없이 이 셔우드 숲으로 들어온 자가 누구냐?"

"기스본의 가이에게는 어느 누구의 허가증도 필요가 없다. 너는 어떤 놈이기에 이렇게… 이렇게……."

"감히 큰소리를 치느냐." 톰이 대사를 일러주었다. 그들은 '책에서 읽은 것'을 외워서 이야기하고 있었던 것이다.

"그렇게 감히 큰소리치는 너는 도대체 누구냐?"

"바로 나다! 로빈 후드다. 너의 비겁한 시체가 곧 알게 될 것이다."

"그러면 바로 네가 그 유명한 무법자란 말이냐? 이 즐거운 숲의 통행권을 놓고 너와 기꺼이 겨뤄주마. 자, 어서 덤벼라!"

두 소년은 다른 물건들은 땅에 다 내던지고 나무칼만 든 채 칼싸움을 벌일 자세를 취했다. 발동작을 맞추고 '두 번 위로 치고 나서 두 번 아래로 치며' 심각하고 주의 깊은 싸움을 시작했다. 이윽고

104

톰이 말했다.

"너에게 재주가 있으면 힘껏 발휘해보거라!"

두 소년은 숨을 헐떡이고 땀을 뻘뻘 흘리며 '있는 힘껏 재주를 부렸다.' 이윽고 톰이 외쳤다.

"쓰러져! 쓰러져! 너 왜 안 쓰러지는 거야?"

"난 안 쓰러질 거야. 그러는 넌 왜 안 쓰러지는데? 네가 지금 밀리고 있잖아."

"나 참, 내가 밀리는 건 아무것도 아냐. 난 쓰러질 수 없어. 책에 그렇게 쓰여 있지 않아. 책에는 '그러고 나서 그는 되받아치는 일격으로 그 가련한 기스본의 가이를 베어버렸다'라고 되어 있어. 그러니까 네가 등을 돌리면 내가 네 등을 치게 놔둬."

책의 권위를 무너뜨릴 수 없었다. 그래서 결국 조가 등을 돌려 크게 한 번 맞고 쓰러졌다.

"자." 조가 일어나며 말했다. "이번에는 내가 너를 죽이도록 내 버려둬야 해. 그래야 공평하지."

"난 그럴 수 없어. 그런 건 책에 없다고."

"지독히 비겁하구나. 비겁하다는 말밖에 할 말이 없다."

"그럼 말야, 조, 이렇게 하자. 네가 탁발승 터크나 방앗간 주인 의 아들 머치가 되어 몽둥이로 나를 후려치는 거야. 아니면 잠깐 동 안 내가 노팅엄의 보안관이 되고 네가 로빈 후드가 되어서 나를 죽 여도 괜찮고."

꽤 만족스러운 제안이었다. 그래서 이 모험은 계속되었다. 그리 고 다시 로빈 후드가 된 톰은 배반한 수녀 때문에 치료를 소홀히 하

는 바람에 상처 부위에서 피를 많이 흘리고 기진맥진해 쓰러졌다. 마지막으로 조는 슬퍼서 눈물을 흘리는 무법자 전체를 대표해 톰을 앞으로 끌어내어 힘이 없는 톰의 손에 활을 들려주었다. 그러자 톰은 "이 화살이 떨어지는 곳에 선 우거진 나무 밑에 이 불쌍한 로빈 후드를 묻어다오" 하고 말했다. 그러고는 활을 쏘고 벌렁 뒤로 넘어졌다. 그 넘어진 곳이 쐐기풀 위가 아니었다면 그는 그대로 죽었을 것이다. 톰은 시체치고는 너무 경쾌하게 튀어 일어났다.

다시 옷을 입고 무기를 감춘 두 소년은 더 이상 로빈 후드 같은 무법자들이 없다는 것을 슬퍼하며, 또한 그 보상으로 현대 문명이 무엇을 했다고 주장할 수 있을까 궁금하게 여기며 그곳을 떠났다. 그들은 영원히 미합중국 대통령으로 사느니 차라리 1년이라도 셔우드 숲의 무법자로 사는 편이 더 낫겠다고 말했다.

9장

그날 밤 9시 반에 톰과 시드는 여느 때처럼 어서 잠자리에 들라는 지시를 받았다. 그들이 기도를 마치자 시드는 곧 잠이 들어버렸다. 톰은 또렷한 정신으로 누워 조바심으로 초조해하면서 기다리고 있었다. 이제 거의 동이 트는구나 하는 생각이 들었을 때 시계가 종을 울려 알려주는 시간은 고작 10시였다! 절망 바로 그 자체였다.

마음 같아서는 엎치락뒤치락했을 테지만 혹시 시드가 깰까 봐 겁이 났다. 그래서 톰은 조용히 누운 채 어둠 속을 뚫어져라 응시했다. 만물이 을씨년스럽게 고요했다. 이윽고 정적 속으로부터 거의 감지할 수 없을 정도로 나지막한 잡음들이 자신들의 존재를 강조하기 시작했다. 째깍거리는 시계 소리가 들리고, 낡은 대들보들이 신비스럽게 삐꺽거리기 시작했다. 계단들이 어렴풋이 삐꺽거리는 소리를 내고 있었다. 귀신들이 도처에 출몰한 것이 틀림없었다. 고르게 코 고는 소리가 희미하게 폴리 이모의 방에서 새어 나왔다. 또한 이제 인간의 재주로는 그 위치를 추적할 수 없는 곳에서 귀뚜라미 한 마리가 지루하게 울기 시작했다. 침대 머리맡 벽 위에서 살짝 수염벌레가 죽음을 예고하는 소리로 울자 톰은 몸서리를 쳤다. 누군가의 죽음이 초읽기에 들어갔다는 뜻이 담긴 울음소리였기 때문이다. 멀리서 개 짖는 소리가 밤공기를 타고 울리자, 더 먼 곳에서 더 희미하게 짖는 소리가 화답했다. 톰은 고통스러웠다. 마침내 시간이 멈추고 영원이란 세상이 시작된 데 대해 톰은 만족했다.

톰은 저도 모르게 졸기 시작했다. 시계가 11시 종을 울렸지만 그는 그 소리를 듣지 못했다. 바로 그때 비몽사몽간에 고양이 한 마리가 매우 침울하게 우는 소리가 들렸다. 이웃집 창문이 열리는 소리가 톰의 졸음을 방해했다. "이 악마 같은 고양이! 꺼져!" 하는 외침과 함께 이모네 장작 헛간 뒷벽에 빈병이 부딪혀 깨어지는 소리가 톰의 잠을 완전히 깨웠다. 1분 뒤 톰은 옷을 주워 입고 창문으로 나와 L자 모양의 지붕을 따라 네 발로 기었다. 기어가면서 한두 번 조심스럽게 "야옹" 하고 고양이 소리를 냈다. 그런 다음 헛간 지붕으로 뛰어내리고, 다시 땅으로 뛰어내렸다. 허클베리 핀이 죽은 고양이를 들고 그곳에 있었다. 두 소년은 그 자리를 떠나 어둠 속으로 사라졌다. 30분 뒤 그들은 공동묘지의 웃자란 풀을 헤치며 나아가고 있었다.

공동묘지는 옛날 서부식 묘지였다. 언덕 위, 그러니까 마을에서 2.5킬로미터가량 떨어진 곳에 있었다. 형편없이 낡은 널빤지 울타리를 둘러놓았는데, 군데군데 안으로 기울어지거나 밖으로 기울어져 똑바로 서 있는 곳은 하나도 없었다. 잔디와 잡초가 묘지 전체에 우거져 있었다. 오래된 무덤들은 모두 땅으로 꺼지고 비석 하나 남아 있지 않았다. 윗부분이 둥글고 벌레가 파먹은 널빤지들은 비틀거리며 무덤 위로 기울어져서 뭔가가 받쳐주기를 바라고 있었지만 지탱해주는 것이라곤 아무것도 없었다. 아무개를 '경건히 기리며'라는 말이 그들 판자 위에 페인트로 적혀 있었지만, 이제는 불빛이 있다

109

해도 대부분의 판자에서 그 글귀를 읽을 수 없을 것이다.

나무들 사이로 산들바람이 신음 소리를 내며 지나갔다. 죽은 혼령들이 방해하지 말라고 불평하는 소리 같아서 톰은 겁이 났다. 시간과 장소도 그렇거니와 압도하는 엄숙함과 고요함이 그들의 기를 죽이는 바람에 두 소년은 거의 아무 말 없이 다만 입김으로만 속삭일 뿐이었다. 두 소년은 그들이 찾던, 모양이 뚜렷한 새 무덤 하나를 발견했다. 그들은 무덤에서 겨우 몇 미터 떨어진 곳에 무리를 이루며 자라고 있는 커다란 세 그루의 느릅나무 뒤에 몸을 숨겼다.

두 소년은 말없이 기다렸다. 그들 생각에는 오랜 시간 기다린 것 같았다. 멀리서 들려오는 부엉이 울음소리만이 쥐죽은 듯한 정적을 깨뜨렸다. 톰의 머릿속은 여러 가지 생각으로 짓눌렸다. 뭔가 말하지 않고는 배길 수가 없던 톰이 속삭이듯 말했다.

"헉, 우리가 여기 와 있는 걸 죽은 사람들이 좋아할까?"

헉이 속삭였다.

"나도 그걸 알았으면 좋겠다. 여기는 지독히 엄숙해. 안 그래?"

"정말 그래."

두 소년이 이 문제를 속으로 생각하는 동안 꽤 긴 침묵이 흘렀다. 다시 톰이 속삭였다.

"저 말야, 헉, 죽은 호스 윌리엄스는 우리가 하는 말을 듣고 있을까?"

"물론 듣고 있겠지. 적어도 그의 혼령은 듣고 있을 거야."

잠시 말을 멈췄다가 톰이 말했다.

"윌리엄스 아저씨라고 말했어야 했는데. 하지만 나쁜 뜻은 없었어. 누구나 그분을 호스라고 부르니까."

"여기 묻혀 있는 사람들에 대해서 말할 때는 아무리 조심해도 지나치지 않아, 톰."

분위기에 찬물을 끼얹는 말이었다. 그래서 대화는 다시 끊겼다. 얼마 뒤 톰은 친구의 팔을 잡고 말했다.

"쉿!"

"톰, 왜 그래?"

두 소년은 뛰는 가슴을 억제하지 못하고 서로에게 꼭 매달렸다.

"쉿! 또 들렸어! 넌 못 들었니?"

"난……."

"저기야! 이제 너도 들리지?"

"맙소사, 톰. 저들이 오고 있어! 분명히 오고 있어. 우린 이제 어떻게 하지?"

"몰라. 우리가 보일까?"

"아, 톰, 저들은 고양이처럼 어두운 데서도 볼 수 있어. 난 오지 말걸 그랬나 봐."

"겁먹지 마. 저들은 우리를 괴롭히지 않을 거야. 우리는 그들한테 잘못한 게 없잖아. 아주 조용히 있으면 저들은 전혀 눈치 채지 못할 거야."

"톰, 노력해볼게. 맙소사, 내 몸이 막 떨리는데."

"가만!"

두 소년 모두 고개를 숙인 채 제대로 숨도 쉬지 못했다. 묘지 저쪽 끝에서부터 분명하지 않은 목소리가 둥둥 떠오고 있었다.

"봐! 저기를 봐!" 톰이 속삭였다. "저게 뭐지?"

"도깨비불이야. 아, 톰, 너무 무서워."

　몇몇 희미한 형체들이 구식 양철 등을 흔들면서 어둠을 뚫고 이리로 접근하고 있었다. 그 등에서 나온 불빛이 땅 위에 번쩍거리는 수많은 점무늬를 만들어냈다. 이윽고 허클베리가 몸을 떨며 속삭였다.

　"저건 틀림없이 귀신들이야. 셋이나 나타났어. 맙소사, 톰, 이제 우린 끝장이야! 너 기도할 줄 아니?"

　"한번 해볼게. 너무 겁먹지 마. 저들이 우리를 해치지는 않을 거야. 이제 나는 잠자기 위해 눕습니다. 나는……."

　"쉿!"

　"헉, 무슨 일이야?"

　"저건 사람들이야! 적어도 하나는 그래. 머프 포터 영감의 목소리가 확실하다고."

"설마… 그럴 리 없어. 그치?"

"난 그 목소리를 똑똑히 알아. 꼼짝 말고 가만히 있어. 그 영감은 우리를 알아볼 만큼 똑똑하지 않아. 여느 때처럼 취해 있어, 빌어먹을 늙은 망나니 같으니!"

"알았어, 가만있을게. 지금 저들은 꼼짝도 하지 않네. 보이지 않아. 또다시 나타났군. 저들은 흥분했어. 다시 냉정해졌군. 지독히 흥분하는군! 이번에는 똑똑히 보여. 헉, 저 말야, 저들 중 또 한 사람의 목소리를 알겠어. 인전 조의 목소리야."

"맞아, 그 혼혈 살인마! 차라리 귀신이 낫겠다. 저들이 뭣 하러 여기 왔을까?"

소년들의 속삭임은 완전히 그쳤다. 그들 세 사람이 무덤에 도착해 두 소년이 숨어 있는 곳에서 몇 발자국 안 되는 지점에 멈췄기 때문이다.

"바로 여기요." 세 번째 목소리가 말했다. 그 목소리의 주인공이 등불을 높이 들자 젊은 로빈슨 의사의 얼굴이 드러났다.

머프 포터와 인전 조는 밧줄과 삽 두세 자루를 얹은 손수레를 끌고 오는 중이었다. 그들은 짐을 내려놓더니 무덤을 파기 시작했다. 의사는 등불을 무덤 앞에 놓고 느릅나무 쪽으로 다가와 등을 나무에 기대고 앉았다. 어찌나 가까운지 아이들이 팔을 뻗으면 닿을 만한 거리였다.

"빨리 서두르시오!" 의사가 낮은 목소리로 재촉했다. "달이 언제 모습을 드러낼지 모르니까."

그러자 두 사람은 투덜거리며 대답하고는 땅 파기를 계속했다.

얼마 동안 삽으로 파낸 흙과 자갈을 내던질 때 들리는 귀에 거슬리는 소리 말고는 아무 소리도 들리지 않았다. 몹시 단조로운 소리였다. 마침내 삽이 둔탁한 나무에 부딪히는 소리와 함께 관에 닿았다. 다시 1~2분도 지나지 않아 두 사람은 관을 올려 땅에 내려놓았다. 그러고는 삽으로 관 뚜껑을 뜯더니 시체를 꺼내어 땅바닥에 냅다 던져버리는 것이었다. 구름 뒤에서 슬그머니 모습을 드러낸 달이 그 핏기 없는 얼굴을 비췄다. 대기하던 수레에 시체가 실리자 그 위에 담요를 덮고는 밧줄로 묶어 고정시켰다. 포터가 큼직한 용수철 칼을 꺼내 아래쪽으로 늘어져 대롱거리는 밧줄을 자르고는 말했다.

"의사 양반, 자, 지겨운 시체가 준비되었소. 그러니까 5달러를 더 주시오. 안 그러면 시체는 여기 그냥 있을 거요."

"암, 그래야죠!" 인전 조가 거들었다.

"이것 봐요! 지금 무슨 소리 하는 거요?" 의사가 말했다. "품삯을 선불하라고 해서 벌써 주었잖소?"

"그렇긴 하지만, 당신은 나한테 줄 게 더 있거든." 인전 조는 의사에게 다가갔다. 의사는 이제 서 있었다. "5년 전 일이지. 어느 날 밤 뭣 좀 얻어먹으려고 당신 집에 찾아갔을 때 당신은 당신 아버지의 부엌에서 나를 쫓아냈어. 다시는 나타나지 말라면서 말이야. 백 년이 걸려도 꼭 복수하겠다고 내가 욕을 했더니, 당신 아버지가 나를 부랑자라며 감옥에 처넣었지. 내가 잊었다고 생각하나? 내 몸에 인디언의 피가 공연히 흐르는 게 아니야. 이제 너는 내 손에 들어왔어. 넌 이제 끝장이야, 알아?"

이때쯤 조는 의사의 면전에 주먹을 들이대고 협박하고 있었다. 의사는 갑자기 주먹을 날려 그 건달을 땅바닥에 때려눕혔다. 그러자 포터가 칼을 땅에 떨어뜨리며 소리쳤다.

"어렵쇼, 내 친구를 쳤어!"

다음 순간 포터는 의사를 움켜잡았고, 두 사람은 있는 힘을 다해 싸웠다. 두 사람의 발뒤꿈치에 잔디가 밟히고 땅이 패었다. 인전 조는 분노의 눈빛을 이글거리며 바닥에서 벌떡 일어서더니, 포터가 떨어뜨린 칼을 집어 들고 고양이처럼 등을 굽혀 두 사람 주위로 다가가서 살살 맴돌며 기회를 엿보았다. 갑자기 의사가 포터를 뿌리치며 몸을 빼고 일어나 윌리엄스 영감의 무덤에 있는 무거운 널빤지를 움켜잡더니 그것으로 포터를 때려 쓰러뜨렸다. 이윽고 혼혈아는 기회를 잡고 젊은 의사의 가슴에 깊숙이 칼을 꽂았다. 의사가 비틀거리며 포터의 몸 위로 쓰러지자 포터의 몸은 의사의 피로 범벅이 되었다. 바로 그 순간 구름들은 달을 삼켜 그 끔찍한 장면을 지워버렸고, 놀란 두 소년은 어둠 속으로 쏜살같이 달아났다.

곧 달이 다시 모습을 드러냈을 때 인전 조는 두 사람을 물끄러미 내려다보며 서 있었다. 의사는 알아들을 수 없는 말을 중얼거리며 한두 번 길게 숨을 몰아쉬더니 이내 잠잠해졌다. 혼혈아가 중얼거렸다.

"이것으로 셈은 끝났다… 저주나 받아라."

그리고 나서 혼혈아는 그 시체를 뒤져 물건을 훔쳤다. 그런 다음 펼쳐진 포터의 오른손에 그 살인 무기를 쥐어주고는 시체가 없는 빈 관 위에 걸터앉았다. 3분, 4분, 그리고 5분이 흐르자 포터는 몸을 움직이며 신음하기 시작했다. 그는 손에 들린 잭나이프를 꽉 쥐었다. 그러고는 그것을 들어 올려 힐끗 바라보더니 소스라치게 놀라며 땅에 떨어뜨렸다. 포터는 자기 몸 위에 얹힌 시체를 밀치고 일어나 앉아 시체를 바라보다가 당황한 듯 주위를 둘러보았다. 그의 눈이 조의 눈과 마주쳤다.

"맙소사! 조, 이게 어떻게 된 거야?" 그가 물었다.

"끔찍하군." 조는 꼼짝도 않고 말했다. "도대체 왜 이런 일을 저질렀지?"

"내가? 난 그런 짓을 한 적이 없어!"

"여길 보라고. 그런 소리 해봤자 소용없어."

부들부들 떠는 포터의 얼굴이 창백해졌다.

"난 술이 깬 줄 알았는데. 오늘 밤에는 술을 마시지 말았어야 해. 하지만 술기운이 남아 있었던 모양이야… 여기서 일을 시작할 때보다 더 취해 있었나 봐. 머리가 온통 멍해서 아무것도 기억이 나질 않아. 조, 이봐 친구, 정직하게 다 말해줘… 내가 정말 이런 짓을 저질렀나? 조, 죽일 생각은 눈곱만큼도 없었어. 조, 정말 맹세하건대 나는 절대로 죽일 생각이 없었어. 조, 어떻게 된 일인지 말해줘. 아, 끔찍해… 아직 젊고 촉망받는 사람이었는데."

"두 사람이 치고받고 있었는데, 그 친구가 자네를 널빤지로 한 대 내려치자 자네는 납작하게 쓰러지더군. 그러더니 휘청거리면서 몸을 일으켜 비틀거리며 가더니 나이프를 움켜잡았고, 그자가 자네를 또 한 번 내리치는 순간 그자를 푹 찌르더군. 그런 뒤에 자네는 지금까지 시체처럼 여기에 누워 있었어."

"아, 나는 내가 무슨 짓을 저지르는지도 몰랐어. 내가 정말 그를 죽였다면 난 당장 죽고 싶어. 이게 다 위스키 때문이야. 너무 취해서 흥분했었나 봐. 조, 나는 이제껏 무기를 쓴 적이 없어. 싸움은 했어도 흉기를 가지고 싸운 적은 없다고. 사람들도 다 그렇게 말할 거

야. 조, 다른 사람들에게는 말하지 말아줘. 조, 그러지 않겠다고 약
속해줘. 자네는 좋은 사람이잖아. 나는 언제나 자네를 좋아했고 자
네 편이 되어주었어. 자네도 기억하지? 조, 남들에게 말하지 않겠
지?"

　이 불쌍한 인간은 잔인한 살인자 앞에 무릎을 꿇은 채 그의 손을
꼭 움켜잡고 애원했다.

　"아무렴, 머프 포터, 자네는 늘 나한테 공평하고 정당하게 대해
주었어. 자네를 배신하지 않을 걸세. 그래야 남자로서 공평하지 않
겠나."

　"아, 조, 자네는 천사야. 이 일에 대해서는 내 목숨이 붙어 있는
한 자네를 축복하겠네." 이렇게 말하고 포터는 울기 시작했다.

　"자, 그만. 그만하면 됐네. 지금은 훌쩍거리고 울 때가 아니야.

자네는 저쪽 길로 가게. 나는 이쪽으로 갈 테니. 자, 어서 움직여.
어떤 흔적도 남기지 말고."

포터는 잰걸음으로 걷다가 곧 속도를 더 내어 달리기 시작했다.
혼혈아는 그의 뒷모습을 바라보며 서 있다가 중얼거렸다.

"척 보기에도 얻어맞아 정신을 잃은 데다 럼주까지 마셔 정신이
하나도 없으니 칼을 놓고 간 것도 무리가 아니지. 멀리 가서야 생각
이 나겠군. 하지만 혼자서 그것을 가지러 다시 돌아오기는 겁날 거
야… 겁쟁이 같으니!"

2~3분 뒤 살해된 자와, 담요에 싸인 시체와, 뚜껑 없는 관과, 파
헤쳐진 무덤은 오직 달의 검열을 받고 있었다.

적막도 다시 완벽한 적막이 되어 있었다.

10장

두 소년은 겁에 질려 아무 말도 없이 마을을 향해 계속 달렸다. 누가 뒤에서 따라올까 봐 이따금 겁에 질린 눈으로 어깨 너머를 힐끗힐끗 돌아보았다. 그들이 가는 길목에 갑자기 나타나는 나무 그루터기들은 하나같이 사람이나 적처럼 보이는 통에 숨이 덜컥 막혔다. 마을 근처에 위치한 몇몇 외딴 오두막들 옆을 급히 지나칠 때 집 지키는 개들이 잠에서 깨어나 짖어대는 소리는 그들의 발에 날개를 달아주는 것 같았다.

"가다가 주저앉기 전에 오래된 무두질 공장에 도착할 수 있었으면 좋겠다." 숨을 내쉬는 사이사이에 톰이 속삭였다. "난 더 이상 견딜 수 없어."

허클베리의 대답은 헐떡이는 가쁜 호흡뿐이었다. 소년들은 희망하는 목표물에 눈을 고정시킨 채 그곳에 도달하기 위해 최선을 다했다. 그러자 목표물이 차츰 가까워졌다. 마침내 어깨를 나란히 하고 그 열린 문 안으로 뛰어 들어간 그들은 안쪽에서 몸을 숨겨줄 그림자들 속에 지친 몸을 내던지고 안도의 한숨을 내쉬었다. 마침내 맥박이 좀 가라앉자 톰이 속삭였다.

"허클베리, 앞으로 어떻게 될 것 같아?"

"로빈슨 의사가 죽으면 죽인 사람은 교수형에 처해지겠지."

"그럴까?"

"톰, 내가 그런 것도 모르겠니?"

톰은 잠시 생각하더니 이렇게 말했다.

"누가 알려주지? 우리가?"

"무슨 말이야? 어떤 일이 생겨서 인전 조가 교수형에 처해지지 않는다고 생각해봐. 그놈은 언젠가 우리를 죽이려 할 거야. 그건 뻔하지."

"헉, 지금 내 생각이 바로 그거야."

"누군가가 신고해야 한다면 머프 포터한테 하라지. 그가 완전히 바른 짓을 할 때 골라서 말야. 보통 때 그 사람은 늘 엉망으로 취해 있거든."

톰은 아무 말 없이 계속 생각에 잠겨 있다가 마침내 이렇게 속삭였다.

"헉, 머프 포터는 누구 짓인지 모르는데 어떻게 신고를 하니?"

"그가 모르긴 왜 몰라?"

"인전 조가 살인을 저지를 때 그는 널빤지로 한 대 맞은 직후였어. 그러니 그가 무엇을 볼 수 있었겠어? 그가 뭘 알 수 있겠냐고?"

"참, 그렇구나. 톰, 정말 그래!"

"그리고 말야, 이봐… 그 판자로 맞고 포터가 죽었을지도 몰라."

"아냐, 톰, 그렇지는 않을 거야. 그 영감은 술에 취해 있었어. 나는 취한 걸 알 수 있었어. 게다가 그 영감은 늘 취해 있었잖아. 우리 아빠도 만취해 있을 때 잡아놓고 막대기로 머리통을 패도 끄떡없어. 아빠가 직접 그렇게 말했거든. 물론 머프 포터도 그랬을 거야.

정신이 말짱한 사람이 그렇게 맞았다면 아마 죽었을지 모르지. 그건 나도 몰라."

또 생각에 잠겨 입을 다물었던 톰이 다시 말했다.

"헉, 너 입 다물고 있을 수 있지?"

"톰, 우린 입을 다물어야 해. 그걸 알아둬. 악마 같은 인전은 우리 둘쯤 고양이 몇 마리 죽이는 것보다 더 쉽게 해치울 거야. 우리가 나불거렸는데 그놈이 교수형을 당하지 않은 경우에 말이야. 자, 이봐, 톰, 우리 서로 맹세하자. 그게 우리가 할 일이야. 입 다물고 있겠다고 맹세해."

"나도 동감이야. 그게 최선의 길이지. 손을 맞잡고 맹세하자. 우리는……."

"아, 아냐. 이 일에는 그런 거로 부족해. 그건 시시한 일에나 어울리는 방식이야… 특히 계집애들하고나 하는 방식이지. 계집애들은 어쨌든 배반하는 존재니까. 화나면 죄다 불어버리지. 그렇지만 이렇게 큰일에 대해서는 글로 써둬야 하는 거야. 그리고 피로 맹세해야 돼."

톰은 헉의 생각에 전적으로 찬성했다. 그건 심오하고 어두우며 소름까지 끼치는 일이었다. 시간과 환경과 여건들이 그 생각과 정확히 어울렸다. 톰은 달빛을 받고 누워 있는 깨끗한 소나무 판자를 집어 들더니 주머니에서 '빨간 철광석' 조각을 꺼내 달빛을 이용해 다음과 같은 구절을 정성 들여 휘갈겼다. 이 사이에 혀를 밀어 넣음으로써 서서히 아래로 긋는 획을 강조하고, 위로 획을 그을 때는 누르는 힘을 뺐다.

헉 핀과 톰 소여는 이 일에 대해
입을 다물 것을 맹세한다.
그들이 혹시 입을 열면
그 자리에서 죽어 넘어져 썩기를 바란다.

허클베리는 톰의 글재주와 숭고한 문구에 그저 감탄할 뿐이었
다. 헉이 곧바로 접은 옷깃에서 핀을 뽑아 막 제 손가락을 찌르려는
순간 톰이 말했다.

"기다려! 그러지 마. 핀은 구리로 된 거야. 녹청이 묻어 있을지
도 몰라."

"녹청이 뭔데?"

"독이야. 녹청은 바로 독이란 말야. 단 한 번 그걸 조금이라도
삼켰다가는… 곧 알게 될 거야."

그래서 톰은 자기가 가진 바늘들에서 하나를 꺼내 실을 빼버렸
다. 그러고 나서 두 소년은 엄지손가락의 도톰한 부위를 찔러 피 한
방울을 짜냈다. 톰은 여러 번 짜낸 뒤 새끼손가락 끝을 펜 삼아 제
이름의 머리글자로 그럭저럭 서명을 했다. 다음으로 그는 허클베리
에게 'H'와 'F'자 쓰는 방법을 가르쳐주었다. 맹세는 끝났다. 두 소
년은 음산한 의식과 주문을 곁들이면서 그 널빤지를 담 가까이에
묻었다. 그들의 혀에 족쇄를 채워 잠그고는 열쇠를 던져버린 셈이
었다.

그때 폐허가 된 건물 저편 끝에 난 틈새를 통해 사람의 형체 하
나가 살그머니 기어 들어왔다. 그러나 두 소년은 그것을 눈치 채지
못했다.

"톰," 헉이 속삭였다. "이렇게 맹세했다고 해서 우리가 절대로 말을 하지 않을까? 언제까지나?"

"물론이야. 무슨 일이 일어나도 변하는 건 없어. 우리는 입을 다물고 있어야 해. 우리는 그 자리에서 죽는 거야… 넌 모르겠니?"

"나도 그렇다고 생각해."

얼마 동안 두 소년은 계속 소곤소곤 이야기를 나누었다. 이윽고 개 한 마리가 바로 밖에서 슬픈 소리를 길게 내며 짖었다. 소년들은 소스라치게 놀라며 서로 부둥켜안았다.

"우리 중에서 누구한테 짖는 거지?" 허클베리가 헐떡이듯 말했다.

"나도 몰라… 벽 틈으로 내다봐. 빨리!"

"싫어. 톰, 네가 내다봐!"

"난 못해, 헉, 그럴 수 없다고."

"톰, 제발, 내다봐. 저기서 또 짖는다!"

"오, 맙소사. 다행이다." 톰이 속삭였다. "내가 아는 목소리야. 저건 불 하빈슨이야."

"톰, 다행이다. 정말이지 난 무서워 죽는 줄 알았어. 틀림없이 떠돌이 개인 줄 알았다고."

개가 다시 짖어댔다. 소년들의 가슴이 다시 한 번 철렁했다.

"저런! 저건 불 하빈슨이 아니야!" 허클베리가 속삭였다. "톰, 좀 내다보라니까!"

톰은 무서워서 벌벌 떨면서도 하는 수 없이 그 갈라진 틈에다 눈을 갖다 댔다. 톰이 입을 열었을 때 그의 속삭임은 거의 들리지 않을 만큼 작았다.

"아, 헉, 저건 떠돌이 개야!"

"빨리 말해, 톰, 빨리! 저놈이 누굴 보고 짖고 있지?"

"헉, 우리 둘 다를 향해 짖고 있을 거야. 우리 둘이 함께 있으니까."

"아, 톰, 이제 우린 끝장인 것 같아. 내가 죽으면 어디로 갈지 뻔해. 난 이제껏 나쁜 짓만 했거든."

"올 게 온 거야! 나도 학교를 빼먹고 하지 말라는 짓만 골라서 했거든. 마음만 먹으면 시드같이 착한 아이가 될 수도 있었는데… 물론 내가 그렇게는 되지 못할 거야. 하지만 이번에 형벌을 면하면 주일학교에 열심히 다닐 거야!" 톰은 좀 훌쩍거렸다.

"넌 나빠!" 허클베리도 코를 훌쩍거리기 시작했다. "톰 소여, 넌 나쁜 놈이야. 하지만 나에 비하면 아무것도 아니야. 아, 정말이지, 정말이지 나한테 네 기회의 반만 있었으면 좋겠다."

톰은 목이 메었지만 다시 속삭였다.

"이봐, 헉, 저기 봐! 저 개가 우리에게 등을 돌리고 있어!"

헉은 무척 기뻐하며 바라보았다.

"정말이네. 아니, 이럴 수가! 아까도 그랬지?"

"응, 그랬어. 난 바보처럼 그 점을 놓치고 있었어. 다행이다. 그런데 저놈은 지금 누굴 보고 짖어대는 거지?"

개 짖는 소리가 그쳤다. 톰은 두 귀를 쫑긋 세웠다.

"쉿! 저게 뭐지?" 그가 속삭였다.

"들리는 소리로는… 꿀꿀거리는 돼지 같기도 하고. 아니, 이건 누군가가 코를 고는 소리야, 톰."

"그래? 헉, 어디서 나는 소리지?"

"저 끝에서 나는 소리 같아. 어쨌든 그런 것 같아. 우리 아빠도 가끔 저기서 돼지들이랑 같이 자곤 했거든. 하지만 아빠가 코를 골았다 하면 지붕이 들썩일 정도라고. 게다가 아빠는 이 마을에 다시는 돌아오지 않을 거야."

두 소년의 마음속에서 다시 모험심이 꿈틀거렸다.

"헉, 내가 앞장서면 따라올래?"

"별로 그러고 싶지 않아, 톰. 만일 인전 조면 어쩌지?"

톰도 겁이 났다. 그러나 유혹이 다시 강하게 고개를 들었다. 그래서 두 소년은 그 코 고는 소리가 멎으면 줄행랑을 치기로 하고 가까이 가보기로 합의했다. 그들은 하나가 앞장서고 다른 하나는 뒤를 따라 발소리를 죽여가며 살금살금 다가갔다. 코 고는 사람한테서 다섯 걸음도 안 되는 위치에 다다랐을 때 톰이 막대기 하나를 밟는 바람에 딱하고 부러지는 소리가 났다. 그러자 코를 골던 사람이

신음 소리를 내며 몸을 조금 꿈틀거렸다. 그 사람의 얼굴에 달빛이 비쳤다. 머프 포터였다. 포터 영감이 몸을 움직였을 때 소년들의 심장은 고동을 멈췄고 그들의 막연한 기대도 멈췄다. 그러나 이제 두려움은 사라지고 없었다.

까치발로 부서진 물막이판 틈을 통과해 밖으로 나온 두 소년은 지금 나온 건물에서 약간 떨어진 곳에 다다르자 걸음을 멈추고 서로 작별 인사를 나누려 했다. 그때 길게 울부짖는 개 소리가 다시 밤공기를 타고 위로 올라가고 있었다! 뒤돌아보니 그 낯선 개는 포터가 누워 있는 자리에서 몇 발짝 떨어진 곳에서 포터를 향한 채 코로 하늘 쪽을 가리키고 있었다.

"빌어먹을! 바로 그 개야!" 두 소년은 동시에 외쳤다.

"톰, 2주일 전 자정쯤에 어떤 떠돌이 개가 조니 밀러네 집 주위를 돌며 짖어댔다더군. 바로 그날 저녁에는 쏙독새가 날아와서 난간에 앉아 울었고. 그런데도 아직 아무도 죽은 사람이 없어."

"나도 그건 알아. 죽은 사람이 없다고 치자. 그렇지만 그레이시 밀러 부인이 바로 다음 토요일에 부엌 불 속으로 넘어져 지독히 데었잖아."

"그랬지. 하지만 그 아주머니는 죽지 않았어. 죽기는커녕 건강이 좋아지고 있어."

"그렇긴 하지만 두고 봐. 머프 포터처럼 그 아주머니도 이제 죽은 목숨이야. 검둥이들이 그렇게 말하고 있어. 헉, 검둥이들은 그런 일에 대해서는 모르는 게 없거든."

그러고 나서 톰과 헉은 생각에 잠긴 채 서로 헤어졌다. 톰이 창문을 통해 몰래 침실로 기어 들어갔을 때는 벌써 날이 새고 있었다.

아주 조심하면서 옷을 벗은 톰은 자신의 탈선 행위를 아무도 모른다는 생각에 속으로 자축하며 곯아떨어졌다. 조용히 코를 골던 시드가 사실은 깨어 있다는 것, 그것도 한 시간 전부터 깨어 있었다는 사실은 전혀 모르고 있었다.

톰이 눈을 떴을 때 시드는 이미 옷을 입고 방에서 나간 뒤였다. 방 안을 가득 메운 햇빛과 분위기로 보아 늦잠을 잤다는 것을 알 수 있었다. 톰은 놀랐다. 여느 때 같으면 일어나라고 야단을 쳤을 텐데 왜 깨우지 않았을까? 불길한 생각이 들었다. 5분도 안 되어 톰은 옷을 입고 계단을 내려갔다. 여전히 찜찜하고 졸렸다. 식구들은 아직 식탁에 앉아 있었지만 식사는 끝마친 상태였다. 꾸짖는 목소리가 없었고 오히려 톰의 눈길을 피하는 눈치였다. 침묵과 엄숙한 분위기가 감돌고 있어 죄인의 가슴에 냉기를 불러일으켰다. 톰은 앉아서 명랑한 표정을 지으려고 애썼지만 여간 힘든 일이 아니었다. 그러한 톰의 노력은 웃음을 끌어내지 못했고 아무 반응도 일으키지 못했다. 톰은 입을 다물고 마음을 가라앉혔다.

식사가 끝나자 이모는 톰을 따로 불렀다. 이제 매를 맞겠구나 하는 생각에 마음이 후련했지만 매질은 없었다. 이모는 톰을 붙잡고 어떻게 늙은 이모의 마음을 이렇게 아프게 할 수 있느냐며 눈물을 흘렸다. 마지막으로 이모는 말하기를, 계속 그렇게 못되게 굴어 신세를 망쳐서 이모의 희끗희끗한 머리를 슬픔과 함께 무덤으로 보내 버리라고 했다. 이모가 아무리 애써도 소용없기 때문이라는 것이었다. 이것은 회초리로 천 대를 맞는 것보다 더 아팠다. 몸보다 마음이 더 아팠다. 톰은 엉엉 울면서 용서를 빌었고 착한 사람이 되겠다고 거듭 다짐했다. 그런 뒤에 이모에게서 풀려났지만 톰은 완전히

용서받은 것 같지 않았으며, 자신의 약속을 이모도 전적으로 믿는 것 같지 않다는 느낌이 들었다.

톰은 이모의 눈앞에서 벗어났지만 너무 비참한 생각이 들어 시드에게 복수하고 싶은 기분조차 들지 않았다. 그러니까 시드가 뒷문으로 도망칠 필요도 없었다. 우울하고 슬픈 마음을 안고 톰은 학교를 향해 무거운 발걸음을 옮겼다.

전날 수업을 빼먹은 벌로 톰은 조 하퍼와 함께 매를 맞았다. 그러나 톰의 마음은 좀 더 심각한 재앙에 대한 생각으로 가득 차 있었으므로 그 정도 사소한 매질 따위에는 개의치 않았다. 톰은 자기 자리로 돌아와 책상 위에 팔꿈치를 올리고 두 손으로 턱을 괸 채 고뇌에 찬 무표정한 눈길로 벽 쪽을 물끄러미 바라보았다. 그때 그의 팔꿈치에 뭔가 딱딱한 것이 느껴졌다. 한참 만에 슬픈 표정으로 톰은

천천히 자세를 고쳐 앉고는 한숨을 쉬며 그 물건을 집어 들었다. 그
것은 종이에 싸여 있었다. 톰은 그것을 풀었다. 길게 늘어지는 거대
한 한숨이 뒤따랐다. 심장이 찢어지는 듯했다. 그것은 그가 준 놋쇠
손잡이였다!

이 마지막 깃털이 낙타의 등을 뭉개버리고 말았다.

11장

    정오가 다 되어 온 마을은 그 끔찍한 소식에 아연실색했다. 전보라는 것은 꿈도 못 꾸던 시절인데도 이 소식은 이 사람에게서 저 사람에게로, 이 집단에서 저 집단으로, 이 집에서 저 집으로 전보처럼 빠르게 전해졌다. 물론 그날 오후 학교 교장은 수업을 쉬게 했다. 그런 조치가 없었다면 그 작은 도시 사람들이 교장을 이상한 사람으로 생각했을 것이다.

    피 묻은 칼 한 자루가 살해된 사람 근처에서 발견되었는데, 누군가가 그 칼은 머프 포터의 것이라고 확인해주었다. 소문이 그렇게 돌고 있었다. 또한 밤늦게 집에 돌아가던 어떤 사람이 새벽 1~2시경에 포터가 '개울'에서 몸을 씻는 것을 보았는데 그를 보자마자 포터가 슬금슬금 도망쳤다는 소문도 돌았다. 몸을 씻는 것은 포터의 습관이 아니었기 때문에 특히 의심을 사는 대목이었다. 이 '살인범'을 찾느라 읍내 전체를 샅샅이 뒤졌지만 아직 찾지 못했다는 소문도 돌았다(대중은 증거를 추려 범인을 알아내는 일에는 결코 늑장을 부리지 않는 법이다). 말을 탄 수색대들이 사방으로 난 모든 길을 따라 찾아 나섰고 보안관은 밤이 되기 전에 범인을 체포할 것을 '자신했다.'

읍 전체가 공동묘지로 모여들었다. 톰도 아픈 가슴을 가라앉히고 이 행렬에 합세했다. 다른 곳에 가버리고 싶다는 생각이 없었다기보다 무섭지만 설명할 수 없는 어떤 마력이 그를 이끌었기 때문이다. 그 끔찍한 장소에 도착한 톰은 작은 몸으로 군중을 비집고 들어가 그 처참한 광경을 바라보았다. 어젯밤 여기 온 게 까마득히 먼 옛날의 일 같았다. 누군가가 그의 팔을 꼬집었다. 돌아선 톰의 눈이 허클베리의 눈과 마주쳤다. 그러자 두 소년은 즉시 딴 곳을 바라보았다. 그들이 서로 주고받는 눈빛 속에서 누가 어떤 낌새라도 알아채지 않을까 염려되었기 때문이다. 그러나 모든 사람은 서로 이야기를 나누며 눈앞에 펼쳐진 끔찍한 광경에 몰두하고 있었다.

"불쌍한 사람!"

"불쌍한 젊은이!"

"이번 일이 묘지 도굴꾼들에게 경고가 되어야 해!"

"머프 포터는 이제 잡히면 교수형이야!"

이런 말들이 떠다녔고, 목사는 "하나님의 심판이었습니다. 하나님의 길이 여기에 임했습니다" 하고 말했다.

그때 톰은 머리부터 발끝까지 온몸을 떨었다. 인전 조의 태연한 얼굴이 그의 눈에 들어왔기 때문이다. 그 순간 군중이 술렁이기 시작하면서 여기저기서 외치는 소리가 들려왔다.

"저놈이다! 저놈이야! 이리 오고 있어!"

"누구 말야, 누구?" 스무 명쯤 되는 목소리가 물었다.

"머프 포터 말이야!"

"저 봐! 그가 걸음을 멈췄다. 조심해, 그가 되돌아가려고 한다! 도망치지 못하게 해!"

　톰의 머리 위 나뭇가지에 올라가 있던 사람들은 그가 도망치려 하지 않는다고 말했다. 다만 불안하고 어리둥절한 표정을 짓고 있다는 것이었다.

　"저렇게 뻔뻔스러울 수가!" 옆에 서 있는 어떤 사람이 말했다. "제가 저지른 일을 보러 온 거야, 아무도 없는 줄 알았겠지."

　군중이 길을 터주자 보안관이 포터의 팔을 잡고 우쭐대며 끌고 왔다. 가련한 포터 영감의 얼굴은 수척해 보였고, 두 눈은 지금 자신이 느끼는 공포를 드러내고 있었다. 살해된 사람 앞에 서자 그는 중풍에 걸린 사람처럼 몸을 떨며 얼굴을 두 손에 파묻고 왈칵 울음을 터뜨렸다.

　"내가 한 짓이 아니오, 여러분." 그는 흐느꼈다. "맹세하건대 난 결코 죽이지 않았소."

"누가 너보고 했다고 했어?" 어떤 목소리가 외쳤다.

이 말이 정곡을 찌른 모양이었다. 포터는 얼굴을 쳐들고 체념한 듯한 슬픈 눈으로 주위를 둘러보았다. 그러다가 인전 조를 발견하고는 소리쳤다.

"오, 인전 조. 자네 나한테 약속하지 않았나. 절대로……."

"당신 칼이지?" 보안관이 포터 앞에 그 칼을 내밀었다.

사람들이 그를 붙잡아 땅에 가만히 내려놓지 않았다면 포터는 꽈당하고 넘어졌을 것이다. 다음 순간 포터가 입을 열었다.

"왠지 여기 와서 이것을 가져가지 않으면……." 그는 몸을 떨었다. 그러고는 체념한 몸짓으로 힘없는 손을 내저으며 말했다. "조, 자네가 털어놓게. 사람들에게 말해. 이렇게 되었으니 소용없네."

그때 허클베리와 톰은 입을 꾹 다물고 눈을 똑바로 뜬 채 이 냉혹한 거짓말쟁이가 침착하게 진술하는 것을 듣고 서 있었다. 순간순간 맑은 하늘에서 그놈의 머리 위로 벼락이 내리치기를 기대하면서 하느님이 왜 이렇게 꾸물대는 걸까 의아한 생각이 들었다. 인전 조가 진술을 마치고도 여전히 멀쩡하게 살아 있는 것을 보았을 때, 맹세를 깨뜨리고서라도 배신당한 저 불쌍한 죄수의 목숨을 구해줄까 말까 하던 확고하지 못한 충동은 힘을 잃고 사라졌다. 분명 이 악당은 자신을 사탄에게 팔아 넘긴 것이 확실했고, 그런 힘을 가진 인간의 일에 간섭하고 대들었다가는 치명적인 꼴을 당할지도 모른다고 생각했기 때문이다.

"왜 여길 떠나지 않았나? 뭣 때문에 다시 오고 싶었나?" 누군가가 말했다.

"어쩔 수 없었소… 어쩔 수 없었다고요." 포터가 신음하는 목소리로 말했다. "도망치고 싶었지만 이곳 말고는 아무 데도 갈 수가 없었단 말이오."

인전 조는 몇 분 뒤 선서를 하고 시작한 심문에서도 마찬가지로 조금 전에 한 진술을 침착하게 되풀이했다. 두 소년은 아직도 번개가 치지 않는 것을 보고는 조가 악마에게 자신을 팔았구나 하는 믿음을 더욱 굳혔다. 인전 조는 그들이 이제껏 본 중에서 불길하지만 가장 흥미로운 대상이 되었다. 두 소년은 마치 홀린 듯이 조의 얼굴에서 눈을 뗄 수 없었다.

톰과 헉은 밤마다 조를 감시하면서 기회가 오면 조의 무서운 주인인 그 악마를 한번 보겠노라고 마음속으로 다짐했다.

인전 조는 살해당한 사람의 시체를 치우기 위해 그것을 들어 짐마차에 싣는 일을 거들었다. 그때 몸서리치는 군중 사이에서 시체의 상처 부위에서 피가 조금 흐른다고 숙덕거리는 소리가 들렸다. 두 소년은 이 다행스러운 상황 덕분에 올바른 방향으로 혐의의 대상이 바뀔 것이라고 생각했다. 그러나 두 소년은 곧 실망하고 말았다. 마을 사람들이 이렇게 말했기 때문이다.

"살인 행위는 머프 포터로부터 1미터도 안 되는 거리에서 일어난 거야."

이 일이 있은 뒤 1주일 동안 톰은 무서운 비밀을 숨긴 것과 그로 인한 양심의 가책 때문에 밤잠을 설쳤다. 어느 날 아침 식사 도중에 시드가 말했다.

"톰 형, 형이 밤마다 뒤척이고 잠꼬대를 심하게 하는 통에 나는 밤새 절반 정도는 깨어 있단 말야."

톰은 얼굴이 새파래지면서 눈을 내리깔았다.

"그건 좋지 않은 징조로구나." 폴리 이모가 심각하게 말했다. "무슨 걱정거리라도 있니, 톰?"

"아뇨, 전 아무것도 몰라요." 그러나 톰은 손이 떨리는 바람에 들고 있던 커피를 흘렸다.

"그런데 형은 끔찍한 잠꼬대를 한단 말이야." 시드가 말을 이었다. "어젯밤엔 '피다, 피야. 그건 바로 피야!' 하고 말했어. 그 말을 여러 번 반복했어. 그러고는 '그렇게 나를 괴롭히지 마, 내가 말할게!' 하고 말했어. 무슨 말을 하겠다는 거지? 말하겠다는 게 뭐야?"

톰은 눈앞이 캄캄해지면서 현기증을 느꼈다. 이제 무슨 일이 일어날지 알 수 없었다. 그러나 다행히도 이모의 얼굴에서 걱정하는 기색이 사라지더니 무심결에 이렇게 말하며 톰을 곤경에서 구해주는 것이었다.

"그럴 만도 하지! 다 그 살인 사건 때문이야. 나도 밤이면 밤마다 그런 꿈을 꾼단다. 때로는 내가 직접 살인을 저지르는 꿈을 꾸기도 해."

메리 역시 그 일 때문에 시달리고 있다고 말했다. 시드도 납득하는 것 같았다. 톰은 그럴듯하게 핑계를 대고 가능한 한 빨리 그 자리에서 빠져나왔다. 그 뒤로 톰은 1주일 동안 이가 아프다고 투덜대면서 매일 밤 입을 싸매고 잤다. 시드가 밤마다 감시하고 있다가 톰의 입에 감긴 붕대를 풀고 한참 동안 팔에 턱을 괴고 톰의 말에 귀를 기울인 뒤 다시 붕대를 감아놓는다는 사실을 톰은 알지 못했다. 그러나 톰의 마음고생도 차츰 사라지고 이가 아프다며 핑계 대는 일도 귀찮아져서 그 작전도 포기했다. 설사 이치에 안 맞는 톰의 잠꼬대에서 시드가 뭔가를 알아냈는지 몰라도 그는 아무 말도 입

밖에 내지 않았다.

학교 친구들이 죽은 고양이를 가지고 검시(檢屍) 놀이를 계속하는 바람에 살인 사건은 톰의 머리에서 떠나지 않고 늘 그를 괴롭히는 것 같았다. 이제껏 모든 새로운 놀이를 톰이 앞장서서 이끄는 버릇이 있었는데, 이번 검시 놀이만큼은 톰이 검시관이 되겠다고 나서지 않는다는 점에 시드는 주목했다. 또한 톰이 목격자 역할로도 나서지 않는 데 주목하고 참으로 이상한 일이라고 생각했다. 더욱이 시드는 톰이 검시 놀이에 대한 남다른 혐오감을 나타내면서 되도록 그 놀이를 피한다는 사실을 간과하지 않았다. 시드는 의아하게 생각했지만 아무 말도 하지 않았다. 그러나 검시 놀이도 마침내 시시한 놀이가 되면서 톰의 양심에 대한 고문을 멈추었다.

이 슬픈 기간 동안 톰은 날마다 또는 하루 걸러 기회를 봐가며 유치장으로 찾아가 작은 격자형 창문을 통해 그 '살인범'에게 자기가 구할 수 있는 작은 위안거리를 몰래 넣어주었다. 유치장은 마을 끝자락에 있는 늪지에 세운 보잘것없는 작은 벽돌 건물이었는데, 간수들도 없었다. 사실 이곳에 갇히는 사람이 거의 없었던 것이다. 이렇게 위문품을 넣어주는 일은 톰이 양심의 가책에서 벗어나는 데 큰 도움이 되었다.

마을 사람들은 시체를 도굴한 죄로 인전 조를 붙잡아서 온몸에 타르를 바르고 깃털을 꽂은 뒤 들것에 태워 마을을 돌아다녔으면 하는 강렬한 욕망을 품어보았다. 하지만 인전 조의 성품이 워낙 흉악했기 때문에 아무도 앞장서려고 하지 않아 흐지부지 무산되고 말았다. 인전 조는 두 번에 걸친 검시 진술에서 싸움이 벌어진 그 장면부터 이야기를 시작하고 싸움 전에 있었던 무덤 도굴에 대해서는

고백하지 않는 용의주도함을 보였다. 그러므로 마을 사람들은 현재
로서는 그 사건을 재판에 회부하지 않는 것이 가장 현명하다고 생
각했다.

12장

톰이 남모를 고민에서 차츰 벗어나게 된 이유 중 하나는 새로운 중대 사건이 마음을 끌었기 때문이다. 베키 새처가 학교에 나오지 않았던 것이다. 톰은 며칠 동안 자존심과 싸우며 '그녀를 휘파람으로 바람에 날려버려' 잊고 싶었지만 아무 소용이 없었다. 톰은 밤마다 그녀의 집 주변을 어슬렁대며 비참한 기분을 맛보기 시작했다. 베키는 몸이 아팠다. 베키가 죽으면 어쩌지! 이런 생각에 톰은 심란했다. 그는 전쟁 놀이나 심지어 해적 놀이에도 흥미를 잃었다. 삶의 기쁨이 사라지고 삶에 대한 지겨움만이 남았다. 굴렁쇠도 야구 방망이도 치워버렸다. 그런 것들에는 더는 기쁨이 없었다.

폴리 이모는 톰이 걱정되었다. 그래서 톰에게 모든 약 처방을 써 보았다. 그녀는 특히 약이나 새로 유행하는 건강법이나 치료법이라면 사족을 못 쓰는 사람들 중의 하나였다. 이런 것들을 상습적으로 실험해보는 부류였다. 이런 분야에 새로운 것이 나왔다 하면 당장 열을 올리며 달려들었다. 그렇다고 해서 자신에게 그것을 실험하지는 않았다. 이모는 결코 아픈 적이 없으니까. 그래서 손쉽게 걸려드는 아무에게나 실험해보는 것이었다. 또한 온갖 '건강' 잡지들과 사기성 짙은 골상학 글들의 정기 구독자였다. 그런 잡지들을 가득 채

운 엄숙한 무지가 이모에게는 매우 소중한 것이었다. 그런 잡지들이 담고 있는 통풍, 잠자리에 드는 법, 잠자리에서 일어나는 법, 먹어야 할 음식, 마셔야 할 물, 해야 할 운동량, 가져야 할 마음가짐, 입어야 할 의복의 종류 등에 관한 온갖 '헛소리'가 이모에게는 하나같이 복음서 같았다. 이번 달의 건강 잡지들은 지난달에 자신들이 추천한 모든 것을 으레 뒤집어엎는다는 사실을 이모는 절대로 깨닫지 못했다.

이모는 하루의 길이가 영락없이 24시간인 것처럼 그렇게 단순하고 고지식해서 그야말로 속이기 쉬운 사기꾼들의 밥이었다. 이모는 엉터리 잡지와 엉터리 약을 잔뜩 모아놓고 있었다. 그래서 은유적으로 표현하자면, 죽음으로 무장하고 '지옥을 뒤에 거느린' 채 청황색 말을 타고 이리저리 돌아다니고 있었다. 그러나 이모는 병으로 고생하는 이웃들에게 자기가 치유의 천사이며 '길르앗의 유향'의 화신임을 조금도 의심치 않았다.

당시에는 물 요법이 새로운 치료법이었다. 그래서 톰의 우울 증세가 이모에게는 굴러 들어온 복이나 마찬가지였다. 이모는 매일 아침 동이 틀 무렵 톰을 데리고 나가 장작 헛간에 세워놓고 몸에 찬물을 흠뻑 부었다. 그러고는 줄칼처럼 거친 수건으로 몸을 북북 문질러 정신이 들게 했다. 그런 다음 톰의 몸을 젖은 홑이불로 둘둘 말아가지고 그 위에 여러 겹의 담요를 덮었다. 마침내 땀을 뻘뻘 흘리게 된 톰의 영혼은 깨끗해지고, 톰의 표현대로 '몸에 있던 누런 때가 땀구멍으로 빠져나갔다.'

이런 처방을 해도 톰은 더더욱 우울하고 창백하고 기가 죽어 있었다. 그러자 이모는 온탕 요법, 좌욕 요법, 샤워 요법, 전신욕 요법

을 추가했지만 톰은 여전히 영구차처럼 음산했다. 이모는 물 요법
에다 약간의 오트밀을 사용하는 식이요법과, 발포 연고를 사용하는
요법을 보강하기 시작했다. 이모는 항아리의 용량을 측정하듯 톰의
소화 능력을 측정하여 날마다 온갖 엉터리 만병통치약을 먹였다.

이쯤 되자 톰은 이모의 귀찮고 괴로운 배려에 무관심해졌다. 이
런 톰의 모습에 늙은 이모의 가슴은 경악으로 가득 찼다. 이 무관심
은 무슨 수를 써서라도 없애버려야 했다. 그때 이모는 처음으로 진
통제에 관해 듣고 당장에 많은 양을 주문했다. 이모는 그 약을 맛보
더니 고마워서 어쩔 줄 몰랐다. 그 약은 액체로 되어 있지만 불같이
화끈거렸다. 이모는 물 요법과 그 밖의 다른 요법들을 중지하고 진
통제에만 집중했다. 이모는 톰에게 차 스푼으로 한 번 떠먹이고는
그 결과를 초조하게 지켜보았다. 이모의 고민은 순식간에 해결되고

마음도 다시 평온을 되찾았다. 그 '무관심 상태'가 사라졌기 때문이다. 혹시 톰의 발치에 불을 피웠다 해도 이때만큼 왕성하고 요란한 관심을 보이지는 않았을 것이다.

이제 톰은 일어나 움직일 때라고 생각했다. 이렇게 음울한 상황에 처박힌 그의 생활이 꽤 낭만적일지는 모르겠지만, 감정이 메마른 데다 지나친 다양성으로 마음만 산란했다. 그래서 톰은 이런 상태를 벗어날 여러 가지 계획을 궁리하다가, 마침내 그 진통제를 좋아한다고 공언해야겠다는 생각이 떠올랐다. 톰이 그 약을 달라고 너무 자주 요구하자 이모는 귀찮아하며 알아서 직접 꺼내 먹고 자기한테 조르지 말라고 하는 것이었다. 만일 시드였다면 이모는 공연히 불안해하며 자신의 기쁨을 해치지 않았을 테지만, 상대가 톰이다보니 이모는 그 약병을 몰래 감시했다. 약은 정말 줄어들어 있었다. 그러나 이모는 톰이 자기 방 마룻바닥의 벌어진 틈을 치료하는 데 그 약을 쓰고 있다는 사실은 미처 깨닫지 못했다.

어느 날 톰이 바닥의 벌어진 틈에 약을 먹이고 있을 때였다. 이모의 노란 고양이가 가르랑거리며 다가와서는 탐욕스럽게 스푼을 바라보며 한입 맛보게 해달라고 애원하는 듯했다. 톰이 말했다.

"피터, 원하지 않으면 달라고 하지 마."

그러나 피터는 먹고 싶다는 마음을 제대로 나타냈다.

"확실히 하는 게 좋을걸."

피터는 단호했다.

"네가 달라고 해서 주는 거야. 나는 인색한 놈이 아니니까. 혹시 맛이 없어도 그건 네 탓이지 누구 탓도 아니야."

피터는 사근사근했다. 톰은 피터의 입을 벌리고 진통제를 부어

141

넣었다. 곧이어 몇 미터 공중으로 뛰어오른 피터는 인디언 함성을 지르며 방 안을 빙빙 돌아다니고, 가구를 들이받고 화분을 쓰러뜨리기도 하면서 난장판을 만들었다. 그리고 뒷발로 일어나 머리를 어깨 위로 하고 목소리에는 참을 수 없는 행복감을 실어 기뻐서 미치겠다는 듯이 뛰어 돌아다녔다. 그런 다음 피터는 가는 곳마다 혼란과 파괴를 일으키며 다시 온 집 안을 요란하게 뛰어다녔다. 때마침 폴리 이모가 방으로 들어왔을 때 고양이 피터는 두 바퀴짜리 공중제비를 몇 번 넘더니 마지막으로 힘찬 만세를 부르고는 남은 꽃병들을 죄다 데리고 열린 창문을 통해 용케 빠져나갔다. 늙은 이모는 너무 놀라 화석처럼 굳어진 자세로 서서 안경 너머로 이 광경을 둘러보았다. 톰은 마룻바닥을 뒹굴며 웃고 있었다.

"톰, 저 고양이가 도대체 어찌 된 거냐?"

"전 몰라요, 이모." 톰은 숨찬 목소리로 대답했다.

"고양이가 저러는 걸 지금껏 본 적이 없다. 어떻게 했기에 저러는 거냐?"

"이모, 전 정말 몰라요. 고양이들은 기분 좋으면 늘 저러잖아요."

"그래? 늘 그렇단 말이지?" 이모의 말투에는 톰을 불안하게 하는 뭔가가 담겨 있었다.

"예, 이모. 저는 그렇게 믿고 있다는 말이에요."

"그렇게 믿어?"

"예, 이모."

톰이 불안으로 더 고조된 흥미를 느끼며 지켜보는 가운데 이모는 허리를 굽히고 있었다. 톰은 이모의 '의중'을 알아챘지만 이미 때는 늦었다. 비밀을 밝혀줄 티스푼 손잡이가 침대 아래를 가리는 천 밑에서 제 모습을 드러내고 있었다. 이모가 그것을 집어 올리는 순간, 톰은 몸을 움찔하며 눈을 내리깔았다. 폴리 이모는 늘 이용하는 손잡이, 즉 톰의 귀를 잡고 일으키더니 골무로 톰의 머리를 힘껏 쥐어박았다.

"넌 어쩌자고 말 못하는 불쌍한 짐승에게 그런 짓을 했니?"

"불쌍해서 그랬어요. 피터에겐 이모가 없잖아요."

"이모가 없어서? 이 바보 같으니! 이 짓거리하고 이모 없는 것하고 무슨 상관이니?"

"많이 상관 있어요. 피터에게 이모가 있다면 피터를 직접 다 태워버렸을 거예요. 피터가 사람이라면 아픈 것도 못 느낄 만큼 감각이 없는 줄 알고 피터의 이모가 그 창자를 꺼내 불에다 구워버렸을 거라고요."

폴리 이모에게 뼈저린 후회가 밀려왔다. 이 일을 계기로 이모는 상황을 새로운 각도에서 바라보게 되었다. 고양이에게 잔인한 짓은 어린아이에게도 잔인한 짓이 될 수 있었다. 이모는 감정이 누그러지면서 미안하다는 느낌이 들었다. 눈에 눈물이 약간 비치는 가운데 이모는 톰의 머리에 손을 얹고 온화하게 말했다.

"나는 너를 위해 최선의 것을 해주고 싶었다, 톰. 그래도 그 약은 너에게 효험이 있었어."

톰은 의젓한 태도를 유지하면서 반짝이는 눈빛으로 이모의 얼굴을 올려다보았다.

"이모, 이모가 좋은 뜻으로 그랬다는 거, 저도 알아요. 피터에게 제가 해준 것도 마찬가지예요. 피터한테도 효험이 있었어요. 피터가 그렇게 뛰어노는 게 얼마 만인지 몰라요."

"톰, 내 화를 다시 돋우기 전에 이제 그만 말해라. 단 한 번이라도 착한 아이가 되려고 노력해봐. 이제 약은 더 먹지 않아도 된다."

톰은 수업이 시작되기 전에 학교에 도착했다. 최근 들어 톰이 이렇게 이상하게 행동하는 일이 매일 일어나고 있었다. 최근에 늘 그랬듯이 오늘도 톰은 친구들과 놀지 않고 교문 근처에서 어슬렁거렸다. 톰은 아프다고 말했고 실제로도 아파 보였다. 톰은 여기저기 사방을 둘러보는 척했지만 길 아래쪽을 바라보고 있었다. 이윽고 제프 새처가 보였다. 그 순간 톰의 얼굴이 밝아졌다. 하지만 잠시 그쪽을 응시하더니 곧 실망한 듯 눈길을 돌렸다. 제프가 도착하자 톰은 그에게 다가가 넌지시 베키에 관해 이야기할 기회를 '노렸지만' 덜렁대는 그 녀석은 전혀 미끼를 보지 못했다. 톰은 눈이 빠지도록 지켜보고 또 지켜보며 팔락거리는 짧은 치마가 나타날 때마다 잔뜩 기대를 걸었지만 베키가 아닌 것이 밝혀지는 순간 그 여자 아이들을 미워했다. 여자 아이용 짧은 치마가 더는 나타나지 않자 톰은 가망 없다는 듯 침울해지고 말았다. 톰은 텅 빈 듯한 학교 건물로 들어가 자리에 앉아 괴로워했다.

바로 그때 여자 아이 옷 하나가 교문 안으로 들어왔다. 톰의 심장은 요란하게 뛰기 시작했다. 다음 순간 톰은 밖으로 튀어나와 인디언처럼 '돌격 앞으로'를 감행했다. 외치고, 웃고, 아이들을 추격하고, 목숨 걸고 담장을 뛰어넘고, 두 손 짚고 덤블링을 하고, 머리를 땅에 대고 물구나무서기를 하는 것이었다. 그가 생각할 수 있는 온갖 영웅적인 묘기를 다 부렸다. 그러는 동안 내내 톰은 베키 새처가 자기를 보고 있나 살피기 위해 몰래 슬쩍슬쩍 눈길을 던졌다. 그러나 베키는 전혀 의식하지 않는 것 같았다. 한 번도 쳐다보지 않았다. 그가 거기 있다는 것을 그녀가 모른다는 게 대체 말이 되는가?

톰은 그녀 바로 곁에 가서 묘기를 부렸다. 인디언 함성을 지르며 빙빙 주위를 돌다가 한 남자 아이의 모자를 잡아채 학교 지붕 위로 던져버린 다음 소년의 무리를 뚫고 들어가 아이들을 사방으로 넘어뜨리고, 그러다 마침내 베키 코밑에서 대자로 나자빠지면서 그녀를 깜짝 놀라게 했다. 그러자 베키가 코를 하늘로 향하면서 말하는 소리가 들렸다. "흥, 자기가 잘났다고 생각하는 사람이 있지. 늘 으스대기나 하고!"

톰의 양쪽 볼에서 불이 났다. 톰은 몸을 추스르고 일어나 기가 꺾이고 풀이 죽은 채 슬금슬금 그 자리를 떴다.

13장

이제 톰은 결심을 굳혔다. 그는 우울하고 절망스러웠다. 자신은 친구도 없이 버림받은 아이라고 중얼거렸다. 아무도 자기를 사랑하지 않는다는 것이었다. 저희들이 나를 이런 지경으로 몰아넣은 것을 알게 되면 아마 후회하겠지. 나는 올바르게 행동하고 같이 잘 지내려고 노력했지만 저희들이 나를 못하게 한 거야. 나를 없애버려야 속이 편하다면 다들 그렇게 하라지. 그렇게 해서 일어나는 일도 다 내 탓이라고 하라 그래. 왜 안 그러겠어? 친구 하나 없는 놈이 불평할 권리라도 있나? 결국 저희들이 나를 이 모양으로 만든 거야. 그러니 나는 범죄를 저지르는 삶을 살 거야. 다른 선택의 여지가 없어.

이때쯤 톰은 메도레인을 한참 지난 곳에 와 있었다. '수업 시작'을 알리는 종소리가 희미하게 고막을 건드렸다. 그러자 톰은 더는 그 친숙한 소리를 영영 듣지 못할 것이라는 생각을 하며 흐느꼈다. 이건 힘든 결정이었다. 그러나 강요된 결정이었다. 냉엄한 세상으로 쫓겨난 자신을 순순히 받아들여야 했다. 그러나 톰은 그들을 용서했다. 그러자 더 처절한 흐느낌이 솟구쳤다.

바로 그때 톰은 영혼을 걸고 맹세한 친구 조 하퍼를 만났다. 무섭게 번쩍이는 눈을 보니 그의 가슴에도 크고 어두운 목적이 도사리고 있는 것이 분명했다. 이를테면 '생각이 같은 두 영혼'이 여기서 만난 것이었다. 톰은 소맷자락으로 눈물을 훔치고 자신의 결심을 더듬거리며 털어놓기 시작했다. 넓은 세상을 떠돌아다니면서 다시는 돌아오지 않음으로써 집안의 학대와 동정에서 벗어나겠다는 결심이었다. 마지막으로 조에게 자기를 잊지 말라고 부탁했다.

그러나 조 역시 톰에게 같은 부탁을 하려고 톰을 찾고 있었다는 사실이 드러났다. 조는 먹어본 적도 없고 그게 뭔지도 잘 모르는 크림을 먹었다고 어머니한테 매질을 당했던 것이다. 질려버린 어머니는 분명 자기가 집에서 나가기를 원하고 있다고 말했다. 어머니의 생각이 그렇다면 조로서는 그 뜻에 따를 수밖에 없다는 것이었다. 조는 또한 어머니가 부디 행복하기를 바라고, 아들을 무정한 세상으로 내몰아 고생하다 죽게 한 것을 결코 후회하지 말았으면 좋겠다고 말했다.

두 소년은 슬픔을 안고 걸어가면서, 형제가 되어 죽음이 두 사람의 고통을 끝낼 때까지 절대 헤어지지 않고 서로 돕기로 새롭게 맹세했다. 그러고는 앞으로의 계획을 짜기 시작했다. 조는 은둔자가 되어 먼 동굴 속에서 마른 빵 껍질로 연명하다가 언젠가 추위와 굶주림과 비탄 가운데 죽어가기로 했다. 그러나 톰의 이야기를 듣고 나서 범죄 생활을 하는 쪽이 확실히 이롭겠다는 생각에 마침내 해적이 되는 데 동의했다.

세인트피티스버그에서 강 하류 쪽으로 5킬로미터 정도 가면 강폭이 2킬로미터쯤 되는 곳에 숲이 우거진 좁고 길쭉한 섬이 하나 있었다. 섬 앞머리에는 물이 얕은 모래톱이 있었는데 집합 장소로

딱 알맞은 곳이었다. 그 섬에는 사람이 살지 않았다. 섬은 건너편 육지의 해안으로 삐죽 나아가, 그쪽에 나무가 울창하고 인적이 드문 숲과 나란히 평행을 이루고 있었다. 두 소년은 자신들이 머물 곳으로 이 잭슨 섬을 골랐다. 누구를 상대로 해적질을 할까 하는 문제는 아직 그들의 머릿속에 떠오르지 않았다. 그다음 그들은 허클베리 핀을 찾아냈다. 헉은 즉시 그들과 한패가 되었다. 모든 직업이 헉에게는 매한가지였기 때문이다. 또한 헉은 매사에 무관심했다. 세 소년은 그들이 좋아하는 시간, 즉 자정에 동네에서 위쪽으로 3킬로미터 떨어진 강둑에 있는 호젓한 장소에서 만나기로 하고 헤어졌다. 그곳에는 통나무로 된 작은 뗏목이 있었다. 그들은 그것을 손에 넣을 참이었다. 그리고 세 소년은 각자 낚싯대와 낚싯바늘과 식량을 범법자에게 어울리는 아주 은밀하고 신비한 방법으로 훔쳐오기로 했다. 그런 다음 세 소년은 그날 오후가 다 가기 전에 마을 사람들이 이제 '굉장한 사건을 듣게' 되리라는 소문을 퍼뜨리고 다니며 짜릿하고 영광스러운 쾌감을 그럭저럭 맛보았다. 이렇게 막연한 암시를 받은 모든 아이에게 '입 다물고 기다리라'는 주의도 주었다.

자정쯤 톰은 익힌 햄과 몇 가지 자질구레한 것들을 챙겨 집합 장소가 내려다보이는 조그마한 벼랑 위 빽빽한 덤불 속에 멈춰 섰다. 별빛이 찬란하고 한없이 조용했다. 거대한 강은 쉬고 있는 대양같이 누워 있었다. 톰은 잠시 귀를 기울여보았지만 이 고요함을 방해하는 소리는 전혀 없었다. 그때 톰은 약하지만 또렷한 음정의 휘파람을 불었다. 벼랑 아래에서 응답이 있었다. 톰은 휘파람을 두 번 더 불었다. 이번에도 같은 방법으로 응답이 왔다. 다음 순간 경계하는 목소리가 말했다.

"거기 있는 게 누구냐?"

"카리브해의 검은 복수자 톰 소여다. 너희들 이름을 대라."

"붉은 손 헉 핀과 바다의 공포 조 하퍼다." 이 이름들은 톰이 즐겨 읽는 책에서 골라 붙여준 것이었다.

"좋다, 암호를 대라."

두 아이의 쉰 목소리가 세상을 뒤덮은 밤을 향해 무시무시한 단어를 동시에 내뱉었다.

"피!"

그러자 톰은 가져온 햄을 벼랑 아래로 굴리고, 자기도 그 뒤를 따라 굴러 내려갔다. 그러면서 살갗과 옷이 좀 찢겼다. 물론 벼랑 밑으로 편하고 쉬운 통로가 있었지만, 해적이 큰 가치를 부여하는 고난과 위험이라는 이점이 없었다.

바다의 공포는 큼직한 베이컨 덩어리를 가져왔는데, 거기까지 들고 오느라 거의 녹초가 되어 있었다. 붉은 손 헉 핀은 프라이팬 하나와 반쯤 말린 엽초를 잔뜩 훔쳐 왔고, 곰방대를 만들기 위해 옥수숫대도 몇 개 가져왔다. 그러나 헉 말고는 담배를 피우거나 '씹을' 줄 몰랐다. 카리브해의 검은 복수자는 불이 없으면 아무것도 시작하지 못한다고 말했다. 그것은 현명한 생각이었다. 그 무렵에는 성냥이 거의 알려져 있지 않았다. 그런데 90미터 떨어진 상류 쪽 큰 뗏목 위에서 불이 연기를 내뿜고 있는 것이 보였다. 그래서 그들은 그리로 몰래 다가가 불덩어리 하나를 슬쩍 가져왔다. 소년들은 거창한 모험이라도 하듯 이따금 "쉿!" 하면서 갑자기 걸음을 멈추고 입술에 손가락을 갖다 대기도 하고, 두 손으로 있지도 않은 단검을 꽉 쥐는 시늉을 하기도 했다. 또 만약에 '적'이 움직이면 "죽은 놈은 말이 없으니까 칼을 깊이 내리 꽂으라"며 음산한 속삭임으로 명령을 내리기도 했다. 소년들은 뗏목 뱃사공들이 벌써 마을에 가서 가게 안에 누워 있거나 소란을 피우고 있을 것이라는 점을 잘 알고 있었다. 그러나 그렇다고 해서 일을 해적답지 않게 처리할 수는 없었다.

세 소년은 곧 뗏목을 강으로 끌어냈다. 톰이 지휘하고 헉은 뒤에서, 조는 앞에서 노를 저었다. 톰은 뗏목 한복판에 서서 이맛살을 찌푸리고 팔짱을 낀 채 나지막하지만 위엄 있는 목소리로 명령을 내렸다.

"뱃머리를 바람이 불어오는 쪽으로 돌려라. 바람을 향해라!"

"알겠습니다, 선장님!"

"진로를 그대로!"

"선장님, 그대로입니다!"

"한 포인트만 틀어라!"

"선장님, 틀었습니다!"

소년들은 꾸준하지만 단조롭게 뗏목을 강 한가운데로 몰아갔다. 이러한 명령들은 다만 '격식'을 갖추기 위함일 뿐 어떤 특별한 뜻이 있는 것은 아니라는 사실을 서로들 잘 알고 있었다.

"이 배에는 무슨 돛이 있는가?"

"물론 중간돛과 삼각돛이 있습니다, 선장님."

"로열 마스트를 펼쳐 올려라! 너희들 중 여섯 명은 앞돛대의 중간돛을 높이 펼쳐라! 자, 빨리!"

"예, 예, 알겠습니다, 선장님!"

"저 큰 돛대의 윗돛대를 흔들어 펴라! 아랫줄과 돛줄도 펴라. 어

서, 친구들아!"

"알겠습니다, 선장님!"

"바람을 등지고 앞으로! 힘껏 좌현으로! 부두가 가까워오니 부
두 곁으로 배를 대라! 좌현! 좌현! 자, 친구들, 힘을 내라. 진로는
그대로!"

"진로는 그대로입니다, 선장님!"

뗏목은 강 한복판을 지나 움직이고 있었다. 소년들은 뗏목의 머
리를 강 하류로 돌리고 노를 놓았다. 강물 수위가 높지 않았으므로
흐름의 속도는 시속 3~5킬로미터 정도였다. 그 뒤로 45분 동안 아
무도 입을 열지 않았다. 이제 뗏목은 멀리 떨어진 작은 마을 앞을
지나고 있었다. 별이 보석처럼 박힌 뿌옇고 광대한 수면 너머 평화
롭게 잠들어 누워 있는 마을에서는 두세 개의 불빛이 엄청난 사건
이 일어나고 있음을 알지 못한 채 껌뻑이고 있었다.

카리브해의 검은 복수자는 팔짱을 끼고 조용히 서서 지난날의 기쁨과 최근에 겪은 고통의 장면들에게 '마지막 시선'을 보내고 있었다. '그 소녀'가 지금 거친 바다로 나아가 겁도 없이 위험과 죽음을 마주하고 입술에 엄숙한 웃음을 띤 채 죽음으로 향하는 자신의 모습을 본다면 얼마나 좋을까 하고 생각했다. 상상력을 조금만 더 펼치면 잭슨 섬을 마을에서 보이지 않는 곳으로 옮길 수 있었으므로, 톰은 시원섭섭한 기분으로 '마지막'으로 마을을 바라보았다. 다른 두 해적들도 역시나 마지막으로 마을을 볼 수 있었다. 너무 오랫동안 마을을 바라보는 바람에 하마터면 섬을 지나쳐 조류에 밀려 흘러갈 뻔했다. 그러나 그들은 제때 위험을 발견하고 그럭저럭 위기를 모면했다.

새벽 2시경 뗏목은 섬 앞머리에서 180미터쯤 떨어진 모래톱에 닿았다. 그들은 모래톱의 얕은 물을 철벅거리며 오가면서 짐을 내렸다. 그 작은 뗏목에 딸린 물품 중에는 헌 돛이 하나 있었는데, 소년들은 덤불 속 아늑한 곳에다 그 돛을 텐트처럼 펼쳐서 식료품이 비에 젖지 않게 했다. 그러나 그들은 날씨가 좋은 날이면 무법자에 걸맞게 노천에서 자기도 했다.

소년들은 어두컴컴한 숲 안으로 20~30발짝 들어간 곳에 있는 커다란 통나무 곁에다 불을 피웠다. 그러고 나서 저녁 식사로 프라이팬에다 베이컨을 굽고, 그들이 가지고 있는 옥수수빵 가운데 절반을 소모했다. 사람의 발길이 전혀 닿지 않고 탐험도 되지 않은 섬의 처녀림 속에서 격의 없이 자유롭게 푸짐한 음식을 먹는다는 것은 찬란한 놀이처럼 느껴졌다. 그들은 결코 문명 세계로 돌아가지 않겠다고 말했다. 타오르는 불길은 소년들의 얼굴을 환히 비추었고, 소년들의 것이 된 이 숲 사원의 기둥 같은 나무줄기와 광택을 입힌 잎사귀며 나무에 뒤엉킨 덩굴 위에 붉은 빛을 던지고 있었다.

소년들은 마지막으로 남은 바삭바삭한 베이컨 조각과 옥수수 빵을 먹어치운 뒤 흡족한 마음으로 풀 위에 팔다리를 펴고 누웠다. 더 시원한 장소를 찾을 수도 있었지만 요리를 할 수 있는 모닥불 같은 낭만적 정취가 있는 곳을 떠나고 싶지 않았다.

"즐겁지 않니?" 조가 물었다.

"최고야!" 톰이 대답했다. "이런 우리를 보면 다른 아이들이 뭐라고 할까?"

"뭐라고 말하겠냐고? 여기 오고 싶어 죽겠지. 어이, 헉, 너는?"

"나도 그렇게 생각해." 허클베리가 말했다. "어쨌든 나는 이런 생활에 딱 맞아. 나한테 이보다 더 좋은 건 없어. 난 보통 이렇게 마음껏 먹지 못해. 이곳까지 와서 공연히 나를 붙잡아놓고 괴롭힐 사람도 없잖아."

"이게 바로 내가 원하는 삶이야." 톰이 말했다. "아침마다 일어날 필요도 없고, 학교 갈 필요도 없고, 몸을 씻는 따위의 빌어먹을 바보짓 전부를 할 필요가 없거든. 조, 너도 알다시피 해적은 뭍에 오르면 어떤 일도 할 필요가 없어. 하지만 은둔자는 기도를 지독히 많이 해야 해. 또 그런 식으로 늘 혼자 있으면 뭐가 재미있겠니?"

"아, 그건 그래." 조가 맞장구를 쳤다. "그렇지만 알다시피 난 그런 일에 대해서는 생각을 많이 안 해봤어. 해적 노릇을 해보니까 말인데, 해적이 되는 게 백번 낫겠어."

"저 있잖아…" 톰이 말했다. "요즘은 옛날과 달리 은둔자가 되려는 사람이 많지 않아. 그렇지만 해적은 언제나 존경받거든. 또한 은둔자는 가능한 한 바닥이 제일 딱딱한 데서 자야 하고, 머리에는 삼베 두건을 쓰고 재를 올려놓아야 하고, 밖에서 비를 맞으며 서 있어야 하고……."

"왜 머리 위에 삼베 두건을 쓰고 재를 올려놓아야 하는데?" 헉이 물었다.

"나도 몰라. 하지만 은둔자들은 그렇게 해야 돼. 그들은 늘 그렇게 하는 거야. 너도 은둔자가 되면 그렇게 해야 할 거야."

"젠장! 나 같으면 그렇게 안 해." 헉이 말했다.

"그럼 어떻게 할 건데?"

"몰라. 여하튼 나는 그렇게는 안 할 거야."

"저기 말야, 헉, 넌 그렇게 해야 되는 거야. 그걸 어떻게 피할 수 있겠어?"

"이건 원, 나는 참지 못하고 도망치고 말 거야."

"도망친다고? 너는 정말 바보 같은 은둔자가 되겠구나. 은둔자들의 망신이란 망신은 죄다 네가 시키겠어."

붉은 손 헉은 더 좋은 일에 정신이 팔려 아무런 반응을 보이지 않았다. 헉은 옥수숫대 가운데를 후벼 파는 일을 끝내고 이제 갈대 줄기 하나를 거기에 맞게 끼우더니, 그 속에 담배를 우겨넣고 숯불로 눌렀다. 그러고는 향기로운 연기 구름을 뻐끔뻐끔 뿜어냈다. 헉은 흡족한 마음을 한껏 과시하고 있었다. 다른 나머지 해적들은 이 위엄 있는 헉의 나쁜 짓을 부러워하며 자기들도 곧 배워야겠다고 속으로 다짐했다. 이윽고 헉이 물었다.

"해적은 무슨 일을 해야 하지?"

톰이 대답했다.

"아, 해적은 신나게 시간을 보내는 거야. 배를 빼앗아 불태우거나 돈을 빼앗아 유령이나 유령 같은 것들이 지켜보는 장소, 그러니까 해적들의 섬에 있는 그런 곳에다 파묻는 거야. 배에 있는 모든 인간을 죽이기도 하지. 눈을 가린 채 뱃전에 내민 널빤지 위를 걷게 해 바다에 빠뜨려 죽이는 거야."

"그러고 나서 해적은 여자들을 섬으로 데려가는 거야." 조가 거들었다. "해적은 여자를 죽이지 않아."

"물론이지." 톰이 맞장구쳤다. "여자들은 죽이지 않아. 해적은 너무나 고귀한 사람들이거든. 게다가 여자들은 항상 예쁘니까."

"또 옷을 얼마나 멋지게 입는지 몰라. 아, 그게 아냐! 금과 은과 다이아몬드를 주렁주렁 달고 있지." 조는 신이 나서 말했다.

"누구를 말하는 거냐?" 헉이 물었다.

"누구긴 누구야, 해적들 말이지."

헉은 쓸쓸한 표정으로 제 옷을 훑어보았다.

"내 옷은 해적한테는 어울리지 않겠어." 헉이 말했다. 그의 목소리에는 후회스럽다는 감상이 깃들어 있었다. "하지만 내가 가진 옷이라고는 이게 전부야."

그러자 나머지 두 소년은 모험을 시작하면 금세 좋은 옷이 생길 거라며 헉을 위로했다. 부자가 된 해적들은 품위 있는 옷으로 시작하는 것이 관례지만 그의 누더기 옷으로 시작해도 괜찮다는 것을 이해시켰다.

그들의 이야기가 차츰 잦아들면서 졸음이 꼬마 방랑자들의 눈꺼풀 위에 슬그머니 내려앉기 시작했다. 붉은 손이 손가락에서 곰방대를 떨어뜨리더니 거리낄 게 하나도 없는 고단한 사람처럼 곯아떨

어졌다. 바다의 공포와 카리브해의 검은 복수자는 쉽게 잠들지 못 했다. 그들은 속으로 기도를 한 뒤 드러누웠다. 그곳에는 무릎을 꿇 고 큰 소리로 기도문을 낭송하라고 말할 수 있는 권위자가 없었기 때문이다. 사실 기도하고 싶은 마음은 전혀 없었지만, 혹시 하늘에 서 느닷없이 벼락이라도 떨어질까 봐 두려웠기 때문이다.

그 뒤에 어느새 잠이 들려던 찰나에 난데없이 훼방꾼이 나타나 좀처럼 '물러나지' 않았다. 그 침입자는 양심이었다. 집을 뛰쳐나오 다니, 잘못한 게 아닌가 하는 막연한 두려움을 느끼기 시작했다. 다 음으로는 고기를 훔친 것에 대해 생각했다. 그러자 본격적인 마음 의 고통이 찾아왔다. 이제껏 설탕 과자와 사과를 몇십 번이나 훔쳤 다는 것을 떠올리면서 양심을 달래보려고 노력했지만, 그런 얄팍하 면서 그럴듯한 말로는 양심의 가책이 쉽게 수그러들지 않았다. 결국 설탕 과자를 집어오는 것은 '서리'지만, 베이컨과 햄 같은 값비싼 것들을 집어오는 것은 분명한 '도둑질'이라는 엄연한 사실을 피할 길이 없을 것 같았다. 성경에도 그런 것을 금하는 계명이 있었다. 그래서 두 소년은 해적으로 남아 있는 한 도둑질 같은 범죄 행위로 해적의 품위를 다시는 떨어뜨리지 않겠다고 마음속으로 다짐했다. 그러자 양심 쪽에서 휴전을 허락했다. 그래서 우스우리만큼 논리의 모순에 빠진 해적들은 평화롭게 잠이 들었다.

14장

아침이 되어 눈을 뜬 톰은 자기가 어디에 있는지 어리둥절했다. 자리에서 일어나 앉아 눈을 비비고 주위를 둘러본 뒤에야 알 수 있었다. 서늘한 회색빛 새벽이었다. 숲속 깊이 내려앉은 정적과 침묵 속에는 휴식과 평화라는 감미로운 기운이 감돌고 있었다. 나뭇잎 하나 움직이지 않았다. 위대한 자연의 명상을 주제넘게 방해하는 소리도 들리지 않았다. 구슬 같은 이슬방울들이 나뭇잎과 풀잎 위에 맺혀 있었다. 모닥불 위에는 흰 재가 한 겹 덮여 있었고, 가늘고 푸른 한 줄기 연기가 공중으로 곧게 오르고 있었다. 조와 헉은 아직 자고 있었다.

이제 숲속 저 멀리 어딘가에서 새 한 마리가 지저귀자 다른 새가 화답했다. 곧 딱따구리의 망치 소리가 들렸다. 서늘하던 회색 아침이 차츰 환해지자 들려오는 소리의 종류가 늘어나며 생명이 자신을 드러냈다. 잠을 떨치고 일어나 일터로 가는 경이로운 모습의 대자연이 생각에 잠긴 소년 앞에 펼쳐졌다.

작은 초록빛 벌레 하나가 이슬에 젖은 잎사귀를 기어 넘어가고 있었다. 벌레는 이따금씩 몸을 3분의 2쯤 허공으로 쳐들며 '코로 주위를 살피더니' 다시 앞으로 나아갔다. 저 녀석이 뭔가를 측량하는구나 하고 톰은 중얼거렸다. 그 벌레가 제 발로 톰을 향해 다가오자 톰은 바위처럼 꼼짝 않고 조용히 앉아 있었다. 벌레가 자기 쪽으로 오느냐 마느냐에 따라 톰의 기대는 부풀었다 말았다를 반복했다. 벌레가 구부러진 몸통을 허공에 멈춘 채 고통스러운 순간을 망설이다가 마침내 결정적으로 톰의 다리로 올라와 그의 몸 위를 여행하기 시작하자 톰은 가슴이 탁 트인 듯 기뻤다. 그것은 새 옷이 생길 징조였다. 틀림없이 호화찬란한 해적 복장일 것이다. 이제 특별히 어디라고 말할 수 없는 곳에서 개미가 대열을 지어 나타나 일에 착수했다. 개미 한 마리가 제 몸의 다섯 배나 되는 거미 시체를 안고 남자답게 힘을 쓰며 톰을 지나쳐 나무줄기 위로 끌어올리고 있었다.

갈색 점박이 무당벌레 한 마리가 현기증 나게 높은 풀잎 꼭대기로 기어오르고 있었다. 톰은 벌레 위로 몸을 가까이 기울이고 속삭였다. "무당벌레야, 무당벌레야, 어서 집으로 날아가라. 네 집에 불이 났다. 아이들만 집에 있단다." 그러자 무당벌레는 날개를 펴더니 불을 끄려고 날아가버렸다. 그러나 그런 무당벌레의 행동은 톰을 조금도 놀라게 하지 않았다. 톰은 이 벌레가 불이 났다고 하면 얼른 그 말을 곧이듣는다는 것을 전부터 알고 있었다. 그래서 톰은 여러 번 순진한 무당벌레를 놀려먹곤 했다. 다음으로 말똥구리 한 마리가 공처럼 둥글린 짐승 똥을 기운차게 들어 운반하며 나타났다. 톰이 살짝 건드리자, 말똥구리는 발들을 몸에 딱 붙이고 죽은 시늉을 했다.

이때쯤 새들이 꽤 소란을 피우기 시작했다. 북쪽 지방의 앵무새로 알려진 개똥지빠귀 한 마리가 톰의 머리 위 나뭇가지에 앉아 행복에 겨운 듯 이웃 새들의 노래를 흉내 내며 지저귀고 있었다. 다음으로 푸른 불꽃의 섬광처럼 귀청을 가르는 어치 한 마리가 낙하하듯 내려와 손을 뻗으면 닿을 만한 거리의 잔가지 위에 앉아 강한 호기심에 머리를 한편으로 갸우뚱하며 낯선 자들을 살폈다.

회색 다람쥐 한 마리와 '여우' 사촌처럼 생긴 커다란 또 한 마리가 종종걸음으로 달려와서 이따금 발걸음을 멈추고는 소년들에게 말을 걸기도 했다. 아마 이 짐승들은 사람을 한 번도 본 적이 없어서 무서워해야 할지 말아야 할지 모르는 것 같았다. 이제 대자연은 잠에서 완전히 깨어나 움직이고 있었다. 긴 창과 같은 햇살이 여기저기 빽빽이 들어선 잎사귀들을 뚫고 내려오자, 그 무대 위로 나비 몇 마리가 날개를 퍼덕이며 등장했다.

톰은 다른 해적들을 흔들어 깨웠다. 그들 모두는 큰 소리를 외치며 달려나갔다. 1~2분 뒤 옷을 홀랑 벗어버린 그들은 서로 쫓고 쫓기며 하얀 모래톱의 얕고 투명한 물가에서 서로를 잡아 넘어뜨리며 뒹굴었다. 광활하고 장엄한 강물 너머 저 멀리에서 잠들어 있는 작은 마을에 대한 향수는 이제 사라지고 없었다. 정처 없는 물살 때문인지, 아니면 강물이 좀 불어난 때문인지 뗏목은 어디로 사라지고 없었다. 그러나 자기들과 문명 세계를 이어주던 다리를 불살라버린 것 같은 기분이 들어 소년들은 오히려 시원해했다.

소년들은 생기 넘치고 상쾌한 기분으로 왕성한 식욕을 느끼며 야영지로 돌아왔다. 그들은 지체 없이 다시 모닥불을 피웠다. 헉이 근처에서 차고 맑은 물이 솟아오르는 샘을 찾아냈다. 그들은 널찍한 떡갈나무나 히코리 나무 잎사귀로 컵을 만들었다. 그런 야생 삼림의 마력이 가미된 물은 커피 대용으로 충분하다고들 생각했다.

조가 아침 식사를 위해 베이컨을 써는 동안, 톰과 헉은 잠시 기다리라고 하고는 강둑에 나가 고기가 잡힐 만한 구석으로 찾아가 낚싯대를 드리웠다. 낚싯줄을 드리우기가 무섭게 보답이 있었다. 조가 조바심을 낼 겨를도 없이 그들은 농어 몇 마리와 선퍼치, 작은 메기 한 마리를 잡아 가지고 돌아왔다. 대가족이 먹기에도 충분한 양이었다. 그 물고기들을 베이컨과 함께 튀겨 먹은 그들은 깜짝 놀랐다. 지금껏 이렇게 맛있는 생선은 먹어본 적이 없었기 때문이다. 민물고기는 갓 잡아서 재빨리 불에 구운 것일수록 더 맛있다는 사실을 몰랐던 것이다. 또한 야외에서 자는 잠과 야외에서 하는 운동과 수영, 그리고 무엇보다 시장함이 최고의 반찬이라는 사실도 생각해본 적이 없었다.

아침 식사를 끝내고 헉이 담배를 피우는 동안 두 소년은 그늘에

누웠다. 그리고 소년들은 숲속을 탐험하기 위해 길을 나섰다. 썩은 통나무들을 넘고 뒤엉킨 덤불숲을 지나 위에서 땅바닥까지 왕위의 표장처럼 포도 넝쿨이 드리워진 엄숙한 산림 왕국을 즐겁게 걸었다. 이따금 양탄자를 깔아놓은 듯한 풀밭에 보석을 박아놓은 것처럼 꽃들이 반짝이는 아늑한 구석과 마주치기도 했다.

소년들은 즐거운 대상을 많이 발견했지만 공포를 안겨주는 대상은 하나도 찾지 못했다. 그들은 잭슨 섬의 길이가 약 5킬로미터에 폭은 400미터쯤 된다는 것을 알게 되었다. 또한 강변과 가장 가까운 곳은 너비가 200미터도 안 되는 좁은 샛강을 사이에 두고 있었다. 그들은 거의 매시간 수영을 했기 때문에 야영지로 돌아온 것은 오후 3시쯤이었다. 너무 배가 고파 물고기를 잡을 틈도 없었다. 그들은 차가운 햄을 배불리 먹고는 그늘에 벌렁 드러누워 이야기를 나눴다. 그러나 이야기도 어느새 김이 빠지기 시작하더니 곧 끊겨 버렸다.

숲속에 충만한 적막과 장엄함, 그리고 고독감이 소년들의 마음에 영향을 미치기 시작했다. 그들은 생각에 잠겼다. 딱히 뭐라고 규정할 수 없는 일종의 그리움이 야금야금 고개를 들기 시작했다. 이윽고 그 느낌은 어렴풋한 형체를 그려냈는데 그것은 이제 막 싹이 돋는 그리움, 그러니까 집에 대한 그리움이었다. 심지어 붉은 손 헉도 문앞의 계단과 속이 텅 빈 나무통들을 꿈꾸고 있었다. 그러나 그들 모두는 자신의 나약함이 창피해서 그런 생각을 터놓고 말할 용기를 내지 못했다.

그런데 얼마 동안인지는 몰라도 소년들은 멀리서 들려오는 이상한 소리를 어렴풋이 의식하고 있었다. 평소에 듣지 못하던 시계의

똑딱 소리를 때로 의식하는 경우와 같았다. 이 신비한 소리는 점점 명확해지면서 인식을 강요하고 있었다. 소년들은 놀라서 서로를 힐끗 쳐다보고는 하나같이 귀를 기울이는 모습을 보였다. 깊고 한결같은 침묵이 길게 이어졌다. 그러더니 이번에는 멀리서 대포를 쏠 때처럼 깊고 둔탁한 소리가 들려왔다.

"저게 무슨 소리지?" 조가 숨을 죽이며 외쳤다.

"글쎄, 무슨 소릴까?" 톰도 속삭이는 소리로 말했다.

"천둥소리는 아니야." 허클베리가 겁에 질린 듯이 말했다. "천둥소리는……."

"들어봐!" 톰이 소리쳤다. "귀를 기울이고 잘 들어봐! 입 다물고."

그들은 잠시 기다렸다. 그 시간은 영원처럼 느껴졌다. 그러자 또 다시 그 묵직한 대포 소리 같은 것이 장엄한 정적을 깨뜨렸다.

"가보자."

그들은 벌떡 일어나 마을을 향하고 있는 강변으로 달려갔다. 강둑에 난 덤불을 가르고 강 쪽을 내다보았다. 마을 아래쪽으로 1.5킬로미터가량 떨어진 곳에 작은 증기선 한 척이 물살을 타고 표류하고 있었다. 넓은 갑판 위에는 사람들이 우글우글해 보였고, 증기선 주변으로 여러 척의 작은 배들이 노를 젓거나 물길을 따라 떠다니고 있었다. 그러나 소년들은 그 작은 배에 탄 사람들이 무엇을 하고 있는지 알 수 없었다. 이윽고 증기선 옆구리에서 하얀 연기가 힘차게 솟아올랐다. 그 연기가 넓게 퍼지며 나태한 구름 모양으로 치솟을 때 아까와 똑같은 둔탁한 소리가 다시 한 번 소년들의 귓전까지 실려왔다.

"이제 알았다!" 톰이 소리쳤다. "누가 물에 빠져 죽은 거야!"

"맞아!" 헉이 말했다. "지난여름 빌 터너가 물에 빠져 죽었을 때도 사람들이 저렇게 했어. 물에다가 대포를 쏘았다고. 그러면 시체가 물 위로 뜬대! 그래, 그거야. 또 빵 덩어리에 수은을 넣고 물에 띄우면 익사한 시체가 있는 곳으로 떠가서 멈춘다는 거야."

"그래, 나도 그런 소리를 들은 적이 있어." 조가 말했다. "그런데 어떡해서 빵이 멈춰 서는지 모르겠군."

"그건 빵이 하는 게 아냐." 톰이 말했다. "빵을 띄워 보내기 전에 사람들이 그 위에다 뭔가를 말한다고 나는 생각해."

"하지만 빵에다 대고 아무 말도 하지 않던데." 헉이 말했다. "내가 보았는데 사람들은 아무 말도 하지 않았어."

"그거 참 이상하군." 톰이 말했다. "아마 속으로 말했을 거야. 물론 그렇고말고. 그건 누구나 알 수 있는 일이야."

두 소년은 톰의 말에 일리가 있다는 데 동의했다. 주문의 지시를 받지 않는다면 무식한 빵 덩어리가 중대한 사명을 부여받고 그렇게 똑똑하게 행동한다는 것은 기대할 수도 없는 일이었기 때문이다.

"제기랄, 내가 지금 저기에 있었으면 좋겠는데." 조가 말했다.

"나도 그래." 헉이 말했다. "물에 빠진 사람이 누군지 궁금해 죽겠다."

소년들은 여전히 귀를 곤두세운 채 지켜보았다. 이윽고 어떤 계시를 주는 것 같은 생각이 톰의 뇌리를 스쳤다. 톰이 외쳤다.

"애들아, 난 누가 빠져 죽었는지 알았어. 바로 우리야!"

그 순간 소년들은 영웅이 된 느낌이 들었다. 찬란한 승리가 여기 있었다. 그들은 그리움과 애도의 대상이 되고 사람들은 그들 때문에 가슴 아파 눈물을 쏟는 것이다. 사라진 이 불쌍한 어린것들에게 너무 심하게 굴었다는 기억이 새롭게 고개를 들며 후회와 자책을

해봤자 아무 소용이 없게 된 것이다. 더욱 신나는 것은 이 아이들이 동네의 화젯거리가 되었다는 사실이며, 이런 악명에 관한 한 모든 소년이 부러워하는 대상이 되었다는 사실이었다. 이건 잘된 일이었다. 결국 해적이 된 보람이 있었다.

황혼이 물들기 시작하자 증기선은 본래 업무로 돌아갔고 작은 배들도 사라졌다. 해적들은 야영지로 돌아왔다. 소년들은 새로 얻게 된 당당함과 자신들 때문에 벌어진 빛나는 소란에 우쭐해서 환호를 지르고 싶었다. 소년 해적들은 물고기를 낚아서 저녁을 해먹은 뒤에 마을 사람들이 자신들에 대해 무슨 생각을 하고 무슨 말을 하고 있을까 추측하기 시작했다. 저희들 때문에 모든 사람이 비탄에 빠진 그 광경은 상상만 해도 기분이 좋았다. 물론 그들의 관점에서 그랬다는 말이다. 그러나 밤의 어둠이 그들을 감싸기 시작하자 조금씩 이야기를 멈추고 모닥불 속을 들여다보기만 했다. 이제 흥분은 사라졌다. 톰과 조는 지금 자기들만큼 이런 장난을 즐기지 못하는 집안 식구들에 대한 생각을 억누를 수 없었다. 불안해지기 시작했다. 괴롭고 불행해지기 시작했다. 자신들도 모르게 한두 번 한숨이 새어 나왔다. 이윽고 조는 쭈뼛쭈뼛하며 두 친구에게 지금 당장은 아니지만 문명으로 돌아가는 것을 어떻게 생각하느냐고 '넌지시 떠보는' 모험을 감행했다.

그런데 톰이 야유하는 말로 조의 기를 팍 죽여버리는 것이 아닌가! 헉은 중립을 지키다가 결국 톰의 편이 되었다. 그러자 변절자는 재빨리 '변명'을 늘어놓았다. 그래서 나약한 향수병이라는 오점을 가까스로 지워내고 궁지에서 탈출할 수 있게 된 조는 기뻤다. 잠시 동안의 반란은 효과적으로 진정되었다.

　밤이 깊어지자 헉은 꾸벅이며 졸더니 곧 코를 골기 시작했다. 이어서 조가 코를 골았다. 톰은 팔꿈치를 베고 누워 얼마 동안 꼼짝 않고 두 친구를 꼼꼼히 살펴보았다. 마침내 톰은 살그머니 몸을 일으켜 무릎을 꿇었다. 그 자세로 톰은 풀숲과 모닥불이 던지는 어른거리는 그림자 사이를 뒤지고 다녔다. 톰은 반(半)원통형 단풍나무 껍질을 집어 살피더니 적당해 보이는 두 개를 골랐다. 그리고 모닥불가에 무릎 꿇은 자세로 앉더니 '빨간 철광석'으로 그 껍질 위에 뭔가를 열심히 적었다. 하나는 말아서 자기 윗주머니에 넣고, 또 하나는 조의 모자에 끼워 넣은 뒤 그 모자를 주인한테서 좀 떨어뜨려 놓았다. 다시 톰은 소년들에게는 값으로 따질 수 없이 소중한 보물, 즉 분필 토막, 고무공, 낚싯바늘 세 개, '진짜 수정'으로 알려진 공깃돌 한 개를 조의 모자 속에 넣었다. 그러고 나서 톰은 조심스럽게 까치발로 걸어 나무 사이를 빠져나와 제 발소리가 들리지 않을 거리에 다다랐다. 거기서부터는 곧장 모래톱이 있는 방향으로 쏜살같이 달리기 시작했다.

15장

　몇 분 뒤 톰은 모래톱의 얕은 물에 이르러 물을 첨벙거리며 일리
노이 주 강변 쪽으로 걷고 있었다. 물이 허리까지 올라오기 전에 그
는 강을 절반이나 건너온 상태였다. 여기서부터는 물살 때문에 더
이상 첨벙거리며 걸을 수 없었다. 그래서 그는 남은 90미터를 자신
있게 헤엄쳐 가기로 했다. 그는 물살을 거슬러 상류 쪽으로 헤엄을
쳤지만 그의 예상보다 빠르게 하류 쪽으로 밀려갔다. 그러나 마침
내 강변에 가까워지자 더 얕은 곳이 나타날 때까지 떠다니다가 뭍
에 올랐다. 손으로 윗주머니를 만져보았더니 나무껍질은 안전하게
잘 있었다. 그는 물이 줄줄 흐르는 옷을 입은 채 강변을 따라 숲속
을 통과했다. 10시 조금 못 미쳐 그는 마을 반대편에 있는 공터에
이르렀다. 큰 나무들과 높은 제방 그림자 속에 연락선이 정박되어
있는 것이 보였다. 반짝이는 별빛 아래 있는 모든 것은 고요했다.
톰은 눈을 똑바로 뜨고 사방을 살피며 강둑 아래로 내려가 다시 물속
으로 미끄러져 들어간 뒤, 서너 번 팔로 물을 가르며 여객선 고물에
서 '허드렛일'을 하는 작은 보트에 기어올랐다. 그는 보트를 젓는 사
람이 앉는 좌석들 밑에 몸을 숨기고 숨을 헐떡이며 기다렸다.
　이윽고 깨진 종이 울리고 '출항'을 명령하는 목소리가 들렸다.

169

1~2분이 지나 여객선이 일으키는 큰 파도에 보트가 높이 들리더니 항해가 시작되었다. 톰은 뜻이 이루어져 행복했다. 이 배가 오늘 밤에 운행되는 마지막 배라는 것을 알고 있었기 때문이다. 지루한 12~15분이 지나 증기선의 타륜이 멈췄다. 톰은 보트 밖으로 기어 나와 어둠을 틈타 육지로 헤엄쳐 가서 50미터 하류 쪽에 상륙했다. 그곳에서는 혹시라도 할 일 없이 돌아다니는 사람들과 마주칠 염려가 없었다.

톰은 인적이 드문 골목길을 따라 날아가듯 달려 어느새 이모네 뒤뜰 울타리에 이르렀다. 울타리를 기어올라 L자로 꺾인 곳으로 다가가 불이 켜진 거실 창문 안을 들여다보았다. 거실에는 폴리 이모, 시드, 메리, 조 하퍼의 어머니가 모여 앉아 이야기를 나누고 있었다. 그들은 침대 옆에 있었고, 그 침대는 그들과 문 사이에 놓여 있었다. 톰은 문 쪽으로 가서 빗장을 살며시 들어 올리고는 가만히 문을 밀었다. 문이 조금 열리자 톰은 조심하면서 계속 밀었다. 문이 삐걱하는 소리를 낼 때마다 몸을 떨었다. 마침내 무릎으로 기어 틈새로 들어갈 수 있다는 확신이 들자 머리부터 디밀고 조심스럽게 비집고 들어가기 시작했다.

"어쩐 일로 촛불이 저렇게 흔들리지?" 폴리 이모가 말했다. 톰은 서둘러 들어갔다. "저런, 방문이 또 열린 게로구나. 그런 줄 알았어. 요즘은 이상한 일이 끊이질 않는군. 시드, 가서 문 좀 닫아라."

톰은 아슬아슬하게 침대 밑으로 숨었다. 몸을 완전히 펴고 엎드려 잠시 '숨을 고른' 다음 이모의 발을 건드릴 수 있을 만큼 가까이 기어갔다.

"하지만 아까도 말한 것처럼…" 폴리 이모가 말했다. "그 애는

뭐랄까 나쁜 애는 아니었어요. 다만 장난이 심할 뿐이었죠. 잠시도 가만히 있지 못하고 짓궂은 애였단 말입니다. 망아지처럼 앞뒤를 가릴 줄 몰랐어요. 누굴 해치거나 그런 생각을 가져본 적도 전혀 없는 애였어요. 마음씨는 누구보다 착했지요." 이모는 울기 시작했다.

"우리 조도 마찬가지예요. 늘 못된 짓을 저지를 생각만 하고 온갖 짓궂은 장난만 찾아다녔어요. 하지만 인정 많고 친절한 아이였어요. 맙소사, 크림이 상해서 내다버린 걸 까맣게 잊고 크림을 먹었다고 쫓아가서 매질한 생각을 하면… 이 세상에서는 두 번 다시 그애를 볼 수 없다니. 다시는, 다시는 못 보다니, 가엾게 구박만 받던 녀석!" 이렇게 말하고 하퍼 부인은 가슴이 미어지는 듯 흐느껴 울었다.

"톰 형이 지금 간 곳에서 더 행복하게 살면 좋겠다." 시드가 말했다. "하지만 살았을 때 좀 더 얌전하게 굴었더라면……."

"시드!" 직접 눈으로 확인할 수는 없었지만 늙은 이모의 눈에서 광채가 솟구치는 것을 톰은 느꼈다. "톰에 대해 험담은 하지 마. 이제 톰은 이 세상에 없잖니! 하나님께서 잘 보살펴주실 거다. 그러니 넌 조금도 염려할 것이 없어! 아, 하퍼 부인, 난 그 애를 어떻게 잊어야 할지 모르겠어요. 어떻게 잊을 수 있을지! 이 늙은 이모의 속을 썩이기는 했지만 그 애는 내게 큰 위안이었어요."

"주시는 분도 주님이요, 가져가시는 분도 주님이십니다. 주님의 이름을 찬양할 뿐이지요! 하지만 이건 견디기 힘들어요. 너무 힘들어요! 바로 지난 토요일만 해도 조가 바로 내 코밑에서 폭죽을 터트리는 바람에 그만 흠씬 매질을 해줬거든요. 그때는 몰랐어요. 그렇게 금세… 다시 그런 일이 일어난다면 나는 그 애를 껴안고 잘했다고 축복할 거예요."

"그럼요, 그럼요, 그렇고말고요. 하퍼 부인, 어떤 기분인지 알겠어요. 그 기분이 어떤지 아주 정확히 알아요. 바로 어제 낮에 있었던 일이에요. 글쎄 우리 톰이 고양이한테 진통제를 잔뜩 먹이질 않았겠어요? 고양이란 놈이 온 집 안을 다 부숴버리는 줄 알았어요. 그런데 바보 같은 내가 골무로 톰의 머리를 쥐어박았지 뭡니까. 가엾은 녀석, 가엾게 죽은 녀석 같으니! 하지만 그 애는 이제 모든 근심 걱정에서 벗어나 있겠지요? 마지막으로 그 애가 한 말은, 야단치는……."

늙은 이모는 그 일을 다시 떠올리기가 너무나 괴로운 듯 그만 울음을 터뜨리고 말았다. 톰도 이제 콧등이 시큰했다. 다른 사람이 아니라 자신이 불쌍했다. 메리가 울면서 이따금 자신을 위해 친절한 말을 하는 것을 들을 수 있었다. 톰은 전보다 자신을 높이 평가하기 시작했다. 이모의 슬픔에 어찌나 감동했던지 침대 밑에서 뛰어나가 이모에게 넘치는 기쁨을 선사하고 싶을 정도였다. 그렇게 요란한 극적 효과를 내는 일이 성격상 매우 끌리긴 했지만 톰은 꾹 참고 조용히 있었다.

톰은 계속 경청하며 여러 가지 잡동사니 말들을 종합해본 결과, 우선 짐작되는 것이 있었다. 다시 말해 애초에 마을 사람들은 그 아이들이 헤엄치다 익사했다고 생각했다. 그런데 조그만 뗏목이 없어졌다는 사실이 알려졌고, 또 어떤 아이들 말로는 없어진 아이들이 곧 마을에 '어떤 소식'이 들려올 거라는 말을 했다는 것이었다. 똑똑한 사람들은 '이런저런 상황을 종합해볼' 때 세 아이들이 뗏목을 타고 강을 내려가다가 하류에 있는 어떤 작은 도시에 내렸을 것이라고 확신했지만, 정오쯤에 마을 아래쪽으로 8~9킬로미터 떨어진 미주리 주 강기슭에서 빈 뗏목이 발견되자 그 희망마저 물거품처럼 사라져버렸다. 아이들은 물에 빠져 죽은 것이 분명했다. 아니라면 배가 고파서라도 밤까지는 집에 돌아왔어야 한다는 것이었다. 또 시체를 찾는 데 실패한 것으로 보아 아이들은 수심이 깊은 강 한가운데서 익사한 것이 틀림없었다. 그렇지 않다면 아이들은 헤엄을 잘 치니까 강가로 헤엄쳐 나왔을 것이다. 오늘이 수요일 밤이다. 만일 시체들이 일요일까지 나타나지 않으면 모든 희망을 포기하고 일요일 아침에 장례를 치를 예정이었다. 톰은 몸을 부들부들 떨었다.

하퍼 부인은 흐느끼며 작별 인사를 하고 집에 가려고 몸을 일으켰다. 아이를 여읜 두 부인은 서로 통하는 어떤 충동에 사로잡혀 부둥켜안고 서로를 위로하며 한바탕 울고 난 뒤에야 헤어졌다. 폴리 이모는 평소보다 훨씬 부드럽게 시드와 메리에게 잘 자라는 인사를 했다. 시드는 코를 좀 훌쩍였고, 메리는 엉엉 소리 내어 울었다.

폴리 이모는 무릎을 꿇고 톰을 위해 기도했다. 기도 내용이 어찌나 감동적이고 간곡한지, 또 단어 하나하나와 그 떨리는 목소리에 깃든 헤아릴 수 없는 사랑이 어찌나 애절한지 이모가 기도를 끝내기 훨씬 전부터 톰은 눈물범벅이 되었다.

톰은 이모가 잠자리에 든 뒤에도 오랫동안 조용히 있어야 했다. 이모가 안절부절못하고 몸을 뒤척이면서 이따금 가슴 아픈 절규를 내뱉었기 때문이다. 그러나 마침내 이모는 조용해졌다. 다만 자면서 작은 신음 소리를 낼 뿐이었다. 이제 톰은 살금살금 기어 나와 침대 옆에서 몸을 서서히 일으키고 손으로 촛불을 가리고 서서 이모를 내려다보았다. 그의 가슴이 이모에 대한 연민으로 벅차올랐다. 그는 단풍나무 껍질을 꺼내서 촛불 옆에 놓았다. 그러나 문득 어떤 생각이 떠오르자 그는 잠시 머뭇거렸다. 멋진 해결책이 생각났는지 얼굴이 환해지더니 급히 그것을 주머니에 다시 집어넣었다. 그리고는 이모 위에 몸을 굽혀 창백한 입술에 입을 맞추고 곧바로 살금살금 빠져나온 뒤에 문의 빗장을 잠갔다.

골목길을 요리조리 빠지며 선착장으로 돌아왔다. 아무도 없는 것을 확인하고 대담하게 걸어가서 배에 탔다. 그 배에는 경비원 하나 말고는 아무도 없다는 것을 잘 알고 있었다. 그런데 그 경비원은 언제나 배에 들어가서 조각상처럼 잠을 자곤 했다. 톰은 고물 쪽으로 가서 그곳에 묶여 있는 작은 배의 밧줄을 풀고는 그 속으로 미끄러져 들어가 상류 쪽으로 조심스럽게 노를 저어가기 시작했다. 마을 위쪽으로 1.5킬로미터가량 올라간 뒤 이제 뒤쪽 바람을 받으며 강을 가로지르기 위해 열심히 노를 저었다. 그는 맞은편에다 배를 정확히 댔다. 이런 일은 톰에게 아주 친숙했기 때문이다. 만약 큰 배였다면 해적에게 어울리는 전리품이 되겠다는 생각이 들면서 이 배를 잡아두고 싶었다. 그러나 곧 사람들은 이 배를 철저히 찾아 나설 테고 그렇게 되면 모든 것이 들통날지도 모른다는 생각이 뒤를 이었다. 그래서 톰은 뭍에 내리자마자 숲으로 들어갔다.

톰은 바닥에 앉아 잠들지 않으려고 애쓰면서 오랫동안 쉬었다. 그러고 나서 지친 모습으로 마지막 코스를 밟기 시작했다. 날이 새고 있었다. 섬의 모래톱과 나란히 서기도 전에 날이 환하게 밝아왔다. 그는 다시 쉬다가 태양이 꽤 높이 떠올라 거대한 강을 찬란한 금빛으로 물들이기 시작하자 강물로 풍덩 뛰어들었다. 잠시 뒤 그는 몸에서 물을 뚝뚝 떨어뜨리며 야영지 입구에 닿았다. 그때 조의 목소리가 들렸다.

"아냐, 헉, 톰은 의리 있는 애야. 반드시 돌아올 거야. 그 애는 도망치지 않을 거라고. 그런 짓이 해적에게 불명예가 된다는 것을 톰은 잘 알고 있어. 톰은 자존심이 강해서 그런 짓을 못해. 뭔가 계획하고 있는 거야. 그게 뭔지는 나도 잘 모르겠지만."

"어쨌든 그 애 물건들은 다 우리 거야. 안 그래?"

"그렇다고 할 수도 있지. 하지만 아직은 아냐, 헉. 아침 먹을 때까지 돌아오지 않으면 그때 가지라고 여기 씌어 있잖아."

"자, 바로 내가 돌아왔다!" 톰의 외침이었다. 야영지로 장엄하게 들어서며 이렇게 극적인 효과를 높이고 있었다.

베이컨과 물고기로 호화로운 아침 식사가 곧 준비되었다. 두 소년이 식사를 준비하는 동안에 톰은 자신의 모험을 들려주었다(살을 붙여서). 이야기가 끝나자 소년들은 허영이 넘치고 우쭐대는 영웅

집단이 되었다. 그러고 나서 톰은 그늘진 구석에 몸을 숨기고 정오까지 잠을 잤다. 다른 해적들은 낚시질을 하고 탐험에 나설 준비를 했다.

16장

　저녁 식사를 마친 해적 일당은 모래톱으로 거북 알을 찾으러 나섰다. 막대기로 모래를 찔러 조금 말랑말랑한 곳이 발견되면 무릎을 꿇고 두 손으로 파헤쳤다. 한 구멍에서 50~60개의 알을 꺼낼 때도 있었다. 그 알들은 완전히 공처럼 둥글고 하얬는데 영국 호두보다 조금 작았다. 그날 밤 그들은 그 유명한 거북 알 프라이 요리를 해먹고 금요일 아침에도 또 한 번 먹었다.

　아침을 먹고 나서 그들은 인디언처럼 함성을 지르며 모래톱으로 뛰어나갔다. 빙빙 돌면서 서로를 쫓아다니고, 그러면서 옷을 하나씩 벗어던지더니 마침내 벌거숭이가 되었다. 그러고는 계속 장난을 치며 강한 물살을 거슬러 모래톱의 얕은 물까지 나아갔다. 그 거친 물살은 이따금 그들의 다리에 딴죽을 걸었지만 그래서 더욱 재미있었다. 또한 그들은 일제히 허리를 굽히고 손바닥으로 서로의 얼굴에 물을 튀기기도 했다. 물세례를 피하려고 얼굴을 돌리고 서로에게 조금씩 다가가 마침내 서로를 붙잡고 옥신각신하다가 좀 더 지독한 녀석이 옆사람 머리를 물속에 처박았다. 그러고는 한꺼번에 팔다리가 뒤엉킨 채 물밑으로 잠수했다가 숨을 내쉬며 물을 푸푸하고 토하면서 수면으로 떠올라 동시에 깔깔대며 가쁜 숨을 몰아쉬었다.

거의 녹초가 되었을 때 그들은 뜨겁고 마른 모래밭으로 뛰어나와 팔다리를 뻗고 드러눕고는 모래로 몸을 덮었다. 그러다가 곧 물로 뛰어들어 처음에 했던 물장난을 다시 즐겼다. 마침내 벌거벗은 피부가 살색 나는 타이츠를 입은 것과 꽤 닮았다는 생각이 들자 그들은 모래밭에 원을 그려놓고 서커스 놀이를 시작했다. 누구도 그 자랑스런 자리를 친구에게 양보하려 하지 않았기 때문에 셋 다 광대가 되었다.

다음으로 그들은 공깃돌을 꺼내 '튕기기'와 '구슬치기'와 '따먹기'를 하며 재미가 없어질 때까지 놀았다. 그러다가 조와 헉은 다시 헤엄치러 갔다. 그러나 톰은 물속으로 들어가는 모험을 하고 싶지 않았다. 발길질을 하며 바지를 벗다가 발목에 묶어둔 방울뱀 방울띠를 어디다 차버린 것을 알아차렸기 때문이다. 그 신비로운 부적의 보호가 없었는데도 그렇게 오랫동안 다리에 쥐가 나지 않은 것이 참으로 이상했다. 그것을 찾을 때까지는 두 번 다시 물에 들어가지 않기로 했다. 이때쯤 다른 소년들은 피곤해서 쉴 참이었다. 세 소년은 차츰 '울적해'하며 뿔뿔이 흩어져 돌아다니면서 햇볕 아래 졸고 있는 강 건너편 마을을 그리운 눈빛으로 바라보기 시작했다. 톰은 엄지발가락으로 '베키'라고 모래 위에 썼다가는 지워버렸다. 나약한 모습을 보이는 자신에게 화가 났던 것이다. 그런데도 그는 그 이름을 다시 썼다. 어쩔 수 없었다. 그는 그 이름을 다시 한 번 지워버리고 다른 친구들을 뒤쫓아가 어울림으로써 그 유혹에서 벗어났다.

그러나 조는 거의 회복할 수 없을 정도로 기가 죽어 있었다. 집 생각이 어찌나 간절한지 그는 비참한 마음을 거의 견딜 수 없을 지

178

경이었다. 눈물방울이 눈꺼풀 아주 가까이까지 차올라 있었다. 헉도 우울했다. 톰도 기가 죽었지만 겉으로 드러내지 않으려고 무진장 애쓰고 있었다. 톰에게는 아직 말하고 싶지 않은 비밀이 하나 있었다. 그러나 이 불온한 의기소침이 곧 해소되지 않는다면 그 비밀을 털어놓을 수밖에 없을 것이다. 그래서 톰은 일부러 아주 쾌활한 척하면서 말했다.

"얘들아, 이 섬에는 예전에 틀림없이 해적들이 있었을 거야. 우리 다시 섬을 탐험해보자. 어딘가에 보물을 감춰놓았을지도 몰라. 금과 은이 가득 든 썩은 상자를 발견하면 기분이 어떨까? 응?"

그러나 이 말은 미미한 열의를 불러일으켰을 뿐 그마저도 금세 시들해지더니 아무 반응이 없었다. 톰은 한두 가지 다른 유인책을 시도했지만 모두 수포로 돌아갔다. 모두 실망스러운 헛수고였다. 막대기로 모래를 찌르며 시무룩해하던 조가 마침내 입을 열었다.

"얘들아, 이런 거 다 집어치우자. 나는 집에 가고 싶어. 너무 외롭다고."

"조, 그건 안 돼. 기분이 곧 나아질 거야." 톰이 말했다. "여기서 하는 낚시질을 생각해봐."

"낚시질도 소용없어. 난 집에 가고 싶어."

"하지만 조, 어딜 가도 이만큼 헤엄치기 좋은 데는 없어."

"헤엄치는 것도 별로야. 여긴 헤엄치지 말라고 말리는 사람이 없으니까 재미없다고. 난 집에 갈 거야."

"나 참, 넌 애기로구나! 엄마가 보고 싶은 거지?"

"그래, 엄마가 보고 싶어. 너도 엄마가 있으면 보고 싶었을 거야. 니가 애기가 아닌 것처럼 나도 애기가 아니야." 이렇게 말하는

조는 조금 훌쩍이고 있었다.

"그럼 울보는 엄마한테 보내주자. 헉, 그럴 거지? 가엾은 것…
우리 애기가 엄마를 보고 싶어 하는데 가게 해줘야지. 헉, 너는 여
기가 좋지? 우린 여기 있는 거지?"

헉이 대답했다. "그… 그래." 전혀 열의가 없는 대답이었다.

"이제 너희하고는 죽을 때까지 말하지 않을 거야." 조가 일어나
면서 말했다. "그럼 난 간다!" 조는 침울한 표정으로 자리에서 멀어
지며 옷을 주워 입었다.

"상관할 사람 없어!" 톰이 말했다. "아무도 말리지 않아. 집에
가서 놀림감이나 되라고. 해적, 꼴 좋다. 헉과 나는 울보가 아니야.
우린 여기 남을 거야. 헉, 그렇지? 가고 싶은 애는 가라고 해. 울보
없이도 우린 잘 지낼 거야."

말은 그렇게 했지만 톰도 불안하기는 마찬가지였다. 조가 시무룩한 표정으로 계속 옷을 입는 것을 보고 톰 역시 겁이 났다. 게다가 헉이 떠날 준비를 하는 조의 모습을 부러운 듯한 눈길로 바라보며 불길하게도 입을 다물고 있는 것을 보자 더욱 마음이 불안해졌다. 이윽고 작별 인사도 없이 조가 일리노이 쪽 강변을 향해 첨벙첨벙 물 위를 걷기 시작한 순간 톰의 가슴은 철렁 내려앉았다. 톰은 헉을 힐끗 쳐다보았다. 헉은 그 눈초리를 견딜 수 없어서 눈을 아래로 내리깔았다. 그러고는 이렇게 말하는 것이었다.

"톰, 나도 집에 가고 싶어. 이제까지도 점점 외로워지고 있었어. 이제 더 외로워질 거야. 톰, 우리도 그만 가자."

"나는 안 가! 원하면 너희들이나 가버려. 나 혼자 있을 테니까."

"톰, 난 가는 게 좋겠어."

"좋아, 가라고. 누가 말리니?"

헉도 흩어져 있는 옷을 챙겨 들었다. 그리고 말했다.

"톰, 너도 같이 갔으면 좋겠다. 자, 한번 잘 생각해봐. 저 강가에서 기다릴게."

"아무리 오래 기다려도 소용없어. 할 말은 그것뿐이라고!"

헉은 슬픈 표정으로 그 자리를 떠났고, 톰은 그런 헉의 뒷모습을 바라보며 서 있었다. 자존심을 버리고 함께 따라가고 싶은 강한 욕망이 톰의 가슴을 쥐어짰다. 톰은 친구들이 발걸음을 멈춰주기를 바랐지만, 그들은 여전히 물 위를 천천히 걷고 있었다. 갑자기 모든 것이 쓸쓸하고 적막하다는 생각이 들었다. 자존심과 마지막 담판을 벌이던 톰이 친구들을 뒤쫓으며 소리 질렀다.

"기다려! 기다려! 할 얘기가 있어!"

친구들은 발을 멈추고 돌아보았다. 친구들이 있는 곳에 이르자 톰은 자신의 비밀을 털어놓기 시작했다. 시무룩하게 듣고 있던 친구들은 톰이 말하려는 '요점'을 알아차리고는 인디언처럼 환성을 지르며 '참으로 멋진' 일이라고 말했다. 처음부터 말해줬더라면 자기들은 떠나지 않았을 것이라는 말도 했다. 톰은 그럴듯한 핑계를 댔다. 그러나 진작 이야기하지 않은 진짜 이유는 그 비밀을 털어놓아봤자 친구들을 오래 붙잡아두지 못할 것이라는 우려 때문이었다. 그래서 톰은 친구들을 유혹하기 위한 최후의 수단으로 그 비밀을 간직했던 것이다.

두 친구들은 즐거운 마음으로 다시 야영지로 돌아와 진정으로 다시 놀이를 시작했고, 줄곧 톰의 신나는 계획에 대해 조잘대며 그 천재적인 생각에 감탄해 마지않았다. 거북 알과 물고기로 점심을 맛있게 먹고 나서 톰은 이제 자기도 담배를 배우고 싶다고 말했다. 그러자 조도 좋은 생각이라고 말하면서 자기도 피워보고 싶다는 것이었다. 그래서 헉은 파이프를 만들어 담배를 채웠다. 이 초보자들은 이제껏 포도 덩굴로 만든 시가 말고는 한 번도 담배를 피워본 일이 없었다. 그런데 그 담배가 어찌나 쓴지 혀가 '갈라지는' 것 같았을 뿐만 아니라 사나이답게 멋있다는 생각도 별로 들지 않았다.

이제 그들은 팔베개를 하고 누워 별로 자신 없는 자세로 조심스럽게 연기를 뻐끔뻐끔 내뿜기 시작했다. 담배 연기의 맛이 불쾌한 데다 속도 좀 메슥거렸지만 톰은 이렇게 말했다.

"원, 별거 아니군! 이런 줄 알았으면 진작 배웠을 텐데."

"그러게 말이야." 조가 말했다. "아무것도 아니네."

"사람들이 담배 피우는 것을 보고 나도 해봤으면 하고 바란 게 몇 번인지 몰라. 하지만 이렇게 정말 피울 수 있을 줄은 꿈에도 몰랐어." 톰이 말했다.

"나도 마찬가지야. 헉, 안 그러냐? 내가 그렇게 말하는 거 들은 적 있지, 헉? 내가 정말 그런 말을 했는지 안 했는지는 헉이 증명해 줄 거야."

"그래. 네가 그렇게 말한 게 몇 번인지 몰라." 헉이 대답했다.

"나도 그랬다니까." 톰이 말했다. "아, 몇백 번은 될 거야. 한번은 도살장 옆에서 그랬지. 헉, 너 기억하지? 내가 그런 말을 할 때 봅 태너도 있었고, 조니 밀러랑 제프 새처도 있었잖아. 헉, 내가 그 말 했던 거 기억나니?"

"그럼, 기억나지." 헉이 대꾸했다. "내가 하얀 공깃돌 하나를 잃어버린 그 다음날이었어. 아냐, 그 전날이었구나."

"그거 봐, 내가 그랬잖아." 톰이 말했다. "헉이 기억하는구나."

"난 이거 하루 종일 필 수도 있을 것 같아." 조가 말했다. "하나도 메스껍지 않은걸."

"나도 그래." 톰이 말했다. "온종일 필 수도 있겠다. 하지만 제프 새처 녀석은 어림도 없을 거야."

"제프 새처라고? 제프는 두 모금만 빨아도 졸도할 거야. 그 녀석한테 한번 피워보라고 해보자. 그러면 금방 알 수 있을 거야!"

"틀림없이 그럴 거야. 조니 밀러는 또 어떻고. 그 녀석이 이거에 한번 덤벼드는 걸 봤으면 좋겠다."

"아, 나도 보고 싶다!" 조가 말했다. "내가 장담하는데, 조니 밀러는 이것 근처에도 못 올걸. 냄새만 맡아도 토할 거야."

"정말 그럴 거야. 조, 저 말인데, 애들이 지금 우리를 볼 수 있으면 얼마나 좋을까?"

"내 생각도 그래."

"얘들아, 다른 아이들한테 이 이야기는 하지 마. 언제고 아이들이 우리 주위에 모여 있을 때 내가 너한테 다가가서 '조, 파이프 있니? 한 대 피우고 싶구나' 하고 말할게. 그러면 너는 대수롭지 않다는 듯 이렇게 말하는 거야. '있고말고. 내가 전부터 쓰던 파이프 말고도 다른 파이프가 하나 더 있어. 하지만 내 담배가 그다지 맛있는 건 아냐.' 그러면 내가 이렇게 말할 거야. '상관없어. 독하기만 하면 돼.' 그때 너는 담배 파이프를 꺼내는 거지. 그러고는 침착하게 파이프에 불을 붙이고 아이들의 표정을 둘러보는 거야!"

"야, 그거 신나겠다, 톰! 지금 당장 해보고 싶은데."

"나도 그래! 우리가 해적 노릇을 할 때 배웠다고 하면 저희들도 따라왔더라면 좋았을걸 하고 부러워하겠지."

"나도 그렇게 생각해. 녀석들, 틀림없이 그럴 거야."

이야기는 그렇게 이어져갔다. 그러나 이런 이야기도 약간 시들해지고 두서가 없어지기 시작했다. 침묵이 길어지고 구역질은 자꾸 자꾸 나왔다. 소년들의 뺨 안쪽에 있는 모든 구멍은 침이 솟는 샘이 되었다. 혀 밑 저장소에 고이는 물을 아무리 빨리 퍼내도 흘러넘치는 것을 막을 수 없었다. 그들이 아무리 노력해도 넘쳐나는 물은 목구멍 아래로 흘러들었고, 그럴 때마다 갑작스런 구역질이 뒤따랐다. 이제 두 소년은 매우 창백하고 비참해 보였다. 조의 파이프는 무감각해진 그의 손가락에서 땅으로 떨어졌다. 톰의 파이프도 그 뒤를 따랐다. 두 개의 샘물에서는 맹렬히 물이 솟고 두 개의 펌프는 있는 힘껏 물을 퍼내고 있었다. 마침내 조가 힘없이 말했다.

"칼을 잃어버렸어. 가서 찾아보는 게 좋겠다."

톰은 떨리는 입술로 더듬거리며 말했다.

"내가 도와줄게. 넌 저쪽으로 가. 난 이쪽 샘 근처를 찾아볼게. 아니, 헉, 넌 올 필요 없어. 우리가 찾을 수 있으니까."

그래서 헉은 다시 앉아서 한 시간을 기다렸다. 기다리다 적적해진 헉은 친구들을 찾아 나섰다. 두 친구는 숲속 이쪽과 저쪽에 서로 멀리 떨어져 누운 채 몹시 창백한 얼굴로 잠들어 있었다. 그러나 헉은 저들이 무슨 고통이 있었다면 이제 그 고통에서 벗어났구나 하는 생각이 들었다.

그날 밤 저녁을 먹을 때 소년들은 말이 없었다. 톰과 조의 표정에는 멋쩍은 구석이 엿보였다. 저녁을 먹고 나서 헉이 제 파이프에 담배를 채우고 친구들의 파이프에도 해주려 하자 친구들은 몸이 좀 불편하다며 그만두라고 말했다. 저녁 먹은 것이 얹힌 듯하다는 것이었다.

자정쯤 조가 잠에서 깨어나 눈을 뜨고 친구들을 불렀다. 답답한 공기가 숨을 막히게 하는 것이 곧 무슨 일이 닥칠 거라는 예감이 들었다. 바람 한 점 없는 대기의 후텁지근한 열기에 숨이 막힐 정도였지만 소년들은 모닥불을 벗 삼아 옹기종기 모여 앉아 있었다. 그들은 신경을 곤두세우고 뭔가를 기다리며 가만히 앉아 꼼짝도 하지 않았다. 엄숙한 정적이 계속되었다. 모닥불 너머로는 모든 것이 짙은 암흑에 휩싸여 있었다.

곧이어 번쩍하고 불빛이 흔들리더니 잠시 나뭇잎들을 희미하게 비추고는 이내 사라졌다. 잠시 후 또다시 번쩍했다. 아까보다 좀 더 강했다. 그러고 나서 다시 번쩍했다. 다음으로 얕은 신음 소리가 숲의 나뭇가지들을 스치며 처량하게 지나갔다. 그때 소년들은 뺨을 스치는 어떤 입김을 느끼고 '밤의 요정'이 지나갔다는 상상을 하며 몸을 떨었다. 잠시 조용해졌다. 그러다가 불길한 섬광이 밤을 낮으로 바꿔놓으면서 발치에 자라고 있는 작은 풀잎 하나까지 선명하게 드러냈다. 또한 그 섬광은 새파랗게 질린 세 소년의 얼굴도 드러냈다. 육중하게 우르릉쾅쾅하는 천둥소리가 하늘에서 공중제비하며 굴러 내려와서는 음산한 울림을 남기며 멀리 사라졌다. 선뜻한 바람이 쓸고 지나가자 모든 나뭇잎이 쓸려가는 소리와 함께 모닥불의 흰 재가 작은 눈송이처럼 이리저리 휘날렸다. 강렬한 빛을 발하는 또 하나의 섬광이 숲을 환하게 밝히는 순간 딱하는 소리가 뒤따랐는데, 그 소리에 소년들의 바로 머리 위에 있는 나뭇가지가 찢기는 듯했다. 그 뒤에 찾아온 짙은 암흑 속에서 소년들은 공포에 질려 서

로 부둥켜안았다. 굵은 빗방
울이 후드득 소리를 내며 나
뭇잎 위로 떨어지고 있었다.

"얘들아, 빨리! 천막으로
들어가!" 톰이 외쳤다.

그들은 벌떡 일어나 나무
뿌리와 덩굴에 걸려 넘어지면
서 어둠 속을 내달렸지만 각
기 다른 방향으로 가고 있었
다. 맹렬한 강풍이 나무 사이
를 훑고 지나갈 때 모든 것도
소리를 내고 있었다. 번개가
꼬리를 물고 번쩍이며 눈을
멀게 하고, 연달아 터져나오
는 천둥소리는 귀를 먹게 했
다. 이제 비가 억수같이 퍼붓
자 휘몰아치기 시작한 돌풍이
땅 위에 비의 장막을 펼쳐놓
는 듯했다. 소년들은 큰 소리
로 서로를 불러봤지만 포효하
는 바람과 굉음을 내는 천둥
소리가 그 목소리를 완전히
삼켜버렸다.

마침내 그들은 하나씩 비틀거리며 천막으로 찾아와 몸을 피했

다. 모두가 춥고 겁에 질리고 온몸에서 물이 냇물처럼 흘러내리고 있었다. 그렇게 비참한 상황에서 친구가 곁에 있다는 것은 여간 고마운 일이 아니었다. 그들은 얘기를 나눌 수 없었다. 다른 시끄러운 소리라면 몰라도 텐트가 된 낡은 돛이 심하게 펄럭이고 있었기 때문이다. 태풍은 점점 더 거세졌다. 마침내 돛이 동여맨 부위에서 찢겨져나가더니 강풍에 실려 멀리 날아가버렸다. 소년들은 서로의 손을 잡고 뛰기 시작했다. 여러 번 넘어지고 이곳저곳 깨지면서 강둑에 서 있는 거대한 떡갈나무 밑으로 숨었다.

이제 전투는 절정에 다다랐다. 하늘을 태울 듯 끊임없이 불타는 번갯불 밑에서 지상의 모든 것은 그림자 하나 없이 명확하고 선명하게 모습을 드러냈다. 휘어지는 나무들, 흰 거품을 머금고 파도치는 강, 거품 조각을 하늘로 날리는 물보라, 떠다니는 조각구름과 비스듬히 내리는 빗줄기 베일 사이로 힐끗 보이는 건너편 높은 절벽의 희미한 윤곽 등이 모습을 드러냈던 것이다. 이따금 어떤 거대한 나무가 이 전투에서 굴복하고 어린 나무들 위로 요란한 소리를 내며 쓰러졌다. 지칠 줄 모르는 천둥소리는 고막을 찢을 듯 날카로워서 말할 수 없이 무서웠다. 폭풍은 어떻게 말릴 수 없는 용트림을 하며 절정에 달했다. 단번에 섬을 산산이 조각 내고, 불태워버리고, 나무 꼭대기까지 물속에 잠기게 하고, 불어서 날려버리고, 섬의 모든 피조물을 귀머거리로 만들어버릴 태세였다. 집을 떠난 아이들이 밖에서 지새기에는 참으로 험악한 밤이었다.

그러나 마침내 전투는 끝나고 군대들은 위협과 불평을 약화시키며 퇴각했다. 그리하여 평화가 세상을 다시 장악했다. 소년들은 잔뜩 겁에 질린 채 야영지로 돌아갔다. 그들은 아직 고마워해야 할 어떤 일이 있음을 알았다. 그동안 그들의 잠자리를 지켜주던 거대한 단풍나무가 벼락을 맞아 쓰러져 있었다. 그 재앙이 일어났을 때 그들은 그 밑에 있지 않았던 것이다.

야영지에 있던 물건은 모두 흠뻑 젖어 있었다. 모닥불도 마찬가지였다. 그들은 다른 또래들과 마찬가지로 조심성이 없는 애들이어서 비에 대한 대비를 전혀 하지 않았기 때문이다. 걱정스러운 것은 비에 흠뻑 젖은 소년들의 몸에 한기가 들기 시작한 것이다. 그들은 엄살을 부리며 자신들의 수난에 대해 열변을 토했다. 그러나 곧 그들은 바람막이 역할을 해온 거대한 통나무가 위쪽까지 다 탔지만 아랫부분 한 뼘가량 비에 젖지 않은 것을 발견했다. (위쪽으로 구부러지며 올라가 땅에 닿지 않은 곳이 있었기 때문이다.) 그들은 비를 맞지 않은 부분에서 긁어모은 통나무 조각들과 껍질을 이용해서 끈기 있게 다시 불을 지폈다. 그러고 나서 큼직한 나뭇가지들을 쌓아올리자 활활 타오르는 용광로가 생겼다. 그들은 다시 환호했다. 그들은 익힌 햄을 불에 말려 잔치를 벌이고는, 모닥불 곁에 앉아 한밤중에 겪은 자신들의 모험을 부풀리고 미화하면서 아침이 밝기까지 노닥거렸다. 아무리 둘러보아도 누워서 잠을 잘 수 있는 마른 곳이 없었기 때문이다.

햇살이 슬그머니 스며들자 소년들에게 졸음이 밀려왔다. 그들은 모래톱으로 가서 잠을 자려고 누웠지만, 곧 햇볕이 따가워지자 힘없이 아침 식사를 준비했다. 아침을 먹고 나자 온몸이 뻣뻣하고 뼈마디가 쑤시면서 다시 집 생각이 간절해졌다. 이런 낌새를 눈치 챈 톰은 있는 힘을 다해 해적들의 기분을 돋우기 시작했다. 그러나 친구들은 공깃돌이건 서커스건 수영이건 아무것도 관심이 없었다.

톰은 그 엄청난 비밀을 상기시켜 기분을 좀 돋우려 했다. 그 기분이 지속되는 동안 어떤 새로운 계획에 관심을 갖도록 유도했는데, 그 계획이란 잠시 해적 놀이를 그만두고 기분 전환으로 인디언 놀이를 하자는 것이었다. 친구들도 이 생각에 끌렸다. 그래서 그들은 곧바로 옷을 벗어버리고 머리부터 발끝까지 검은 진흙으로 얼룩말처럼 줄을 그었다. 물론 셋이 다 추장이었다. 그러고는 영국인 개척지를 습격하기 위해 숲속으로 돌진해 들어갔다.

이윽고 적대 관계의 세 부족으로 나뉜 그들은 덤불 속에 매복해 있다가 요란한 함성을 지르며 뛰어나와 상대방을 공격하여 몇천 명씩 죽이고 그들의 머릿가죽을 벗겼다. 피비린내 나는 날이었다. 그래서 그날은 소년들에게 더할 나위 없이 만족스러운 하루였다.

저녁 먹을 때가 되어 그들은 야영지에 모였다. 배는 고프지만 행복했다. 그러나 한 가지 곤란한 문제가 생겼다. 적대 관계의 인디언들은 먼저 화해를 하지 않고는 서로 환대하는 식사를 할 수 없었다. 함께 모여 화해의 담배를 한 모금씩 피우지 않고는 도저히 같이 있을 수 없었다. 그것 말고 다른 방법이 있다는 소리는 한 번도 들어본 적이 없었다. 그 야만인들 중 두 명은 그대로 해적으로 남아 있었더라면 좋았을걸 하고 생각했다. 그러나 다른 방법이 없었다. 그래서 억지로 명랑한 척하며 담배 파이프를 달라고 큰 소리로 외치고는 격식에 따라 돌아가며 연기를 내뿜었다.

그런데 웬일인가. 그들은 무언가 얻은 것이 있기 때문에 인디언 놀이 하기를 잘했다고 생각했다. 이제 잃어버린 칼을 찾으러 가야겠다고 핑계를 댈 필요 없이 담배를 좀 피울 수 있다는 것을 알았기 때문이다. 지독한 불쾌감을 느낄 만큼 메스껍지도 않았다. 이렇게

유망한 일을 노력 부족으로 바보처럼 놓치고 싶지 않았다. 그건 안
될 말이었다. 그들은 저녁을 먹은 뒤 조심스럽게 연습을 한 끝에 꽤
훌륭한 성공을 거두면서 즐거운 저녁 시간을 보냈다. 그들은 '여섯
부족'의 머릿가죽과 살가죽을 벗긴 것보다 이 새로운 것을 습득한
일이 더 자랑스럽고 행복했다. 자, 이제 그들은 담배 피우고 잡담하
며 우쭐대고 있으라고 내버려두자. 현재로서는 그들에 대해 더 쓸
이야기가 없으니까.

17장

전이나 다름없이 평온한 토요일 오후, 그 작은 읍내에는 즐거운 분위기라고는 전혀 감돌지 않았다. 하퍼네 가족과 폴리 이모네 가족은 상복을 입고 깊은 슬픔에 잠겨 눈물을 흘리고 있었다. 여느 때도 조용했지만 이날은 유별난 고요함이 마을을 사로잡고 있다는 것을 누구나 느낄 수 있었다. 마을 사람들은 넋이 빠진 채 일을 했고 아무 말 없이 자주 한숨만 내쉬었다. 이 토요일이라는 휴일이 아이들에게도 무거운 짐처럼 느껴졌다. 어떤 놀이를 해도 재미를 못 느끼고 곧 집어치우고 말았다.

그날 오후 베키 새처는 텅 빈 학교 운동장을 쓸쓸히 서성대고 있었다. 소녀는 몹시 우울했다. 그러나 거기에는 그녀를 위로해줄 만한 것이 아무것도 없었다.

"아, 그 애의 놋쇠 손잡이라도 가지고 있었더라면 좋았을걸. 내게 그 애를 기억할 만한 물건이라곤 하나도 없어." 베키는 솟아나는 작은 흐느낌을 억지로 참았다.

곧 베키는 걸음을 멈추고 중얼거렸다.

"바로 여기였어. 아, 다시 그런 일이 있으면 절대 그렇게 말하지 않을 텐데. 죽어도 그렇게 말하지 않을 거야. 하지만 그 애는 이제 죽었어. 절대로, 절대로, 절대로 다시는 그 애를 못 볼 거야."

이런 생각에 베키는 왈칵 울음을 터뜨렸다. 소녀는 두 볼에 눈물 방울이 굴러내리는 가운데 힘없이 발걸음을 옮겨 그곳을 떠났다. 다음 순간 톰과 조의 친구였던 많은 남녀 아이들이 몰려와 말뚝으로 된 운동장의 울타리 너머를 바라보면서 경건한 어조로 톰이 이런저런 행동을 했으며 마지막으로 톰을 본 게 언제인지, 조가 이런 저런 시시한 말을 어떻게 했는지 (이제야 무서운 예언이 담긴 말이었음을 알겠다든지) 서로 이야기를 나누었다. 말하는 아이마다 실종된 친구들이 그 당시에 서 있던 정확한 장소를 가리키며 이렇게 덧붙였다. "그때 난 이렇게 서 있었어. 바로 지금처럼 서 있었어. 네가 톰이라면 요렇게 가까이 서 있었던 거야. 그때 톰이 이렇게 웃었어. 왠지 이상한 기분이 들었거든. 뭐랄까, 오싹했다고나 할까? 물론 그때는 그 웃음이 무슨 의미인지 몰랐어. 하지만 지금은 알 것 같아!"

그런 다음 죽은 아이들을 마지막으로 본 것이 누구냐를 두고 말다툼을 벌였다. 소년들은 그 울적한 명예가 자기 것이라고 주장하며 증인들까지 동원해 다소 변질시킨 증거를 제시했다. 결국 누가 맨 마지막으로 톰과 조를 보았으며 말을 나누었는지 결정나자, 그 행운을 거머쥔 아이들은 거룩한 명예라도 얻은 양 행동을 했다. 나머지들은 입을 딱 벌리고 부러워했다. 별로 자랑할 것이 없다는 딱한 아이 하나가 제법 자부심을 드러내며 이렇게 기억을 더듬어 말했다.

"난 말야, 톰에게 한 번 얻어맞은 적이 있어."

그러나 명예를 얻기 위한 그 선언은 실패작이었다. 대부분의 아이가 그런 말은 할 수 있었기 때문에 명예의 가치를 너무 싸구려로 만드는 발언이었다. 아이들은 겁먹은 어조로 잃어버린 영웅들을 회상하며 그 자리를 떠나갔다.

다음날 아침 주일학교 수업 시간이 끝나자 보통 때와는 다르게 장례를 알리는 조종이 울렸다. 조용한 안식일에 울리는 그 구슬픈 소리는 온 누리에 깔린 명상하는 고요와 어울리는 것 같았다. 마을 사람들이 하나 둘 모여들기 시작하여 교회 현관 앞에서 잠시 서성거리며 이 슬픈 사건에 대해 소곤소곤 이야기를 주고받았다. 그러나 교회 안에서는 아무도 소곤거리지 않았다. 들리는 소리라고는 상복을 입은 부인들이 자리에 앉을 때 옷자락이 스치는 소리뿐이었다. 이 작은 교회에 이렇게 많은 사람이 몰려든 적이 있다는 기억을 가진 사람은 아무도 없었다.

마침내 뭔가를 기다리는 듯한 침묵의 시간이 잠시 흐른 뒤 폴리 이모가 입장했고, 시드와 메리가 그 뒤를 따랐다. 뒤이어 검은 상복을 입은 하퍼네 가족이 들어섰다. 전체 신도들과 늙은 목사는 다 같이 경건하게 자리에서 일어나 유가족들이 맨 앞줄에 앉을 때까지 그대로 서 있었다. 교회 안은 다시 엄숙한 침묵에 휩싸였고 이따금 소리를 죽여 흐느끼는 소리가 침묵을 깨뜨릴 뿐이었다. 목사는 두 팔을 크게 벌려 기도를 했다. 그리고 가슴을 울리는 찬송가 한 장을 부른 뒤 성경 구절을 읽었다. "나는 부활이요 생명이니……."

예배가 진행되면서 목사가 죽은 아이들의 여러 장점과 사람의 마음을 끄는 점과 보기 드물게 유망한 장래성에 대해 어찌나 실감나게 묘사하던지, 모든 신도는 이런 목사의 묘사에 공감하면서 자기들이 끈질기게 그런 장점을 보지 못하고 그 아이들의 결점과 실수만을 꾸준히 보아왔음을 회상하며 양심의 가책을 느꼈다. 목사는 아이들이 살아 있을 때 있었던 많은 감동적인 사건을 언급했다. 그런 사건들은 아이들의 아름답고 관대한 심성을 입증하는 일이었기 때문에 사람들은 이제 그러한 일화가 얼마나 고상하고 아름다운 일인가를 쉽게 이해할 수 있었고, 그런 일이 일어났을 당시에는 그놈들을 악당처럼 여기며 매를 맞아도 싸다고 생각했음을 회상하며 슬퍼했다. 슬픈 이야기가 계속되자 신도들은 점점 더 감동에 젖어 고뇌에 찬 흐느낌으로 울고 있는 유족들과 하나가 되어 울음을 터뜨렸다. 목사도 자신의 감정을 이기지 못하고 강단에서 그만 엉엉 울기 시작했다.

아무도 눈치를 채지 못했지만 그때 회랑에서 버스럭하는 소리가 들렸다. 잠시 뒤에는 교회 문이 삐걱하고 열렸다. 목사는 흐르는 눈물을 연방 손수건으로 닦아내다가 그만 무엇에 찔린 사람처럼 그 자리에 그냥 굳어버렸다! 처음에는 한 사람의 눈이 목사의 눈을 따라가더니 또 다른 눈이 따르고, 이어서 거의 동시에 모든 신도가 자리에서 일어나 그쪽을 바라보았다. 세 명의 죽었던 소년들이 중앙통로로 행진해 들어오는 게 아닌가! 맨 앞에 톰이 앞장서고, 조가 그 뒤를 따랐으며, 늘어진 누더기를 걸친 헉이 맨 뒤에서 멋쩍은 표정으로 살금살금 들어오고 있었다. 그들은 사용하지 않는 교회 회랑에 숨어 저희들을 위한 장례식 설교를 경청하고 있었던 것이다.

폴리 이모, 메리, 그리고 하퍼네 가족들은 되돌아온 아이들에게 덤벼들어 숨도 쉬지 못할 정도로 키스를 퍼부으며 감사의 말을 연발했다. 한편 불쌍한 헉은 그렇게 많은 불친절한 눈길을 피해 어디로 숨어야 할지, 또 어떻게 해야 할지 몰라 부끄러운 듯 불편한 표

정으로 서 있었다. 헉은 우물쭈물하다가 그곳에서 빠져나가려고 했다. 그러나 톰이 그를 붙잡고 말했다.

"이모, 이건 불공평해요. 누군가가 헉을 보고 기뻐해야죠."

"암, 그래야지. 난 헉을 보니 기쁘단다. 어미 없는 불쌍한 것!" 그런데 폴리 이모가 아낌없이 쏟은 애정 어린 관심은 헉을 아까보다 더 거북하게 만드는 결과를 가져왔다.

그때 갑자기 목사가 목청을 다해 힘껏 외쳤다. "자, 〈만복의 근원 하나님〉을 부릅시다. 우리 모두 힘차게 부릅시다!"

사람들 모두가 찬송을 불렀다. 찬송가 '100장'이 의기충천하게 터져나오며 교회 안에 울려 퍼졌다. 찬송가가 천장 서까래를 뒤흔드는 동안 해적 톰 소여는 자기를 부러워하는 아이들을 둘러보면서 마음속으로 지금이야말로 자기 생애에서 가장 자랑스러운 순간이라고 고백했다.

'감쪽같이 속은' 신도들은 밖으로 몰려나오면서 이처럼 감격적인 '100장' 찬송가를 들을 수만 있다면 또 한번 속아도 좋다고 말했다.

그날 톰은 폴리 이모의 기분에 따라 1년 동안 받은 수보다 많은 주먹질과 키스를 받았다. 이 두 가지 중에서 어느 것이 하나님에 대한 감사이며 어느 것이 자기에 대한 애정인지 거의 분간할 수 없었다.

18장

　형제 해적들과 집으로 돌아가 자신들의 장례식에 참석한다는 계획이 톰의 중요한 비밀이었다. 그들은 토요일 해질 무렵에 통나무 하나에 올라타고 미주리 쪽 강변을 향해 손으로 노를 저으며 마을 아래쪽 8~9킬로미터 지점에 상륙했다. 동이 틀 때까지 읍 가장자리에 있는 숲에서 잠을 자고 나서 뒷길과 골목길을 통해 몰래 잠입해 부서진 긴 의자 등이 혼란스럽게 널려 있는 교회 회랑에서 부족한 잠을 메꿨다.

　월요일 아침 식사 때 폴리 이모와 메리는 톰에게 몹시 다정하게 굴며 톰이 원하는 것에 각별히 신경을 썼다. 전에 없이 많은 대화가 오가는 가운데 폴리 이모가 말했다.

　"톰, 너희들이 즐거운 시간을 보내려고 거의 1주일 동안 모든 사람을 고통스럽게 한 것에 대해 멋진 장난이 아니었다고 말하지는 않겠다. 하지만 네가 내 속을 그렇게 태울 만큼 무정할 수 있다니 유감이구나. 통나무를 타고 장례식에 올 수 있었다면, 죽지 않고 살아 있다는 소식쯤은 어떻게든 나한테 와서 알려줄 수도 있었을 것 아니냐? 그런데도 그냥 달아나버리다니."

　"맞아, 톰, 그럴 수도 있었잖아." 메리가 거들었다. "네게 그럴 생각이 있었다면 그렇게 했을 거라고 난 믿어."

"톰, 그랬겠지?" 기대에 찬 밝은 얼굴로 폴리 이모가 물었다. "자, 말해보렴. 그런 생각이 있었다면 그렇게 했겠지?"

"저… 잘 모르겠어요. 그랬더라면 모든 걸 망쳤을 거예요."

"톰, 나는 네가 그 정도 사랑은 표시해주길 기대했단다." 이모는 섭섭하다는 투로 말해 톰의 마음을 불편하게 했다. "설사 직접 그렇게 하지는 못했더라도 그런 생각을 할 만큼 관심을 가졌다면 그것만으로도 대단한 일이지."

"이모, 어떤 나쁜 의도가 있어서 그런 건 아니잖아요." 메리가 이모에게 애원하듯 말했다. "톰이 다만 촐랑거리는 애라 그래요. 늘 서두르다 보면 아무 생각도 못하잖아요."

"그래서 더 유감스러워. 시드라면 생각을 했을 거야. 시드라면 와서 미리 알렸을 거라고. 톰, 별로 어려운 일도 아닌데 이모를 위해 조금만 더 신경을 썼더라면 좋았을걸 하고 나중에 후회할 날이 올 거다. 하지만 그땐 이미 늦지."

"이모, 제가 이모를 사랑한다는 건 이모도 아시잖아요?" 톰이 말했다.

"행동으로 보여줘야 내가 더 잘 알지."

"그때 그런 생각이 들었더라면 좋았을 것 같아요." 톰은 뉘우치는 기색으로 말했다. "하지만 어쨌든 전 이모 꿈을 꾸었어요. 기특하지 않나요?"

"별로 기특하지 않구나. 그 정도는 고양이도 할 수 있어. 그러나 안 꾼 것보다는 낫지. 대체 무슨 꿈을 꾸었는데?"

"그게 바로 수요일 밤이었어요. 꿈에서 이모는 저기 침대 옆에

앉아 있었고 시드는 나무 상자 옆에, 메리 누나는 시드 옆에 나란히
앉아 있었어요."

"그래, 그랬었지. 우리는 늘 그렇게 앉잖니. 네가 꿈에서 우리를
걱정했다니 기분이 좋구나."

"그리고 그 꿈속에서 보니 하퍼의 엄마가 여기 와 계시더군요."

"어머, 그분도 여기 계셨지! 그 꿈에서 또 뭘 봤니?"

"참 많아요. 하지만 지금은 다 희미해요."

"톰, 잘 생각해보렴. 기억나는 게 없니?"

"어쩐지 그때 바람이 좀… 바람이 불어서 그… 그……."

"어서, 톰! 바람이 어떻게 불었다 이거지? 자, 생각해봐!"

톰은 이 초조한 순간에 이마에다 제 손가락을 대고 눌렀다. 그러
고 나서 다시 말했다.

"알았다! 생각났어요! 바람에 촛불이 흔들렸어요!"

"맙소사, 어서 계속해라, 톰. 계속해봐!"

"이모가 '저런, 방문이 또…' 하고 말씀하신 것 같아요."

"톰, 계속해!"

"잠깐 생각 좀 하게 해주세요. 잠깐이면 돼요. 아, 그래요. 문이 열린 것 같다고 말씀하셨어요."

"그건 분명히 내가 한 말이다. 메리, 내가 그렇게 말했지? 자, 계속해봐!"

"그러고 나서… 그러고 나서… 확실하진 않지만 이모가 시드더러 가서 뭐를 하라고 했는데… 저……."

"그래, 그래, 내가 시드에게 뭐를 하라고 하던?"

"이모가 시드를 시켜서… 이모가… 아, 이모가 시드에게 문을 닫으라고 말했어요."

"오, 제발, 더 말해보렴. 내 평생 이렇게 이상한 말은 들어본 적이 없다. 이제 나한테 꿈은 아무 의미도 없다는 말은 하지 마라. 내가 한 시간이라도 더 늙기 전에 당장 가서 세러니 하퍼 부인에게 알려야겠다. 미신을 비웃더니, 이 말을 듣고 어쩌나 보고 싶구나. 톰, 계속 말해봐!"

"아, 이제 모든 게 대낮같이 똑똑히 생각나네요. 그다음에 이모가 톰은 나쁜 아이가 아니고 다만 짓궂고 장난이 심할 뿐이라고 말씀하셨어요. 또 저더러… 고삐 풀린 망아지라던가… 뭐 그런 것과 마찬가지로 책임감이 없다고 하셨어요."

"바로 그랬지! 세상에나! 톰, 계속 말해봐!"

"그러더니 이모가 울기 시작했어요."

"정말 그랬었지. 그랬었어. 그때 처음 운 것은 아니지만. 그리고 어떻게 됐지?"

"그러고는 하퍼 부인이 울기 시작했어요. 조도 마찬가지라고 하

면서요. 자기 손으로 크림을 내버리고도 조더러 먹었다고 매질한
게 후회가 된다고요."

"톰! 너한테 신령이 내린 거야! 너는 예언을 했어! 예언을 했던
거야! 세상에, 원! 톰, 말을 계속해봐!"

"다음에 시드가 말했어요… 시드가 말하기를……."

"난 아무 말도 하지 않은 것 같은데." 시드가 말했다.

"아냐. 넌 무슨 말을 했어, 시드." 메리가 말했다.

"너희들은 입 다물고 있거라. 톰더러 얘기를 계속하라고 해! 톰,
시드가 뭐라고 하던?"

"시드가… 내가 가 있는 곳에서 잘살기를 바란다고 말했던 것
같아요. 하지만 내가 살았을 때 더 잘했더라면……."

"거봐라, 지금 한 말 들었지? 시드가 바로 그렇게 말했어!"

"그래서 이모가 시드더러 입 닥치고 있으라고 말씀하셨어요."

"정말 그랬지! 그곳에 천사가 있었나 보구나. 그때 어딘가에 분
명 천사가 있었던 거야!"

"또 하퍼 부인이 조가 폭죽을 가지고 자신을 놀라게 했던 일을
얘기하시더군요. 그러자 이모는 피터와 진통제 얘기를 했고……."

"어쩌면 그렇게 정확하니!"

"그 뒤로 오랫동안 우리 시체를 찾기 위해 강을 뒤진 일이며 일
요일에 치를 장례에 대해 많은 이야기가 있었어요. 그리고 이모와
하퍼 부인은 서로 부둥켜안고 울다가 하퍼 부인이 나가더군요."

"바로 그런 일이 있었단다! 내가 지금 여기 앉아 있는 것이 확실
한 것처럼 그런 일이 확실히 일어났지. 설사 네 눈으로 직접 봤다
해도 이보다 더 정확하게는 말하지 못했을 거야. 그래, 그러고는 어

됐니? 톰, 계속 말해보렴."

"이모가 저를 위해 기도를 한 것 같아요. 그때 이모 모습이 보이는 것 같고 이모가 했던 말도 죄다 들리는 것 같아요. 그리고 이모는 잠자리에 드셨지요. 저는 너무 죄송한 생각이 들어서 단풍나무 껍질을 꺼내어 거기에다 '우리는 죽지 않았어요. 해적 놀이를 하려고 떠나 있는 거예요'라는 글을 적은 뒤에 그걸 테이블 위 촛대 옆에 놓았어요. 그때 이모가 주무시는 모습이 하도 보기 좋아서 이모에게 다가가 허리를 굽히고 입술에 뽀뽀를 했던 것 같아요."

"그래? 톰, 네가 나한테 뽀뽀를 했단 말이지? 그것만으로도 네가 한 짓 모두를 용서하마!" 이모가 톰을 어찌나 세게 껴안았던지 톰은 자신이 세상의 악당 중에서 제일 죄가 많은 놈처럼 느껴졌다.

"그건 꽤 친절한 행동이었군. 꿈속의 일이긴 하지만." 시드가 겨우 들릴 정도의 작은 목소리로 혼잣말하듯 말했다.

"입 다물어, 시드! 사람은 꿈속에서도 깨어 있을 때와 똑같이 행동하는 법이다. 톰, 네가 혹시 다시 돌아오면 주려고 남겨두었던 밀럼 사과가 여기 하나 있다. 이제 학교에 가야지. 나는 너를 다시 찾게 된 걸 하나님 아버지께 감사한다. 하나님은 받을 자격이 없다는 것을 아시면서도 하나님을 믿고 말씀을 지키는 자들에게는 오래 참으시며 자비를 베푸신단다. 하지만 자격 있는 사람들만 그분의 축복을 받고 어려울 때 그분의 도움을 받을 수 있다면 이 세상에서 웃음을 짓거나 긴 밤이 닥칠 때 그분이 베푸는 안식처에 들어갈 수 있는 사람이 과연 몇 명이나 되겠니? 자, 학교에 다녀오너라. 시드, 메리, 톰, 어서 출발해라. 너희들 때문에 일이 많이 늦어졌구나."

아이들은 학교로 떠났고, 이모는 하퍼 부인을 찾아가 톰의 경이

로운 꿈 이야기로 하퍼 부인의 현실주의적 사고방식을 깔아뭉개려
고 집을 나섰다. 시드는 집을 나서면서 뭔가 감이 잡혔지만 제 생각
을 말하지 않는 편이 낫겠다고 판단했다. 그가 입에 담고 싶은 말은
이러했다. "속이 훤히 보여. 그렇게 긴 꿈이 하나도 틀린 곳이 없다
니!"

　이제 톰은 대단한 영웅이 되어 있었다! 그는 까불거나 깡충깡충
뛰지 않고, 여러 사람의 눈이 자기에게 쏠려 있음을 의식하며 해적
답게 으스대는 걸음걸이로 의젓하게 걸었다. 실제로 사람들은 그를
쳐다보았다. 지나치면서 톰은 사람들의 표정을 못 본 척 그들의 말
을 못 들은 척 노력했지만 속으로는 기분이 좋았다. 톰보다 작은 애
들은 떼를 지어 그의 꽁무니를 따라다녔다. 마치 톰이 행렬 앞에서
북을 치는 사람이거나 서커스단을 이끌고 읍내로 들어오는 코끼리

라도 되는 양 그와 함께 있는 것이 대견스럽고 그가 그렇게 해줘서 자랑스러워하는 것 같았다. 톰과 같은 또래의 아이들은 그가 집을 떠났었다는 사실을 전혀 모르는 척했지만 여전히 질투심이 나서 안달이었다. 그들은 톰처럼 검게 탄 피부와 해적이라는 빛나는 악명을 얻을 수만 있다면 죽어도 좋다고 생각했다. 물론 톰은 서커스단을 통째로 준다 해도 이 두 가지를 양보하지 않겠지만 말이다.

학교에서 아이들이 톰과 조에게 던지는 경이로운 눈빛은 두 친구에 대한 찬양을 담고 있었으므로 두 영웅은 얼마 안 있어 참을 수 없을 정도로 '우쭐'해졌다. 그들은 굶주린 청중에게 자신들의 모험담을 들려주기 시작했다. 그러나 그것은 시작에 불과했다. 그들은 끊임없이 솟아나는 특유의 상상력을 가지고 있어서 이야기는 영원히 끝날 것 같지 않았다. 마침내 톰과 조가 담배 파이프를 꺼내어 유유히 연기를 내뿜는 순간 그들의 명예는 절정에 달했다.

톰은 이제 베키 새처에 연연하지 않을 수 있다고 단정했다. 명예면 충분했다. 그는 명예를 위해 살고 싶었다. 이제 톰이 유명해졌으니까 어쩌면 베키가 '화해'하기를 원할지도 모른다. 좋아, 그렇게 해보라지. 나 톰도 다른 사람들만큼 무관심할 수 있다는 것을 알려줘야지. 곧 베키가 나타났지만, 톰은 그녀를 못 본 체했다. 톰은 그 자리를 떠나 다른 아이들과 어울리며 떠들기 시작했다. 얼마 안 있어 톰은 베키가 눈에 불을 켜고 상기된 얼굴로 명랑하게 깡충깡충 뛰며 바쁘게 아이들을 쫓아다니고, 그러다가 아이 하나를 붙잡고는 깔깔대고 웃는 것을 관찰했다. 그러나 톰은 베키가 언제나 톰의 주변에서만 아이들을 붙잡고, 그럴 때마다 자신을 향해 의미 있는 눈길을 보낸다는 것을 알아차렸다. 베키의 이런 행동은 톰의 허영심,

즉 남을 골탕먹이고 싶은 허영심을 충족시켰다. 그래서 그런 그녀
의 행동은 톰의 마음을 끌기는커녕 오히려 더 '거만하게 만들었고'
그로 하여금 베키가 근처에 있다는 사실을 알면서도 그런 내색을
하지 않으려고 더욱 애쓰게 만들 뿐이었다.

이윽고 베키는 뛰노는 놀이를 그만두고 한두 번 한숨을 내쉬더
니, 머뭇거리듯 주위에서 어슬렁거리며 아쉬워하는 눈길로 몰래 톰
을 훔쳐보았다. 그때 베키는 톰이 다른 어떤 아이보다도 에이미 로
런스와 유난히 더 많이 이야기하는 것을 알아차렸다. 그러자 베키
는 가슴이 아프면서 정신이 혼란하고 불안해졌다. 그 자리를 뜨려
했지만 발이 말을 듣지 않았고, 대신 그 다리는 아이들이 모여 있는
쪽으로 그녀를 데리고 가는 것이었다. 베키는 톰 바로 옆에 있는 여
자 아이에게 말을 걸었다. 일부러 명랑한 척하면서 말이다.

"얘, 메리 오스틴! 나쁜 계집애, 왜 주일학교에 나오지 않았니?"

"갔는데… 나 못 봤니?"

"어머, 못 봤는데. 왔었다고? 어디 앉았었는데?"

"피터 선생님 반에 있었어. 난 늘 그 반이야. 나는 널 봤는데."

"그랬니? 참 이상하다. 내가 널 못 보다니. 너한테 소풍에 대해 이야기하고 싶었거든."

"어머, 재미있겠다. 누가 하는 건데?"

"우리 엄마가 나를 위해 마련해주신대."

"야, 좋겠다. 너희 엄마가 나도 끼워주셨으면 좋겠다."

"물론 끼워주실 거야. 그 소풍은 나를 위한 거니까. 내가 같이 가기를 원하는 아이는 누구든지 허락하실 거야. 난 너하고 같이 가고 싶어."

"고마워. 언제 가는데?"

"곧 갈 거야. 아마 방학 때쯤."

"정말 재미있겠다! 여자 아이들이랑 남자 아이들도 전부 부를 거니?"

"그럼, 내 친구는 모두 부를 거야. 또 친구가 되고 싶어 하는 아이도." 베키는 이렇게 말하며 몰래 톰을 슬쩍 쳐다보았다. 그러나 톰은 끊임없이 에이미 로런스에게 섬에서 겪은 그 격렬한 폭풍우와 자기가 '채 1미터도 안 되는 거리에 서 있는데' 번개가 거대한 단풍나무를 때려 '산산조각'으로 찢어놓은 이야기를 해주고 있었다.

"얘, 나도 가도 되니?" 그레이시 밀러가 말했다.

"응."

"그럼 나는?" 샐리 로저스가 물었다.

"물론이지."

"그럼 나도 되니?" 수지 하퍼가 물었다. "조도?"

"그럼."

이렇게 한 명씩 낄 때마다 아이들은 손뼉을 쳤다. 마침내 톰과 에이미만 빼고 모든 아이가 베키에게 초대해주기를 바랐다. 그때 톰은 차갑게 몸을 돌리더니 여전히 이야기를 계속하며 에이미를 데리고 딴 곳으로 가버렸다. 베키의 입술이 떨리면서 눈에는 눈물이 고였다. 베키는 간신히 유쾌한 척하면서 슬픈 기색을 숨기고 계속 지껄였다. 그러나 이제 소풍이고 뭐고 다 김이 새버리고 말았다. 베키는 되도록 빨리 그 자리를 떠나 몸을 숨긴 채 여자들이 말하는 '후련해지는 눈물'을 쏟았다. 그러고는 상처받은 자존심을 가슴에 품고 침울하게 앉아 있었다. 마침내 수업 종이 울렸다. 이제 베키는 두 눈에 복수의 빛을 띠고 벌떡 일어나 땋아 늘인 머리를 흔들고는, 복수하는 방법은 알고 있다며 중얼거렸다.

쉬는 시간에 톰은 즐거운 자기만족에 빠져 계속 에이미와 시시덕거렸다. 또한 베키를 찾아 자신의 훌륭한 연기로 그녀에게 상처를 주기 위해 계속 여기저기를 헤매고 다녔다. 마침내 베키를 찾아냈지만 맥이 쭉 빠지고 말았다. 베키가 학교 건물 뒤에 있는 작은 벤치에 알프레드 템플과 다정하게 앉아서 그림책을 보고 있었던 것이다. 서로 머리를 맞대고 그림책을 들여다보는 데 너무 열중한 나머지 주변 일은 조금도 의식하지 못하는 것 같았다.

질투가 톰의 혈관을 통해 열탕처럼 흘렀다. 베키가 화해하려고 제시한 기회를 내팽개친 자신이 미워지기 시작했다. 톰은 스스로에게 바보 천치니 뭐니 하며 자신이 아는 온갖 욕을 퍼부었다. 그는

분해서 울고 싶었다. 에이미는 함께 걸으면서 행복하게 재잘댔지만 톰의 혀는 이미 기능을 상실했다. 톰은 에이미가 하는 말을 듣지 않았다. 에이미가 대답을 기대하면서 말을 멈출 때마다 톰은 그렇다고 어색하게 더듬거리며 대답할 뿐이었다. 그런데 그 대답마저 엉뚱한 것이었다. 톰은 몇 번이고 되풀이해 학교 건물 뒤쪽만 맴돌며 그 지긋지긋한 광경으로 제 눈알맹이를 지지고 있었다. 그렇게 하지 않고서는 견딜 수가 없었다. 톰은 베키 새처가 자신이 살아 돌아온 것에 조금도 신경을 쓰지 않는 것을 보고, 아니 보았다고 생각하자 미칠 것 같았다. 그러나 톰의 생각과 달리 베키는 사실 신경을 쓰고 있었다. 베키는 이 싸움에서 자신이 이기고 있음을 알았다. 또한 아까 자신이 고통받은 것처럼 그가 고통받는 것을 보고 고소하다고 생각했다.

톰은 에이미의 행복한 재잘거림을 더는 참을 수 없었다. 그래서 자기는 할 일이 있다고, 급한 일이 있다고, 또한 시간이 너무 촉박하다고 넌지시 암시했다. 그러나 소용이 없었다. 에이미는 계속 재잘거렸다. 톰은 생각했다. '빌어먹을! 이 아이를 떼어버릴 방법이 없을까?' 마침내 톰이 꼭 해야 할 일이 있다고 말하자, 에이미는 눈치도 없이 학교가 끝나면 '근처에서' 기다리겠다고 말하는 것이었다. 그래서 톰은 그녀를 증오하며 서둘러 그 자리를 떠났다.

"다른 녀석하고 놀다니!" 톰은 이를 갈며 혼자 중얼거렸다. "이 동네 녀석도 아니고 세인트루이스에서 왔다는 놈하고! 옷을 말쑥하게 차려입고 스스로 귀족이라고 생각하는 녀석하고 놀다니! 그놈 말고는 남자 애가 없나? 그래, 좋아! 너 이놈, 여기로 온 첫날 내가 널 패줬지? 다시 한 번 패주겠다! 나한테 걸릴 때까지 기다려라! 그냥 잡아가지고……."

톰은 이어서 허공에다 주먹질을 하고 발로 차고 눈을 후비는 동작을 시작했는데, 모두가 어떤 상상의 남자 아이를 혼내주는 동작이었다. "어, 이게 덤비네. 덤빌래? 어, 이게 큰소리도 치네. 너 다 했니? 자, 그러면 버릇을 고쳐주마!" 그리하여 이 가상의 결투는 톰이 만족할 만한 결말을 맺었다.

톰은 정오에 집으로 내뺐다. 양심의 가책 때문에 에이미가 행복에 겨워 흐뭇해하는 모습을 더는 지켜볼 수 없었고, 질투가 나서 비참해지는 것도 더는 참을 수 없었다. 베키는 알프레드와 그림책 보는 일을 계속했다. 그러나 시간이 느리게 지나는 가운데 톰이 고통을 받으러 나타나야 하는데도 모습을 보이지 않자, 그녀의 승리감에도 먹구름이 내려앉기 시작했고 그림책에 대한 홍미도 차츰 사라져갔다. 어깨가 늘어지고 멍해지더니 다음으로 우울함이 뒤따랐다. 베키는 두세 번 어떤 발소리를 듣고 귀를 쫑긋했지만 헛된 바람일 뿐이었다. 톰은 오지 않았다. 마침내 베키는 걷잡을 수 없이 비참해진 마음으로 톰과의 싸움을 이 지경까지 몰고 오지 말걸 하고 후회했다. 베키가 저한테서 멀어지고 있음을 느꼈지만 어떻게 해볼 도리가 없는 가엾은 알프레드는 계속해서 "여기 재미있는 그림이 있네. 이것 좀 봐!" 하고 외쳐댔지만, 베키는 마침내 인내심을 잃고 폭발하고 말았다. "제발, 귀찮게 좀 굴지 마! 그런 거엔 관심 없어!" 하고 울음을 터뜨리더니 벌떡 일어나 가버렸다.

알프레드는 베키 곁으로 다가서며 그녀를 달래주려고 노력했다. 그러나 베키는 이렇게 말했다.

"저리 가. 나 좀 그냥 내버려둬! 난 너 싫어!"

어쩔 수 없이 알프레드는 걸음을 멈췄다. 자기가 무슨 잘못을 했기에 저러나 하고 의아해했다. 베키가 점심 시간 내내 그림을 보고 싶다고 말하지 않았던가? 그런데 지금 베키는 울면서 걸어가고 있지 않은가? 알프레드는 생각에 잠긴 채 텅 빈 교실 안으로 들어갔다. 모욕을 당해서 화가 치밀었다. 알프레드는 베키가 그렇게 행동한 이유를 쉽게 짐작할 수 있었다. 결국 그 계집애는 톰 소여에게 분풀이를 하려고 자기를 이용한 것이다. 이런 생각이 들자 톰이 미워서 견딜 수 없었다. 그래서 자기에게 불똥이 튀지 않으면서 톰 녀석을 골탕 먹일 방법을 궁리했다. 그때 톰의 철자법 책이 그의 눈에 띄었다. 절호의 기회가 여기 있었다. 그는 속으로 감사해하며 그날 오후에 공부할 곳을 펼치고 그 위에 잉크를 쏟았다.

그때 마침 창밖에서 알프레드의 뒷모습을 들여다보던 베키가 이 광경을 목격했지만 못 본 척하고 발걸음을 계속 옮겼다. 베키는 집으로 향했다. 톰을 찾아 알려줄 참이었다. 톰은 고마워할 테고 그동안의 불화도 치유될 것이다. 그러나 집에 절반도 가기 전에 베키는 마음을 바꿨다. 그녀가 소풍 이야기를 하고 있을 때 톰이 저를 못 본 척하던 기억이 아픈 상처처럼 되살아나자 분한 생각이 그녀를 휩감았다. 더럽혀진 철자법 책 때문에 매를 맞도록 내버려두기로, 게다가 영원히 톰을 미워하기로 결심했다.

19장

톰은 침울한 기분으로 집에 도착했다. 그런데 이모가 그에게 던지는 첫마디를 들었을 때 톰은 자신의 슬픔 따위는 설 곳이 없다는 것을 깨달았다.

"톰, 산 채로 네 가죽을 벗겨내도 내 직성이 풀리지 않겠다!"

"이모, 제가 무슨 짓을 했다고 이러세요?"

"해도 너무했어. 난 늙은 바보처럼 세러니 하퍼 부인을 찾아갔지. 하퍼 부인한테 그 쓰레기 같은 네 꿈 이야기를 믿게 해야지 하고 기대가 컸어. 그런데 이게 웬걸! 하퍼 부인은 네가 그날 밤 이곳에 와서 우리 얘기를 죄다 엿들었다는 것을 조한테 들어서 다 알고 있더구나. 이 녀석아, 이런 짓이나 하는 네가 이다음에 커서 뭐가 되려는지 난 모르겠다. 내가 세러니 하퍼 부인 집에 가면 완전히 바보 취급을 당할 것을 알면서 한마디도 귀띔해주지 않은 걸 생각하면 참으로 기가 막히는구나."

일이 전혀 새로운 국면으로 접어들고 있었다. 오늘 아침만 해도 그가 연출한 멋진 연기는 근사한 농담이고 정말 기발하고 창의적이었는데, 이제는 야비하고 초라하게 보였다. 톰은 고개를 숙이고 잠시 무슨 말을 해야 할지 몰랐다. 톰이 간신히 입을 열었다.

"이모, 그러지 말았어야 했는데… 미처 생각을 못했어요."

"그래? 넌 생각이라곤 절대 하지 않는 아이지. 네 욕심만 채우면 그만이지 다른 생각은 할 줄 모르는 녀석이야. 한밤중에 잭슨 섬에서 먼 이곳까지 와서 우리가 걱정하는 꼴을 비웃고 싶단 생각은 할 수 있었지. 꿈에 대한 거짓말로 우리를 바보로 만들겠다는 생각은 할 수 있었지. 그래놓고 우리를 동정하고 우리를 슬픔에서 구해야겠다는 생각은 죽어도 못한다 이거지."

"이모, 지금은 그게 비열한 짓이었다는 걸 알아요. 그러나 비열한 짓을 할 의도는 없었어요. 정말이에요. 또 그날 밤 이모를 비웃으려고 여기 온 건 아니에요."

"그럼 뭣 때문에 왔니?"

"익사하지 않았으니까 우리 때문에 걱정은 마시라는 말을 하러 왔던 거예요."

"톰, 톰. 네가 그런 착한 생각을 했다고 믿을 수 있다면 난 이 세상에서 제일 복받은 사람이겠지. 하지만 네가 한 번도 그런 적이 없다는 것은 네가 더 잘 알 거다. 톰, 나도 아는 일이야."

"정말이에요, 이모, 정말 그랬다니까요. 만일 제가 그런 생각이 아니었다면 차라리 죽어버리겠어요."

"아, 톰, 거짓말하지 말거라. 거짓말은 하지 마. 거짓말을 하면 일은 백 배 이상 나빠질 뿐이다."

"이모, 그건 거짓말이 아니에요. 정말이에요. 전 이모가 걱정하시지 않게 하고 싶었어요. 여기 온 목적은 그것뿐이었다고요."

"이 세상을 다 주고라도 그 말을 믿고 싶구나. 그 말이 사실이라면 많은 죄도 용서가 되지. 톰, 정말 그렇다면 네가 집을 나가 아무

215

리 못되게 굴어도 난 행복할 거다. 하지만 네 말은 앞뒤가 맞지 않아. 그럼 그때 왜 넌 나에게 아무 말 없이 그냥 갔지?"

"저기요, 이모. 이모랑 그 부인이 장례식에 대해 하는 말을 들은 뒤로 머릿속에 온통 장례식 때 돌아와 교회에 몰래 숨어 있을 생각뿐이었거든요. 계획을 망칠까 봐 말을 못했어요. 그래서 그 나무껍질을 주머니에 도로 넣고 입을 다물고 있었어요."

"무슨 나무껍질을 말하는 거냐?"

"우리가 집을 떠나 해적이 되었다고 써놓은 나무껍질이에요. 차라리 내가 이모에게 뽀뽀했을 때 이모가 잠에서 깨었더라면 좋았을걸… 정말이에요. 제가 뽀뽀를 해드렸어요."

그러자 이모의 얼굴에 깊이 파인 주름이 펴지더니 갑자기 부드러운 눈빛으로 물었다.

"나한테 뽀뽀를 했다고, 톰?"

"그럼요."

"톰, 정말로 네가 뽀뽀를 했다고?"

"예, 정말이에요, 이모. 확실히 뽀뽀를 했어요."

"톰, 뽀뽀는 왜 했지?"

"이모를 너무 사랑하니까요. 이모가 누워서 앓는 소리를 내서서 전 마음이 아팠어요."

이 말에는 진심이 담겨 있는 듯했다. 늙은 부인은 목소리가 떨리는 것을 감추지 못하고 말했다.

"톰! 다시 뽀뽀해다오. 자, 이제 학교에 가거라. 더는 이모에게 걱정을 끼치지 말고."

톰이 사라진 순간 이모는 옷장으로 달려가 톰이 해적 놀이를 할 때 입어서 엉망이 된 윗도리를 꺼냈다. 그리고 옷을 손에 든 채 혼자 중얼거렸다.

"아냐, 용기가 나지 않는군. 가련한 녀석, 또 거짓말을 했을 거야. 하지만 그런 건 축복받은 거짓말이지, 축복받은 거짓말이야. 이렇게 마음에 위안을 주는 거짓말이니까. 주님께 바라건대, 주님께선 그 아이를 용서하실 거야. 그 거짓말에는 착한 마음씨가 깃들어 있으니까. 하지만 그게 거짓말이라는 것을 들춰내고 싶지 않군. 확인해보지 않겠어."

이모는 윗도리를 치우고 잠시 뭔가 생각하며 서 있었다. 이모는 두 번이나 손을 뻗어 옷을 집어 들었다가 두 번이나 머뭇거렸다. 한번 더 모험을 감행하더니 이번에는 이렇게 혼잣말로 중얼거리며 마

음을 다졌다. "이건 착한 거짓말이야, 착한 거짓말이야. 나를 슬프게 하지 않을 거야." 마침내 이모는 주머니 속을 뒤졌다. 다음 순간 톰이 나무껍질에 쓴 글을 읽고 눈물을 줄줄 흘리면서 말했다. "이 애가 설사 백만 가지 죄를 짓는다 해도 나는 용서할 수 있어!"

20장

이모가 톰에게 입을 맞췄을 때 이모의 태도에는 전에 없던 무언가가 있었다. 그래서 톰은 울적했던 기분이 말끔히 가시고 마음도 가벼워지면서 다시 행복해졌다. 톰은 학교를 향해 출발했는데 운 좋게도 메도레인 입구에서 베키 새처와 만났다. 톰은 늘 기분에 따라 행동했으므로 조금도 주저하지 않고 베키에게 달려가 말했다.

"베키, 오늘 야비하게 굴어서 정말 미안해. 다시는 그러지 않을게. 내 목숨이 붙어 있는 한 다시는 안 그럴 거야. 제발 화해하자, 응?"

베키는 걸음을 멈추고 멸시하는 눈초리로 톰의 얼굴을 바라보았다.

"토머스 소여 씨, 혼자서나 그렇게 잘난 척하면 고맙겠어. 너랑 다시는 말하지 않을 거야."

베키는 머리를 위로 치켜세우더니 그냥 가버렸다. 톰은 너무 놀라 어안이벙벙해서 "누가 눈이나 깜짝할 줄 알고? 이 새침데기야!"라고 쏘아붙일 시간을 놓쳐버렸다. 그래서 그는 아무 말도 못했지만 화가 나서 죽을 지경이었다. 톰은 울적한 마음으로 운동장으로 들어가면서 베키가 남자 아이였으면 좋으련만, 만약 그랬다면 베키를 실컷 패주는 건데 하고 생각했다. 얼마 안 있어 베키를 만나자 그 곁을 지나치면서 톰은 한마디 쏘아붙였다. 베키도 한마디를 던져 응수했다. 그리하여 그 분노의 결별이 완벽해졌다. 베키는 몹시 화가 치밀어 수업 '시작'을 거의 기다릴 수 없을 정도였다. 철자법 책을 더럽혔다고 톰이 매맞는 것을 보고 싶어 안달이 났기 때문이다. 알프레드 템플이 한 짓이라고 폭로할 생각이 아직 좀 남아 있었다 해도, 톰이 쏘아붙인 모욕적인 말 때문에 그럴 마음이 완전히 사라졌다.

가엾은 계집애 같으니. 베키는 저 자신도 구렁텅이를 향해 빠른 속도로 접근하고 있다는 사실을 모르고 있었다. 도빈스 선생은 중년이 된 지금까지도 야망을 이루지 못한 사람으로, 그의 꿈은 의사가 되는 것이었다. 그러나 가난 때문에 시골 학교 교사로 주저앉고 말았다. 날마다 암송 시간이 아닐 때 그 선생은 가끔 책상 서랍에서 신비한 책 한 권을 꺼내 거기에 몰두했다. 그는 그 책을 열쇠로 잠근 서랍에 보관했다. 학교에서 그 책을 한번 보고 싶어 하지 않는 아이는 한 명도 없었다. 그러나 기회는 결코 쉽게 찾아오지 않았다. 남녀를 막론하고 모든 아이는 그 책의 성격에 대해 의견이 분분했지만 어떤 의견도 비슷하지 않았다. 도무지 의견을 뒷받침할 만한 사실들에 접근할 길이 없었다. 그런데 베키가 문 가까이에 있는 그 책상 옆을 지나고 있을 때 열쇠가 열쇠 구멍에 그냥 꽂혀 있는 것이 보였다! 절호의 기회였다. 베키는 주위를 힐끗 돌아보고 자기 말고는 아무도 없음을 깨닫자 다음 순간 그 책을 잽싸게 손에 넣었다. 속표지에는 아무개 교수의 '해부학'이라는 글씨가 씌어 있었지만 베키는 그 뜻을 알 수 없었다. 그래서 베키는 책장을 넘기기 시작했다. 완전히 벌거벗은 인체를 그린 천연색 판화 권두화(卷頭畵)가 즉시 눈에 들어왔다. 바로 그때 그 페이지 위로 그림자 하나가 드리워졌다. 톰 소여가 문으로 들어서서 그 그림을 힐끗 보았던 것이다. 베키는 급히 책을 덮으려고 움켜잡다가 그만 운 나쁘게도 그 그림이 있는 책장 한가운데를 찢었다. 베키는 책상 속에 그 책을 밀어넣고 열쇠를 채우더니 부끄럽고도 억울해서 울음을 터뜨렸다.

"톰 소여, 너는 정말 비겁한 아이야. 뒤에서 슬그머니 나타나 남이 보고 있는 걸 훔쳐보다니."

"네가 뭘 보고 있었는지 내가 어떻게 아니?"

"톰 소여, 넌 부끄러운 줄 알아야 해. 넌 나를 일러바칠 거지? 아, 어쩐담, 어떻게 해야지? 매를 맞을 텐데. 난 학교에서 매를 맞은 적이 없는데."

그러고는 작은 발을 동동 구르면서 말했다.

"비겁하게 굴고 싶으면 그렇게 해! 나도 무슨 일이 벌어질지 알고 있으니까. 어디 두고 봐! 미워, 미워, 미워!" 베키는 울음을 다시 터뜨리며 교실 밖으로 뛰쳐나갔다.

톰은 이러한 맹공을 받고 어안이벙벙하여 잠자코 서 있다가, 곧 이렇게 중얼거렸다.

"계집애들이란 이상한 바보야. 학교에서 한 번도 매를 맞아보지 않았다니! 그게 무슨 대수라고! 계집애는 다 그렇지, 뭐. 살가죽이 얇은 데다 겁이 많은 병아리 가슴이라니까. 물론 나는 도빈스 선생한테 이 바보 계집애가 한 짓을 일러바치지는 않을 거야. 그런 치사한 짓을 안 해도 복수할 방법은 얼마든지 많으니까. 하지만 이 일을 어떻게 하지? 도빈스 선생은 누가 자기 책을 찢었느냐고 물을 텐데. 아무도 대답하지 않겠지. 그러면 선생은 늘 하는 식으로, 한 사람에게 묻고 다음 사람에게 묻다가 진짜 범인 차례가 되면 누가 고발하지 않아도 알게 되겠지. 계집애들은 늘 얼굴에 써 붙이고 다니니까. 그 애들은 줏대가 없거든. 그러면 매를 맞겠지. 빠져나갈 구멍이 없어서 베키 새처는 곤경에 빠지겠군." 톰은 그 문제를 좀 더 생각하더니 이렇게 덧붙였다. "하지만 괜찮아. 베키라면 내가 이런 곤경에 빠진 것을 보고 싶어 하겠지. 그 애도 혼 좀 나보라지!"

톰은 교실 밖으로 나가 요란하게 장난치는 아이들과 어울렸다. 잠시 뒤 도빈스 선생이 도착하자 수업이 '시작'되었다. 톰은 공부에는 그다지 흥미를 느끼지 못했다. 여학생 좌석 쪽을 힐끗거릴 때마다 베키의 얼굴을 보고 가슴이 아팠다. 모든 일을 따져보면 톰은 베키를 동정하고 싶지 않았다. 그러나 동정하지 않을 수도 없었다. 진정으로 기쁨다운 기쁨은 맛볼 수 없었다. 이윽고 톰은 자기 철자법

책이 더럽혀진 것을 발견하고, 잠시 동안 자기 문제에 완전히 정신을 빼앗긴 나머지 베키의 일을 잊고 있었다.

한편 베키는 무기력하고 침울했던 기분을 떨치고 활기를 되찾으며 톰이 벌받게 되는 데 큰 관심을 보였다. 그녀는 톰이 자기가 잉크를 엎지른 것이 아니라고 주장한다고 궁지에서 벗어날 수 있는 것이 아니라고 생각했다. 베키의 예상이 옳았다. 톰이 부인하자 사태는 오히려 톰에게 불리하게 돌아가는 것 같았다. 그러면 베키는 기분이 좋을 것 같았고, 또 기분이 좋다고 믿으려고 애썼다. 그러나 막상 지금에 와서는 기분이 좋은지 어쩐지 구분할 수 없었다. 최악의 사태가 벌어졌을 때 베키는 자리에서 일어나 알프레드 템플이 저지른 일이라고 일러바치고 싶은 충동을 느꼈지만 억지로 참고 가만히 앉아 있었다. 그녀는 혼잣말로 중얼거렸다. "톰은 틀림없이 내가 그 사진을 찢었다고 고자질할 거야. 그 애를 구해줄 말은 한마디도 말아야지!"

톰은 매를 맞고 자리로 돌아왔지만 마음이 상한 기색은 조금도 없었다. 요란하게 장난을 치다가 자기도 모르는 사이에 그 책에다 잉크를 엎질렀을지도 모른다고 생각했다. 톰 자신이 한 짓이 아니라고 부정한 것은 체면 때문이었고, 또한 관례 때문이었다. 원칙이 정해지면 톰은 그것에 따라 자기의 부정을 고수했던 것이다.

다시 한 시간이 지나 도빈스 선생은 자기의 옥좌에서 꾸벅꾸벅 졸며 앉아 있었다. 교실 공기가 책을 읽는 웅웅 소리로 가득 차 자장가 역할을 했기 때문이다. 이윽고 도빈스 선생은 기지개를 켜고 하품을 하더니 책상 서랍 열쇠를 돌려 책을 잡으려고 손을 뻗쳤다. 그러나 책을 꺼낼까 말까 망설이는 것 같았다. 대부분의 아이는 무관심한 눈으로 힐끗 올려다보았지만, 그중 두 아이만 눈에 불을 켜고 이 동작을 지켜보았다. 얼마 동안 무심히 책을 만지작거리던 선생은 결국 서랍에서 그것을 꺼내어 의자에 앉아 읽을 자세를 취하는 게 아닌가!

톰은 베키를 힐끗 바라보았다. 톰의 눈에 비친 베키의 모습은 사냥꾼의 총구가 머리를 겨냥하자 꼼짝 못하고 주저앉은 토끼와 같았다. 그 순간 톰은 베키와 다툰 일을 까맣게 잊었다. 급했다. 무언가를 해야 했다. 그것도 눈 깜짝할 사이에 해야 했다! 그러나 이 급박한 위급 상황의 절박함 자체가 그의 상상력을 마비시키는 것이었다. 옳지! 그에게 영감이 떠올랐다! 앞으로 달려나가 그 책을 낚아챈 뒤 교실 문 밖으로 도망치자. 그러나 이 결심이 잠시 흔들리는 순간 기회는 사라지고 말았다. 선생이 그 책을 펼쳤기 때문이다. 놓친 기회가 다시 돌아올 수 있다면 얼마나 좋을까! 때는 이미 늦었다. 이제 베키를 도울 길이 없구나 하고 톰은 생각했다.

다음 순간 선생의 얼굴은 학생들을 향했다. 모두가 선생의 눈초리에 눌려 눈을 내리깔았다. 잘못한 게 없는 아이들까지도 겁에 질리게 하는 날카로운 눈빛이었다. 열까지 셀 수 있는 긴 침묵이 흘렀고 선생은 자신의 분노를 끌어 모으고 있었다. 이윽고 선생이 입을 열었다.

"이 책을 찢은 게 누구냐?"

아무 소리도 없었다. 핀이 떨어지는 소리도 들을 수 있었을 것이다. 침묵은 계속되었다. 선생은 얼굴 하나하나를 살피며 죄지은 아이의 표정을 찾았다.

"벤저민 로저스, 네가 찢었니?"

아닙니다. 그러자 다시 침묵이 흘렀다.

"조셉 하퍼, 네가 찢었니?"

다시 아닙니다가 답이었다. 이렇게 고문과도 같은 심문 과정이 진행되자 톰은 점점 불안해졌다. 선생은 남자 아이들의 대열을 훑어본 뒤 잠시 생각하더니 여자 아이들 쪽으로 눈을 돌렸다.

"에이미 로런스, 너지?"

에이미는 고개를 흔들었다.

"그레이시 밀러, 너냐?"

같은 응답이 있었다.

"수전 하퍼, 네가 그랬느냐?"

다시 아니라는 응답이 나왔다. 다음은 베키 새처 차례였다. 톰은 절망감에 휩싸인 채 흥분해서 머리부터 발끝까지 온몸을 떨었다.

"레베커 새처…"(톰은 베키의 얼굴을 힐끗 보았다. 겁에 질려 백지장 같았다.) "네가 찢었느냐… 아니, 내 얼굴을 보아라."(베키의 두 손은 호소하듯 위로 올라갔다.) "네가 이 책을 찢었느냐?"

어떤 생각이 톰의 뇌리를 번개처럼 스쳤다. 톰은 벌떡 일어서며 외쳤다. "제가 찢었습니다!"

반 전체는 이 믿을 수 없는 바보 같은 행동을 당황스러운 눈길로 바라보았다. 톰은 잠시 서서 흩어졌던 정신력을 한곳으로 모았다. 벌을 받으러 앞으로 걸어 나갈 때 가엾은 베키의 눈에서 자기를 향해 보내오는 놀라움과 고마움과 찬양의 빛은 백 대의 매를 보상하고도 남을 것 같았다. 자신의 행동이 멋있다는 자부심으로 톰은 이제껏 도빈스 선생에게 당한 어떤 매질보다 무자비하게 맞으면서도 비명 한 번 지르지 않고 꿋꿋하게 버텼다. 또한 학교 수업이 끝난

뒤 두 시간 동안 교실에 남아 있으라는 가혹한 명령도 아무렇지 않게 받아들였다. 그 시간이 지날 때까지 밖에서 누가 저를 기다리고 있을지 톰은 잘 알았으므로 그 지루한 시간이 손해가 아니라고 생각했다.

톰은 그날 밤 알프레드 템플에게 복수할 계획을 세우며 잠자리에 들었다. 베키는 자신이 톰을 배신한 일을 잊지 않고 부끄럽고 후회하는 마음으로 모든 자초지종을 톰에게 이야기했던 것이다. 그러나 복수에 대한 열망도 사라지고 곧 유쾌한 생각이 들었다. 베키가 던진 마지막 말이 꿈결처럼 귀에 맴도는 가운데 톰은 잠이 들었다.

"톰, 넌 어쩌면 그렇게 고귀하니?"

21장

여름방학이 다가오고 있었다. 평소에도 늘 엄하던 선생은 학생들이 '학예회'에 좋은 평가를 받기를 원했기 때문에 전보다 더 엄격하고 까다로워졌다. 선생의 회초리와 자막대기는 이제 좀처럼 쉴 날이 없었다. 적어도 어린 학생들 사이에서는 더욱 그랬다. 다만 제일 큰 남학생들과 열여덟 살에서 스무 살 사이의 젊은 처녀들은 매를 맞지 않았다. 도빈스 선생의 매질도 몹시 매서웠다. 머리는 완전히 벗겨져 번쩍번쩍 빛이 나는 대머리에 가발을 쓰고 다니긴 했지만, 겨우 중년에 달한 사람이라 근육이 허약해진 기미는 없었다. 그 중대한 날이 다가오자 내면에 도사린 폭군 같은 기질이 겉으로 드러났다. 조그마한 잘못도 벌을 주면서 쾌감을 느끼는 것 같았다. 그래서 어린 아이들은 공포와 고통 속에서 낮을 보내고 밤 시간은 복수를 꾸미는 데 보냈다. 아이들은 그 선생을 골탕 먹일 기회를 놓치지 않았다. 그러나 선생은 늘 한 수 앞서갔다. 복수가 성공할 때마다 그 뒤를 따르는 보복이 너무 강력하고 엄청나서 소년들은 완패했다는 기분으로 전쟁터에서 늘 퇴각해야 했다.

마침내 소년들은 함께 공모하여 멋진 승리를 기약하는 계획을 하나 생각해냈다. 그들은 동네 간판집 아들의 서약을 받고 그를 끌어들여 계획을 밝히고 도움을 청했다. 그 끌어들인 아이는 나름대로 기뻐할 이유가 있었다. 다시 말해 선생은 그 아이의 아버지 집에 세들어 살았는데, 미움을 받을 충분한 원인을 제공하고 있었던 것이다. 선생의 부인은 며칠 뒤에 시골에 갈 예정이어서 소년들의 계획을 방해할 것은 아무것도 없었다. 선생은 큰 행사를 위한 준비를 늘 거나하게 취하는 것으로 시작했다. 그러니까 학예회 날 저녁에 선생이 적당히 얼큰해지면 간판집 아이가 선생이 의자에서 꾸벅꾸벅 조는 동안 '일을 처리'하겠다고 말했다. 그리고 나서 그 아이는 선생을 알맞은 시간에 깨워 학교로 급히 달려가게 하겠다는 것이었다.

마침내 흥미로운 행사일이 되었다. 저녁 8시가 되자 교실 안은 밝은 조명이 비치고 나뭇잎과 꽃으로 이루어진 화환과 줄장식으로 치장되었다. 선생은 한 단 높은 교단 위에 놓인 큰 의자에 칠판을 등지고 앉아 있었다. 그는 꽤 술기운이 남아 있는 것 같았다. 선생

의 양쪽으로 세 줄, 앞쪽으로 여섯 줄 나란히 놓인 벤치에는 읍내 유지들과 학부형들이 앉아 있었다. 마을 사람들이 앉아 있는 왼쪽 뒤에는 임시로 널찍한 단을 놓고 그 위에 학예회에 출연하는 학생들이 앉아 있었다. 깨끗이 세수하고 참을 수 없이 답답한 옷을 입은 작은 소년들, 멍청하고 덩치가 큰 아이들이 앉은 의자의 열이 있었다. 한랭사와 모슬린 천으로 지은 옷을 입은 소녀들과 젊은 여자들이 앉은 곳은 마치 눈으로 만들어진 제방과 같았다. 그들은 살을 드러낸 팔뚝과, 할머니한테서 받은 구식 장신구와, 머리에 꽂은 분홍색과 푸른색 리본과 꽃에 유난히 신경을 쓰고 있었다. 교실의 나머지 자리에는 학예회에 나가지 않는 학생들이 앉아 있었다.

암송하여 발표하는 시간이 시작되었다. 아주 작은 소년이 일어나 수줍어하며 입을 열었다. "여러분은 제 나이의 어린 학생이 무대에서 공적으로 연설하리라고는 거의 기대하지 못했을 것입니다." 이렇게 암송하면서 그 아이가 보여주는 몸짓은 마치 기계의 움직임 같았다. 그것도 좀 고장 난 기계가 움직이듯 고통스러울 만큼 정확하고 간헐적인 동작이었다. 그 아이는 지독히 겁을 먹은 상태였지만 그럭저럭 무사히 끝마쳤다. 기계처럼 절을 꾸벅 하고는 물러서자 한차례 박수가 터져 나왔다.

수줍어하는 표정의 작은 소녀 하나가 혀 짧은 소리로 〈메리에게는 어린양 한 마리가 있었어요〉라는 시를 암송하고 연민을 일으키는 공손한 절을 한 뒤에, 그 보답으로 박수갈채를 받고는 얼굴을 붉히며 행복한 표정으로 자리에 가서 앉았다.

톰 소여가 거만하고 자신만만하게 앞으로 걸어 나가더니 분노한 목소리에 요란하고도 멋진 몸짓으로 시대를 초월한 명연설 〈자유가

아니면 죽음을 달라〉를 암송하기 시작했다. 그러나 톰은 중간에서
그만 말문이 막혔다. 끔찍한 무대 공포증에 사로잡혀 다리가 후들
후들 떨리고 질식할 것 같았다. 그는 물론 청중의 동정을 샀지만 청
중의 침묵을 이끌어낸 것도 사실이었다. 그 침묵은 동정보다 더 감
당하기 어려웠다. 선생이 얼굴을 찡그리자 상황은 종료된 셈이었
다. 톰은 잠시 계속하려고 애쓰다가 완전히 패배를 맛보고 단상에
서 내려왔다. 박수를 치려는 약한 시도가 있는가 했더니 곧 멈추고
말았다.

　〈그 소년은 불타는 갑판 위에 서 있었다〉와 〈아시리아인이 침공
했다〉 등의 주옥같은 연설문이 낭송되었다. 다음으로 읽기 시범과
철자 알아맞히기 경연이 있었다. 몇 명 안 되는 라틴어반 학생은 암
송으로 우수한 점수를 받았다. 이제 그날 저녁의 대미를 장식할 순

서, 즉 젊은 처녀들이 창작한 '작문'을 낭독할 시간이 되었다. 차례에 따라 한 사람씩 단상의 끄트머리로 걸어 나가 목청을 가다듬고, 원고를 가슴 앞으로 올려 들고(예쁜 리본으로 묶은 원고였다.) '표현'과 구두점에 주의를 집중한 채 읽어나갔다. 글의 주제는 그들의 어머니들, 할머니들, 그리고 십자군전쟁 때까지 거슬러 올라가는 여성 선조들이 이러한 자리에서 틀림없이 실력을 발휘했던 것과 같은 주제였다. 이를테면 '우정'은 그중 하나의 주제였으며, '지난날의 추억', '역사 속의 종교', '꿈나라', '문화의 이점', '정부 형태의 비교 및 대조', '우울증', '효심', '마음의 동경' 등이 주류를 이루었다.

이 작문들의 두드러진 특징은 애틋하게 간직된 우수의 감정이었다. 또한 낭비에 가까운 '미사여구'의 분출이라는 특징도 있었다. 게다가 각별히 소중히 여겨지는 단어와 표현을 억지로 끌어다가 그것들이 다 닳아 없어질 때까지 써먹는 경향이 있었다. 그리고 눈에 띄게 작문들을 손상시키는 특징이라면, 마치 개가 병신이 된 꼬리를 흔들듯 그 글의 끝에 가서 고질적이고 참을 수 없는 설교를 다는 것이었다. 주제가 무엇이든 간에 도덕적이고 종교적인 사람이면 큰 감화를 받고 깊이 생각할 수 있는 이러저러한 내용에다 설교를 우겨 넣었다.

이러한 설교의 뻔한 불성실성은 여전히 모자란지 이제까지 학교에서 추방되지 못했으며, 오늘날에도 그대로 버티고 있다. 아마 세계의 종말이 닥쳐오지 않는 한 영원히 그 상태를 유지할 것이다. 처녀들이 자기 작문을 설교로 마무리할 필요가 없다고 생각하는 그런 학교는 이 나라에 없다. 게다가 가장 경박하고 신앙심이 없는 소녀의 설교가 항상 가장 길고 가장 무차별하게 경건하다. 그러나 이런 이야기는 그만하자. 소박한 진실은 입맛에 맞지 않는 법이니까.

우리 '학예회'로 돌아가자. 제일 먼저 낭송된 작문은 〈그렇다면 이것이 인생인가?〉라는 글이었다. 독자는 이제 거기서 발췌한 부분을 참고 읽어주기 바란다.

삶의 각 분야에서 청춘의 정신은 얼마나 벅찬 가슴으로 미래의 축제 장면을 고대하는 것일까! 상상력은 장밋빛 환회의 장면을 그리느라 바쁘다. 상상 속에서 관능적인 유행의 추종자는 축제를 즐기는 무리 가운데 자신이 '뭇 사람들의 주목을 받는 여자'라는 사실을 깨닫는다. 눈처럼 흰 의상을 빼입은 그녀의 우아한 모습은 즐거운 춤의 미로 사이를 훨훨 날아 다닌다. 즐거운 무리 가운데 그녀의 눈이 가장 밝게 빛나며 그녀의 발걸음이 가장 경쾌하다.

이 감미로운 환상 속에서 시간은 물처럼 빨리 흘러가고 그녀가 그토록 아름답게 꿈꾸어온 이상향에 들어갈 반가운 시간이 도래한다. 도취된 그녀의 눈에는 모든 것이 얼마나 요정처럼 아름답게 보이는가! 새로운 장면 하나하나는 앞 장면보다 더 매혹적이다. 그러나 얼마가 지나자 그녀는 이 훌륭한 껍데기 밑에 있는 모든 것이 헛되다는 것을 깨닫는다. 한때 그녀의 영혼을 사로잡았던 아첨이 이제는 귀에 지독히 거슬린다. 무도회장은 매력을 잃었다. 쇠약한 몸과 상처받은 마음으로 그녀는 비로소 지상의 쾌락은 영혼의 욕구를 충족시킬 수 없다는 확신을 가지고 물러난다!

이런 식으로 계속되었다. 이따금 "정말 듣기 좋구나!", "청산유수네!", "참으로 옳은 말이야!" 등의 나지막한 부르짖음과 감탄하는 웅성거림이 들려왔다. 유난히 거슬리는 설교로 그 낭송이 끝을 맺자 열광적인 박수가 터져 나왔다.

다음으로 알약을 먹어서인지 소화불량 때문인지 '이상하게' 창백한 얼굴에 몸이 야위고 우울해 보이는 소녀가 자리에서 일어나 '시' 한 편을 낭송했다. 두 연만 소개해도 충분할 것이다.

미주리 처녀가 앨라배마에게 주는 고별사

앨라배마여, 안녕! 나 그대를 무척 사랑해요!
하지만 이제 잠시 그대를 떠나요!
슬퍼요, 그대 생각하면 슬퍼져 내 가슴 터져요!
불타는 회상이 내 머리에 몰려들어요.
나는 그대의 꽃이 핀 숲속을 배회하고
탤러푸사의 개울가에서 책을 읽었지요.
탤러시의 폭포 소리에 귀를 기울이고
쿠사 언덕 위에서 오로라의 빛에게 구애했죠.

그러나 벅찬 가슴 억누르는 것을 부끄러워하지 않아요.
눈물 고인 눈을 숨기려고 얼굴을 붉히지 않아요.
지금 나는 낯선 땅을 떠나는 게 아니며
이 한숨을 뒤에 남은 낯선 사람들에게 보내는 게 아니에요.
이 주(州) 안에 반기는 고향이 있는 거예요.
나는 그 계곡들을 떠나고 첨탑이 내게서 빨리도 사라지네요.
내 눈과 가슴과 '테트'는 차가워야 해요.

사랑하는 앨라배마! 그것들이 그대에게 차갑게 대할 때는…….

'테트'가 무슨 뜻인지 아는 사람은 거의 없었지만, 그럼에도 그 시는 매우 만족스러웠다.

다음으로 피부가 검고 눈도 검고 머리칼도 검은 한 처녀가 등장했다. 그녀는 강한 인상이 남도록 한동안 잠자코 서 있다가 비극적 표정을 지으며 정확하고 근엄한 어조로 낭독하기 시작했다.

환상

어둡고 태풍이 몰아치는 밤이었다. 저 높이 옥좌 같은 하늘에는 별하나 깜박이지 않았다. 그러나 묵직하고 깊은 천둥소리가 끊임없이 귓가를 때렸다. 그러는 동안 무서운 번개는 하늘의 구름 낀 방들을 이리저리 돌아다니며 실컷 화를 내고 있었다. 번개의 폭력을 막으려던 그 유명한 프랭클린의 발명품을 조롱하는 것 같았다. 사나운 바람들마저 일제히 신비한 집에서 뛰쳐나와 이 험악함을 도우려는 듯 여기저기를 고함치며 돌아다녔다.

이렇게 어둡고 이렇게 무서운 시간에 내 영혼은 인간의 동정을 얻으려고 한숨을 지었지만 찾아온 것이라곤 오직…

"나의 가장 사랑하는 친구, 나의 조언자, 나의 위안자요 길잡이 — 슬픔 속의 내 기쁨, 내 기쁨 속의 제2의 축복"이 내 곁으로 왔다.

그 여자는 낭만적인 젊은이들이 상상 속 에덴동산의 환한 오솔길에

"A Poem".　　　"A Vision".

다 그려놓은 그러한 밝은 사람처럼 움직였다. 천상의 아름다움으로 장식한 것 말고는 아무런 치장도 하지 않은 미의 여왕이었다. 그녀의 발걸음은 어찌나 부드러운지 소리 하나 만들어내지 못했다. 만일 그녀의 다정한 손길이 전달하는 마술 같은 전율만 없었다면 다른 수수한 미인들과 마찬가지로 누구의 눈에도 띄지 않고, 또 누구 하나 찾는 사람도 없이 살그머니 사라졌을 것이다. 그녀가 밖에서 몰아치는 비바람을 가리키며 거기 있는 두 존재를 깊이 생각해보라고 명령할 때 그녀의 얼굴에는 12월의 의상에 떨어진 차가운 눈물처럼 야릇한 우수가 깃들어 있었다.

이 악몽을 다룬 이야기는 약 열 페이지의 원고로, 장로교파가 아닌 모든 사람의 희망을 말살하는 설교로 끝났기 때문에 1등을 차지했다. 이 작문이 오늘 밤의 작문 중에서 가장 훌륭한 걸작이라는 인정을 받았다. 마을의 대표는 이 작가에게 상을 주면서 열띤 격려사를 늘어놓았다. 지금껏 그가 들어본 글 중에서 가장 '웅변적'인 작품으로서 대니얼 웹스터조차 자랑스럽게 여길 것이라고 칭찬한 것이다.

한마디 짚고 넘어가자면, '아름답다'는 단어가 지나치게 남용되고 인간의 경험을 '인생의 페이지'라고 표현한 작품의 수가 평균치에 이른다는 사실이다.

이제 취기가 돌아 기분 좋을 정도까지 거나해진 도빈스 선생은 의자를 옆으로 밀어놓고 청중에게 등을 돌리더니 지리 학습 시범을 보이려고 칠판에 미국 지도를 그리기 시작했다. 그러나 손이 떨리는 바람에 지도를 엉망으로 그리자 웃음을 참으며 킥킥거리는 소리가 교실 안에 잔물결처럼 퍼졌다. 사태를 파악한 선생은 그림을 고치기 시작했다. 선을 지우고 다시 그렸다. 그러나 오히려 전보다 더 일그러뜨릴 뿐이었다. 그러자 킥킥거리는 웃음소리가 더 커졌다. 선생은 그런 웃음소리에 기죽지 않으려고 결심한 듯 온 정신을 집중해 그렸다. 모든 눈이 자신에게 쏠려 있음을 느꼈다. 잘 그리고 있다고 생각하고 있는데도 킥킥거리는 웃음은 계속 들려왔다. 아까보다 확연히 커지고 있었다.

그런데 사실은 웃는 게 당연한 일이었다. 천장에는 다락방이 하나 있었는데, 그리로 통하는 승강구가 선생의 머리 바로 위에 있었다. 그런데 이 승강구를 통해 고양이 한 마리가 엉덩이 주위에 묶인 끈에 매달려 아래로 내려오고 있었다. 야옹 소리를 내지 못하도록 고양이의 머리와 턱 둘레에 헝겊을 칭칭 동여맨 채였다. 고양이는 천천히 내려오면서 위쪽으로 몸을 동그랗게 굽히며 발톱으로 엉덩이에 묶인 끈을 잡으려고 애썼다. 아래쪽으로 내려오자 이번에는 네 발을 아무것도 없는 허공에서 허우적거렸다.

킥킥거리는 웃음소리는 점점 커졌고, 고양이는 지도를 그리느라 정신이 팔린 선생의 머리 위로 채 15센티미터도 안 되는 거리까지 접근해 있었다. 아래로 점점 더 내려온 고양이는 필사적으로 선생의 가발을 낚아채더니 발톱 속에 쥐었다. 그 순간 고양이는 전리품을 꽉 껴안은 채 다락방으로 휙 끌려 올라갔다. 가발이 벗겨진 선생의 대머리에서 얼마나 찬란한 빛이 불타올랐는지 모른다. 간판집 아들이 그 대머리에 금빛 칠을 해놓았던 것이다!

그 일 때문에 학예회는 끝나버렸다. 소년들이 훌륭하게 복수한 셈이었다. 방학이 시작되었다.

22장

톰은 새로 생긴 금주(禁酒) 소년단의 화려한 '의상'에 끌려 그 단체의 회원으로 가입했다. 그는 회원으로 남아 있는 한 피는 담배든 씹는 담배든 담배를 끊고 욕설도 삼가겠다고 서약했다. 그런데 이 일로 톰은 새로운 사실을 발견했다. 즉 어떤 일을 하지 않겠다고 약속하는 것은 결국 그 일을 하고 싶어 못 견디게 만드는 가장 확실한 방법이라는 사실이었다. 톰은 곧 술을 마시고 욕을 하고 싶은 욕망으로 심신이 괴로운 것을 깨달았다. 이런 욕망은 점점 격렬해져서 만약 새빨간 견장을 두르고 과시할 수 있는 기회가 올 것이라는 희망만 아니면 당장이라도 소년단에서 탈퇴해버리고 싶은 마음이 굴뚝같았다.

7월 4일 독립기념일이 다가오고 있었다. 그러나 톰은 그 행사에 참여하겠다는 희망을 곧 포기했다. 회원으로 가입해 족쇄를 찬 지 48시간도 지나지 않아서 포기한 것이다. 그러고는 임종이 임박해 보이는 치안판사 프레이저 노인에게 희망을 걸었다. 지위가 높은 인물이므로 그가 사망하면 장례식은 성대하게 치러질 것이기 때문이다. 그래서 사흘 동안 톰은 그 판사의 상태에 깊은 관심을 기울이고 그의 병세에 대한 소식을 기다렸다. 때로는 매우 희망적이어서 견장을 두르고 거울 앞에서 예행 연습을 하기도 했다. 그러나 판사의 상태는 매우 실망스럽게도 기복이 심했다. 마침내 병이 차도를 보이며 요양 중에 있다는 발표가 나자, 톰은 완전히 기분을 잡쳤다. 사기를 당했다는 생각까지 들었다. 톰은 즉시 금주 소년단에서 탈퇴했는데, 판사는 바로 그날 밤 병세가 악화돼 사망했다. 톰은 그런 사람은 앞으로 절대로 믿지 않겠다고 결심했다.

장례식은 성대했다. 금주 소년단의 행렬이 어찌나 멋있던지 최근 탈퇴한 지 얼마 안 된 톰은 부러워서 미칠 지경이었다. 그러나 톰은 다시 자유의 몸이 되었으므로 그다지 나쁘지 않았다. 이제 술도 마시고 욕도 할 수 있었다. 그런데 놀랍게도 전혀 하고 싶지 않았다. 까짓것 할 수 있다는 그 간단한 사실이 하고 싶다는 욕망과 매력을 앗아갔던 것이다.

톰은 그렇게도 기다리던 방학이 좀 따분해지기 시작하는 것을 깨닫고 의아하게 생각했다.

톰은 일기를 쓰기로 작심했다. 그러나 사흘 동안이나 아무 일도 일어나지 않자 일기도 포기하고 말았다.

우선 흑인 민스트럴 쇼가 읍내에 와서 대단한 반향을 일으켰다. 톰과 조 하퍼는 연주 팀을 만들어 이틀 동안 행복했다.

영광된 독립기념일 행사도 부분적으로 실패였다. 비가 억수로 쏟아지는 통에 행진이 취소되었던 것이다. 또한 이 세상에서 가장 위대한 인물(톰이 생각하기로)로 미합중국 상원의원인 벤튼 씨도 톰을 너무 실망시켰다. 키가 7.5미터나 된다더니 그 근처에도 미치지 못하는 인물이었다.

서커스단이 마을에 왔다. 소년들은 그 뒤로 사흘 동안 누더기 양

탄자로 텐트를 치고 서커스 놀이를 했다. 입장료로 남자 애는 바늘 세 개, 여자 애는 바늘 두 개를 받았다. 그러나 이 서커스 놀이도 곧 집어치웠다.

골상학자 한 명과 최면술사 한 명이 마을에 다녀갔다. 그들이 떠나자 마을은 전보다 더 지루하고 따분해졌다.

몇몇 소년 소녀들을 위한 파티가 있었다. 그러나 워낙 가뭄에 콩 나듯 열리고 너무나 즐거운 시간이라 다음 파티까지의 공백이 더 큰 괴로움을 안겨주었다.

베키 새처는 방학 동안 부모님과 함께 지내기 위해 콘스탄티노플의 집으로 가버렸다. 그래서 톰의 생활에는 어디를 보아도 밝은 구석이 없었다.

그 살인 사건의 무서운 비밀은 고질적인 병 같았다. 마치 암처럼

도무지 나을 기미가 없이 고통을 주었다.

그러던 중 톰은 홍역을 앓게 되었다.

기나긴 2주일 동안 톰은 집 안에 갇혀 바깥세상과 거기서 일어
나는 일들과는 담을 쌓고 지내야 했다. 너무 몸이 아파서 아무것에
도 흥미가 없었다. 마침내 자리에서 일어나 힘겹게 걸어서 마을로
나가보니 우울한 변화가 모든 사물과 모든 인간에게 일어난 지 오
래였다. '부흥회'가 있었던 것이다. 그래서 어른들뿐만 아니라 소
년 소녀들에 이르기까지 모두가 '돈독한 신앙심'을 얻고 있었다.
톰은 가망이 없다는 것을 알면서도 축복받은 죄인의 얼굴이 어디
없나 해서 찾아 돌아다녔다. 그러나 어디를 가나 실망과 마주칠 뿐
이었다.

톰은 조 하퍼가 성경 공부를 하는 것을 발견하고, 그 따분한 광

경에 슬픈 표정으로 등을 돌렸다. 벤 로저스를 찾아갔더니, 녀석은 바구니에 소책자를 가득 담아 들고 가난한 사람들을 찾아다니고 있었다. 톰은 짐 홀리스를 찾았다. 그랬더니 녀석은 톰이 최근에 앓은 홍역은 하나님의 경고로서 소중한 축복이라는 점을 깨달으라고 톰의 주의를 환기시켰다. 만나는 아이들마다 그렇지 않아도 무거운 톰의 마음에 무거운 짐을 더 올려놓는 것이었다. 절박해진 톰이 마침내 허클베리 핀의 품에서 피난처를 찾으려 했으나, 헉 녀석도 성경 구절을 인용하며 말하는 통에 톰의 가슴은 찢어질 듯했다. 톰은 영영 길을 잃은 인간이라곤 자기밖에 없음을 깨닫고 집으로 돌아와 침대로 기어 들어갔다.

그런데 그날 밤 세찬 비와 고막을 찢을 듯한 천둥소리와 눈을 뜨

고 볼 수 없을 정도로 밝은 섬광을 발하는 번개를 동반하고 무서운 폭풍우가 몰아쳤다. 톰은 머리까지 이불을 뒤집어쓰고 잔뜩 긴장한 채 공포에 떨며 하나님의 심판을 기다렸다. 이 모든 혼란이 제때 일어나고 있다는 사실을 톰은 조금도 의심하지 않았다. 하나님은 참는 분이지만 그 인내의 한계를 넘어서는 못된 짓을 한 결과가 이 폭풍이라고 톰은 믿었다. 그는 빈대 한 마리를 죽이기 위해 포병 부대를 동원하는 것은 그 위용 있는 대열과 화약의 낭비라고 생각했다. 그러나 자기 같은 곤충 한 마리를 없애기 위해 풀밭 전체를 송두리째 뒤집어엎는 일에 이처럼 값비싼 폭풍우를 동원하는 것은 터무니없는 일 같지 않았다.

얼마 뒤 폭풍은 기력을 다하고 목적도 달성하지 못한 채 물러났다. 톰의 첫 번째 충동은 감사한 마음으로 새사람이 되겠다는 것이었다. 그러나 두 번째 충동은 기다려보자는 것이었다. 폭풍우는 당분간 일어날 것 같지 않았기 때문이다.

다음날 의사가 다시 왔다. 톰의 병이 재발했기 때문이다. 이번에는 3주일을 누워 있어야 했는데, 톰에게는 한 시대처럼 길게 느껴졌다. 마침내 병석에서 일어났을 때 자신이 친구 하나 없는 쓸쓸한 외톨이라는 생각이 들자 톰은 목숨을 건진 것이 하나도 고맙지 않았다. 힘이 없는 발걸음으로 거리를 이리저리 떠돌아다니다가 짐 홀리스를 발견했다. 소년 법정의 재판장이 된 홀리스는 죽은 새 한 마리를 앞에 두고 고양이 한 마리를 살인죄로 재판하고 있었다. 또한 골목 위쪽에서 서리한 참외를 먹고 있는 조 하퍼와 헉 핀을 발견했다. 불쌍한 녀석들! 그들도 톰처럼 병이 재발했던 것이다.

23장

마침내 졸린 듯 나른하던 분위기가 동요하기 시작했다. 아주 요란하게. 살인 사건에 대한 재판이 시작되었기 때문이다. 이 재판은 곧 마을 사람들이 가장 열중하는 화젯거리가 되었다. 톰도 그런 이야기에서 초연할 수 없었다. 살인 사건에 대한 모든 언급은 톰의 가슴을 떨리게 했다. 양심의 가책과 공포감 때문에 사람들이 자기가 듣는 데서 이야기를 꺼내면 자기의 '속을 떠보기' 위한 것이 아닌가 하는 생각이 들었다. 톰은 자신이 그 살인 사건에 대해 뭔가를 알고 있으리라고 의심할 사람은 없다고 생각하면서도 마을 사람들이 주변에서 그 이야기를 하는 것을 들으면 마음이 불편했다. 그런 대화는 늘 그의 등골을 오싹하게 만들었다.

톰은 이야기를 나눠보려고 헉을 외딴 곳으로 데리고 갔다. 또 한 명의 고통받는 자와 그 고통의 짐을 나누기 위해 잠시나마 봉했던 혀를 푸는 것은 좀 위안이 될 듯했다. 더욱이 톰은 헉이 아직 분별력을 유지하고 있는지 확인하고 싶었다.

"헉, 누구한테 이야기해준 적 있니? 그거 말야."

"무슨 얘기?"

"다 알잖아."

"오, 그거… 물론 안 했지."

"한마디도?"

"단어 한 톨도 입 밖에 내지 않았어. 정말이야. 그런데 그걸 왜 묻는 거냐?"

"그냥 겁이 나서."

"야, 톰 소여, 만약 그게 밝혀지면 우린 이틀도 살아남지 못할 거야! 너도 알잖아."

톰은 마음이 편해지는 것을 느꼈다. 잠시 뒤 다시 입을 열었다.

"헉, 누가 뭐래도 입을 열지 않을 수 있지?"

"내 입을 열게 한다고? 그 혼혈 악당 놈이 날 붙잡아 물에 처박고 죽인다면 몰라도, 그게 아니라면 어림도 없어."

"그러면 됐어. 입을 다물고 있는 한 우리는 안전할 거야. 여하튼 우리 다시 맹세하자. 더 확실할 테니까."

"그래, 좋아."

그래서 그들은 아주 엄숙하게 다시 맹세했다.

"헉, 무슨 얘기가 돌고 있니? 난 엄청 많이 듣고 있거든."

"얘기? 그저 머프 포터 이야기뿐이야. 늘 머프 포터, 머프 포터 하고 떠들어대지. 그 이름만 들어도 온몸에 식은땀이 줄줄 흘러 어디론가 숨고 싶어져."

"내 주변에서도 마찬가지야. 이제 포터 영감은 끝장이야. 가끔 그 영감이 불쌍하다는 생각이 안 드니?"

"거의, 거의 항상 불쌍해. 그가 대단한 사람은 아니지만 이제껏 누굴 해치는 일은 전혀 안 했잖아. 술 마실 돈을 벌려고 낚시질이나 하고 많이 빈둥거렸지. 하지만 안 그런 사람이 세상에 어디 있어?

적어도 대부분의 사람이 그러잖아. 목사니 뭐니 하는 사람들도 마찬가지야. 하지만 그 영감은 착한 편이지. 한번은 같이 낚시를 갔는데, 두 사람 몫으로는 부족한데도 잡은 물고기 절반을 나한테 주더라고. 내가 곤경에 빠졌을 때 내 편을 들어준 것도 여러 번이야."

"헉, 맞아. 내 연도 고쳐준 적이 있어. 또 낚싯줄에 낚싯바늘을 끼워주기도 했지. 우리가 그 영감을 거기서 빼낼 수 있으면 좋겠는데."

"아이쿠, 톰, 우리가 그 영감을 어떻게 빼내니? 또 그래봤자 소용없어. 다시 잡힐 테니까 말이야."

"그래, 다시 잡아넣겠지. 하지만 난 사람들이 그에 대해 그렇게 끔찍하게 욕하는 소리가 듣기 싫단 말야. 사실 그는 절대로 그런 짓을 저지르지 않았잖아."

"톰, 나도 그래. 맙소사, 난 사람들이 세상에서 가장 피에 굶주린 악당인 그 영감을 왜 진작 목 매달지 않았느냐고 떠드는 소리를 들었어."

"맞아, 사람들은 늘 그렇게 말하고 있어. 만일 영감이 풀려나면 다 같이 몰려가서 자기들이 벌을 주겠다는 거야."

"충분히 그러고도 남지."

두 소년은 오랫동안 이야기를 나눴지만 별로 위안이 되지는 않았다. 황혼이 깃들 무렵 그들은 외딴곳에 있는 조그마한 유치장 근처를 서성거리고 있었다. 어떤 일이 일어나서 그들의 어려움을 해결해주었으면 하는 막연한 희망에서였다. 그러나 아무 일도 일어나지 않았다. 운수 사나운 이 죄수에게 관심을 갖는 천사나 요정은 없는 것 같았다.

소년들은 전에도 여러 번 그랬던 것처럼 창살로 다가가 포터 영감에게 담배와 성냥을 넣어주었다. 그가 갇혀 있는 방은 1층이었고, 그를 지키는 간수도 없었다. 그들이 넣어준 선물을 고마워하는

포터 영감의 모습이 전에도 늘 그들의 양심을 아프게 했다. 그런데 이번에는 전보다 더 큰 가책을 안겨주는 것이었다. 그들이 세상에서 제일 가는 겁쟁이며 배신자라는 생각이 든 것은 포터가 이렇게 말했을 때였다.

"애들아, 너희들은 나에게 참 잘해주었단다. 이 마을의 누구보다 잘해주었어. 결코 잊지 않으마, 결코. 난 자주 이렇게 중얼거린단다. '난 모든 소년의 연 같은 것을 고쳐주거나 좋은 낚시터를 가르쳐주면서 되도록 친구가 되려고 애썼지. 그런데 지금 이 머프가 어려운 지경에 빠져 있는데 그 애들은 모두 날 잊어버렸어. 하지만 톰은 잊지 않고 있어. 그리고 헉도. 그 둘은 잊지 않고 있

247

어.' 또 이렇게 말하지. '난 그 아이들을 잊지 못해' 하고 말이야. 그런데 애들아, 난 무서운 일을 저지른 거야. 그땐 술에 취해 미쳤었지. 그렇게밖에는 설명할 길이 없구나. 이제 나는 교수형을 당하겠지. 그게 옳아. 그게 옳다고. 최선이라는 생각이 들어. 어쨌든 그렇게 되길 바라. 자, 이제 그 얘기는 그만두자. 너희들 기분을 잡치게 하고 싶지 않구나. 너희들은 내 친구가 되어주었으니까. 그런데 너희들에게 하고 싶은 말이 있단다. 술 마시고 절대로 취하지 말거라. 취하지 않고는 이런 곳에 들어올 일이 없을 거다. 너희들, 저쪽 좀 더 서쪽으로 서보렴. 그래, 됐어. 이렇게 몸뚱이가 곤경에 처했을 때는 다정한 얼굴들을 보는 것이 가장 큰 위안이거든. 너희들 말고는 이곳을 찾는 사람이 하나도 없단다. 다정하고 친절한 얼굴… 다정하고 친절한 얼굴… 누구 하나가 무등을 타고 서서 내가 손 좀 잡아보게 해주렴. 바로 그거야. 악수 좀 하게 창살 틈으로 손을 넣어봐. 내 손은 너무 커서 내밀 수 없으니까. 조그맣고 약한 손이구나. 하지만 이 작은 손이 머프 포터를 많이 도와주었어. 할 수 있다면 앞으로도 더 크게 도와줄 거야."

톰은 비참한 기분으로 집에 돌아왔다. 그날 밤은 공포로 가득한 꿈에 시달렸다. 이튿날과 또 그 다음날도 재판소 앞을 서성거렸다. 거의 물리칠 수 없는 충동에 끌려 거기로 갔지만, 억지로 발걸음을 멈추고 재판소 밖에 머물렀다. 헉도 똑같은 일을 겪고 있었다. 두 소년은 되도록 서로를 피했다. 각자는 때로 그곳을 떠나 다른 곳을 헤매기도 했지만, 똑같이 울적한 환상이 곧 그들을 재판소 앞으로 끌어당겼다. 톰은 한가한 방청객들이 법정 홀에서 나오면서 떠드는 소리를 귀를 활짝 열고 들어봤지만 한결같이 비관적인 소식뿐이었다. 올가미가 불쌍한 포터 영감의 주변으로 점점 더 무자비하게 죄어들고 있었다. 이틀째 되는 날 저녁 무렵에는 인전 조의 증거가 확고부동해서 배심원의 평결은 불을 보듯 뻔하다는 마을 사람들의 이야기가 들려왔다.

그날 밤 톰은 늦게까지 밖에 있다가 창문을 통해 침실로 들어왔다. 그는 몹시 흥분된 상태였으므로 몇 시간 동안이나 잠을 이루지 못했다. 이튿날 아침 온 마을 사람이 재판소로 몰려갔다. 판결 공판이 있는 바로 그날이었기 때문이다. 남자와 여자가 거의 절반씩 방청석을 메웠다. 한참 기다린 뒤에 배심원들이 줄지어 들어와 자리에 앉았다. 곧이어 창백하고 수척한 모습의 포터 영감이 겁에 질린 절망적인 모습으로 쇠사슬에 묶인 채 끌려 들어와 호기심에 찬 방청객이 빤히 볼 수 있는 자리에 앉았다. 전과 다름없이 태연한 표정의 인전 조도 마찬가지로 눈에 잘 띄는 자리에 앉아 있었다. 법정에는 다시 정적이 흘렀다. 곧 재판장이 입장하고 보안관이 개정을 선포했다. 늘 그렇듯 변호사들의 속삭임과 서류를 모으는 작업이 뒤따랐다. 이러한 자질구레한 일들과 그에 따르는 지연이 재판 준비의 분위기를 환상적인 동시에 인상적인 것으로 만들었다.

마침내 증인 한 사람이 불려 나왔다. 그 증인은 살인이 발견된 날 이른 아침 시간에 머프 포터가 개울에서 몸을 씻고 있었으며, 씻자마자 어디론가 슬그머니 달아났다고 증언했다. 몇 가지 질문을 더 한 뒤에 검찰 측에서 말했다.

"증인을 심문하십시오."

죄수는 잠시 눈을 치켜떴다가, 자신의 변호사가 다음과 같이 말하자 다시 눈을 아래로 내리깔았다.

"증인에게 질문할 것이 없습니다."

두 번째 증인은 피살자 곁에서 칼을 발견했다고 증언했다. 그러자 검사가 말했다.

"증인을 심문하시오."

"질문 없습니다." 포터의 변호인이 대답했다.

세 번째 증인은 포터가 범행에 사용한 칼을 평소에 가지고 다니는 것을 본 적이 있다고 증언했다.

"증인을 심문하시오."

포터의 변호인은 질문을 하지 않겠다고 말했다. 방청객들의 얼굴에 불쾌감이 드러나기 시작했다. 이 변호사는 자기 의뢰인의 목숨을 아무 노력도 해보지 않고 팽개치려는 것이 아닌가?

몇 명의 증인들이 더 나와 포터가 살인 현장에 끌려 나왔을 때 보인 수상한 거동에 관해 진술했다. 그 증인들도 반대 심문을 받지 않은 채 증언대에서 물러났다.

참석한 모든 방청객도 잘 기억하고 있는 일이지만 그날 아침 공동묘지에서 일어난 폭력적 상황의 세부 내용이 믿을 만한 증인들에 의해 발표되었다. 그러나 포터의 변호인은 어느 누구에게도 반대 심문을 하지 않았다. 방청석이 당혹감과 불만으로 술렁이자 조용하라는 재판장의 경고가 있었다. 이제 검사가 말했다.

"시민 여러분의 의심할 수 없는 소박한 증언에 따라 우리는 저 불행한 피고가 그 끔찍한 범죄를 저질렀다고 단정하는 바입니다. 이것은 추호도 의심할 여지가 없습니다. 여기서 우리의 심문을 마칩니다."

불쌍한 포터의 입에서 절망에 찬 신음 소리가 흘러 나왔다. 포터

는 얼굴을 두 손에 파묻고 몸을 앞뒤로 가만히 흔들고 있었다. 그러는 동안 법정은 고통스런 침묵에 압도당했다. 많은 남자가 포터를 동정했고 여자들은 눈물로 동정심을 드러냈다. 그때 피고 측 변호인이 일어나 말했다.

"존경하는 재판장님, 재판 초기에 본 변호인은 피고가 음주로 인한 무분별하고 무책임한 정신착란의 영향을 받아 그런 범죄를 저질렀다는 것을 증명하겠다고 미리 암시한 바 있습니다. 본인은 방금 그 생각을 바꾸었습니다. 본인은 그 탄원을 철회합니다."(그러고는 서기에게 몸을 돌려 말했다.) "토머스 소여를 증인으로 불러주시오."

법정 안에 있던 모든 얼굴에는 당황하고 놀라는 빛이 역력했다. 포터 영감도 예외가 아니었다. 톰이 자리에서 일어나 증언대에 서자 모든 사람의 시선이 톰에게 쏠렸다. 몹시 겁을 먹고 있었기 때문에 톰의 표정도 험악했다. 톰은 선서를 했다.

"토머스 소여, 6월 17일 자정 무렵에 어디 있었나?"

인전 조의 강철 같은 얼굴을 힐끗 쳐다보는 순간 톰의 혀는 굳어 버리고 말았다. 방청객들은 숨을 죽인 채 귀 기울였지만 톰의 입에서는 아무 말도 나오지 않았다. 그러나 잠시 뒤 힘을 되찾은 톰은 몇몇 방청객에게만 들리는 목소리로 이렇게 말했다.

"공동묘지에 있었습니다."

"좀 더 크게 말해라. 무서워할 것 없다. 넌 그때……."

"공동묘지에 있었습니다!"

그러자 인전 조의 얼굴에 멸시하는 웃음이 스쳤다.

"호스 윌리엄스의 무덤 근처 어딘가에 있었단 말인가?"

"예, 그렇습니다."

"좀 더 큰 목소리로 말하거라. 조금만 더 크게. 얼마나 가까이 있었느냐?"

"지금 저와 변호사님 사이만큼 가까운 거리였어요."

"숨어 있었느냐, 숨어 있지 않았느냐?"

"숨어 있었어요."

"어디에?"

"무덤 주변에 있는 느릅나무들 뒤에 숨어 있었어요."

이 말에 인전 조는 눈에 띄지 않을 정도였지만 꽤 놀라는 기색을 보였다.

"누구와 같이 있었나?"

"예, 같이 있었어요. 같이 간 애는……."

"잠깐, 잠깐만 기다려라. 네 친구의 이름은 대지 않아도 좋다.

252

적절한 때에 증인으로 부르겠다. 그때 무엇을 가지고 거기 갔었
지?"

톰은 머뭇거리며 당황한 표정을 지었다.

"솔직히 털어놓아라, 애야. 주눅 들 필요 없다. 진실은 늘 존경
을 받는 것이다. 그곳에 뭘 가지고 갔었지?"

"저… 저… 그저 죽은 고양이 한 마리뿐이었어요."

웃음의 잔물결이 퍼지자 재판장이 주의를 주었다.

"우리는 그 죽은 고양이의 뼈를 증거물로 제출하겠습니다. 자,
애야, 이제 그때 일어난 일을 빠짐없이 얘기하거라. 네가 늘 말하는
식으로 말이다. 빼놓는 것 없이 말하고 조금도 무서워할 것 없다."

톰은 진술을 시작했다. 처음에는 조금 떠듬거렸지만 이야기에
열중하다 보니 말이 술술 쉽게 나왔다. 얼마 동안 톰의 말소리만 들
릴 뿐 모든 소리는 정지되어 있었다. 모든 눈은 톰에게 고정되어 있

었다. 방청객들은 입술을 벌리고 숨을 죽인 채 톰의 말 한마디 한마디에 귀를 기울였다. 그 무시무시한 이야기의 마력에 끌려 시간 가는지도 모르고 있었다. 가슴을 조이게 하는 긴장감이 절정에 다다른 것은 톰이 이렇게 말했을 때였다.

"그러다가 의사 선생이 그 판대기로 내리쳐서 머프 포터가 땅에 넘어졌을 때 인전 조가 칼을 들고 달려들어 그만……."

쨍그랑! 번개처럼 빠르게 혼혈 인전 조가 창문을 향해 달려가더니, 막는 사람들을 물리치고 어디론가 사라져버렸다!

24장

톰 소여는 다시 한 번 빛나는 영웅이 되었다. 어른들의 귀여움을 받는 아이이자 어린이들이 부러워하는 대상이었다. 심지어 마을 신문이 톰의 영웅적인 행동을 대서특필하면서 그의 이름은 활자화되어 영원히 남게 되었다. 톰이 장차 교수형만 피한다면 나중에 대통령이 될 것이라고 믿는 사람들도 간혹 있었다.

언제나 그렇듯 변덕스럽고 이성이 없는 세상 사람들은 머프 포터를 얼마 전까지 비난하던 것과 마찬가지로 아낌없이 가슴에 안고 호들갑을 떨었다. 세상은 본디 그런 법이다. 그러니 그것을 굳이 탓할 필요는 없을 것이다.

당시 톰의 나날은 낮 동안에는 찬란하고 신나는 시간이었지만 밤은 공포의 도가니였다. 그의 꿈에 나타난 인전 조는 늘 눈에 살기를 띠었다. 톰은 아무리 재미있는 일이 유혹해도 해가 진 뒤에는 밖에 나가지 않았다. 가엾은 헉도 톰과 마찬가지로 비참하게 공포에 시달렸다. 재판이 열리기 전날 밤 톰이 머프 포터 영감의 변호사에게 모든 이야기를 털어놓았기 때문이다. 인전 조가 달아나는 바람에 법정에 나가 증언하는 고생은 면할 수 있었지만, 헉 자신도 이 사건에 연루되어 있다는 사실이 탄로나지나 않을까 해서 몹시 두려

위하고 있었다. 불쌍한 헉은 변호사를 찾아가서 반드시 비밀을 지
켜달라고 부탁했지만, 그게 무슨 소용이란 말인가? 양심의 가책으
로 괴로워하던 톰이 밤에 변호사의 집으로 찾아가 무시무시한 피의
맹세까지 하며 다물기로 한 그 입을 열고 끔찍한 이야기를 털어놓
고 말았으니, 헉이 인류에 대해 가졌던 신뢰감은 거의 사라지고 없
었다.

머프 포터가 매일 고맙다고 할 때마다 톰은 고백하기를 잘했다
고 생각했다. 그러나 밤이 되면 차라리 입을 봉하고 있을 걸 그랬다
고 후회했다.

때로 톰은 인전 조가 절대로 체포되지 않을 것이라고 생각했다.
그러나 어떤 때는 범인이 죽고 제 눈으로 직접 그 시체를 보기 전까지는 절대로 마음놓고 숨을 쉴 수 없다는 생각이 들었다.

현상금까지 내걸고 그 지방 일대를 샅샅이 뒤졌지만 인전 조의 행방은 찾을 길이 없었다. 모르는 것이 없고 공포감을 안겨주는 기적 같은 존재 중의 하나, 즉 탐정 한 명이 세인트루이스에서 와서 고양이가 쥐를 찾듯 근처를 수색하면서 머리를 끄덕이고 무엇이든 다 안다는 표정으로 돌아다닌 끝에 그런 사람들이 보통 거두는 대성공을 거두었다. 다시 말해서 '단서를 찾아낸' 것이다. 그러나 '단서'를 가지고 살인죄로 교수형에 처할 수는 없는 노릇이다. 그래서 탐정이 모든 일을 끝내고 돌아간 뒤에도 톰은 전과 마찬가지로 여전히 불안했다.

하루하루가 느리게 흘러갔다. 그런데 그 하루하루는 공포의 무게를 조금씩 가볍게 해주고 떠나갔다.

25장

정상적인 아이라면 누구나 한 번쯤 어딘가에 숨겨진 보물을 캐내고 싶은 강렬한 욕망에 사로잡히는 때가 있다. 어느 날 톰은 갑자기 이러한 욕망에 사로잡혔다. 그래서 조 하퍼를 찾아 나섰지만 찾지 못했다. 다음으로 벤 로저스를 찾았지만 그 애는 낚시하러 가고 없었다. 얼마 뒤 톰은 붉은 손 헉 핀을 우연히 만났다. 헉은 좋아할 것 같았다. 톰은 헉을 조용한 곳으로 데려가 그 계획을 은밀히 털어놓았다. 헉은 기꺼이 호응했다. 헉은 재미있고 돈이 들지 않는 일이라면 언제나 기꺼이 참여했다. 헉은 돈이 되지 않는 그런 유의 시간이 귀찮을 정도로 많았다.

"어디를 파지?" 헉이 물었다.

"어디든 다 파보는 거야."

"아니, 보물이 어디에나 묻혀 있단 말이야?"

"아니지, 그렇진 않아. 아주 특별한 곳에 묻혀 있는 거야, 헉. 때로는 섬에, 때로는 한밤중 그림자가 드리우는 고목 가지 끝 바로 밑 땅속에 묻힌 썩은 상자 안에 들어 있어. 하지만 대개는 귀신이 출몰하는 집 마루 밑에 있는 법이야."

"누가 그걸 감춰놨는데?"

"물론 강도들이지. 넌 누가 그런다고 생각하니? 주일학교 교장들이 그러겠니?"

"모르겠어. 나 같으면 숨겨놓지 않겠다. 신나게 죄다 써버리지."

"나도 그럴 거야. 하지만 강도들은 그러지 않아. 놈들은 늘 훔친 것을 감춰두거든."

"나중에 가지러 오지 않나?"

"응, 오지 않아. 언젠가 찾으러 오겠다고 생각은 하지만 대개는 표시해둔 곳을 잊어버리거나, 아니면 그동안에 죽어버린단 말야. 어쨌든 그 보물은 땅속에 오래 파묻혀 녹이 슬지. 그리고 얼마 있다가 표적을 찾는 방법을 말해주는 누렇게 바랜 종이 쪽지를 누군가가 발견하게 되지. 그 종이를 해독하는 데도 한 1주일은 넘게 걸려. 대개 암호나 상형문자로 쓰여 있거든."

"상형 뭐라고?"

"상형문자야. 아무 뜻도 없는 것 같은 그림이나, 그런 비슷한 것들이야."

"톰, 그럼 너는 그런 종이를 가지고 있니?"

"아니."

"그럼 무슨 수로 그런 표적을 찾아내지?"

"나한테 표적 같은 건 필요 없어. 범인들은 언제나 유령이 나오는 집이나 섬, 또는 가지 하나가 길게 뻗어 나온 고목 밑에 그걸 숨겨놓으니까. 전에 잭슨 섬에서 잠깐 찾아본 적이 있잖아. 언젠가 우리가 다시 찾아가보는 거야. 스틸하우스 개천 위에 유령이 나타나는 낡은 집 한 채가 있고, 그곳에는 죽은 나뭇가지들이 굉장히 많거든… 엄청 많아."

"그런 장소면 어디에나 묻혀 있는 거냐?"

"그걸 말이라고 하니? 물론 그렇지는 않지."

"그럼 그중에서 어디를 파야 하는지 어떻게 아는데?"

"모조리 다 파보는 거야!"

"야, 톰, 그러다간 여름이 다 지나가겠다."

"그러면 어때? 녹이 슬거나 번쩍이는 금화가 100달러나 들어 있는 놋쇠 항아리나 다이아몬드가 가득한 썩은 상자를 발견한다고 상상해봐. 기분이 어떻겠니?"

그 말을 듣는 순간 헉의 눈이 반짝거렸다.

"그거 신나겠다. 나한테는 정말 신나는 일이 되겠어. 그러면 그 금화 100달러는 나한테 줘. 난 다이아몬드 같은 건 필요 없으니까."

"좋아. 하지만 나라면 다이아몬드를 포기하지 않을 거야. 어떤 것은 한 개에 20달러나 나가. 아무리 못해도 한 개에 75센트나 1달러쯤 나갈걸."

"맙소사! 설마?"

"확실해. 누구라도 그렇게 말할 거야. 헉, 너 다이아몬드를 본 적 있니?"

"내 기억으론 없어."

"아, 왕들은 엄청나게 많이 가지고 있거든."

"톰, 난 왕이라곤 하나도 몰라."

"물론 그렇겠지. 하지만 유럽에 가면 왕들이 여기저기 뛰어 돌아다니는 걸 볼 수 있을 거야."

"왕들은 톡톡 뛰어다니니?"

"뛰어? 이런 멍텅구리! 뛰지는 않아."

"그럼 왜 방금 왕들이 뛰어다닌다고 했지?"

"멍청하긴! 내 말은 유럽에 가면 왕들을 볼 수 있다는 뜻이었어. 정말로 뛰어다니는 건 아냐. 그들이 왜 뛰어다니겠니? 거기 가면 그들을 볼 수 있다는 말이었어. 말하자면 왕들이 여기저기 흩어져 있다는 뜻이야. 늙은 곱사등이 왕 리처드처럼."

"리처드라고? 그 사람 성이 뭔데?"

"성은 없어. 왕들에게는 이름만 있어."

"성이 없다고?"

"그렇다니까."

"톰, 왕들이 성을 원하지 않으면 할 수 없지. 하지만 나는 검둥이처럼 성이 없는 왕은 되고 싶지 않아. 자, 그건 그렇고, 먼저 어디부터 파볼까?"

"글쎄, 잘 모르겠다. 우선 스틸하우스 개천 건너편 언덕의 가지가 썩은 나무 밑을 파보는 게 어떨까?"

"좋았어!"

그래서 그들은 망가진 곡괭이와 삽을 둘러메고 5킬로미터 떨어진 목적지를 향해 걸어가기 시작했다. 그곳에 도착한 그들은 덥고 숨이 차서 근처 느릅나무 그늘 아래 자리를 잡고 앉아 쉬면서 담배를 피웠다.

"이거 재미나는데." 톰이 말했다.

"나도 그래."

"저 말야, 헉, 만약 보물을 찾게 되면 넌 네가 받은 몫으로 뭘 할 거니?"

"난 매일 파이하고 사이다를 한 잔 사 먹고, 또 마을에 서커스단이 올 때마다 꼭 구경하면서 진짜 즐거운 시간을 보낼 거야."

"좀 저금할 생각은 없니?"

"저금을 한다고? 그런 짓을 왜 해?"

"글쎄, 장차 먹고살 것을 준비하기 위해서지."

"그런 건 아무 소용 없어. 내가 얼른 써버리지 않으면 언제고 아빠가 마을로 다시 돌아와 죄다 채갈 거야. 아빠는 순식간에 다 써버린다니까. 톰, 넌 그 돈으로 뭘 할 거니?"

"북 하나랑, 진짜 칼이랑, 빨간색 넥타이랑, 불도그 새끼 한 마리를 살 거야. 그리고 결혼할 거야."

"결혼을 한다고?"

"그렇다니까."

"톰, 너 제정신이 아니구나."

"기다려보라고. 곧 알게 될 테니."

"결혼이란 것은 세상에서 제일 어리석은 짓이야. 아빠와 우리 엄마를 봐. 늘 싸웠어. 내 기억에 늘 싸우기만 했다고. 아직도 기억이 생생해."

"그건 아무것도 아니야. 내가 결혼하려는 여자 애하고는 싸우지 않을 거야."

"톰, 여자들이란 모두 똑같아. 덤벼들어 남자를 할퀸단 말야. 이런 점을 너는 잘 생각하는 게 좋아. 그런데 네가 결혼하려는 계집애 이름이 뭐니?"

"계집애가 아니야. 여자 애라고."

"그게 그거지 뭐. 어떤 사람은 계집애라고 하고 어떤 사람은 여자 애라고 하는 거지. 둘 다 같은 말이라고. 어쨌든 그 아이 이름이 뭐니, 톰?"

"나중에 얘기해줄게. 지금은 안 돼."

"싫으면 관둬. 마음대로 해. 하지만 네가 결혼해버리면 난 전보다 훨씬 쓸쓸해질 거야."

"아냐, 그렇지 않아. 네가 우리 집에 와서 같이 살면 되니까. 자, 이제 그 얘기는 집어치우고 땅이나 파보자."

두 소년은 30분 동안 땀 흘리며 일했다. 아무 성과도 없었다. 다시 반 시간 동안 땀 흘려 일했다. 여전히 성과가 없었다. 헉이 물었다.

"강도들은 늘 이렇게 깊이 묻어놓니?"

"어떤 때는 그렇지만… 항상 그런 건 아니야. 보통은 안 그래. 아무래도 우리가 장소를 잘못 짚은 것 같아."

그래서 두 소년은 새로운 장소를 골라 다시 시작했다. 그 일이

힘은 들었지만 그들은 여전히 진척을 보았다. 그들은 얼마 동안 아무 말 없이 흙을 파냈다. 마침내 헉이 삽에 기대며 이마에 흐르는 땀을 옷소매로 문질러 닦으면서 물었다.

"이곳을 끝내면 다음엔 또 어딜 팔 생각이야?"

"과부댁 집 뒤쪽 카디프힐 너머에 있는 고목 밑을 한번 파보자."

"나도 거기가 좋을 것 같아. 하지만 과부댁이 보물을 빼앗지 않을까, 톰? 그곳은 과부댁 땅이잖아."

"과부댁이 보물을 빼앗아간다고? 한 번쯤은 그럴려고 할지도 모르지. 하지만 누구든 묻혀 있는 보물을 파낸 사람이 보물의 임자야. 누구 땅이건 상관없다고."

그렇다면 안심이었다. 그래서 아이들은 계속해서 땅을 팠다. 이윽고 헉이 투덜거렸다.

"에이, 빌어먹을! 또 잘못 짚은 게 뻔해. 넌 어떻게 생각해?"

"헉, 이건 정말 이상한 일이야. 이해할 수가 없어. 마녀들이 방해하는 때도 있거든. 어쩌면 마녀 때문일지도 몰라."

"무슨 소리야! 마녀는 대낮에는 도무지 힘을 못 쓰잖아."

"참, 그렇지. 그 생각을 못했네. 옳지, 이제야 알겠다. 우리가 이렇게 미련하다니까! 자정에 나뭇가지 그림자가 떨어지는 곳을 찾아내야 해. 바로 그곳을 파야 한다고!"

"쳇, 빌어먹을! 그럼 지금까지 애쓴 건 모두 헛수고였잖아. 제기랄, 그럼 밤에 또 와야겠네. 꽤 먼 곳인데. 너 빠져나올 수 있겠어?"

"물론이지. 우린 오늘 밤에 해야 해. 만약 누군가가 이 구멍을 발견하면 여기에 뭐가 있는지 금세 알아차리고는 보물을 찾아낼 테니까."

"그럼 오늘 밤 네 집 앞에 가서 고양이 소리를 낼게."

"좋아, 연장들은 덤불 속에 감춰두자."

소년들은 그날 밤 약속한 시간에 다시 나왔다. 나무 그림자 안에 앉아 자정이 되기를 기다렸다. 한적한 장소인 데다 오래된 전설 때문에 으스스하기 짝이 없는 시간이었다. 귀신들이 버스럭거리는 나뭇잎 사이에서 속삭이며, 유령들이 음산한 구석에 숨어 있는 듯했다. 멀리서 사냥개가 짖는 소리가 깊게 울려오자 올빼미가 음산한 목소리로 응답했다. 소년들은 이 엄숙한 분위기에 짓눌려 거의 대화를 나누지 못했다. 이윽고 그들은 자정이 되었다고 판단했다. 그들은 나뭇가지의 그림자가 떨어진 지점을 표시하고 그곳을 파기 시작했다. 희망이 솟아올랐다. 흥미는 점점 더해갔고 그들의 노력도 이에 보조를 맞췄다. 구멍은 점점 깊어졌다. 곡괭이에 뭔가 닿는 소리가 들릴 때마다 가슴이 뛰었지만 번번이 새로운 실망을 맛보았다. 곡괭이에 닿은 것은 돌멩이 또는 나무토막에 불과했다. 마침내 톰이 말했다.

"헉, 안 되겠다. 또 잘못 짚은 거야."

"그럴 리가 없어. 그림자가 드리워진 곳을 정확히 찍었잖아."

"그건 나도 알아. 하지만 또 한 가지가 있어."

"그게 뭔데?"

"우린 시간을 어림짐작했을 뿐이잖아? 어쩌면 너무 늦었거나 너무 일렀을 수도 있어."

그러자 헉이 삽을 떨어뜨렸다.

"바로 그거야…" 헉이 말했다. "그게 바로 문제였어. 이곳을 포기해야겠다. 우린 정확한 시간을 알아맞힐 수 없는 데다 마녀와 유령이 여기저기 우글대는 이곳에서 한밤중에 이런 일을 하는 건 너무 끔찍해. 지금까지 줄곧 내 등 뒤에 뭔가가 있는 것 같은 느낌이 들었어. 뒤돌아봤다가는 뭔가와 마주칠 것 같아서 돌아보지도 못했다고. 이곳에 온 뒤로 줄곧 온몸에 소름이 끼쳤어."

"헉, 나도 마찬가지야. 나무 밑에 보물을 묻을 때는 거의 언제나 죽은 사람을 함께 묻거든. 보물을 지키게 하려고 말이야."

"맙소사!"

"정말이야. 사람들이 그런다니까. 늘 들어오던 이야기인걸."

"톰, 난 죽은 사람들이 있는 곳 근처에 얼쩡거리기 싫어. 주변에 시체가 있으면 확실히 무슨 문제가 생기더라고."

"나도 시체를 건드리고 싶진 않아. 이곳의 시체 하나가 제 해골바가지를 쳐들고 무슨 말이라도 한다고 생각해봐!"

"톰! 그만해! 무서워 죽겠다."

"헉, 물론 그럴 거야. 나도 기분이 편치 않아."

"톰, 있잖아, 이곳을 포기하고 다른 데를 파보자."

"좋아, 그게 좋겠다."

"그럼 어디가 좋을까?"

톰은 잠시 생각하더니 다시 말했다.

"유령이 출몰하는 집, 바로 그곳이야."

"빌어먹을! 톰, 유령이 나오는 집은 싫어. 유령들은 죽은 사람보다 훨씬 더 끔찍해. 죽은 사람들이 뭐라 할지는 모르지만 말이야. 적어도 그들은 유령처럼 아무도 모르게 수의를 걸치고 갑자기 나타나서는 어깨 너머로 넘겨다보면서 이를 갈지는 않잖아. 난 그런 건 참을 수 없어, 톰. 그런 걸 참을 수 있는 사람은 아마 없을걸."

"그래, 헉, 네 말이 맞아. 하지만 유령들은 밤에만 돌아다니니까 대낮에 땅을 파면 방해하지 않을 거야."

"그렇긴 한데, 너도 알다시피 사람들은 낮이건 밤이건 유령의 집엔 가기 싫어해."

"그야 누군가가 살해당한 곳에 가고 싶어 하는 사람은 없으니까. 그러나 한밤중이라면 몰라도 낮에 그 집 주위에서 뭘 봤다는 사람은 없어. 다만 창문으로 파란 빛이 미끄러지듯 지나가는 것만 빼고 말야. 그건 사람들이 흔히 말하는 그런 유령이 아니야."

"저 말야, 파란 불빛이 번쩍거리면서 돌아다니면 그 근처에 반드시 유령이 숨어 있는 법이야. 그건 이치에 맞아. 유령이 아니면 누구도 그런 파란 불빛을 쓰지 않으니까."

"그래, 그렇긴 해. 어쨌든 유령은 대낮에 나타나지 않으니까 우

리가 무서워할 필요는 없어."

"그럼 좋아. 정 그렇다면 유령의 집을 공략해보자. 그렇다고 꼭
성공할 수 있다는 건 아니야."

이때쯤 두 소년은 언덕을 내려오기 시작했다. 달빛이 비치는 계
곡 한가운데 '유령의' 집이 서 있었다. 완전히 외진 곳으로 울타리
는 없어진 지 이미 오래되었고 무성한 잡초가 현관 층계까지 뒤덮
여 있었다. 굴뚝은 허물어지고 창에는 창틀만 남은 데다 지붕 한구
석도 움푹 꺼져 있었다. 두 소년은 혹시나 창가를 스쳐 지나가는 파
란 불빛을 볼 수 있을까 해서 잠깐 동안 유령의 집을 힐끗 내려다보
았다. 그들은 때와 장소에 걸맞게 낮은 목소리로 속삭이며 유령의
집과 거리를 두기 위해 오른쪽으로 방향을 틀었다. 그러고는 카디
프힐 뒤쪽을 장식하고 있는 숲을 통과해 마을로 돌아왔다.

26장

다음날 정오경 두 소년은 고목에 도달했다. 감춰둔 연장을 가지러 온 것이다. 톰은 유령의 집으로 가고 싶어 안달이 났다. 헉도 거의 그런 마음이었지만 불쑥 이렇게 말했다.

"이봐, 톰, 오늘이 무슨 요일인지 아니?"

톰은 머릿속으로 요일을 따져보고 깜짝 놀란 표정으로 두 눈을 얼른 쳐들었다.

"아차! 그걸 미처 생각하지 못했구나, 헉."

"그래, 나도 생각하지 못했어. 그런데 갑자기 오늘이 금요일이란 생각이 떠올랐어."

"제기랄! 조심해서 남 주는 건 아니야. 금요일에 이런 일을 하다간 큰일을 당할지도 몰라."

"당할지도 몰라가 아니라 당하고야 말 거야. 그렇게 말하는 게 옳아. 다른 날엔 운이 좋을 수도 있는데, 금요일엔 어림도 없어."

"그건 바보도 알아. 네가 제일 먼저 발견한 건 아냐, 헉."

"내가 언제 제일 먼저 발견했댔나? 그리고 금요일이기 때문에 이러는 게 아니야. 어젯밤에 지독히 재수 없는 꿈을 꾸었어. 쥐 꿈을 꾸었단 말야."

"설마! 그건 문제가 일어난다는 확실한 징조야. 쥐들이 싸우던?"

"아니."

"그건 다행이다, 헉. 싸움을 하지 않았으면 안 좋은 일이 슬슬 일어날지도 모른다는 표시일 뿐이야. 우리가 할 일은 경계심을 늦추지 말고 작업을 일단 하지 않는 거야. 어쨌든 오늘은 일을 집어치우고 그냥 놀자. 헉, 너 로빈 후드를 아니?"

"몰라. 로빈 후드가 누군데?"

"영국에 살던 가장 위대한 사람 중 하나야. 가장 착한 사람이기도 했지. 그 사람은 의적이었어."

"와, 나도 그랬으면 좋겠다. 누구를 털었는데?"

"보안관, 주교, 부자, 왕 같은 사람들만 털었어. 하지만 가난한

사람들은 절대 괴롭히지 않았지. 그는 가난한 사람들을 사랑했어. 훔친 물건들은 언제나 가난한 사람들에게 아주 공평하게 나눠줬지."

"히야, 정말 멋진 남자였구나."

"물론이지, 헉. 아, 그는 이 세상에서 가장 고귀한 사람이었어. 정말이지 요즘은 그런 사람이 없다니까. 그는 한 손을 뒤로 묶고 한 손만 가지고도 영국에 있는 누구라도 때려눕힐 수 있었지. 또 주목 (朱木)으로 된 활을 들면 2킬로미터도 넘게 떨어져 있는 10센트짜 리 동전을 백발백중으로 맞출 수 있었지."

"주목으로 된 활이 뭔데?"

"나도 몰라. 물론 어떤 활을 말하는 거겠지. 그런데 그 동전 한 가운데가 아니라 가장자리를 맞추면 그 자리에 주저앉아 울부짖으 며 욕을 해댔다는 거야. 우리도 로빈 후드 놀이를 하자. 굉장히 재 미있을 거야. 내가 가르쳐줄게."

"좋았어."

그래서 두 소년은 그날 오후 내내 로빈 후드 놀이를 하며 놀았 다. 가끔 유령의 집을 아쉬운 눈으로 내려다보면서 내일 일어날 일 에 대해 이야기를 주고받았다. 해가 서쪽으로 뉘엿뉘엿 지기 시작 하자 그들은 나무들의 긴 그림자를 가로질러 집을 향해 걸었다. 곧 그들은 카디프힐의 숲속에서 자취를 감췄다.

토요일 정오가 조금 지난 무렵 두 소년은 다시 고목 아래에 도착 했다. 그늘에서 담배를 피우고 잡담을 나눈 뒤 지난번에 팠던 구덩 이를 조금 더 팠다. 큰 기대는 하지 않았지만, 전에 어떤 사람들이 보물을 찾으려고 땅을 파다가 15센티미터쯤 남겨놓고 포기하고 말 았는데 나중에 다른 사람이 나타나 단 한 번의 삽질로 보물을 찾아낸 사례가 많다고 톰이 말했기 때문이다. 그러나 소년들에게 그런 일은 일어나지 않았다. 그래서 그들은 연장을 어깨에 메고 발길을 돌렸다. 하지만 그들은 운이라는 것을 소홀히 다루지 않고 보물찾기에 필요한 일을 모두 해보았다며 흐뭇해했다.

두 소년이 유령의 집에 도착했을 때 이글거리는 햇볕 아래 죽음 같은 정적이 감돌고 있어 이상하게 소름 끼치는 느낌이 들었다. 쓸쓸하고 황폐한 그 장소가 어찌나 음산한 분위기를 풍기는지 그들은 무서워하며 한동안 감히 안으로 들어가지 못했다. 문 쪽으로 살금살금 기어가서 떨리는 몸으로 안을 엿보았다. 그들의 눈에 들어온 것은 마루가 없어져 흙이 드러나고 잡초가 무성한 방과 오래된 벽난로, 그리고 유리가 하나도 없는 창문들과 부서진 층계였다. 어디를 보나 여기저기 누더기 같은 거미줄이 걸려 있었다. 그들은 빨라진 맥박을 느끼며 살금살금 안으로 들어갔다. 소곤소곤 이야기하며 아주 작은 소리라도 놓치지 않으려고 귀를 쫑긋 세우고, 근육은 즉각 철수할 수 있도록 잔뜩 긴장한 상태였다.

시간이 좀 지나 분위기에 익숙해지자 그들의 두려움도 가라앉았다. 그들은 자신들이 대담해진 것에 대해 감탄하고 놀라면서도 냉정하고 주의 깊게 그 장소를 살폈다. 어느새 그들은 2층을 보고 싶은 마음이 들었다. 이것은 퇴로를 차단하는 행위와 같았으나 그들은 서로를 격려하기 시작했다. 결과는 뻔했다. 그들은 연장을 구석으로 던져버리고 2층으로 올라갔다. 2층도 폐허였다. 한쪽 구석에 신비를 약속하는 벽장이 있었다. 그러나 그 약속도 사기였다. 그 안에는 아무것도 없었던 것이다. 이제 용기가 치솟은 그들은 거칠 것이 없었다. 이제 막 아래층으로 내려가 일에 착수하려는 순간…….

"쉬!" 톰이 말했다.

"왜 그래?" 공포에 질려 얼굴이 파래진 헉이 속삭였다.

"쉿! … 저기 … 저 소리 들리지?"

"들려… 아, 어쩌지? 튀자!"

"조용히 있어! 움직이지 마! 저들이 지금 문 쪽으로 오고 있어."

두 소년은 겁에 질려 마룻바닥에 납작 엎드린 채 널빤지 사이의 구멍을 통해 아래를 내려다보며 기다렸다.

"저들이 멈춰 섰어… 아니, 다시 오고 있어… 이제 그들이 왔어. 헉, 이제 속삭이지도 마. 이거 어쩌지! 여기 오지 말걸 그랬어."

두 남자가 들어왔다. 소년들은 제각기 혼잣말로 중얼거렸다.

"한 사람은 최근에 마을에 한두 번 나타났던 귀머거리에 벙어리인 스페인 영감이군. 또 하나는 한 번도 본 적 없는 사람이군."

'한 번도 본 적 없는 사람'은 누더기 옷에 지저분하게 차려입었으며, 얼굴 표정에는 정이 가는 곳이 하나도 없었다. 스페인 영감은 세라페를 뒤집어쓰고 있었는데, 덥수룩하게 기른 허연 구레나룻에 솜브레로 모자 아래로 백발을 길게 늘어뜨리고 동그란 안경을 쓰고 있었다. 집 안으로 들어오면서 '낯선 사나이'가 나지막한 목소리로 뭐라고 말을 했다. 두 사람은 벽을 등지고 문 쪽을 향해 바닥에 앉았고, 낯선 사나이는 말을 계속했다. 그가 경계를 늦춘 채 말을 이어가자 말소리가 좀 더 똑똑히 들려왔다.

"아니," 그가 말했다. "그걸 잘 생각해봤지만 난 싫어요. 위험하다고요."

"위험하다니!" 그 '귀머거리에 벙어리'라는 스페인 영감이 투덜거리자 소년들은 깜짝 놀랐다. "겁쟁이 같으니라고!"

그 목소리를 듣는 순간 소년들은 숨이 막히고 온몸이 떨렸다. 그것은 인전 조의 목소리였다! 얼마 동안 침묵이 흐른 뒤에 조가 말했다.

"저 위쪽에서 한 일보다 더 위험한 일이 어디 있나? 그래도 아무 일 없었잖아."

"그건 달라요. 그건 강 위쪽인 데다 근방에 집이 한 채도 없으니 까. 그러니 우리 일이 들킬 염려가 없지요. 여하튼 성공하지 못한 이 상 말이오."

"글쎄, 대낮에 이곳에 나타나는 것보다 더 위험한 일이 어디 있 겠어! 누구든지 우릴 보면 틀림없이 의심할 텐데."

"나도 알고 있다고요. 하지만 그 바보 같은 일에 손을 댄 뒤로는 이곳 말고 어디 마땅한 장소가 있어야지요. 난 이 오두막을 빨리 뜨 고 싶어요. 어제도 떠나고 싶었는데, 그 망할 녀석들이 여기가 환히 내려다보이는 언덕 위에서 놀고 있으니 도무지 꼼짝할 수가 있어야 지요, 원."

'그 망할 녀석들'은 이 말이 주는 영감 때문에 다시 몸을 떨었다. 어제가 금요일이라는 것을 깨닫고 하루를 기다리기로 한 것이 천만 다행이었다는 생각이 들었다. 마음속으로는 1년을 기다렸더라면 더 좋았을 것이라는 생각도 들었다.

두 사나이는 먹을 것을 꺼내더니 점심을 먹기 시작했다. 한참 동 안 생각에 잠겨 있던 인전 조가 말했다.

"이봐, 젊은이. 자넨 강 상류에 있는 자네 거처로 가 있게. 그리 고 내가 연락을 할 때까지 기다려. 기회를 봐서 한 번 더 마을에 내 려가 살펴볼 테니. 상황을 보고 좀 괜찮다 싶으면 '위험한' 일을 처리하자고. 그러고 나서 텍사스로 튀는 거야! 둘이서 같이 도망치는 거야!"

만족스러운 제안이었다. 두 사나이는 곧 하품을 했다. 인전 조가 말했다.

"졸려 죽겠구먼! 망보는 건 자네 차례야."

조는 잡초 위에 몸을 쪼그리고 눕더니 이내 코를 골기 시작했다. 그의 동료가 그를 한두 번 흔들자 이내 조용해졌다. 얼마 뒤 망보던 자도 고개를 끄덕이며 졸기 시작했다. 그의 고개는 점점 밑으로 떨어졌고 두 사람 다 코를 골았다.

톰과 헉은 그제야 안도의 한숨을 길게 내쉬었다. 톰이 헉의 귀에 대고 조그만 소리로 속삭였다.

"지금이 기회야. 따라와!"

헉이 말했다.

"난 그럴 수 없어. 저 사람들이 잠에서 깨는 날이면 우린 꼼짝없이 죽어."

톰이 재촉했지만 헉은 망설이기만 했다. 마침내 톰은 천천히 몸을 일으키더니 혼자서 걸음을 내딛기 시작했다. 그러나 첫발을 내딛자마자 미친 마룻바닥에서 삐걱하는 소리가 나는 바람에 톰은 혼비백산하여 주저앉고 말았다. 톰은 두 번 다시 시도하지 않았다. 소년들은 그곳에 엎드려 시간이 지루하게나마 흐르기를 기다렸다. 마침내 시간이 죽고 영원한 시간도 백발이 되어버린 것 같았다. 그들은 마침내 해가 지는 것을 깨닫고 기뻐했다.

이제 한 사람의 코 고는 소리가 멎었다. 인전 조가 일어나 앉으며 주위를 둘러보고, 무릎 위에 고개를 숙인 채 잠들어 있는 동료를

향해 어두운 웃음을 던지더니 발로 쿡쿡 찔러 그를 깨웠다. 그러고
는 이렇게 말했다.

"이봐! 자네는 망보는 당번 아니었나? 하지만 괜찮아. 아무 일
도 없었으니까."

"이런! 내가 깜빡 잠이 들었었나?"

"그냥 조금 자더군. 이제 슬슬 이곳을 떠날 때가 됐어. 이 사람
아, 그런데 훔쳐서 이곳에 감춰둔 것들은 어떻게 하지?"

"글쎄, 잘 모르겠어요. 늘 그랬던 것처럼 이곳에 두고 가는 편이
나을 것 같아요. 남쪽으로 출발할 때까지는 들고 다니는 게 아무 소
용 없을 테니까요. 650달러나 되는 은화라면 큰 짐이 될 겁니다."

"하긴 그래. 좋아, 여기 한 번 더 와도 상관없지."

"그럼요. 하지만 전처럼 밤에 왔으면 좋겠어요. 그게 낫겠어요."

"그렇게 하자고. 그런데 이봐, 우리가 그 일을 해치울 수 있는
기회가 올 때까지는 아직 한참 더 기다려야 할지도 몰라. 그사이에
예상치 못한 일이 일어날 수도 있고. 여기는 그다지 안전한 장소가
못 돼. 그러니까 땅속에다 묻어두는 게 좋겠어. 그것도 아주 깊게
말이야."

"그거 좋은 생각이네요." 조의 동료는 맞장구를 치고 나서 방을
가로질러 벽난로 앞으로 가더니, 무릎을 꿇고 엎드려 벽난로 뒤쪽
바닥에 간 돌 하나를 들어 올리고는 쩔렁쩔렁 동전 소리가 나는 주
머니 하나를 꺼냈다. 그는 그 주머니에서 자기 몫으로 20~30달러
정도의 은화를 꺼내고, 또 같은 양의 돈을 인전 조의 몫으로 꺼낸
뒤 조에게 그 주머니를 건네주었다. 조는 방구석에 무릎을 꿇고 앉
아 사냥칼로 땅을 파기 시작했다.

그 순간 두 소년의 모든 공포심과 비참함이 한꺼번에 날아갔다. 소년들은 흡족한 눈빛으로 모든 동작을 살폈다. 운수 대통이었다! 그 찬란한 행운은 상상을 초월하는 것이었다. 600달러는 여섯 명의 소년을 부자로 만들기에 충분한 돈이었다! 여기에 최고로 재수 좋은 보물찾기가 있었다. 어디를 파볼까 하고 걱정할 필요가 없었던 것이다. 톰과 헉은 기회가 생길 때마다 서로의 옆구리를 팔꿈치로 찔렀다. 말하지 않아도 그 뜻을 충분히 짐작할 수 있는 몸짓이었다. '아, 여기 오기를 잘했지?'라는 의미였다.

인전 조의 칼끝이 뭔가에 부딪혔다.

"이게 뭐지!" 그가 소리쳤다.

"뭔데요?" 그의 동료가 말했다.

"반쯤 썩은 널빤지야. 아니, 상자 같군. 여기… 좀 도와줘. 도대체 왜 이게 여기 있는지 보자고. 됐어, 내가 구멍 하나를 뚫었어."

조는 그의 손을 집어넣었다가 꺼냈다.

"와, 이거 돈이잖아!"

두 남자는 동전을 한 움큼 집어 들고 살폈다. 금화였다. 위에서 지켜보는 소년들도 두 남자 못지않게 흥분하고 기뻐했다.

조의 동료가 말했다.

"어서 빨리 파냅시다. 벽난로 반대쪽 구석 잡초 속에 녹슨 헌 곡괭이가 하나 있던데. 방금 전에 봤어요."

그는 소년들의 삽과 곡괭이를 가지고 왔다. 인전 조는 곡괭이를 집어 들고 자세히 살피더니 고개를 갸우뚱하며 뭔가 혼잣말을 중얼거렸다. 그리고 그것을 사용하기 시작했다. 드디어 그 상자가 전체 모습을 드러냈다. 그것은 그다지 크지 않았다. 쇠로 테를 둘러 아주

튼튼하게 만든 상자였지만 세월을 견디며 서서히 썩어가고 있었다. 두 남자는 너무 황홀하여 말없이 잠시 동안 그 보물을 바라보았다.

"여보게, 몇천 달러는 되겠는데." 인전 조가 말했다.

"어느 해 여름에 뮤럴 일당이 이 근처에 나타나곤 했다는 소문이 늘 나돌았지요." 그 낯선 자가 말했다.

"나도 알아." 인전 조가 맞장구를 쳤다. "어쩌면 이게 그 일당들의 돈인지도 모르겠군."

"그럼 이제 그 일은 할 필요가 없겠군요."

그러자 혼혈아 인전 조는 얼굴을 찡그리며 말했다.

"자넨 아직도 나를 모르는군. 적어도 그 일에 대해서는 아무것도 모르는 것 같아. 그 일은 결코 돈을 위한 일이 아니야. 복수라고!" 그의 눈 속에서 사악한 빛이 번뜩였다. "난 자네의 도움이 필요해. 그 일만 끝나면 텍사스로 가는 거야. 자네는 마누라와 새끼들

278

이 있는 집으로 가서 내가 연락할 때까지 기다리게."

"알겠어요. 그렇게 하라면 그러겠어요. 근데 이 돈은 어떻게 하지요? 다시 여기다 묻나요?"

"그렇게 하지. (위층 소년들은 매우 기뻤다.) 아냐! 맹세하건대 이곳은 절대 안 돼. (소년들은 위에서 실망이 컸다.) 하마터면 잊을 뻔했어. 저 곡괭이에 새 흙이 묻어 있다고! (순간 소년들은 공포로 속이 울렁거렸다.) 곡괭이와 삽이 여기 왜 있지? 어째서 새 흙이 연장에 묻어 있지? 누가 연장을 이리 가져왔지? 놈들이 어디로 갔을까? 자네, 무슨 소리 못 들었나? 본 사람도 없고? 뭐라고? 여기다 이걸 묻고 놈들에게 이렇게 파헤친 땅 모양을 보게 하자고? 어림도 없지, 어림도 없는 소리! 이걸 내 밀실로 가져가자고."

"물론 그래야지요. 진작 생각했어야 했는데. 그러면 1호로 말입니까?

"아니, 2호로 가지. 십자가 아래 말야. 다른 장소는 좋지 않아. 너무 평범해."

"좋습니다. 이제 날이 어두워졌으니 슬슬 출발하지요."

인전 조는 벌떡 일어나서 이 창문에서 저 창문으로 발을 옮기며 주의 깊게 밖을 살폈다. 그리고 곧 이렇게 말했다.

"누가 이 연장을 여기로 가져왔을까? 혹시 그놈들이 지금 2층에 있는 거 아냐?"

소년들은 호흡이 멎어버리는 것 같았다. 인전 조는 칼에 손을 대더니 마음을 정하지 않은 듯 잠시 멈췄다가 층계 쪽으로 몸을 돌렸다. 소년들은 벽장 속에 숨을까 생각했지만 몸에서 힘이 쭉 빠져버렸다. 삐걱거리며 층계를 올라오는 소리가 들렸다. 절박한 위기 상황에 몰리자 소년들은 겁이 났지만 결단을 내리지 않을 수 없었다. 아이들이 벽장 속으로 막 뛰어들려는 순간, 썩은 목재가 부서지는 소리가 들리면서 인전 조가 산산조각이 난 계단 부스러기와 함께 땅바닥으로 굴러 떨어졌다. 욕을 퍼부으면서 그가 몸을 일으키자 그의 동료가 말했다.

"이제 와서 그게 다 무슨 소용이 있겠습니까? 혹시 2층에 누가 있다고 해도 그냥 내버려둡시다. 상관할 것 없잖아요. 아래로 뛰어내리다가 팔다리가 몽땅 부러지면 잘된 일이지요. 누가 말립니까? 15분 후면 어두워질 겁니다. 놈들이 우리를 따라오고 싶으면 어디 따라와보라지요. 난 아무래도 상관없으니까. 내 생각에 연장을 가지고 온 놈들이 우리를 봤다면 유령인 줄 알았을 겁니다. 그러니 놈들은 지금 도망치는 중일 거예요."

조는 잠시 투덜거리더니 어두워지기 전까지 시간을 아끼면서 떠날 준비를 하자는 동료의 말에 동의했다. 잠시 뒤 그들은 깊어가는 황혼 속에서 집 밖으로 빠져나와 그들의 소중한 상자를 가지고 강 쪽으로 움직였다.

톰과 헉도 일어났다. 기운이 빠져 있었지만 적이 안도감을 느꼈다. 그들은 통나무 벽 사이에 벌어진 틈으로 그들의 뒷모습을 뚫어져라 바라보았다. 저들을 따라가본다? 안 되지! 목이 부러지지 않고 다시 바닥으로 내려온 데 만족하고 언덕을 넘어 마을로 향하는 길에 올랐다. 두 소년은 별로 말을 많이 하지 않았다. 그들은 스스로를 미워하는 일에 너무 몰두해 있었다. 삽과 곡괭이를 그곳으로 가져가게 한 그 액운을 저주했다. 그런 짓만 안 했어도 인전 조가 조금도 의심하지 않았을 것이다. 그놈이 말하는 '복수'가 끝날 때까지 은화와 금화를 모두 그 자리에 감춰두었을 것이다. 그랬다가 돈을 찾으러 다시 돌아왔을 때 그놈은 돈이 없어진 것을 발견하는 불운을 맛보았을 텐데. 그곳에 연장을 가지고 간 것이야말로 재수 옴 붙은 일이었어!

두 소년은 스페인 사람이 복수할 기회를 노리기 위해 마을에 나타나면 그를 감시하다가 뒤를 밟아 '2호'가 어디인지 알아내기로 결심했다. 바로 그때 무서운 생각이 톰을 엄습했다.

"복수라고? 헉, 그게 우리를 두고 한 말이면 어떡하지?"

"아, 제발 그런 소리 하지 마!" 헉은 거의 기절할 것처럼 말했다.

두 소년은 그 이야기를 다시 자세히 주고받았다. 마을에 들어서면서 소년들은 조가 말한 복수의 대상은 다른 사람일 것이라고 믿기로 했다. 그러나 법정에서 증언한 것은 오직 톰 혼자였기 때문에 톰 아닌 다른 사람일 수는 없었다.

　혼자서만 위험에 처하다니! 톰은 불안했다. 같은 처지의 동료라도 있으면 훨씬 나을 텐데 하고 톰은 생각했다.

27장

    그날의 모험은 그날 밤 꿈속에서 톰을 몹시 괴롭혔다. 톰은 네 번이나 그 풍요로운 보물에 손을 댔지만, 네 번 다 잠이 달아나는 바람에 보물은 손가락 사이로 빠져나갔다. 또한 잠에서 깨어나자 그의 불운은 냉혹한 현실이 되어버렸다. 이른 아침 자리에 누운 채 어제의 엄청난 모험에 담긴 사건들을 회상해보았더니, 이상하게도 모든 일이 아주 작고 멀게만 느껴졌다. 다른 세계에서 일어난 일이거나 오래전에 일어난 일 같았다. 이윽고 그 거창한 모험 자체가 꿈이었음에 틀림없다는 생각이 들었다.

    이런 생각을 뒷받침하는 하나의 강력한 이유가 있었는데, 그가 본 금전의 양이 현실이 되기에는 너무나 엄청났던 것이다. 톰은 이제껏 한번에 50달러 이상을 구경한 적이 없었다. '몇백'이니 '몇천'이니 하는 표현은 다만 환상적인 언어 형식으로 실재 세계에는 존재하지 않는 액수라고 상상하는 점에서, 톰은 같은 또래 같은 신분의 다른 아이들과 다를 바 없었다. 실제로 100달러나 되는 거액을 소유한 사람이 있으리라고는 한순간도 상상해보지 못했다. 숨겨진 보물에 대한 그의 개념을 분석해보면, 10센트짜리 동전 한 움큼이거나 그저 막연하고 찬란하고 손에 쥘 수 없는 1달러 지폐 한 묶음 정도였다.

　그러나 곰곰이 다시 생각하고 또 생각한 끝에 그가 겪은 모험의
구체적 내용이 감지할 수 있을 정도로 날카롭고 명확해졌다. 그래
서 결국에는 곧 꿈이 아니었다는 생각으로 기울었다. 이 불확실성
을 씻어내야 했다. 톰은 아침을 서둘러 먹고 나가서 헉을 찾아보기
로 했다.

　헉은 매우 우울한 표정으로 밑바닥이 평평한 배 위에 앉아 힘없
이 두 발을 물속으로 내려뜨리고 있었다. 톰은 헉이 먼저 말을 꺼내
도록 유도하겠다고 생각했다. 만일 헉이 먼저 이야기를 꺼내지 않는
다면 어제의 모험은 한낱 꿈에 지나지 않는 것으로 판명될 것이다.

　"안녕, 헉!"

　"너도 안녕!"

잠시 침묵이 흘렀다.

"톰, 우리가 그 빌어먹을 연장만 고목 밑에 두었어도 보물은 우리 차지가 되었을 텐데. 아, 정말 미치겠다!"

"그럼 그게 꿈이 아니었구나. 꿈이 아니었어! 난 차라리 꿈이기를 바랐는데. 꿈이기를 바라지 않았다면 난 사람도 아냐, 헉."

"뭐가 꿈이 아니라는 거지?"

"어제 있었던 그 일 말야. 그게 꿈일지도 모른다고 난 생각했거든."

"꿈이라고! 그 계단만 부서져내리지 않았다면, 그게 얼마나 엄청난 꿈인지 알았을 텐데. 나도 밤새 꿈을 많이 꾸었어. 한쪽 눈에 안대를 한 그 스페인 악당 놈이 밤새 날 쫓아오는 꿈이었어. 죽일 놈 같으니!"

"아냐, 죽으면 곤란해. 놈을 찾아야 해. 돈을 찾아야지!"

"톰, 우리는 그 사람을 절대로 찾지 못할 거야. 그런 기회는 평생에 한 번 있을까 말까 한데 그만 그 기회를 날려버렸어. 여하튼 그놈을 보게 되면 굉장히 떨릴 거야."

"하긴 나도 그렇긴 해. 하지만 난 어쨌든 그놈을 보고 싶어. 그놈의 뒤를 밟아서 그의 2호를 찾아내고 싶다고."

"2호라… 음, 그렇지, 그거였어. 나도 그것에 대해 줄곧 생각했어. 하지만 도무지 알 수가 없더군. 넌 그게 뭘 것 같니?"

"모르겠어. 너무 어려워. 이봐, 헉, 혹시 집 주소가 아닐까?"

"그래, 맞아… 아냐, 톰, 집 주소가 아냐. 집 주소라고 해도 이 거지 같은 마을은 아니지. 이 작은 마을에 번지수가 어디 있니?"

"하긴 그렇구나. 잠시 생각 좀 해보자… 그래, 방 번호야. 여관 방 번호 말야!"

"아, 맞아! 여관이라면 이 마을에 두 개밖에 없어. 그러니까 곧 알아낼 수 있겠다."

"내가 돌아올 때까지 넌 여기서 잠시 기다리고 있어, 헉."

톰은 즉시 떠났다. 공공장소에서는 헉과 함께 있고 싶지 않았다. 30분 뒤에 톰이 돌아왔다. 제일 좋은 여관의 2호실은 오래전부터 젊은 변호사가 머무는 방이라는 사실을 알아냈다. 한편 격이 낮은 여관의 2호실은 수상쩍은 데가 있었다. 여관집 주인의 어린 아들 말로는 그 방이 언제나 잠겨 있으며 밤을 제외하고는 사람이 출입하는 것을 본 적이 없다는 것이었다. 그 아이는 왜 그런지, 어떤 특별한 이유가 있는지 모르고 있었다. 호기심은 약간 느끼고 있었지만 아주 미미한 정도였다. 그저 막연히 '귀신이 나오는 방'이라고 생각함으로써 그 수수께끼를 해결한 모양이었다. 그런데 지난밤에는 그 방에 불이 켜져 있는 것을 보았다는 것이다.

"내가 알아본 건 그 정도야, 헉. 우리가 찾는 2호는 바로 그곳 같아."

"톰, 내 생각도 그래. 그럼 이제 어떻게 할까?"

"생각 좀 해보고."

톰은 오랫동안 생각하다가 이윽고 입을 열었다.

"내 말 잘 들어. 2호실의 뒷문은 그 여관과 낡은 벽돌 가게 사이에 난 좁은 골목으로 통하게 되어 있어. 이제 너는 손에 넣을 수 있는 모든 문 열쇠를 가지고 와. 나도 이모의 열쇠를 모두 슬쩍해 올 테니까. 그러고는 달이 없는 밤에 그곳에 가서 문을 열어보는 거야. 하지만 인전 조가 나타나는지 줄곧 감시해야 한다는 것을 명심해. 복수할 기회를 염탐하러 마을에 한번 들르겠다고 했으니까. 만약 그놈이 눈에 띄면 따라붙어. 그놈이 만약 2호실로 가지 않으면 그

방은 우리가 찾는 곳이 아니야."

"맙소사! 나 혼자 그놈을 따라가기는 싫은데!"

"뭘, 캄캄한 밤인데. 너를 보지 못할 거야. 본다 해도 아마 별로 신경 안 쓸 거야."

"글쎄… 아주 캄캄하면 한번 따라가볼게. 에라, 모르겠다, 모르겠어. 어쨌든 시도는 해볼게."

"아주 캄캄하다면 나라도 그놈을 따라가겠어. 헉, 그놈이 복수할 수 없다는 걸 알게 되면 곧장 돈을 가지러 갈지도 몰라."

"그럴지도 모르지, 톰. 그럴지도 몰라. 내가 그놈의 뒤를 밟을게. 맹세코 그렇게 할게."

"이제야 철이 들었구나! 헉, 마음을 약하게 먹으면 안 돼. 나도 용기를 낼 테니까."

28장

　그날 밤 톰과 헉은 모험에 나설 준비를 했다. 한 명은 멀리서 골목을 지키고 또 한 명은 여관 출입문을 지켜보면서 9시가 넘도록 여관 주위를 맴돌았다. 그 뒷골목을 오가는 사람은 아무도 없었다. 스페인 사람을 닮은 누구도 여관을 드나들지 않았다. 그날 밤은 날씨가 맑을 것 같았다. 그래서 상당히 캄캄해졌을 때 헉이 톰의 집 앞에 와서 야옹하고 고양이 소리를 내면 톰이 몰래 집을 빠져나와 열쇠로 여관 문을 열어보기로 약속하고, 톰은 집으로 돌아갔다. 하지만 밤이 깊어도 여전히 달이 밝자 헉도 12시쯤 경계를 풀고는 설탕을 담는 텅 빈 나무통 속으로 들어가 잠을 잤다.

　화요일에도 두 소년에게는 운이 따르지 않았다. 수요일도 마찬가지였다. 그러나 목요일 밤은 운이 좋을 것 같았다. 톰은 이모의 낡은 양철 등과 그것을 가릴 큰 수건을 집어 들고 조금 일찌감치 집을 빠져나왔다. 톰은 그 양철 등을 헉의 설탕 통에 감춰두고 망을 보기 시작했다. 자정 한 시간 전에 여관은 문을 닫고 불도 껐다(그 근처에서 유일한 불이었다). 스페인 사람은 보이지 않았다. 뒷골목을 출입하는 사람도 없었다. 모든 일이 뜻대로 되어가고 있었다. 칠흑같은 어둠이 깔리고 고요하기 이를 데 없었다. 완벽한 정적을 깨는

소리라곤 멀리서 이따금 들려오는 천둥의 웅얼거림뿐이었다.

톰은 등을 꺼내어 설탕 통 속에서 불을 붙인 뒤 큰 수건으로 단단히 감쌌다. 두 모험가는 어둠 속을 기어 여관으로 향했다. 헉이 망을 보는 동안 톰은 뒷골목 안으로 더듬어 들어갔다. 이제 초조한 기다림의 시간이 왔다. 그 초조함은 헉의 마음을 태산 같은 무게로 짓눌렀다. 헉은 톰이 든 등불 빛이라도 보고 싶다는 생각이 들었다. 그러면 놀라기는 하겠지만 적어도 톰이 아직 살아 있다는 것은 알 수 있을 것이다. 톰이 사라진 지 몇 시간이나 흐른 듯했다. 분명히 톰은 기절했을 것이다. 아니 죽었을지도 모른다. 아니면 공포와 흥분 때문에 그의 심장이 터져버렸는지도 모를 일이다. 불안한 마음에 헉은 뒷골목 쪽으로 점점 가까이 갔다. 온갖 무서운 일을 걱정하며 당장에라도 재앙이 일어나 자신의 숨을 앗아가리라 예상했다.

그러나 앗아갈 숨도 많지 않았다. 골무로나 되질할 정도로 아주 적은 양의 숨을 쉴 수 있었기 때문이다. 심장이 이렇게 뛰다가는 곧 닳아 없어질 것 같았다. 바로 그때 갑자기 불빛이 번쩍하더니 톰이 헉 옆으로 뛰어 지나치고 있었다.

"뛰어!" 톰이 소리쳤다. "죽어라 하고 뛰란 말이야!"

톰은 그 말을 되풀이할 필요가 없었다. 단 한 번이면 족했다. 헉은 그 말이 또 나오기도 전에 시속 50~60킬로미터 속도로 달리고 있었다. 소년들은 마을 끝자락에 위치한 폐허가 된 도살장 헛간에 닿을 때까지 조금도 쉬지 않고 달렸다. 헛간에 들어서자마자 폭풍이 몰아치며 비가 쏟아졌다. 톰은 숨을 겨우 가라앉히며 말했다.

"헉, 끔찍했어! 되도록이면 소리 나지 않게 열쇠를 두 개째 꽂아 볼 때였어. 그런데 찰칵하는 소리가 어찌나 요란한지 난 무서워서 숨도 못 쉬겠는데, 열쇠가 구멍 속에서 돌아갈 생각도 않더군. 근데 얼떨결에 손잡이를 쥐었더니 방문이 그냥 열리는 거야! 잠겨 있지 않았던 거지. 나는 살그머니 들어가 등에 덮었던 수건을 벗겨냈지. 그런데 맙소사, 이게 웬일이야!"

"뭐가 있었는데? 도대체 방에서 뭘 본 거야, 톰?

"헉, 하마터면 인전 조의 손을 밟을 뻔했어!"

"설마……."

"그랬다니까. 그놈이 바닥에 널브러져 곯아떨어져 있더군. 한쪽 눈엔 안대를 붙인 채 두 팔을 활짝 벌리고 말이야."

"하나님, 맙소사. 그래서 넌 어떻게 했어? 그놈이 잠에서 깼니?"

"아냐, 꼼짝도 안 했어. 술에 잔뜩 취했나 봐. 나는 내 수건을 움켜쥐고 당장 떠났지 뭐야!"

"나 같으면 그까짓 수건 따위는 생각지도 않았을 거야."

"아냐, 난 생각해야 돼. 그걸 잃어버리면 이모가 날 야단치실 테 니까."

"저… 톰, 그 돈 상자는 봤니?"

"헉, 주위를 둘러볼 겨를이 어디 있니. 상자도 못 보고 십자가도 못 봤어. 본 거라곤 인전 조 곁에 나뒹구는 빈 술병하고 양철 컵뿐이 야. 아, 또 본 게 있다. 방에는 큰 나무통 두 개랑 꽤 많은 술병이 있 더군. 이렇게 말해줘도 그 유령 나오는 방이 어땠는지 모르겠니?"

"어땠는데?"

"음… 위스키가 출몰하는 방이었어. 금주 여관이라는 곳에는 다 이런 유령이 출몰하는 방이 있는 모양이야. 헉, 너도 그렇게 생각하 니?"

"나도 그럴 거라고 생각해. 누가 그런 걸 생각이나 했겠니? 한데 말이야, 톰, 인전 조가 술에 취해 곯아떨어졌다면 그 상자를 가져오기에 지금보다 더 좋은 때는 없을 것 같다."

"그래, 맞아! 네가 한번 해봐!"

헉은 몸을 떨었다.

"난 안 돼. 난 못할 것 같아."

"나도 못해, 헉. 인전 조 옆에는 빈 술병이 하나밖에 없었는데 그걸로는 충분하지 않아. 만약 세 병쯤 뒹굴고 있다면 그놈이 만취했다는 증거니까 한번 해볼 만한데."

두 소년은 말없이 오랜 시간 생각에 잠겼다. 마침내 톰이 입을 열었다.

"헉, 내 말 들어봐. 인전 조가 그 방에 없다는 것을 확인하기 전에는 상자 훔치는 일을 시도하지 말자. 너무 무서워. 밤마다 망을 보면 언젠가 그놈이 나가는 것을 꼭 보게 될 거야. 그때 우리는 번개보다 더 빠르게 그 상자를 갖고 나오는 거지."

"좋아, 그렇게 하자. 내가 밤새도록 망을 볼게. 네가 상자 훔치는 일을 맡는다면 난 매일 밤이라도 망을 볼 수 있어."

"좋아, 그렇게 하기로 하자. 너는 후퍼 스트리트 위로 한 블록쯤 달려와서 고양이 소리로 신호만 보내면 돼. 만약 내가 잠든 것 같으면 창문에 작은 돌을 던지라고. 그러면 내가 깰 거야."

"찬성! 멋진 생각이야."

"자, 헉, 폭풍이 지나갔으니 난 집으로 갈게. 두세 시간만 있으면 날이 샐 거야. 넌 돌아가서 망을 봐. 알았지?"

"톰, 내가 그런다고 했잖아. 1년 동안이라도 난 매일 밤 유령처럼 그 여관 앞에 있을 거야. 낮에는 잠을 자고 밤에는 날이 새도록 망을 보겠어."

"그러면 됐어. 그런데 넌 어디서 잘 거니?"

"벤 로저스네 건초 더미에서 잘 거야. 벤이 허락했고, 그 집 검둥이 엉클 제이크도 허락했어. 나는 엉클 제이크가 원할 때마다 물을 길어다주거든. 또 그도 내가 부탁하면 자기가 할 수 있는 한 언제나 나한테 먹을 것을 줘. 톰, 엉클 제이크는 정말 좋은 흑인이야. 그는 나를 좋아해. 내가 그 앞에서 윗사람인 체하지 않기 때문이지. 나는 엉클 제이크하고 같이 앉아서 함께 음식을 먹을 때도 있어. 하지만 이 얘기는 남들에게 하지 마. 몹시 배고플 땐 여느 때라면 하고 싶지 않은 일도 해야 하는 법이거든."

"낮에 볼일이 없으면 그냥 자게 내버려둘게. 공연히 근처에 가서 귀찮게 하지 않을게. 하지만 밤중에 무슨 일이 생기면 곧장 나한테 와서 고양이 소리를 내야 해."

29장

금요일 아침 톰이 가장 먼저 들은 소식은 새처 판사네 가족이 지난밤에 마을로 돌아왔다는 기쁜 소식이었다. 인전 조와 보물상자는 잠시 그 중요성을 잃고 톰은 온통 베키 생각뿐이었다. 톰은 베키를 만나서 다른 많은 학교 친구들과 함께 '숨바꼭질'과 '수비' 놀이를 하며 지칠 때까지 재미있는 시간을 보냈다. 그날은 유종의 미를 거두며 특별히 만족스럽게 끝났다. 베키가 오래전에 친구들에게 약속하고 많이 늦어진 소풍을 이튿날 가게 해달라고 엄마를 졸라 허락을 받아냈던 것이다. 베키는 이루 말할 수 없이 기뻤고, 톰의 기쁨도 그녀 못지않았다. 베키는 해가 지기 전에 친구들에게 초청장을 보냈고, 곧이어 마을 어린이들은 준비를 서두르며 즐거운 기대에 빠졌다. 톰도 흥분하여 밤늦게까지 잠을 잘 수 없었다. 또한 그는 헉이 내는 고양이 소리를 듣고 보물을 찾아서 이튿날 베키와 소풍 나온 아이들을 깜짝 놀라게 해줄 수 있을 것이라는 기대를 품었다. 그러나 톰은 실망했다. 그날 밤에는 아무 신호도 오지 않았던 것이다.

결국 아침이 왔다. 10시에서 11시 사이에 마음이 들떠 시끄럽게 떠드는 아이들이 새처 판사의 집 앞에 모였다. 이제 출발할 만반의 준비가 되어 있었다. 이런 소풍에는 어른들이 참석해서 분위기를 망치지 않는 것이 관례였다. 18세 정도의 젊은 여자들과 23세 정도의 젊은 남자들이 따라가면 아이들은 안전할 것으로 생각되었다. 낡은 증기 여객선도 이번 행사를 위해 전세를 냈다. 신이 난 아이들은 도시락 바구니를 들고 동네 중심 거리를 따라 줄지어 갔다. 시드는 몸이 아파서 이번 소풍에 끼지 못했고, 메리는 시드를 간호하느라 집에 머물렀다. 새처 부인이 베키에게 마지막으로 당부했다.

"늦게 돌아올지도 몰라. 혹시 늦으면 선착장 근처에 사는 여자 친구들 집에서 자고 오는 게 좋겠구나."

"그렇게 되면 수지 하퍼네 집에서 잘게요, 엄마."

"그러렴. 조심해서 얌전하게 행동하고 문제를 일으키면 안 된다."

잠시 뒤 함께 걸으면서 톰이 베키에게 말했다.

"저 말야, 이렇게 하면 어떨까? 조 하퍼네 집에 가지 말고 언덕으로 올라가서 더글러스 과부댁에 머무는 거야. 거기에는 아이스크림이 있어! 아이스크림은 거의 매일 있다고. 무지하게 많아. 게다가 그 아줌마는 우리가 가면 아주 기뻐하실 거야."

"아, 그게 재미있겠구나."

그러더니 베키는 잠시 생각하고 말했다.

"하지만 엄마가 아시면 뭐라고 하실까?"

"어떻게 그걸 아시겠니?"

베키는 이 일을 곰곰이 생각하더니 머뭇거리며 말했다.

"내가 잘못하는 것 같아… 그런데……."

"제기랄! 너희 엄마는 모르신대도. 그러니 문제없어. 너희 엄마가 바라는 건 너의 안전이야. 너희 엄마도 더글러스 아줌마를 생각했다면 너더러 그곳으로 가라고 했을 거야. 틀림없어."

더글러스 과부댁의 융숭한 손님 접대는 베키를 유혹하는 미끼였다. 게다가 톰이 설득하자 베키는 그 유혹에 넘어갔다. 그런데 오늘밤의 계획에 대해서는 아무에게도 말하지 않기로 했다. 그러자 오늘 밤에 헉이 자기를 찾아와 신호를 보낼지도 모른다는 생각이 문득 톰의 머리에 떠올랐다. 그 생각을 하자 부풀어올랐던 기대감이 상당히 사그라졌다. 그러나 톰은 여전히 더글러스 과부댁에서 갖게 될 즐거운 시간을 차마 포기할 수는 없었다. 왜 그러한 즐거움을 포기해야 하는지 깊이 생각해보았다. 어젯밤에도 신호가 오지 않았는데 하필 오늘 밤에 올 가능성이 어째서 더 많단 말인가? 오늘 저녁의 확실한 즐거움은 확실하지도 않은 보물보다 훨씬 가치가 있는 것이다. 소년답게 톰은 좀 더 끌리는 쪽으로 가고 그날은 돈이 든 상자에 대해 생각하지 않기로 결심했다.

증기선은 마을 아래쪽으로 5킬로미터 떨어진 숲이 우거진 포구에 정박했다. 아이들이 떼를 지어 뭍으로 오르자 먼 숲과 바위 절벽에 아이들의 외침과 웃음소리가 여기저기 메아리쳤다. 땀을 흘리며 지칠 때까지 노는 방법도 가지가지였다. 그러고 나자 곧 배가 고파져서 흩어져 놀던 아이들은 하나둘 캠프로 모여들었다. 곧이어 좋은 음식들이 무차별적으로 파괴되었다. 잔치가 끝난 뒤 아이들은 널찍한 떡갈나무 그늘에 앉아 쉬면서 신나게 수다를 떠는 시간을 가졌다. 이윽고 누군가가 소리쳤다.

"동굴에 갈 준비가 된 사람이 누구냐?"

가지 않겠다는 아이는 한 명도 없었다. 양초 다발을 나눠 갖자 아이들은 일제히 언덕 위로 뛰어 올라갔다. 동굴 입구는 산 중턱에 있었는데, A자 모양을 하고 있었다. 떡갈나무로 된 거대한 문은 빗장 없이 서 있었다.

동굴 안에는 마치 얼음 창
고처럼 싸늘한 조그마한 방이
하나 있었다. 자연의 여신이
단단한 석회암으로 만든 벽면
에는 찬 물방울이 이슬처럼
맺혀 있었다. 깊은 어둠 속에
서서 햇볕에 반짝이는 푸른
계곡을 내다보는 기분은 낭만
적이고 신비스러웠다. 그러나
그 상황이 지닌 깊은 인상은
어느새 사라지고 아이들은 곧
뛰어다니기 시작했다. 양초
하나에 불이 켜지자 그 초를
차지하려고 여럿이 몰려들었
다. 빼앗으려는 노력과 용감
한 방어가 뒤따랐으나, 초는
곧 땅으로 떨어지고 불이 꺼
지고 말았다. 그러자 유쾌한
웃음소리가 터져 나오더니 또
다시 추격전이 벌어졌다. 그
러나 모든 것에는 끝이 있는

법이다. 다시 아이들은 가파르게 기울어진 중앙 통로를 따라 줄을
지어 내려갔다. 흔들거리는 촛불 행렬이 머리 위로 18미터나 되는

지점에 이르는 높다란 바위벽을 희미하게 비추고 있었다. 이 중앙 통로는 너비가 2~3미터밖에는 안 되었다. 몇 발자국 앞으로 나갈 때마다 천장이 높고 폭이 좁은 샛길이 양쪽으로 갈라져 있었다.

이처럼 맥두걸 동굴은 꾸불꾸불한 여러 개의 통로가 서로 만났다가 다시 갈라지고 목적지도 없이 뻗어 있는 거대한 미로였다. 얽히고설킨 샛길을 며칠 동안 헤매도 동굴 끝을 찾을 수 없다고들 말했다. 아래로 아래로 계속 내려가도 결과는 마찬가지며, 미로 아래로 또 다른 미로가 있어 어디에도 끝이 없다는 것이다. 누구도 이 동굴에 대해 '아는' 사람이 없었다. 그건 불가능한 일이었다. 대부분의 젊은이는 동굴의 일부분만 알고 있었고, 이렇게 알려진 부분 너머까지 모험해 들어가는 일은 없었다. 물론 톰 소여도 남들이 알고 있는 만큼은 알고 있었다.

아이들의 대열은 중앙 통로를 따라 약 4백 미터쯤 움직여 가다가 삼삼오오 짝을 지어 샛길로 들어선 뒤 음침한 통로를 따라 빨리 달려가면서 통로가 다시 만나는 지점에 이르러 갑자기 다른 무리와 마주쳐 깜짝 놀라기도 했다. 아이들은 '알려진' 지점을 넘어서지 않는 범위에서 30분 동안 서로 마주치지 않고 놀 수 있었다.

마침내 여러 무리의 아이들은 동굴 입구로 돌아왔다. 그들은 머리에서 발끝까지 온통 촛농과 진흙으로 범벅이 된 채 숨을 헐떡거리고 기분이 들떠 떠들어대며 나왔다. 모두는 즐거운 하루를 보낸 것에 만족하고 있었다. 아이들은 시간이 얼마나 지났는지 모르다가 어느새 해가 저물고 있음을 깨닫고 깜짝 놀랐다. 벌써 30분 전부터 증기선은 종을 치며 아이들을 부르고 있었다. 그러나 하루의 모험을 이렇게 마무리하는 것도 꽤 낭만적이므로 모두가 만족스러워했

다. 이렇게 시끄러운 짐을 싣고 증기선이 강 한가운데로 들어섰을 때, 선장을 빼고는 아무도 시간을 낭비한 것에 대해 반푼어치 관심도 없었다.

증기선의 불빛이 번쩍번쩍하면서 부둣가를 통과할 때, 헉은 벌써 망을 보고 있었다. 헉은 배의 갑판에서 아무 소리도 들려오지 않는다고 느꼈다. 녹초가 되도록 지친 사람들이 흔히 그렇듯 아이들도 기진맥진해 조용히 있을 수밖에 없었기 때문이다. 헉은 지금 지나가는 배가 어떤 배인지, 왜 부두에 정박하지 않는지 의아했지만 그런 생각을 머리에서 떨쳐버리고 다시 망을 보는 데만 정신을 쏟았다. 밤은 구름이 끼면서 어두워지고 있었다. 10시가 되자 마차 소리가 그치고, 여기저기 흩어진 불빛들이 하나씩 꺼지며, 어쩌다 지나가던 행인들도 완전히 자취를 감췄다. 온 마을이 잠자리에 들면서 망보는 작은 아이 하나만 달랑 적막과 유령들에게 맡겨버렸다. 11시가 되어 여인숙 불빛도 꺼져버리고 이제 어둠은 도처에 깔렸다. 헉은 지루하게 긴 시간을 기다렸다. 그러나 아무 일도 일어나지 않았다. 그의 믿음이 약해지고 있었다. 이게 무슨 소용인가? 정말 무슨 소용이라도 있단 말인가? 다 포기하고 잠이나 잘까?

그때 무슨 소리가 들렸다. 헉은 순간적으로 바짝 긴장했다. 뒷골목으로 난 여관 문이 조용히 닫히는 소리가 들렸다. 헉은 벽돌 가게 모퉁이로 가서 몸을 숨겼다. 다음 순간 두 사내가 헉의 곁을 스쳐 지나갔다. 그중 한 사내는 겨드랑이에 무언가를 끼고 있었는데, 그 보물상자가 분명했다! 그러고 보니 저들은 보물을 다른 곳으로 옮기고 있는 것이다. 지금 톰을 부르러 가는 것이 무슨 소용이란 말인가! 그건 바보 같은 짓이지. 저놈들이 저 상자를 가지고 사라지면 두 번 다시는 찾기 어려울 거야! 그래서는 안 되지. 우선 놈들의 뒤부터 밟아야지. 이렇게 캄캄하니 들킬 염려가 없어……. 이렇게 자신과 대화하면서 헉은 숨었던 곳에서 나와 그들의 뒷모습을 계속 볼 수 있는 정도의 거리를 두고 맨발로 고양이처럼 살금살금 뒤를 쫓았다.

놈들은 강변 길을 따라 세 블록쯤 올라가다가 네거리에서 왼쪽으로 꺾었다. 그러고는 카디프힐로 이어지는 길에 이를 때까지 곧장 앞으로 나아갔다. 그들은 머뭇거리지 않고 언덕 중턱에 있는 웨일스 사람의 집을 지나 계속 위로 올라갔다. 그렇군, 놈들이 상자를 오래된 채석장에다 묻을 모양이군, 하고 헉은 생각했다. 그러나 놈들은 채석장에서 멈추지 않고 정상까지 계속 올라가더니, 키가 큰 옻나무 덤불 사이로 난 좁은 길로 즉시 자취를 감춰버렸다.

300

헉은 놈들이 자기를 볼 수 없음을 깨닫고 가까이 접근하여 그들과의 거리를 좁혔다. 헉은 잠시 총총걸음으로 걷다가 너무 빨리 거리를 좁히는 것 같아서 걸음을 늦추었다. 한 발자국 떼고는 완전히 멈춰서 귀를 기울였다. 아무 소리도 없었다. 들리는 소리라곤 자신의 심장이 뛰는 소리뿐이었다. 언덕 저편에서 부엉이 울음소리가 들려왔다. 불길한 징조였다! 그러나 발소리는 들리지 않았다. 맙소사, 다 놓치고 말았군! 헉이 날개 달린 다리로 튀어오르려는 순간 어떤 남자가 1미터도 떨어지지 않은 곳에서 헛기침을 하는 것이었다. 헉의 심장이 목구멍으로 튀어나오려 했다. 그러나 헉은 억지로 참았다. 그때 헉은 열두 가지 학질이 한꺼번에 덤벼드는 것처럼 심하게 몸을 떨며 그대로 서 있었다. 몸에서 기운이 다 빠져나가 땅바닥에 고꾸라질 것 같았다. 헉은 자신이 어디에 와 있는지 잘 알았다. 더글러스 과부댁 마당으로 들어가는 울타리 계단에서 다섯 발자국도 떨어지지 않은 곳이었다. 잘됐군, 하고 헉은 생각했다. 거기다 상자를 묻어보라지. 찾는 것은 식은 죽 먹기일 테니까.

바로 그때 아주 낮은 목소리가 들려왔다. 인전 조의 목소리였다.

"빌어먹을! 사람들이 와 있는 모양이군. 이렇게 늦게까지 불이 켜져 있어."

"나한테는 아무것도 보이지 않는데요."

이것은 그 유령의 집에서 본 낯선 사내의 목소리였다. 헉은 가슴에 섬뜩한 냉기를 느꼈다. 그때 '복수'한다고 한 것이 바로 이 일이구나! 헉은 지금 도망치자는 생각뿐이었다. 하지만 그 순간 더글러스 과부댁이 여러 번 자기에게 친절을 베풀었던 일이 떠올랐고, 또 두 놈이 부인을 죽일지도 모른다는 생각이 들었다. 헉은 더글러스 부인에게 이 사실을 알리고 싶었지만 위험을 무릅쓸 용기가 없었다. 녀석들이 와서 자기를 붙잡을 수도 있었다. 헉이 이런저런 생각을 하는 동안 인전 조와 낯선 사람 사이에 주고받는 말이 들려왔다.

"자네 앞에 덤불 때문에 잘 보이지 않는 거야. 자, 이쪽으로 와 봐. 어때, 이제 보이지?"

"예, 보이네요. 손님이 있는 것 같아요. 포기하는 것이 좋겠는데요."

"포기하고 그냥 영원히 이 나라를 떠나라고? 지금 포기하면 다시는 기회가 없을지도 몰라. 전에도 말했고 지금도 또 말하는데, 나는 저 여자 돈 따위에는 관심이 없어. 그건 다 자네가 가지라고. 저 여자 남편이 나한테 못되게 굴었어. 잔인하게 군 게 한두 번이 아니야. 치안판사랍시고 걸핏하면 나를 떠돌이로 몰아 유치장에 처넣었거든. 그뿐인 줄 알아? 그건 새 발의 피야! 말채찍으로 나를 마구 때렸어. 감옥 앞마당에서 검둥이처럼 나를 말채찍으로 때렸단 말야. 온 읍내가 보는 앞에서! 말채찍으로! 이제 알겠나? 그놈은 나한테 못된 짓을 하더니 뒈져버렸어. 난 그놈의 여편네한테라도 분풀이를 해야겠어."

"아, 그 여자를 죽이진 마시오! 그 짓은 하지 말아요!"

"죽인다고? 누가 죽인다고 했나? 물론 그놈이 지금 살아 있다면 죽이겠지만 여자는 아니야. 여자에게 복수할 때는 죽이는 게 아니거든. 허튼소리 마! 여자의 얼굴을 엉망으로 만드는 거야. 그년의 콧구멍을 찢어버리고, 양쪽 귀에 암퇘지처럼 새김 눈을 넣는 거지."

"맙소사, 그건……."

"자넨 의견 따위 내밀지 마! 그게 자네 신상에 좋아. 그년을 침대에 묶을 거야. 피를 흘리고 죽어도 그게 내 잘못인가? 그년이 죽어도 난 눈물 한 방울 흘리지 않을 거야. 이봐, 친구, 자네가 이 일을 좀 도와줘야겠어. 나를 위해서야. 자네가 여기 온 이유가 바로 그거야. 혼자서는 할 수 없을 것 같아. 자네가 겁먹고 달아나려 한다면 자넬 죽여버리겠어. 내 말 알아듣겠나? 자네를 죽여야 한다면 저 계집년까지 죽여야 해. 그래야만 누가 이 짓을 했는지 아무도 모를 테니까."

"꼭 해야겠다면 그렇게 합시다. 빠를수록 좋아요. 난 벌써 몸이 벌벌 떨리니까요."

"지금 하자고? 저기 손님이 있는데도? 이봐, 자네 생각이 있는 사람인지 의심스럽군. 불이 꺼질 때까지 기다려. 서두를 필요 없다고."

침묵이 뒤따르는 것을 헉은 느꼈다. 그 침묵은 살인에 관한 이야기를 다 합친 것보다 더 무서웠다. 그래서 헉은 숨을 죽이고 신중하게 뒷걸음질을 쳤다. 한쪽 발을 조심스럽게 단단히 땅에 박고 한 발로 서서 나머지 발을 뒤로 간신히 내딛었다. 그러고는 한결같이 조심성을 발휘하며 위험을 무릅쓰고 다시 한 발을 내딛었다. 이렇게 한 걸음 한 걸음 내딛고 있을 때 가느다란 나뭇가지 하나가 밟혀 딱 소리를 내고 부러지는 게 아닌가! 헉은 숨을 멈추고 귀를 기울였다. 아무 소리도 들리지 않았다. 고요함은 완벽했다. 고맙기 그지없었다. 이제 헉은 벽처럼 서 있는 옻나무 덤불 사이로 난 길로 들어섰다. 헉은 자신의 몸뚱이가 증기선인 것처럼 조심스럽게 회전시킨 뒤 빠르면서도 조심스럽게 걸음을 재촉했다. 채석장에 이르자 조금 안심이 되었다. 그래서 헉은 날렵하게 발을 움직여 날다시피 달렸

다. 경사면을 쏜살같이 달린 헉은 마침내 웨일스 사람의 집에 도착했다. 문을 요란하게 두드리자 곧 노인과 건장한 두 아들이 창문으로 머리를 내밀었다.

"웬 소란이냐? 문을 두드리는 게 누구야? 원하는 게 뭐냐?"

"들여보내주세요, 빨리요! 다 알려드릴 테니까요."

"대체 넌 누구냐?"

"허클베리 핀이에요. 어서 들여보내주세요!"

"정말 허클베리 핀이구나! 아무 때나 문을 열어주고 싶은 이름은 아니지만, 얘들아, 애를 들여보내라. 무슨 일인지 들어나 보자."

"절대로 제가 얘기했다고 말하지 마세요." 안으로 들어서자마자 헉이 제일 먼저 내뱉은 말이었다. "제발 말하지 마세요. 말하면 전 반드시 죽을 거예요. 더글러스 과부댁은 때때로 나한테 잘해주셨어요. 그래서 알리러 온 거예요. 절대로 제가 그랬다는 말을 하지 않겠다고 약속해주세요. 그러면 얘기할게요."

"맙소사! 뭔가 중요한 일이 있는 게로구나." 노인이 소리쳤다. "그렇지 않고서는 저럴 리가 없어. 그래 어서 말해보아라. 얘야, 여기 있는 사람은 절대로 입을 열지 않을 테니, 어서."

3분 후 노인과 두 아들은 단단히 무장하고 언덕을 올랐다. 그들은 손에 무기를 든 채 발소리를 죽이고 옻나무 숲 샛길로 접어들었다. 헉은 거기서부터는 따라가지 않았다. 큼직한 바위 뒤에 숨어 귀를 기울였다. 잠시 숨 막힐 듯한 불안한 침묵이 흘렀다. 그러다가 갑자기 총기가 내는 폭발 소리와 함께 고함 소리가 들렸다.

헉은 자세한 내용을 알기 위해 거기서 기다리지 않았다. 그 자리를 떠나 전속력으로 언덕을 뛰어 내려갔다.

30장

　일요일 아침 먼동이 트는 기미가 보이기 시작하자 헉은 언덕을 더듬어 올라가 늙은 웨일스 사람의 문을 가만히 두드렸다. 집안 식구들은 잠을 자고 있었지만 지난밤에 일어난 사건의 흥분 때문에 방아쇠를 베고 자는 잠 같았다. 창에서 누군가가 외쳤다.

　"밖에 누구 있소?"

　헉의 겁먹은 목소리가 나지막하게 대답했다.

　"들여보내주세요! 헉 핀이에요!"

　"그 이름이라면 밤이건 낮이건 이 문을 열어줄 수 있지. 얘야, 어서 들어오너라!"

　이 말은 떠돌이 소년의 귀에는 이상하게 들렸고 이제껏 들어본 중에 가장 다정한 말이었다. 자기보고 '어서 들어오라'는 말을 해준 사람은 없었다. 곧 문이 열리자 헉은 안으로 들어갔다. 헉에게 자리를 내준 뒤에 노인과 키가 큰 두 아들은 얼른 옷을 챙겨 입었다.

　"얘야, 네 배가 몹시 고팠으면 좋겠구나. 해가 뜨자마자 아침 식사가 준비될 테니까. 아주 뜨끈뜨끈한 식사를 하자꾸나. 마음 편히 먹어라! 나와 아들들은 네가 어젯밤에 여기에 들러 묵고 갈 바랐단다."

306

"너무 무서워서…" 헉이 말했다. "도망쳤어요. 총이 발사될 때 거기에서 빠져나와 5킬로미터를 쉬지 않고 뛰었어요. 어떻게 되었나 알고 싶어서 지금 여기 온 거예요. 이렇게 날이 밝기 전에 찾아온 것은 그놈들하고 마주치고 싶지 않아서 그랬어요. 그놈들 시체하고도 마주치고 싶지 않아요."

"불쌍한 녀석, 밤새도록 몹시 걱정이 많았던 표정이구나. 아침 먹고 나서 여기 이 침대에서 눈 좀 붙이거라. 참, 안타깝게도 놈들은 죽지 않았단다. 애야, 우리도 그 점을 유감으로 생각하고 있어. 네 설명을 들었기 때문에 우리는 그놈들을 덮칠 장소를 알 수 있었지. 그래서 그들 5미터 앞까지 살금살금 접근했어. 그 옻나무 길이 지하실처럼 캄캄하더구나. 바로 그때 재채기가 막 나오려고 하는 거야. 참 재수 없게 되었지! 아무리 참으려고 해도 소용없었어. 그러더니 정말로 재채기가 터져 나왔지 뭐냐. 내가 권총을 겨누고 앞장을 섰는데, 재채기 소리가 나니까 놈들이 놀라서 부스럭대며 길밖으로 뛰쳐나가는 거였어. 그래서 내가 '얘들아, 쏴라!' 하고 소리지르며 부스럭거리는 곳에다 마구 총을 쏘아댔지. 또 내 아들들도 쏘아댔고. 놈들은 곧 달아났어. 우리는 숲 아래쪽으로 놈들을 추격했지. 아마 우리 총알이 빗나갔나 봐. 놈들도 도망치면서 우리에게 총을 한 방씩 쐈는데 그냥 스쳐갔기 때문에 아무도 다치진 않았지. 놈들의 발소리를 놓치자마자 우리는 추격을 그만두고 아래로 내려와서 경찰들을 깨웠단다. 그들은 수색대를 소집해 강기슭을 살피러 갔어. 이제 날이 밝으면 보안관과 수색대들이 숲속을 샅샅이 뒤질 거야. 우리 아들들도 같이 갈 거다. 그 악당 놈들의 인상착의라도 좀 알았으면 좋겠구먼. 그러면 놈들을 찾는 데 큰 도움이 될 텐데.

너도 캄캄한 밤이라 놈들이 어떻게 생겼는지 보지 못했겠지?"

"아뇨, 전 알고 있어요. 마을에서 그놈들을 보고 뒤를 밟았으니까요."

"그것 참 잘되었구나! 어떻게 생겼던? 어디 설명해보거라."

"한 사람은 귀머거리에다 벙어리인 스페인 사람인데요, 마을에 한두 번 나타난 적이 있어요. 또 한 사람은 험상궂은 얼굴에 누더기 옷을……."

"얘야, 됐다. 우리도 그놈들을 알고 있어! 언젠가 과부댁 뒤쪽 숲속에서 우연히 만났는데 슬금슬금 도망친 적이 있지. 얘들아, 어서 가서 보안관에게 알려라. 아침 밥은 내일 아침에도 먹을 수 있으니까!"

웨일스 사람의 아들들은 즉시 출발했다. 그들이 방을 나가려 할 때 헉이 벌떡 일어나 큰 소리로 외쳤다.

"아, 제가 일러바쳤다는 말은 어느 누구에게도 해서는 안 돼요! 제발 부탁이에요!"

"좋아, 네가 하지 말라면 굳이 얘기하지 않으마. 헉, 하지만 네가 한 일은 사람들이 마땅히 그 가치를 알아줘야 할 게 아니냐?"

"아, 안 돼요. 제발 말하지 말아주세요."

두 젊은이가 떠나자 늙은 웨일스 사람이 말했다.

"저 애들은 절대로 말하지 않을 거다… 물론 나도 마찬가지고. 그런데 넌 왜 그걸 알리고 싶지 않은 게냐?"

헉은 그들 두 사람 중 한 명에 대해 벌써 너무 많은 것을 알고 있는데, 자신이 그 사람한테 불리한 뭔가를 알고 있다는 사실을 그에게는 절대로 알리고 싶지 않다고 말했다. 그놈이 그 사실을 알게 되면 헉 자신이 분명 살해당할 것이라는 말 이상은 설명하려고도 하지 않았다.

그 노인은 비밀을 지켜주겠다고 다시 한 번 약속하며 말했다.

"애야, 어떻게 해서 넌 그놈의 뒤를 쫓게 되었지? 그놈들에게 수상한 데가 있던?"

헉은 마땅히 조심스러운 대답의 틀을 잡느라 잠시 가만히 있었다. 그러고 나서 대답했다.

"아시다시피 저는 불쌍한 애잖아요. 적어도 남들이 그렇게 말하고요. 또 저도 그 말이 틀렸다고 생각하지 않아요. 그런 생각을 하면서 어떻게 새로운 삶을 시작해야 할지 고민하다 보면 잠이 안 오는 때도 많아요. 어젯밤에도 그랬어요. 잠이 오지 않아서 자정쯤 그런 생각을 곰곰이 되씹으며 거리를 여기저기 돌아다녔지요. 그러다가 금주 여관 옆에 있는 옛날 벽돌 가게 앞까지 가게 되었어요. 담에 기대서서 또 생각에 잠겼지요. 바로 그때 그들 두 놈이 겨드랑이에 뭘 끼고 제 앞을 그림자처럼 지나치는 거예요. 불현듯 그게 훔친 물건이라는 생각이 들었어요. 한 놈은 담배를 피우고 있었고, 또 한 놈은 담뱃불을 빌리려고 했어요. 두 놈이 바로 제 앞에 멈춰 서는 동안 담뱃불에 비친 두 놈의 얼굴을 보았지요. 키가 큰 쪽은 흰 턱수염에다 안대를 한 모습으로 보아 귀먹고 벙어리인 스페인 영감이라는 것을 알았고, 나머지 한 녀석은 험상궂은 인상에 누더기 옷을 걸친 놈이라는 걸 알게 되었어요."

"담뱃불로 누더기 옷까지 볼 수 있었단 말이냐?"

이 말에 헉은 잠시 멈칫했다. 그러나 계속 말을 이었다.

"글쎄, 잘 모르겠네요. 어쨌든 그렇게 보였던 것 같아요."

"그러고 나서 그들은 계속 갔고 넌 그 뒤를……."

"따라갔지요. 맞아요, 바로 그랬어요. 나는 무슨 일이 일어날지 궁금했어요. 저들이 살금살금 걷더군요. 나는 과부댁 울타리까지 쫓아가서 캄캄한 데 몸을 숨긴 채 놈들의 대화를 엿들었어요. 누더기를 입은 사람이 과부댁을 죽이지 말라고 사정하는데, 스페인 사람은 아까 할아버지와 아저씨들에게도 말했듯이 부인의 얼굴을 엉망으로 만들겠다고 하더군요……."

"뭐라고? 그 귀머거리에다 벙어리인 놈이 그런 말을 해?"

헉은 또 하나의 지독한 실수를 저지른 것이다! 스페인 사람이 누구인지 눈치 채지 못하게 하려고 최선을 다했지만 헉의 혀는 주인을 궁지에 빠뜨리기로 결심한 것 같았다. 헉은 궁지에서 빠져나오려고 몇 번이나 노력했지만 노인이 자신을 빤히 바라보는 바람에 실수에 실수를 거듭할 뿐이었다. 이윽고 웨일스 영감이 말했다.

"애야, 나를 무서워하지 마라. 나는 무슨 일이 있어도 너의 머리털 하나 해치지 않을 거다. 나는 너를 보호해줄 테다. 너를 지켜줄 테다. 스페인 사람은 귀머거리도 벙어리도 아니구나. 너는 너 자신도 모르게 그걸 말했어. 이제 그걸 감출 수는 없는 일이다. 너는 스페인 사람에 대해 뭔가를 알고 있는데 그걸 감추고 싶어 하는 것 같구나. 자, 나를 믿으렴. 그게 무언지 말해다오. 나를 믿어야 한다. 나는 너를 배신하지 않을 테니까."

헉은 노인의 정직한 눈을 잠시 들여다보았다. 그러고는 몸을 노인 쪽으로 기울이며 귀에 대고 속삭였다.

"그놈은 스페인 사람이 아니에요. 인전 조예요!"

웨일스 노인은 의자에서 넘어질 뻔했다. 잠시 뒤 노인이 말했다.

"이제야 모든 게 분명해지는구나. 귀에 새김 눈을 넣는다느니 코를 벤다느니 할 때 나는 네가 말을 꾸며대는 줄 알았단다. 백인들은 그런 식으로 복수하지 않거든. 하지만 인디언은 그런 짓을 한단 말이야! 그럼 이야기가 완전히 달라지지."

아침 식사를 하는 동안에도 이야기는 계속되었다. 노인은 아들들과 함께 잠자리에 들기 전에 마지막으로 등불을 들고 혹시 핏자국이 없는지 울타리 계단과 그 주변을 샅샅이 둘러보았다고 말했다. 그러나 핏자국은 찾지 못하고 대신 커다란 보따리 하나를 주웠다는 것이다.

"무슨 보따리였는데요?"

새파랗게 질린 헉의 입술에서 느닷없이 튀어나온 그 말은 번갯불보다 더 빠른 것 같았다. 이제 헉은 두 눈을 부릅뜨고 숨을 멈춘 채 초조하게 노인의 대답을 기다렸다. 웨일스 노인도 놀라서 멍하니 헉을 바라보았다. 3초, 5초, 10초… 노인이 대답했다.

"도둑의 연장이었어. 그런데 넌 왜 그렇게 놀라는 게냐?"

헉은 부드럽지만 깊은 숨을 헐떡이며 의자에 다시 주저앉았다. 말로 할 수 없을 정도로 고마웠다. 웨일스 노인은 근엄하면서도 호기심 가득한 눈으로 헉을 바라보다가 곧 이렇게 말했다.

"그래, 도둑의 연장 말이다. 그 말을 듣고 넌 무척 안심이 되는 모양이구나. 하지만 왜 그렇게 깜짝 놀랐지? 도대체 뭘 발견하기를 바랐던 게냐?"

헉은 다시 궁지에 몰렸다. 노인의 심문하는 눈초리가 그를 빤히 내려다보았다. 그럴듯한 대답을 위한 재료를 누가 제공한다면 얼마나 좋을까! 아무런 소재도 떠오르지 않았다. 노인의 심문하는 눈은 점점 날카롭게 헉의 마음속을 들추고 있었지만 바보 같은 대답들만 떠올랐다. 이제 제대로 된 답인가를 따져볼 시간도 없었다. 그래서 모험하는 심정으로 힘없이 내뱉었다.

"주일학교 책 같은 것을……."

불쌍한 헉은 너무 괴로워서 웃음조차 지을 수 없었다. 그러나 노인은 머리부터 발끝까지 온몸을 흔들며 재미있다는 듯이 큰 소리로 웃어댔다. 웃음은 호주머니에 든 돈이나 같은데, 그 까닭은 무엇보다 병원비가 절약되기 때문이라는 말로 우스갯소리를 끝냈다. 그리고 노인은 말을 이었다.

"가엾은 녀석, 얼굴이 창백하고 피곤해 보이는구나. 몸이 좀 불편한 모양이다. 경솔하게 엉뚱한 소리를 한 것도 당연하지. 하지만 곧 괜찮아질 게다. 푹 쉬고 잠을 자고 나면 회복될 게야."

헉은 그렇게 바보짓을 하며 의심을 사는 흥분을 드러내 보인 자신에게 화가 났다. 과부댁 울타리에서 놈들이 하는 말을 엿듣는 순간 그 보따리가 보물이라는 생각은 이미 버렸기 때문이다. 그러나 헉은 그 보따리가 보물이 아닐 것이라고 생각만 했을 뿐 실제로 보물이 아님을 정확히 안 것은 아니었으므로, 보따리를 발견했다는 말에 그만 자제심을 잃었던 것이다. 그러나 따지고 보면 이런 작은 일이 일어나서 오히려 다행이었다. 그 보따리가 적어도 보물은 아니라는 사실을 확실히 알게 되었기 때문이다. 헉의 마음은 안정을 찾고 한결 편안해졌다. 만사가 이제 제대로 풀리는 것 같았다. 보물은 아직 2호실에 있는 것이 틀림없었다. 두 놈이 그날 안으로 체포되어 유치장에 감금되면 자신과 톰이 그날 밤 금화를 내오는 것은 일도 아닐 것이다.

아침 식사가 끝났을 때 문을 두드리는 소리가 들렸다. 헉은 숨을 곳을 찾아 벌떡 일어났다. 이번 사건과는 눈곱만큼이라도 관련되고 싶지 않았기 때문이다. 웨일스 노인은 몇 명의 숙녀와 신사들을 맞아들였는데, 그중에는 더글러스 과부댁도 있었다. 밖에는 울타리를 구경하려고 마을 사람들이 떼를 지어 언덕을 올라오는 광경이 보였다. 소문이 이렇게 널리 퍼졌던 것이다.

웨일스 노인은 방문객들에게 어젯밤 일을 자세히 설명해야 했다. 과부댁은 자기 목숨을 지켜준 것에 대한 감사를 전했다.

"부인, 그런 말씀은 하지 마십시오. 마땅히 찬사를 받을 사람은 저와 우리 아들들이 아니라 따로 있지요. 하지만 그 이름을 밝히지 않겠다는 약속을 해서 그만… 그 사람이 아니었다면 우린 그곳에 가지 못했을 겁니다."

말할 것도 없이 이 말은 사람들의 호기심을 잔뜩 자극해서 사람들은 이제 사건 자체에는 거의 관심을 두지 않았다. 웨일스 노인이 비밀을 털어놓지 않는 통에 방문객들의 궁금증은 더욱 커졌고 그들의 입을 통해 소문은 마을 전체로 퍼져 나갔다. 과부댁은 자기를 살려준 장본인에 대해서만 빼고 모든 것을 알게 되자 이렇게 말했다.

"난 침대에 누워 책을 읽다가 잠이 들었어요. 그렇게 소란스러운 가운데서 잠만 잤다고요. 왜 나를 깨우러 오시지 않았나요?"

"그럴 필요까지는 없다고 판단했습니다. 그놈들이 다시 나타날 것 같지 않았고요. 놈들이 범행에 사용할 연장도 없어졌거든요. 그러니 주무시는 분을 깨워 놀라게 할 필요가 어디 있겠습니까? 우리 집 검둥이 세 놈이 밤새도록 댁을 지켰습니다. 그들은 방금 돌아왔

314

어요."

더 많은 방문객이 찾아왔기 때문에 노인은 두세 시간 동안 똑같은 이야기를 하고 또 되풀이해야 했다.

방학 동안에는 주일학교도 없었다. 그러나 마을의 모든 사람은 일찌감치 교회에 와 있었다. 이 놀라운 사건에 대한 소식이 널리 퍼졌기 때문이다. 두 악당의 행방은 아직 파악되지 않았다는 소문이 돌았다. 예배가 끝나자 새처 판사의 부인은 다른 사람들과 함께 중간 통로를 걸어가는 하퍼 부인 곁으로 다가가 말했다.

"우리 베키가 오늘 온종일 잠을 잘 모양이죠? 몹시 피곤하리라고는 예상했었죠."

"베키라니요?"

"예, 우리 베키요." 새처 부인은 놀라는 표정을 지었다. "아니, 그럼 우리 애가 어젯밤에 그 댁에서 자지 않았나요?"

"안 잤는데요."

새처 부인은 얼굴이 창백해지며 의자에 주저앉았다. 바로 그때 폴리 이모가 친구 한 사람과 함께 그들 옆을 지나가며 말했다.

"안녕하세요, 새처 부인. 안녕하세요, 하퍼 부인. 그런데 우리 집 아이가 아직 집에 돌아오지 않았어요. 지난밤에 톰은 두 분 중 어느 한 분 댁에서 잔 것 같은데요. 제가 한 짓 때문에 겁나서 교회에도 나오지 못했나 봐요. 만나면 야단 좀 쳐야겠어요."

새처 부인은 힘없이 고개를 내저었고 얼굴은 아까보다 더 창백해졌다.

"그 애는 우리 집에서 자지 않았어요." 하퍼 부인도 불안한 표정을 지으며 말했다. 폴리 이모의 얼굴에도 걱정하는 기색이 뚜렷해졌다.

"조 하퍼, 너 오늘 아침에 톰 못 봤니?"

"못 봤어요, 아줌마."

"네가 마지막으로 톰을 본 게 언제냐?"

조는 기억을 더듬었지만 정확히 말할 자신이 없었다. 교회를 빠져나가던 사람들이 걸음을 멈췄다. 속삭이는 소리로 교회가 술렁이고 모든 사람의 얼굴에는 불안한 기색이 역력했다. 같이 갔던 아이들과 젊은 선생들한테도 걱정스런 질문이 쏟아졌다. 그러나 한결같이 집으로 돌아오는 증기선에 톰과 베키가 타고 있는 것을 보지 못했다고 대답했다. 날은 어두웠으며 어느 누구도 배에 안 탄 아이가 있는지 확인할 생각을 못했다는 것이다. 마침내 한 청년이 어쩌면 그 아이들이 아직 동굴에 있을지도 모른다는 우려를 털어놓는 것이 아닌가! 그 말에 새처 부인은 그 자리에서 쓰러져 정신을 잃고 말았다. 폴리 이모도 양손을 비틀며 울음을 터뜨렸다.

이 놀라운 소식은 입에서 입으로, 무리에서 무리로, 거리에서 거리로 빠르게 퍼졌다. 5분도 되지 않아 교회의 종이 요란하게 울려 퍼지자 온 읍내가 발칵 뒤집혔다. 카디프힐 사건은 즉각 뒷전으로 밀리고 강도들도 잊혔다. 말에 안장을 올리고, 작은 배들에도 인원이 배치되었다. 증기선도 출항 명령을 받았다. 그 무서운 소식이 알려진 지 30분도 안 돼 2백 명이나 되는 사람들이 큰길과 강을 따라 동굴로 달려가고 있었다.

기나긴 오후 내내 마을은 텅 비고 죽은 듯 고요했다. 부인들은 폴리 이모와 새처 부인을 찾아가 위로하면서 수난을 당한 부인들과 함께 눈물을 흘렸다. 같이 우는 것이 여러 말로 하는 위로보다 효과

가 더 좋았기 때문이다. 지루한 밤 내내 마을에서는 소식을 기다렸
다. 그러나 마침내 새날이 밝아왔을 때 날아온 소식은 '더 많은 양
초와 음식을 보내라'는 것뿐이었다. 새처 부인은 거의 정신을 놓은
상태였고, 폴리 이모도 마찬가지였다. 새처 판사는 동굴에서 희망
과 격려의 메시지를 보냈지만 아무런 위로도 되지 못했다.

　웨일스 노인은 온통 촛농과 진흙을 뒤집어쓴 채 몹시 지친 몸으
로 새벽녘에야 집에 돌아왔다. 헉은 준비해준 침대에 아직도 누워
있었는데 온몸에서 열이 나며 헛소리를 하고 있었다. 의사들은 모
두 동굴에 가 있었기 때문에 더글러스 과부댁이 와서 병간호를 해
주었다. 과부댁은 정성을 다해 헉을 돌보겠다고 말했다. 헉이 착하
든 나쁘든 또 착하지도 나쁘지도 않든 그 애는 하나님 자녀고, 하나

님 자녀인 이상 소홀히 다루어서는 안 되기 때문이라는 것이었다.
웨일스 노인이 헉에게도 좋은 점이 있다고 말하자 과부댁이 대답했
다.

"그렇고말고요, 그게 하나님의 징표예요. 하나님은 그 징표를
빼먹는 경우가 없어요. 절대로 빠뜨리지 않으시죠. 당신의 손으로
빚는 모든 피조물에는 반드시 그 징표를 붙여놓으신다고요."

이른 아침 지칠 대로 지친 수색대원들이 몇 명씩 무리를 지어 마
을로 돌아왔다. 그러나 아직 기력이 남은 시민들은 수색을 계속하
고 있었다. 그들에게서 들을 수 있는 소식은 전에 사람들이 가보지
않은 곳까지 샅샅이 뒤지고 있으며 모든 구석과 틈새까지 철저히
수색하고 있다는 것뿐이었다. 미로 속 어디를 가도 여기저기 촛불
이 흔들리는 모습이 멀리서도 보였고, 소리를 지르거나 총을 쏴서

음침한 동굴 통로 멀리 아래쪽까지 메아리쳐 울리도록 하고 있다는 것이다. 관광객들이 흔히 지나다니는 구역에서 제법 멀리 떨어진 바위 위에 촛불로 그을려서 '베키와 톰'이라고 쓴 것이 발견되었고, 그 근처에 촛농으로 더럽혀진 리본이 떨어져 있더라는 말도 했다. 새처 부인은 그 리본을 알아보고 그만 울음을 터뜨렸다. 부인은 그것을 베키에게서 얻을 수 있는 최후의 유품으로 여겼다. 그러면서 베키가 끔찍한 죽음을 당하기 전에 그 살아 있는 몸에서 가장 나중에 떨어져 나온 물건이니 딸을 추억하기에 이보다 더 소중한 물품이 어디 있겠느냐고 말했다. 동굴에서 돌아온 몇몇 사람들 말에 따르면, 이따금 동굴 속 먼 곳에서 불빛이 깜빡거리기라도 하면 수색 대원들이 몇십 명이 기뻐서 환성을 지르며 메아리치는 통로를 따라 떼를 지어 달려갔지만 그럴 때마다 실망이 뒤따랐다고 한다. 그것

은 찾고 있는 아이들이 아니라 다른 수색대원들의 불빛이었기 때문
이다.

끔찍한 사흘 낮과 밤이 지루한 시간을 질질 끌며 지나갔다. 온
마을은 희망을 잃고 망연자실한 분위기였다. 누구도 무엇을 하겠다
는 의욕이 없었다. 금주 여관 주인이 여관 안에 술을 감춰두었다가
우연히 발각되는 아주 엄청난 사건이 일어났지만 마을 사람들의 관
심을 거의 끌지 못했다. 고열에 시달리다가 잠시 정신이 든 헉은 힘
없는 목소리로 여관에 관한 이야기를 끄집어내면서 자기가 아파 누
운 뒤로 금주 여관에서 무엇인가 발견된 게 없느냐고 물어보았다.
최악의 사태를 막연히 두려워하고 있었기 때문이다.

"있지." 과부댁이 대답했다.

헉은 두 눈을 크게 뜨며 자리에서 벌떡 일어나 앉았다.

"뭐예요! 그게 뭔데요?"

"술이란다! 그래서 그 집은 이제 영업 정지로 문을 닫게 됐어. 애야, 자리에 누워라. 네가 그러는 통에 내가 다 깜짝 놀랐지 뭐냐."

"한 가지만 말씀해주세요. 딱 한가지만요. 제발요! 그걸 찾아낸 것은 톰 소여였나요?"

그러자 더글러스 과부댁은 왈칵 울음을 터뜨리며 말했다.

"자, 이제 그만. 애야, 이제 조용히 해라! 전에도 말했지만 넌 말을 해서는 안 돼. 넌 몸이 아주 많이 아프니까!"

그렇다면 술병 말고는 아무것도 나온 것이 없다 이 말이지. 만약 금화가 나왔다면 온 마을이 야단법석일 텐데. 그러면 금화는 영원히 사라진 것이야! 영원히! 그런데 더글러스 과부댁이 무엇 때문에 울었을까? 눈물을 흘리다니, 참 이상하군······.

헉의 머릿속에서는 이런 생각들이 오락가락했다. 그런 생각으로 피곤해진 헉은 다시 잠들고 말았다. 더글러스 과부댁은 혼잣말로 중얼거렸다.

"이제 잠이 들었군. 가엾은 녀석 같으니. 톰 소여가 그걸 찾아냈다고! 참 안되었어. 누군가가 톰 소여를 찾아내면 얼마나 좋을까! 아, 이젠 계속 수색하려는 희망을 가진 사람도, 또 그럴 기력을 가진 사람도 별로 남아 있지 않으니."

31장

자, 이제 톰과 베키의 소풍 이야기로 돌아가자. 그들도 다른 아이들과 함께 동굴의 어두운 통로를 따라 경쾌히 걸으며 동굴의 낯익은 명소를 구경했다. '응접실'이니 '대성당'이니 '알라딘의 궁전'이니 하는 조금 과장된 이름이 붙은 곳이었다. 곧이어 아이들의 술래잡기 놀이가 시작되었다. 톰과 베키도 열심히 어울려 놀았지만 어느새 좀 따분해지기 시작했다. 그래서 톰과 베키는 촛불을 높이 쳐들고 꼬불꼬불한 길을 어슬렁거리면서 바위벽에 (촛불 그을음으로) 벽화처럼 그려 넣은 이름, 날짜, 우체국 사서함 번호, 그리고 좌우명 등을 읽으며 나아갔다. 수다를 떠느라 이제는 벽에 촛불 그을음 낙서가 더는 보이지 않는 곳에 와 있다는 사실조차 깨닫지 못했다. 그들은 선반처럼 머리 위에 매달려 있는 암벽에 자신들의 이름을 쓰고는 계속 안쪽으로 걸어 들어갔다.

곧 두 아이는 작은 시냇물이 졸졸 흐르는 곳에 이르렀다. 암벽에서 똑똑 떨어지는 물방울은 석회암 침전물을 함께 운반해 오랜 세월에 걸쳐 반짝이는 견고한 바위가 되어 레이스 주름이 잡힌 듯한 작은 나이아가라 폭포를 만들어내고 있었다. 톰은 베키를 즐겁게 해주고 싶어서 작은 몸으로 석회암 폭포 뒤로 비집고 들어가 촛불로 폭포를 비추었다. 그때 톰은 그 작은 폭포가 좁은 암벽 사이에 있는 가파른 천연 계단을 커튼처럼 가리고 있는 것을 발견하고 즉시 탐험가가 되고 싶은 욕망에 사로잡혔다. 톰이 부르는 소리에 베키가 따라왔다.

그들은 다시 나올 때를 생각해서 촛불 그을음으로 표시를 남기며 탐험에 나섰다. 그들은 이쪽저쪽 길을 누비면서 신비에 싸인 동굴의 깊은 곳까지 더듬어 내려가다가 또 한 번 표시를 했다. 또한 위에 있는 세상에게 말해줄 진기한 것들을 찾아 갈라지는 샛길로 들어섰다. 어떤 곳에 이르자 아주 널찍한 방이 나왔다. 그 천장에는 길이와 원둘레가 어른 다리만 한 종유석이 무수히 매달려 반짝이고 있었다. 두 아이는 그 주변을 돌아다니다가 주위에 수없이 뚫려 있는 통로 하나를 골라 밖으로 나왔다.

길에 들어선 지 얼마 되지 않아 곧 넋을 잃게 할 만큼 매혹적인 샘에 이르렀다. 샘 바닥에는 찬란한 빛을 내뿜는 수정으로 된 서리꽃들이 달라붙어 있었다. 샘은 수많은 환상적인 석주(石柱)가 떠받치고 있는 어떤 동굴 방 한

가운데 놓여 있었다. 석주들은 몇 세기에 걸쳐 천장에서 끊임없이 석회수가 떨어지면서 생긴 종유석과 석순이 한데 모여 만들어진 것이었다. 천장 아래에는 박쥐들이 몇천 마리씩 떼를 지어 모여 있었다. 불빛에 놀란 박쥐들은 몇백 마리씩 끽끽거리며 촛불을 향해 무섭게 돌진해왔다. 박쥐의 성질을 잘 아는 톰은 박쥐들의 이런 행동이야말로 위험하다는 것을 깨달았다. 그래서 재빨리 베키의 손목을 붙잡고 가장 먼저 눈에 띄는 가까운 통로 속으로 급히 뛰어 들어갔다. 자기들 딴에는 빨리 뛰어든다고 했지만 실제로는 그렇지 못했다. 베키가 동굴 방에서 뛰어나오는 동안 박쥐 한 마리가 베키의 촛불을 날개로 쳐서 꺼뜨리고 말았던 것이다. 박쥐들이 꽤 멀리까지 그들을 쫓아오는 바람에 톰과 베키는 닥치는 대로 새로운 샛길로 접어들었고, 그럼으로써 마침내 위험에서 벗어날 수 있었다.

톰과 베키는 얼마 가지 않아 지하 호수를 하나 발견했다. 호수는 길게 뻗어 있었지만 그늘에 가려 모습이 보이지 않았다. 톰은 호수 가장자리를 탐험하고 싶었지만 우선 잠깐 앉아서 쉬는 편이 좋겠다고 결론을 내렸다. 그제야 비로소 이들 두 아이는 동굴에 감도는 깊은 적막감에 불안해지기 시작했다. 베키가 말했다.

"어머, 그동안 몰랐는데 다른 아이들 목소리를 들은 지 한참 된 것 같아."

"생각해보니까 우리가 다른 아이들보다 훨씬 아래쪽에 내려와 있는 것 같구나. 동서남북 중 어느 방향으로 멀리 떨어져 있는지 잘 모르겠어. 여기선 다른 아이들 목소리가 통 안 들려."

베키는 겁을 먹기 시작했다.

"톰, 우리가 여기 내려온 지 얼마나 오래되었는지 모르겠다. 이

제 그만 돌아가는 게 좋겠어."

"내 생각도 그래. 돌아가는 게 좋겠다."

"톰, 길을 찾을 수 있니? 복잡한 미로 같아서."

"길을 찾을 수 있을 것 같긴 한데… 저 박쥐들이 문제야. 저놈들이 촛불을 몽땅 꺼버린다면 궁지에 빠지고 말 거야. 그러니까 그곳을 통과하지 말고 다른 길로 가보자."

"길을 잃지 않았으면 좋겠어. 그랬다간 큰일날 거야." 베키는 그 무서운 가능성이 떠오르자 몸서리를 쳤다.

톰과 베키는 통로를 따라 출발하여 말없이 오랫동안 걸었다. 새로운 길이 나올 때마다 혹시 자신들이 아까 들어올 때 본 낯익은 길이 아닌가 하고 힐끗 쳐다보았지만 모두 낯설기만 했다. 톰이 통로를 살필 때마다 베키는 톰의 얼굴에 어떤 희망을 주는 표정이 있나 살폈다. 톰은 명랑하게 말하기 일쑤였다.

"괜찮아. 이 길은 아니지만 우리는 곧 길을 찾게 될 거야!"

그러나 톰도 실패할 때마다 조금씩 희망을 잃어가고 있었다. 이윽고 톰은 원하는 길을 찾겠다는 필사적인 희망에서 갈라지는 길을 아무렇게나 골라잡아 그리로 들어가기 시작했다. 여전히 "괜찮아" 하고 말했지만, 마음속은 납덩이처럼 무거운 공포감이 짓눌렀기 때문에 그의 말은 생기를 잃고 마치 "아, 이제 모두 끝장이야!" 하고 말하는 것처럼 들렸다. 베키는 잔뜩 겁을 먹고 톰의 곁에 바짝 달라붙어 울지 않으려고 애를 썼지만 눈물이 쏟아졌다. 마침내 베키가 말했다.

"톰, 박쥐 같은 거 상관 말고 저리로 돌아가자! 길을 점점 더 잘못 들고 있는 것 같아."

톰은 걸음을 멈췄다.

"들어봐!" 톰이 말했다.

심오한 고요뿐이었다. 너무 고요해서 자신들이 내쉬는 숨소리까지 또렷하게 들렸다. 톰이 크게 외쳐보았다. 그 외침은 텅 빈 동굴 통로 아래로 메아리치며 잔물결 같은 비웃음을 닮은 희미한 소리가 되더니 멀리 사라져갔다.

"톰, 소리 지르지 마. 너무 무서워." 베키가 말했다.

"무섭지만 그렇게 하는 게 더 좋을 것 같아, 베키. 다른 애들이

들을지도 모르잖아." 이렇게 말하고 톰은 다시 소리를 질렀다.

톰의 '모르잖아'라는 말은 귀신의 웃음소리보다 더 소름이 끼쳤다. 그 말은 희망이 사라지고 있음을 고백하는 것이나 다름없었다. 톰과 베키는 가만히 서서 귀를 기울였지만 아무 소리도 들려오지 않았다. 톰은 발길을 돌려 방금 지나온 길로 걸음을 재촉했다. 그러나 얼마 되지 않아 베키는 머뭇거리는 톰의 태도에서 비치는 또 다른 무서운 사실을 깨달았다. 톰은 조금 전에 지나온 길도 찾지 못했던 것이다!

"아, 톰, 너 아무 표시도 해두지 않았구나!"

"베키, 난 참 바보였어! 정말 바보였다고! 우리가 그리로 되돌아가게 될 줄은 전혀 생각하지 못했어! 길을 못 찾겠어. 그 길이 그 길 같단 말야."

"톰, 톰, 우린 길을 잃은 거야. 길을 잃었다고! 이 끔찍한 곳에서 영영 빠져나가지 못할 거야! 아, 왜 다른 아이들한테서 떨어져 나왔지!"

베키가 바닥에 주저앉아 미친 듯이 크게 소리를 내어 울기 시작하자 톰은 그녀가 혹시 죽거나 미치는 게 아닌가 하는 생각이 들어 덜컥 겁이 났다. 톰은 베키 옆에 앉아 두 팔로 그녀를 껴안았다. 그러자 베키는 톰의 가슴에 얼굴을 파묻고 두려움을 호소하며 아무 소용도 없는 후회를 늘어놓았다. 그 소리는 남을 놀리는 비웃음이 되어 메아리처럼 돌아왔다. 톰은 베키에게 다시 희망을 가지라고 다독였지만, 그녀는 그럴 수 없다고 말했다. 톰은 베키를 이렇게 비참한 사태에 빠뜨린 자신을 꾸짖고 저주하기 시작했다. 그것은 효과가 있었다. 베키는 톰이 그런 식으로 말하지 않는다면 다시 희망을 품고 자리에서 일어나 그가 가자는 곳으로 따라가겠다고 말했다. 잘못은 톰에게만 있는 게 아니라 자기에게도 있다고 덧붙이기까지 했다.

그래서 톰과 베키는 다시 움직였다. 목적지도 없었다. 그냥 아무렇게나 걸었다. 그들이 할 수 있는 것은 움직이는 것, 계속 움직이는 것뿐이었다. 그러자 얼마 동안 희망이 다시 솟아나는 것 같았다. 희망을 뒷받침할 무슨 특별한 이유가 있어서가 아니었다. 다만 희망이란 것은 나이를 먹고 실패에 익숙해져 완전히 사라지기 전까지는 용수철처럼 다시 튀어오르는 속성이 있기 때문이다.

곧 톰은 베키의 초를 제 손으로 잡더니 불을 껐다. 이렇게 양초를 아끼는 데는 많은 의미가 숨어 있었다! 말이 필요 없었다. 베키는 그 의미를 깨닫고 희망을 잃었다. 그녀는 톰이 주머니에 새 양초 하나와 쓰다 남은 양초 서너 개를 가지고 있다는 것을 알고 있었다. 그러나 톰은 절약하지 않으면 안 되었다.

이윽고 피로가 제 몫을 주장하기 시작했다. 그러나 두 아이는 피로하다는 데 신경을 쓰지 않으려고 노력했다. 그렇게 시간이 소중함을 더해가는 와중에 쉰다는 것은 생각만 해도 끔찍했다. 무슨 방향이든 어디로 향하든 움직인다는 것은 적어도 앞으로 나아가는 것이므로 무슨 결과가 있을지도 모른다. 그러나 그냥 주저앉고 마는 것은 죽음을 자초하는 일이고 죽음이 찾아오는 시간을 앞당기는 일이다.

마침내 베키의 약한 다리가 더는 말을 듣지 않았다. 베키는 주저앉았다. 톰도 베키와 함께 쉬었다. 그들은 집과 친구들과 안락한 침대와, 무엇보다 빛에 대해 이야기를 나누었다! 베키는 울었다. 톰은

그녀를 위로할 어떤 방법을 생각해내려고 노력했다. 그러나 그의 격려하는 말도 하도 써먹어서 낡은 말이 되고 오히려 비꼬는 말처럼 들렸다. 피로를 참을 수 없게 되자 베키는 조금씩 졸더니 금세 잠들어버렸다. 톰은 좀 마음이 놓였다. 톰은 잔뜩 찌푸린 베키의 얼굴을 들여다보았다. 베키는 행복한 꿈을 꾸는지 부드럽고 자연스러운 표정을 지었다. 마침내 웃음이 얼굴에 감돌더니 사라지지 않고 남아 있었다. 그녀의 평화로운 모습을 보자 톰도 편안해지고 위안을 느낄 수 있었다. 톰은 지나간 세월과 꿈결같은 추억을 더듬었다. 이렇게 깊은 생각에 잠겼을 때 베키가 가볍게 웃으며 잠에서 깨어났다. 그러나 순간 웃음이 입술 위에서 얼어붙더니 신음 소리가 그 뒤를 따랐다.

"아, 깜빡 잠들었었나 봐! 영영 깨어나지 말았으면 좋았을걸! 아냐! 아냐! 공연히 해본 말이야, 톰! 그런 얼굴 하지 마! 다시는 그런 말 하지 않을게."

"네가 잠을 자서 난 기뻤어, 베키. 이제 좀 쉬었으니까 나가는 길을 찾아보기로 하자."

"톰, 시도해볼 수는 있겠지. 난 방금 꿈에서 어떤 아름다운 나라를 보았어. 우리가 그리로 가고 있는 것 같아."

"아닐 거야, 그렇지 않을 거야. 베키, 힘을 내. 계속 길을 찾아보자."

그들은 일어나서 손에 손을 잡고 걷기 시작했으나 희망은 없었다. 이 동굴 속에서 얼마 동안 있었는지 어림으로 계산해보려 했지만 며칠, 아니 몇 주일이 지난 것 같았다. 그러나 양초가 아직 남아 있는 것으로 보아 그렇게 오래되지 않은 것은 분명했다. 시간이 얼마나 지났는지는 정확히 알 수 없지만 이때부터 한참 뒤에 톰은 발소리를 죽이고 물 흐르는 소리에 귀를 기울여 샘물을 찾아내야 한다고 말했다. 그들은 곧 샘물을 발견했다. 이제 다시 쉴 시간이라고 톰이 말했다. 둘 다 지독히 지쳐 있었다. 베키는 좀 더 걸을 수 있을 것 같다고 말했다. 그러나 톰이 자기 의견을 따르지 않자 베키는 놀랐다. 그녀는 이해할 수가 없었다. 그들은 앉았다. 톰은 그들 앞쪽 벽에다 촛불을 진흙으로 고정시켰다. 생각은 곧 분주해졌지만 얼마 동안 아무 대화도 없었다. 그러다가 마침내 베키가 먼저 침묵을 깨뜨렸다.

"톰, 나 몹시 배고파!"

톰은 주머니에서 뭔가를 꺼냈다.

"너 이거 기억나니?" 톰이 물었다.

베키가 엷은 웃음을 지으며 대답했다.

"우리 결혼 축하 케이크잖아, 톰."

"그래, 맞아. 이 케이크가 나무통만큼 컸으면 좋았을 텐데. 하지만 이게 우리가 가진 전부야."

"우리가 소풍 왔던 일을 기념하기 위해 남겨두었던 거야, 톰. 어른들이 결혼 축하 케이크를 남겨두는 것처럼 말이야. 그렇지만 이건 우리……."

베키는 거기서 입을 다물고 말을 끝맺지 않았다. 톰은 케이크를 두 쪽으로 나누었다. 베키는 톰이 조금씩 갉아먹는 동안 대단한 식욕으로 한입에 먹어치웠다. 이 성찬이 유종의 미를 거두도록 하는 찬물이 그들 앞에 그득했다. 마침내 베키가 다시 움직이자고 제안

했다. 톰은 잠시 잠자코 있다가 이렇게 말했다.

"베키, 내가 무슨 말을 해도 참고 들을 수 있겠니?"

베키의 얼굴은 창백했지만 그렇게 할 수 있을 것 같다고 말했다.

"그러면 말야, 베키, 우리는 마실 물이 있는 이곳을 떠나면 안 돼. 더구나 저 작은 양초가 마지막이야."

그러자 베키는 눈물을 터뜨리며 울부짖었다. 톰이 그녀를 달래려고 노력했지만 별 효과가 없었다. 마침내 베키가 말했다.

"톰!"

"베키, 왜?"

"사람들이 우리가 없어진 걸 알고 찾을지 몰라!"

"물론 찾을 거야. 틀림없이 사람들은 우릴 찾으러 올 거야."

"톰, 어쩌면 지금 우리를 찾고 있는지도 몰라."

"그래, 나도 그렇게 생각해. 그랬으면 좋겠다."

"톰, 우리가 없어진 걸 언제쯤 알았을까?"

"배로 돌아갈 때일 거야."

"그러면 주위가 어두웠겠네. 우리가 배로 돌아오지 않은 걸 알았을까?"

"난 모르겠어. 하지만 어쨌든 아이들이 모두 집으로 돌아간 뒤에 너희 엄마는 네가 오지 않은 걸 아셨겠지."

베키의 얼굴에 놀라는 표정이 역력하자 톰은 자기가 또 실수를 했다는 것을 깨달았다. 베키는 그날 밤 집에 돌아가지 않기로 되어 있지 않았던가! 두 아이는 말없이 생각에 잠겼다. 잠시 뒤 베키가 다시 슬픈 탄식을 터뜨렸다. 베키도 톰과 같은 생각을 하고 있었던 것이다. 다시 말해서 새처 부인이 베키가 하퍼 부인 집에서 묵지 않앗음을 알게 되는 것은 일요일 아침이 절반이나 지난 뒤의 일일 것이다.

두 아이는 작은 양초 토막에 눈을 고정시키고 그것이 천천히, 그러면서도 무자비하게 녹아 없어지는 모습을 지켜보았다. 마침내 초가 다 타고 겨우 1센티미터밖에 안 되는 심지만 서 있었다. 약한 불꽃이 올라갔다 내려오더니 엷은 연기 기둥이 위로 올라 잠시 심지 꼭대기에 머물렀다. 그러더니 결국 섬뜩한 암흑이 동굴 안을 완전히 장악해버렸다!

베키가 톰의 팔에 안겨 울고 있다는 사실을 깨닫게 되기까지 얼마나 시간이 흘렀는지 톰도 베키도 알 수 없었다. 한참 만에 깊은 혼수상태 같은 잠에서 깨어나 다시금 자신들의 비참한 상태를 그대로 유지시켰다는 것만 알 수 있었을 뿐이다. 톰은 지금이 벌써 일요일, 아니 어쩌면 월요일일지도 모른다고 말했다. 톰은 베키에게 말을 시켜보려 했지만 베키는 모든 희망을 잃고 깊은 슬픔에 잠겨 있었다. 톰은 오래전에 자기들이 없어진 것을 사람들이 알았을 테니까 지금은 틀림없이 수색하러 나섰을 것이라고 말했다. 또한 힘껏 소리를 지르면 누군가가 찾아올지도 모른다고 말했다. 그래서 톰은 소리를 질러보았지만 어둠 속에서 멀리 메아리치는 소리가 너무 소름 끼쳐 두 번 다시 시도하지 않았다.

여러 시간이 흘렀다. 갇혀 있는 두 아이는 배가 고파서 견딜 수 없었다. 톰이 먹다 남겨둔 케이크를 다시 둘로 나눠 먹었다. 그러나 그것을 먹기 전보다 더 배가 고파지는 것 같았다. 보잘것없는 그 작은 음식 조각은 다만 식욕을 더욱 자극했을 뿐이다.

이윽고 톰이 말했다.

"쉿! 저 소리 들었니?"

두 아이는 숨을 죽이고 귀를 기울였다. 멀리서 희미한 고함 소리 같은 것이 들렸다. 톰은 즉시 그에 답하고는 베키의 손목을 잡고 소리가 난 쪽을 향해 통로를 더듬어 나아가기 시작했다. 톰은 다시 귀를 기울였다. 그때 또다시 그 소리가 들려왔다. 아까보다 더 가까워진 것 같았다.

"그들이야!" 톰이 말했다. "그들이 오고 있어! 베키, 어서 가자. 이제 우린 살았어!"

동굴에 갇힌 자들의 기쁨은 거의 폭발할 지경이었다. 그러나 여기저기 구덩이가 많아서 발밑을 조심해야 했기 때문에 그들의 전진 속도는 느릴 수밖에 없었다. 그들은 큰 구덩이 하나를 만나 걸음을 멈춰야 했다. 그 깊이가 1미터일 수도 있고 30미터일 수도 있었다. 여하튼 그곳을 통과할 수 없었다. 톰은 바닥에 가슴을 대고 엎드려 팔을 가능한 한 깊이 뻗어보았지만, 바닥에 닿지 않았다. 그들은 구조대가 올 때까지 거기에 머물러 기다려야 했다. 그들은 다시 귀를 기울였다. 멀리서 들려오던 소리는 분명히 차츰 멀어지더니 잠시 뒤에는 아예 사라지고 말았다. 이 얼마나 가슴이 무너지는 불운인가! 톰은 목이 쉬도록 소리를 질러 보았지만 아무 소용이 없었다. 톰은 베키에게 희망이 있는 것처럼 말했다. 그리고 초조하게 오랜 시간을 기다렸지만 다시는 아무 소리도 들려오지 않았다.

아이들은 길을 더듬어 먼저 있던 그 샘물로 돌아왔다. 시간이 지루하게 흘렀다. 그들은 다시 잠이 들었다가 눈을 떴지만 배가 고프고 비참한 기분이 들었다. 톰은 지금쯤 화요일은 족히 되었을 것이라고 믿었다.

그때 문득 어떤 생각이 톰에게 떠올랐다. 그들 바로 앞에 몇 갈래 샛길이 있었는데, 이렇게 가만히 앉아 무거운 시간의 무게를 견디느니 차라리 샛길 중 몇 개를 탐험하는 편이 더 나을 것 같았다. 톰은 주머니에서 연줄을 꺼내 뾰족히 튀어나온 바위에 묶어놓고 베키와 함께 한 걸음씩 앞으로 나아가기 시작했다. 톰이 앞장서서 연줄을 조금씩 풀어가며 더듬더듬 앞으로 나아갔다. 20발짝쯤 나아가니 길이 끊어지고 '절벽'이 나타났다. 톰은 무릎을 꿇고 엎드린 채 처음에는 밑을 더듬고 다음에는 손이 닿는 데까지 멀리 귀퉁이를 두 손으로 더듬어보았다. 그리고 오른쪽으로 좀 더 멀리 팔을 뻗어보려고 했다.

바로 그 순간 20미터도 떨어지지 않은 곳에서 촛불을 들고 서 있는 사람의 손이 바위 뒤쪽에서 불쑥 나타나는 것이 아닌가! 톰은 너무 기뻐서 마구 소리를 질렀다. 곧바로 그 손의 주인이 뒤따라 나타났다. 그런데 그 사람은 바로 인전 조였다! 톰의 몸은 뻣뻣하게 굳어버렸다. 그는 움직일 수 없었다. 그런데 다음 순간 가짜 '스페인 사람'이 도망쳐 사라지는 것을 보고 톰은 크게 안심했다. 톰은 조가 자기의 음성을 알아채고, 또 법정에서 증언을 한 데 대한 보복으로 자기를 죽이지나 않을까 걱정했다. 그러나 메아리 때문에 자기 목소리가 달리 들렸을지도 모를 일이었다. 틀림없이 그랬을 거라고 톰은 결론을 내렸다.

톰은 어찌나 놀랐는지 온몸의 근육이 약해진 것 같았다. 만약 샘물이 있는 곳까지 되돌아갈 수 있다면 그곳에 그대로 꼼짝 않고 있겠다고 중얼거렸다. 어떤 유혹이 온다 해도 톰은 이제 인전 조를 만나는 위험을 무릅쓰고 싶지 않았다. 톰은 자기가 방금 본 것을 베키

에게 숨기려고 조심했다. 방금 고함을 지른 것은 '운을 찾는' 그런 고함이었을 뿐이라고 그녀에게 말했다.

그러나 결국 공포감보다 배고픔에 따르는 비참함이 훨씬 더했다. 샘가에서 지루하게 기다리다가 또 한 차례 긴 잠을 자고 나자 상황이 달라졌다. 두 아이는 집요하게 공격해오는 배고픔 때문에 고통스럽게 눈을 떴다. 톰은 벌써 수요일이나 목요일, 어쩌면 금요일이나 토요일이 되었을 것이라고 생각했다. 그렇다면 자기들을 찾는 수색 작업이 중단되었을지도 모를 일이다.

톰은 다른 길을 찾자고 제안했다. 그는 이제 인전 조나 다른 모든 두려움과도 기꺼이 맞서볼 참이었다. 그러나 베키는 완전히 기력을 잃은 상태였다. 그녀는 무서운 무감각 상태에 빠져 움직일 생각을 하지 않았다. 이제 지금 있는 이곳에서 그대로 기다리다 죽겠다는 것이었다. 오래 기다릴 필요도 없을 거라고 하면서 가고 싶으면 혼자 연실을 끌고 가서 길을 찾아보라고 말했다. 그런데 가끔 돌아와서 이야기는 해달라고 애원했다. 또한 그녀는 끔찍하게 죽는 순간이 오면 숨이 넘어갈 때까지 곁에서 자기 손을 꼭 쥐고 있어준다는 약속을 하게 했다.

톰은 목구멍이 막히는 것을 느끼며 베키에게 키스했다. 또한 수색대를 발견하거나 동굴에서 빠져나갈 출구를 찾을 자신이 있는 척했다. 그러고는 연줄을 손에 잡고 통로 아래쪽으로 엉금엉금 기어서 더듬어 나갔다. 배고픔에 시달리고 닥쳐올 운명에 대한 불길한 예감으로 속이 메스꺼웠다.

32장

화요일 오후가 되었다 싶더니 어느새 황혼으로 저물었다. 세인
트피터스버그 마을은 여전히 슬픔에 잠겨 있었다. 없어진 아이들을
아직도 찾지 못했기 때문이다. 아이들을 위한 기도회가 교회에서
열렸고, 가정에서도 정성 어린 기도를 수없이 드렸다. 그러나 동굴
에서는 아직 반가운 소식이 들려오지 않았다. 수색 작업에 나섰던
대부분의 사람들은 이제 아이들을 찾을 수 없을 것이라고 말하며
수색을 포기하고 각자의 일터로 돌아갔다. 새처 부인은 심하게 앓
아누워서 거의 온종일 헛소리를 했다. 마을 사람들은 그 부인이 딸
의 이름을 부르고 고개를 쳐들고 약 1분 동안 대답을 기다리다가
다시 신음하며 고개를 떨어뜨리는 모습은 차마 볼 수 없다고들 말
했다. 폴리 이모는 완전히 우울증에 빠져 희끗희끗하던 머리가 이
제는 거의 백발이 되어버렸다. 화요일 밤 마을 사람들은 슬픔과 절
망을 느끼며 잠자리에 들었다.

자정이 좀 지났을 무렵 마을의 종들이 요란하게 울리자 정신없
이 옷을 반쯤 걸친 사람들이 거리로 몰려나왔다. "어서들 나와요!
나와봐요! 아이들을 찾았어요! 찾았다고요!" 하고 떠드는 소리가
들렸다. 양철 냄비와 뿔피리가 이 시끄러운 소리에 더해졌다. 떼를

지어 강 쪽으로 달려간 마을 사람들은 지붕 없는 마차에 실려오는
톰과 베키를 맞이하며 마차를 둘러싼 채 마을로 들어왔다. 그들은
만세를 연달아 외치며 의기양양하게 큰길을 휩쓸며 들어왔다.

마을 전체는 불을 환히 밝혔고 다시 잠자리에 드는 사람은 아무
도 없었다. 이 마을이 생긴 이래 한 번도 겪어보지 못한 가장 성대
한 밤이었다. 처음 30분 동안 마을 사람들은 새처 판사 집으로 몰려
가 구출된 아이들을 한 번씩 껴안고 키스를 해준 뒤에 새처 부인의
손을 꼭 쥐어주며 무슨 말을 하려다가 차마 못하고 그냥 그 집 여기
저기에 눈물만 뿌리고 물러났다.

폴리 이모의 행복은 완벽했다. 새처 부인의 행복도 거의 맞먹었
지만, 아직 동굴에 남아 있는 남편에게 심부름꾼이 이 기쁜 소식을
전하기만 하면 그 순간 그녀의 행복도 완전해질 것이다. 자기 이야

기에 열심히 귀를 기울이는 청중에 둘러싸인 채 톰은 소파에 누워 이야기를 장식하기 위해 적잖이 과장하면서 그동안 겪은 놀라운 모험담을 들려주었다.

베키를 혼자 남겨두고 계속 길을 찾아 나선 일, 연줄이 닿는 곳까지 두 개의 샛길을 따라간 일, 세 번째 샛길을 더듬어 가다가 연줄이 모자라 되돌아오려는 순간 저 멀리 햇빛처럼 보이는 작은 점 하나가 힐끗 눈에 띈 일, 연줄을 놓고 그쪽을 향해 더듬어 나아가 작은 구멍 사이로 머리와 어깨를 내미는 순간 유유히 흐르는 드넓은 미시시피 강이 눈앞에 펼쳐진 일을 묘사하는 것으로 이야기를 마쳤다! 만약 그때가 밤이었더라면 그 점 같은 햇빛을 볼 수 없었을 테고, 그랬더라면 두 번 다시 그 샛길에 들어가지 못했을 것이다! 톰은 즉시 베키에게 돌아가 그 기쁜 소식을 알렸지만 베키는 톰에게 자기는 이제 완전히 지쳤고 오래지 않아 죽을 것이며, 아니 차라리 죽고 싶으니 그런 쓸데없는 소리로 자기를 괴롭히지 말라고 했다는 말도 덧붙였다. 그래서 톰은 그녀를 확신시키기 위해 어떻게 애를 썼는지, 마침내 베키가 점 같은 푸른 빛줄기를 직접 볼 수 있는 지점까지 더듬어 함께 갔을 때 얼마나 미칠 듯이 기뻐했는지, 어떻게 톰이 먼저 구멍 밖으로 기어 나오고 나서 베키가 나오도록 도와주었는지, 그리고 너무 기쁜 나머지 둘이 다 땅바닥에 털썩 주저앉아 얼마나 소리 내어 울었는지를 말했다.

때마침 작은 배를 타고 지나가는 사람들이 있어서 톰이 그들에게 살려달라고 소리쳐 구출되었다고 했다. 톰이 그들에게 그동안 겪은 일을 이야기하면서 배가 고프다고 하자 그들은 "여기는 동굴이 있는 계곡에서 하류 쪽으로 8킬로미터나 떨어진 곳이다"라고 말하면서 아이들의 터무니없는 말을 좀처럼 믿으려 하지 않더라고 했다. 그들이 아이들을 배에 태우고 집으로 데려가 저녁을 먹였고 해가 지고 두세 시간 정도 쉬게 한 뒤 집까지 데려다주었다는 것이다.

먼동이 트기 전에 새처 판사와 그와 함께 간 수색대원 몇 명을 그들이 허리에 매고 있는 신호용 밧줄로 찾아내어 아이들이 돌아왔다는 기쁜 소식을 전해주었다.

톰과 베키가 곧 깨달은 사실은 동굴 속에서 보낸 사흘 낮과 사흘 밤 동안의 허기와 피로는 금방 떨쳐버릴 수 없다는 것이었다. 그들은 수요일과 목요일 이틀을 꼬박 자리에 누워 보냈는데도 점점 더 피곤하고 맥이 빠지는 것 같았다. 목요일이 되자 톰은 몸을 좀 움직일 수 있었고 금요일에는 마을의 큰 거리에도 나가보았다. 토요일이 되어서야 이전과 같은 건강을 되찾았다. 그러나 베키는 일요일까지도 제 방을 나서지 못했고, 그 뒤에도 마치 어떤 몸을 쇠약하게 하는 병을 앓고 난 사람처럼 보였다.

톰은 헉이 병에 걸렸다는 말을 듣고 금요일에 그를 보러 갔다. 그러나 방에 들어가는 것은 허락받지 못했다. 토요일과 일요일에도 그는 헉의 방에 들어갈 수 없었다. 그 이튿날부터는 날마다 면회 허락을 받았지만 그동안 톰이 겪은 모험이나 그 밖에 흥분시키는 이야기는 하지 말라는 주의를 받았다. 더글러스 과부댁은 톰이 시키는 대로 잘하는지 확인하려고 자리를 뜨지 않고 옆에서 지켜보았다. 톰은 그 식구들에게 카디프힐 사건에 대해 들었다. 또한 '누더기 옷을 걸친 사람'이 마침내 선착장 근처에서 시체로 발견되었다는 사실도 알게 되었다. 어쩌면 도망가다가 물에 빠져 죽은 모양이라고 했다.

동굴에서 구조된 지 보름쯤 지나 톰은 헉의 병문안을 갔다. 헉은 이제 건강이 많이 회복되어 흥분시키는 이야기도 들을 수 있었다. 톰에게는 헉이 흥미를 보일 만한 이야기가 좀 있었다. 톰이 헉에게 가는 길에 새처 판사의 집이 있었다. 그래서 톰은 베키를 보기 위해 잠시 들렀다. 새처 판사와 그의 친구들이 톰에게 말을 시켰다. 손님 중에 어떤 사람이 톰에게 또다시 동굴에 가볼 생각이 없느냐고 빈정대듯 물었다. 그러자 톰은 얼마든지 가겠다고 말했다. 판사가 말했다.

"그렇지. 너 말고도 너 같은 아이들이 있겠지. 톰, 의심할 여지가 없구나. 그러나 우리가 조치를 취해놓았단다. 이제 동굴 속에서 길을 잃는 일은 두 번 다시 없을 거다."

"왜요?"

"2주일 전에 내가 동굴 출입문을 두꺼운 철판으로 막아버렸거든. 거기다 삼중으로 자물쇠를 채웠고 그 열쇠는 내가 가지고 있단다."

톰의 얼굴이 백지장처럼 창백해졌다.

"애야, 왜 이러니? 이봐, 누구 없나? 빨리 가서 물 좀 떠와!"

누군가 물을 가져와 톰의 얼굴에 끼얹었다.

"아, 이제 정신이 드는 것 같구나. 톰, 도대체 무슨 일이냐?"

"아, 판사님, 그 동굴 안에 인전 조가 있다고요!"

33장

　이 소식은 몇 분도 되지 않아 온 마을로 퍼져나갔다. 남자들을 태운 열두어 척의 작은 배가 맥두걸 동굴로 향했고, 사람들을 가득 태운 나룻배도 그 뒤를 따랐다. 톰 소여는 새처 판사와 같은 배에 타고 있었다.

　문이 열리자 그 동굴의 어슴푸레한 빛 가운데 처참한 광경이 드러났다. 인전 조는 마지막 순간까지 자유로운 바깥세상의 빛과 자유를 그리워하는 눈빛으로 문틈에 얼굴을 갖다 붙이고 엎드린 채 죽어 있었다. 톰은 자신의 경험을 통해 이 가련한 인간이 얼마나 고통스러워했을지 짐작할 수 있었기 때문에 가슴이 찡했다. 그 사람에 대한 동정심을 느끼면서도 안도감이 들었다. 이렇게 안도감이 찾아오자 톰은 법정에서 이 흉악한 부랑자에게 불리한 증언을 한 뒤로 자신을 짓누르던 공포심이 얼마나 엄청났는지 비로소 절실히 깨달을 수 있었다.

　인전 조의 사냥칼은 두 동강 난 채 그 옆에 떨어져 있었다. 오랫동안 지루한 노력을 들이며 고생한 듯 문짝 아래쪽 부분이 난도질되고 조각이 여기저기 널려 있었다. 그러나 그런 짓은 모두 헛수고였다. 문 바깥쪽에는 자연석 하나가 문지방 역할을 하고 있었고 그 단단한 바위는 칼로 아무리 파내도 끄떡도 하지 않았기 때문이다. 다만 칼만 망가질 뿐이었다. 바위가 걸림돌이 되지 않았더라도 그의 노력은 수포로 돌아갔을 것이다. 문짝 아랫부분을 모두 잘라낸다 해도 인전 조는 문 밑으로 빠져나올 수 없었다. 그도 그 사실을 잘 알고 있었겠지만, 고통스러운 자신의 처지를 잊고 지루한 시간을 견디기 위해 문을 난도질할 수밖에 없었던 것이다. 여느 때 같으면 동굴 입구의 갈라진 바위틈에 관광객들이 내버린 양초 토막이 대여섯 개쯤 굴러다닐 텐데 지금은 하나도 눈에 띄지 않았다. 여기 갇혀 있던 죄수가 그것들을 찾아내어 먹어치웠던 것이다. 그는 간신히 박쥐 몇 마리를 잡아 발톱만 남기고 모조리 먹어치우기도 했다. 이 불쌍하고 불운한 사나이는 굶어 죽고 만 것이다.

바로 그 근처에는 석순 하나가 머리 위 종유석에서 떨어지는 물

방울로 몇 세기를 두고 천천히 자라고 있었다. 시계가 똑딱거리듯 정확하게 3분마다 똑똑 한 방울씩 떨어져 내리는 귀중한 물방울을 얻기 위해 포로가 된 그 사나이는 석순 끝을 잘라버리고 그 그루터기에 돌멩이 하나를 갖다 놓은 뒤 얕지만 움푹하게 안쪽을 파냈다. 24시간이 지나야 겨우 디저트용 스푼 하나를 채울 만한 물이 고였다. 그 물방울은 피라미드가 새로 세워졌을 때도, 트로이가 함락되었을 때도, 로마 제국이 기초를 닦았을 때도, 예수 그리스도가 십자가에 못 박혔을 때도, 정복자가 대영제국을 창건했을 때도, 콜럼버스가 항해에 나섰을 때도, 또한 렉싱턴의 대학살이 '뉴스'가 되었을 때도 똑같이 한 방울씩 똑똑똑 떨어졌고 지금도 여전히 한 방울씩 떨어지고 있는 것이다. 이 모든 일이 역사의 뒤안길로, 전통의 뒷골목으로, 망각의 강물 속으로 사라져버린 뒤에도 여전히 한 방울씩 똑똑 떨어지리라.

세상 모든 일에는 목적이 있고 사명이 있지 않은가? 그렇다면 이 물방울은 겨우 한순간 이 속절없는 인간이라는 벌레의 갈증을 풀어주기 위해 지난 5천 년 동안 쉴새없이 이처럼 떨어지고 있었단 말인가? 그리고 앞으로 다가올 1만 년의 세월을 위해 또 다른 목적을 키우고 있는 것이 아닐까? 아무러면 어떤가. 이 불운한 혼혈아가 그 소중한 물을 받기 위해 돌을 파낸 뒤 아주 오랜 세월이 지났지만 오늘날까지도 맥두걸 동굴의 장관을 구경하러 오는 사람들은 그 애처로운 돌과 함께 천천히 한 방울씩 떨어지는 물을 바라본다. 인전 조가 사용한 돌컵은 동굴의 진기한 구경거리 목록에서 첫손가락에 꼽힌다. 심지어 '알라딘의 궁전'의 인기도 그 돌컵에는 미치지 못할 것이다.

인전 조는 동굴 입구 근처에 묻혔다. 사람들은 몇 킬로미터 인근의 농장에서, 작은 촌락에서, 그리고 읍내에서 배를 타거나 마차를 타고 그가 매장되는 것을 보러 왔다. 그들은 아이들을 데리고 온갖 음식을 가지고 왔다. 그들은 목을 매달아 형을 집행하는 모습을 구경하는 것 못지않게 장례식에서 재미있는 시간을 보냈다고 고백했다.

장례식을 계기로 지금까지 진행되어오던 한 가지 일이 중단되었다. 그것은 인전 조를 사면해달라고 주지사에게 탄원서를 보내는 일이었다. 많은 사람이 탄원서에 서명을 했다. 눈물을 쏟으며 열변을 토하는 회의가 여러 번 열렸다. 위원으로 선출된 정력적인 몇 명의 부인은 주지사를 찾아가 울며불며 탄원함으로써 주지사를 그만 자비심 깊은 바보로 만들어 그로 하여금 자기 의무도 짓밟아버리도록 할 작정이었다. 사람들은 인전 조가 마을 사람 다섯 명을 죽였다

347

고 믿고 있었다. 그러나 그게 어떻다는 말인가? 비록 그 사람이 악마였다고 해도 석방 탄원서에 서명하고 영구히 고장 난 수도꼭지처럼 눈물을 줄줄 흘릴 준비가 되어 있는 마음 약한 사람이 어디 한두 명이겠는가.

그날 아침 장례식이 끝난 뒤에 톰은 중요한 이야기를 하기 위해 헉을 은밀한 장소로 데리고 갔다. 헉도 이제는 웨일스 노인과 더글러스 과부댁한테 톰이 겪은 모험담을 들어서 다 알고 있었다. 그러나 톰은 그들이 헉에게 한 가지만은 말해주지 못했을 것이라고 생각했다. 톰이 지금 말하고 싶은 게 바로 그 이야기라고 하자 헉은 슬픈 표정을 지으며 말했다.

"무슨 말인지 난 알고 있어. 네가 2호실에 들어갔을 때 술병 말고는 아무것도 발견하지 못했다는 말이겠지. 그게 너라고 말해준 사람은 아무도 없어. 그러나 그 술 사건 이야기를 듣자마자 난 그게 너일 거라고 생각했지. 그리고 네가 돈을 찾아내지 못했다는 것도 알고 있어. 네가 돈을 찾아냈다면 어떻게든 내게 와서 이야기했을 거야. 다른 사람한테는 입도 뻥긋 안 해도 말야. 톰, 어쩐지 그 돈은 영원히 손에 넣지 못할 것 같아."

"아니, 그게 무슨 소리야? 헉, 난 절대로 그 술집 주인을 고자질하지 않았어. 내가 소풍 간 토요일엔 그 술집에 아무 일도 없었다는 건 너도 잘 알고 있을 텐데. 그날 밤 네가 망을 보기로 했던 것 기억 안 나?"

"참, 그랬지! 이게 벌써 1년 전에 일어난 일 같구나. 내가 더글러스 과부댁 집까지 인전 조를 뒤쫓아간 게 바로 그날 밤이었거든."

"네가 조를 뒤쫓아갔었다고?"

"응, 하지만 너 누구한테도 말하면 안 돼. 인전 조의 친구들이 주변에 있을 거야. 그놈들이 나한테 앙심을 품고 야비한 짓을 하면 어떡해. 난 그런 걸 원치 않아. 만약 나만 없었다면 그놈은 지금쯤 텍사스에 가 있을 텐데."

그러고 나서 헉은 자기가 겪은 모험을 톰에게 모두 털어놓았다. 톰은 그때까지 웨일스 노인한테서 그 이야기의 일부밖에는 듣지 못했던 것이다.

"그런데…" 하고 헉은 다시 본론으로 돌아오며 말했다. "그 2호실에서 술을 훔친 놈이 누구든 그놈이 돈도 훔쳐간 거야. 어쨌든 그 돈은 우리 것이 되기는 글렀어, 톰."

"헉, 그 돈은 애초부터 2호실에 없었어!"

"뭐라고!" 헉은 친구의 얼굴을 날카롭게 쏘아보면서 소리쳤다. "톰, 네가 다시 그 돈이 있는 곳을 알아냈단 말야?"

"헉, 그 돈은 동굴 속에 있어!"

헉의 눈에서 불꽃이 일었다.

"톰, 다시 말해봐!"

"그 돈은 동굴 속에 있어!"

"톰, 이제 정직하게 말하기다. 그게 농담이냐, 진담이냐?"

"헉, 진담이야. 내가 평생 그랬듯 이건 진담이야. 나와 같이 가서 그 돈을 꺼내지 않을래?"

"물론 같이 가야지. 들어가는 길마다 표시를 남겨서 길만 잃지 않는다면 말야."

"헉, 우리는 아무 문제 없이 돈을 꺼낼 수 있어."

"신나게 되었구나! 그런데 넌 그곳에 돈이 있다는 걸 어떻게……."

"헉, 그곳에 가보면 너도 알 거야. 혹시 그곳에서 돈을 발견하지 못하면 내 북은 물론 내가 이 세상에서 갖고 있는 모든 걸 너한테 줄게. 틀림없이 줄 거야."

"좋아, 그렇게 하기로 하자. 그럼 언제 가지?"

"당장. 네가 원하면 말야. 몸은 괜찮겠니?"

"동굴 속 깊은 곳에 있니? 내가 걷기 시작한 건 겨우 사나흘밖에 안 됐어. 1킬로미터 이상은 걸을 수 없을 거야, 톰. 제대로 걸을 수 있을 것 같지 않아."

"나 말고 다른 사람이라면 8킬로미터쯤은 걸어야 할 거야. 하지만 난 남들이 모르는 지름길을 알고 있어. 헉, 너를 작은 배에 태워 바로 그곳으로 데리고 갈게. 강 하류로 배를 그냥 떠내려가게 하면 되거든. 돌아올 때는 나 혼자서 노를 저으면 돼. 넌 손 하나 까딱할 필요 없어."

"톰, 그럼 지금 당장 출발하자."

"그러자. 우리에겐 빵과 고기, 담배 파이프, 작은 자루 한두 개, 연줄 두세 개, 새로 나온 황린 성냥이라고 부르는 것이 필요해. 동굴 속에 있는 동안 그런 물건들을 얼마나 갖고 싶어 했는지 몰라."

정오가 조금 지나자 두 소년은 마침 주인이 자리를 비운 틈을 타서 작은 배 한 척을 '빌려' 타고 즉시 목적지로 향했다. 그들이 '케이브할로' 밑쪽으로 몇 킬로미터쯤 내려왔을 때 톰이 말했다.

"자, 보라고. 케이브할로에서 여기까지 이어진 절벽이 모두 똑같아 보이지? 집도 없고 장작 헛간도 없고 덤불만 비슷비슷하게 보이잖아. 하지만 저기 저쪽에 산사태가 난 하얀 곳이 보이지? 저게 내 표적 중 하나야. 자, 이제 배를 대자."

두 소년은 함께 배에서 내려 뭍으로 올라갔다.

"헉, 내가 빠져나온 구멍은 지금 우리가 서 있는 곳에서 낚싯대로 건드릴 만한 거리에 있어. 네가 한번 찾아봐!"

헉은 사방을 둘러보지만 아무것도 발견하지 못했다. 톰은 우거진 옻나무 덤불 속으로 자랑스럽게 걸어 들어갔다.

"바로 여기야! 헉, 이것 봐, 이 고장에서 제일 아늑한 구멍이야. 다른 사람들한텐 입 다물어야 해. 나는 전부터 줄곧 산적이 되고 싶었어. 이런 장소가 나한테 필요하다는 건 알고 있었는데, 어디서 그런 곳을 찾느냐가 문제였지. 그런데 이제야 여기서 찾은 거야. 다른 아이들한테는 비밀로 해야 해. 그렇지만 조 하퍼랑 벤 로저스한테만은 알려주자. 산적 놀이를 하려면 갱단이 있어야 하니까. 안 그러면 모양새가 좋지 않아. 톰 소여와 그 일당, 어때, 그럴듯하게 들리지 않니, 헉?"

"응, 그럴듯하다, 톰. 그런데 이제 누구를 털지?"

"닥치는 대로 아무나 터는 거야. 잠복하고 있다가 터는 거지. 대개 그렇게 하거든."

"그리고 죽이는 거니?"

"아니, 꼭 그런 건 아냐. 몸값을 낼 때까지 동굴 속에다 가둬두는 거야."

"몸값이 뭐지?"

"돈이지 뭐야. 그 친구들에게 구할 수 있는 데까지 많은 돈을 모아 가져오게 하는 거야. 그리고 1년을 가둬두고 있다가 그때까지도 돈을 가져오지 않으면 그땐 죽여버리는 거야. 그게 흔한 방법이지. 그런데 여자들은 죽이지 않아. 가둬두기는 해도 죽이지 않아. 여자들은 얼굴도 예쁘고 돈도 많고 지독히 겁도 많거든. 여자들이 갖고 있는 시계 같은 물건들을 몽땅 빼앗지만 그들한테 말할 때는 모자를 벗고 예의를 갖춰야 해. 이 세상에서 산적만큼 예의 바른 사람은 없는 거야. 어느 책을 봐도 다 그렇게 씌어 있어. 그런데 여자들은

352

산적을 사랑하게 되지. 그래서 동굴에 갇힌 지 한두 주일이 지나면 더는 눈물도 흘리지 않고 제발 가라고 해도 떠나려 하지 않아. 내쫓아도 곧 되돌아서 다시 돌아오거든. 어느 책을 봐도 죄다 그렇게 적혀 있어."

"톰, 그거 정말로 신나는 일이다. 해적보다는 산적이 더 나은 것 같은데."

"응, 그래. 여러모로 산적이 낫지. 집에서도 가깝고 서커스 구경도 할 수 있고, 좋은 점이 참 많아."

이때쯤 모든 준비는 끝났다. 그래서 톰이 앞장선 채 두 소년은 구멍 안으로 들어갔다. 그들은 꼬아서 이은 연줄을 단단히 매놓고 터널의 반대쪽 끝을 향해 진땀을 흘리며 걸어갔다. 잠시 뒤 샘이 나타나자 톰은 온몸이 떨리는 것을 느꼈다. 톰은 바위 위에 진흙으로 고정해둔 타다 남은 양초 심지를 헉에게 보여주며, 자기랑 베키 둘이서 촛불이 가물거리며 꺼져가는 모습을 어떤 심정으로 지켜보고 있었는지 설명해주었다.

소년들은 동굴의 적막하고 음침한 분위기에 압도당해 말도 크게 하지 못하고 가만가만 소곤거렸다. 그들은 계속 나아가 이윽고 톰이 새로 발견했던 샛길로 들어서서 그 '절벽'에 이르렀다. 촛불로 주위를 밝히고 보았더니 그곳은 실제로 절벽이 아니라 높이가 6~9미터에 이르는 가파른 진흙 언덕에 불과했다. 톰이 속삭였다.

"헉, 내가 너한테 뭔가를 보여줄게."

톰은 촛불을 높이 치켜들었다. 그러고는 다시 말했다.

"저기 저 모퉁이 근처를 봐. 보이지? 저기 말야, 저 커다란 바위 위에, 촛불 그을음으로 그려져 있잖아?"

"톰, 저건 십자가다!"

"이봐, 2호실은 잊은 거야? '십자가 아래에'라고 했잖아. 헉, 인전 조가 촛불을 켜들고 있는 것을 내가 봤다니까!"

헉은 신비감이 감도는 십자가 모양을 잠시 바라보고 떨리는 목소리로 말했다.

"톰, 여기서 나가자!"

"뭐? 보물을 놔두고?"

"그래, 그냥 놔두자. 인전 조의 귀신이 이 근처를 배회할 거야. 틀림없어."

"아냐, 헉, 그럴 리 없어. 귀신은 조가 죽은 자리 근처에 나타날 거야. 저 멀리 동굴 입구에서 말야. 여기서부터 8킬로미터나 떨어져 있어."

"아냐, 톰, 그렇지 않을 거야. 귀신은 돈 주변을 떠돌고 있을 거야. 난 귀신의 습성을 잘 알아. 그건 너도 마찬가지잖아."

톰은 헉의 말이 맞는 말이 아닌가 걱정되기 시작했다. 불안이 톰의 마음속으로 몰려들었다. 그러나 곧 어떤 생각이 톰의 머리에 떠올랐다.

"헉, 이봐, 우리는 바보 같은 생각을 하고 있어! 인전 조의 귀신은 십자가가 있는 곳에는 얼씬도 하지 못한단 말이지!"

그 말은 타당한 것으로 받아들여졌다. 또한 효과도 있었다.

"톰, 미처 그 생각을 못했어. 하지만 그건 사실이야. 십자가가 있어서 우리에겐 다행이다. 그럼 내려가서 그 상자를 찾아보자."

톰이 앞장섰다. 내려가면서 진흙 언덕을 발로 찍어 뚜렷한 발자국을 만들었다. 헉이 뒤따랐다. 큰 바위가 서 있는 작은 동굴 방으로부터 길이 네 갈래로 나 있었다. 소년들은 세 군데를 살펴보았지만 아무것도 찾지 못했다. 그런데 바위 밑바닥에서 가장 가까운 네 번째 갈림길에 움푹 팬 후미진 곳이 있고 그곳에 담요를 아무렇게나 깔아놓은 잠자리가 있었다. 또한 낡은 멜빵 하나와 약간의 베이컨 껍질, 그리고 잘 발라먹은 두세 마리 새의 뼈도 흩어져 있었다. 그러나 돈 상자는 보이지 않았다. 뒤지고 또 뒤졌지만 모두 헛수고였다. 마침내 톰이 말했다.

"그 사람이 십자가 아래라고 말했어. 그러니까 여기가 십자가에서 가장 가까운 곳이야. 바위 밑은 아니겠지. 이 바위는 땅에 단단히 박혀 있으니까."

소년들은 다시 사방을 살펴보다가 아무것도 나타나지 않자 그만 낙심하여 바닥에 주저앉았다. 톰은 좋은 생각이 떠오르지 않았다. 마침내 그가 말했다.

"헉, 여기 좀 봐! 바위 이쪽 편에는 발자국이 있고 촛농도 떨어져 있는데 저쪽 편에는 없거든. 왜 그럴까? 돈은 틀림없이 바위 아래에 있을 거야. 진흙 밑을 파봐야겠어."

"그건 나쁜 생각이 아닌데, 톰." 헉이 신이 나서 말했다.

톰의 '진짜 발로나이프'가 즉시 등장했다. 10센티미터도 채 파지 않았을 때 칼끝이 나무 판자 같은 것에 부딪혔다.

"헉! 무슨 소리 들었지?"

이제는 헉이 땅을 파고 흙을 긁어내기 시작했다. 판자가 몇 장 나왔는데 곧 제거되었다. 그 판자들이 바위 밑에 자연적으로 생긴 틈을 가려놓고 있었던 것이다. 톰은 그 틈 안으로 들어가 촛불을 가능한 한 멀리 아래쪽까지 비췄다. 그러나 끝까지는 보이지 않았다.

톰은 더 탐험해보자고 제의했다. 그래서 허리를 구부리고 그 밑으로 들어갔다. 그 좁은 길은 완만하게 아래로 비탈져 내려갔다. 톰은 처음에는 오른쪽으로, 다음에는 왼쪽으로 구불구불한 길을 따라갔다. 헉이 그 뒤를 따랐다. 이윽고 톰이 짤막한 모퉁이를 돌더니 소리쳤다.

"헉, 맙소사! 이것 좀 봐!"

작고 아늑한 동굴 방에 아니나 다를까 보물상자가 놓여 있었다.

옆에는 빈 화약 통 하나, 가죽 케이스에 넣은 총 두세 자루, 낡은 가죽신 두세 켤레, 가죽 벨트 하나, 또한 떨어지는 물방울에 젖은 몇몇 허섭스레기가 있었다.

"드디어 찾았어!" 헉이 손으로 빛바랜 동전을 휘저으면서 말했다. "야, 이제 우린 부자가 된 거야, 톰!"

"헉, 난 언젠가 이게 우리 것이 되리라고 늘 생각해왔어. 믿어지지 않지만 정말 우리 손에 들어온 거야! 이러고 있을 때가 아니지. 여기서 나가자. 상자를 들어 올릴 수 있나 보자."

상자는 무게가 거의 20킬로미터쯤 나갔다. 톰은 그것을 억지로 들어 올릴 수는 있었지만 쉽게 운반할 수는 없었다.

"이럴 줄 알았어." 톰이 말했다. "그 녀석들이 그날 유령의 집에서 들고 나갈 때도 무거워 보였거든. 그때 나는 알았어. 작은 자루들을 가져오길 잘했지 뭐야."

돈은 곧 자루 속으로 들어갔고, 소년들은 그것을 십자가 표시가 있는 바위까지 날랐다.

"총하고 다른 물건들도 가져가자." 헉이 말했다.

"아냐, 헉, 그것들은 그냥 놔둬. 우리가 산적 놀이를 할 때 꼭 필요한 물건들이니까. 그것들은 늘 거기에 두자. 우리도 푸짐한 술잔치를 벌이게 될 테니까. 여기는 잔치를 벌이기에 아주 아늑한 곳이야."

"무슨 술잔치?"

"나도 몰라. 하지만 산적들은 늘 술잔치를 벌이는 거야. 그러니까 우리도 그런 잔치를 벌여야 해. 자, 어서 가자. 이 안에 들어온 지 꽤 오래되었어. 날이 저물고 있을 거야. 배도 고프고. 배에 닿으면 뭘 좀 먹고 담배도 피우자."

그들은 마침내 옻나무 덤불 속으로 파고들어 조심스럽게 주위를 돌아보았다. 물가에는 아무도 보이지 않았다. 그들은 곧 배에서 음식을 먹고 담배를 피웠다. 해가 수평선을 향해 떨어질 때 그들은 배를 밀어 마을로 향했다. 톰은 헉과 명랑하게 지껄이면서 길게 저녁 노을이 깔린 강변을 따라 노를 저었다. 그들은 어두워진 뒤 곧 뭍에 닿았다.

"이봐, 헉." 톰이 말했다. "이 돈은 더글러스 과부댁 장작 헛간 다락에다 숨겨두었다가 내일 아침에 다시 와서 계산한 뒤에 나눠 갖자. 그러고는 숲 속 어디 안전하게 숨겨둘 곳을 찾아보자. 너 여기서 잠깐 조용히 기다리면서 이것 좀 지키고 있어. 내가 빨리 달려가서 베니 테일러네 작은 손수레 좀 슬쩍해올게. 1분도 안 걸려."

톰은 사라졌다. 그러고는 곧 손수레를 가지고 돌아와 거기에 작은 돈 자루 두 개를 싣고 그 위에 누더기 몇 장을 덮어씌운 뒤 수레를 끌기 시작했다. 소년들은 웨일스 노인의 집에 도착하자 손수레를 멈추고 잠시 쉬었다. 다시 떠나려는 순간 웨일스 노인이 나오더니 말했다.

"어이, 거기 있는 게 누구냐?"

"헉이랑 톰 소여예요."

"잘됐다! 얘들아, 나랑 같이 가자. 모두가 너희들을 기다리고 있단다. 자, 서둘러 빨리 앞장서거라. 손수레는 내가 끌어주마. 어이쿠, 이거 가볍지 않구나. 안에 벽돌이 들어 있느냐? 아니면 고철이라도?"

"고철이에요." 톰이 말했다.

"그럴 줄 알았다. 이 동네 아이들은 75센트밖에 나가지 않는 고철을 주워다가 주물 공장에 파느라고 왜 이리 고생을 하는지, 원. 남들이 하는 보통 일을 해도 그 두 배는 벌 수 있을 텐데. 하지만 사람 본성이라는 게 다 그런 법이지. 빨리 가자! 어서!"

아이들은 웨일스 노인이 왜 그렇게 서두르는지 궁금했다.

"궁금해하지 마라. 더글러스 과부댁한테 가보면 다 알게 될 게다."

억울하게 누명을 쓰는 데 이력이 난 지 오래인 헉은 겁이 나서
말했다.

"존스 할아버지, 우린 아무 잘못도 안 했어요."

웨일스 노인은 웃었다.

"글쎄, 헉, 난 잘 모르겠다. 난 잘 몰라. 너와 과부댁은 친한 사
이가 아니냐?"

"예, 그래요. 물론 그 아주머니는 어쨌든 나한테 잘해주셨어요."

"그럼 됐구나. 뭐가 걱정이냐?"

잘 돌아가지 않는 헉의 머리가 이 질문에 대한 답을 제대로 찾기
도 전에 헉과 톰은 더글러스 과부댁의 거실로 떠밀리다시피 들어갔
다. 존스 노인도 손수레를 문 가까이에 세워두고 따라 들어왔다.

온 집 안은 환하게 밝혀져 있었다. 또한 마을에서 중요한 사람은
모두 거기에 와 있었다. 새처 판사 부부를 비롯해 하퍼 씨 부부, 로
저 씨 부부, 폴리 이모와 시드와 메리, 목사, 신문사 편집인, 그 밖
에도 많은 사람들이 모두 정장 차림을 하고 와 있었다. 과부댁은 그
렇게 볼썽사나운 꼴을 하고 돌아온 아이들을 어느 누구보다 반갑게
맞아들였다. 아이들은 온통 진흙과 촛농투성이였다. 폴리 이모는
창피해서 얼굴을 심홍색으로 붉히며 찡그리고 톰을 향해 고개를 내
저었다. 그러나 누구의 고통이든 이들 두 아이가 겪는 고통의 반도
따라오지 못했다. 존스 영감이 말했다.

"톰이 집에도 없더군요. 포기하고 돌아오는데 우리 집 앞에서 톰
과 헉을 우연히 만난 겁니다. 그래서 이렇게 서둘러 데려왔습니다."

"정말 잘하셨어요." 과부댁이 말했다. "애들아, 나를 따라오너라."

과부댁은 두 아이를 침대 방으로 데리고 가서 말했다.

"자, 세수들 하고 새 옷으로 갈아입도록 해라. 여기 새 옷 두 벌이 있다. 셔츠하고 양말 모두 새로 사다 놓았다. 저건 헉의 옷이다. 아니 사양할 것 없어, 헉. 존스 할아버지와 내가 각각 한 벌씩 샀단다. 하지만 너희 둘에게 잘 맞을 게다. 어서 입어보렴. 우리는 아래층에서 기다리마. 말끔하게 차려입고 아래로 내려오너라."

이렇게 말하고 과부댁은 방을 나갔다.

34장

헉이 말했다. "톰, 밧줄만 있으면 우린 도망칠 수 있어. 창문은 별로 높지 않아."

"헛소리 마! 뭣 때문에 도망치겠다는 거야?"

"난 저렇게 많은 사람들이랑 같이 있는 게 익숙지 않아. 참을 수가 없어. 톰, 난 내려가지 않을래."

"아, 쓸데없는 소리 마. 그건 아무것도 아냐. 난 전혀 신경 쓰지 않아. 내가 너를 거들어줄게."

그때 시드가 나타났다.

"톰 형…" 시드가 말했다. "이모가 형을 오후 내내 기다리셨어. 메리 누나는 형이 일요일에 입을 옷을 준비해두었고. 모두가 얼마나 형 걱정을 했는지 몰라. 근데 형 옷에 묻어 있는 거 촛농하고 진흙 아냐?"

"이봐, 시드 씨, 댁의 일이나 신경 쓰시지요. 근데 뭣 때문에 이렇게 큰 잔치를 벌이는 거냐?"

"이런 잔치는 과부댁 아주머니가 늘 벌이는 거잖아. 이번에는 존스 할아버지랑 그의 두 아들을 위한 잔치야. 저번 날 밤에 아주머니를 위험에서 구해주었거든. 그런데 말야, 내가 한 가지 뭔가 말해

줄 수 있어. 물론 형이 듣고 싶다면 말야."

"그게 뭔데?"

"저… 존스 할아버지가 오늘 저녁에 여기 모인 사람들을 깜짝 놀라게 해줄 모양이야. 나는 그분이 이모한테 남몰래 이야기하는 걸 엿들었거든. 그런데 이젠 비밀도 아니야. 세상이 모두 아니까. 과부댁도 모르는 체하지만 사실은 다 알아. 존스 할아버지는 헉이 이 자리에 꼭 있어야 한다고 생각해서. 헉이 없으면 그 굉장한 비밀도 김이 빠질 테니까 그래."

"시드, 무슨 비밀인데?"

"헉이 과부댁 아주머니네 집까지 강도들을 뒤쫓아온 거 말이야. 존스 할아버지는 사람들을 깜짝 놀라게 해줄 작정이지만 틀림없이 김빠진 발표가 되고 말 거야."

시드는 뭔가 꽤 만족스럽다는 듯이 혼자 낄낄거리며 웃었다.

"시드, 그 비밀을 네가 퍼뜨렸지?"

"아, 누가 퍼뜨렸건 무슨 상관이야. 어쨌든 누군가가 말했겠지. 그것으로 충분해."

"시드, 이 마을에서 그렇게 치사한 일을 할 녀석은 하나밖에 없어. 그건 바로 너야. 만일 네가 헉이었다면 아마도 언덕을 살금살금 내려와 강도들에 대해 아무에게도 말하지 않았을 거야. 넌 치사한 짓 빼고는 할 줄 아는 게 없는 놈이니까. 또 누가 좋은 일을 해서 칭찬받는 건 차마 보지 못하지? 과부댁 아주머니 말마따나 넌 그런 것을 참고 보라고 하면 '고맙지만 사양하겠습니다'지?" 이렇게 말하며 톰은 시드의 뺨을 한 대 때리고 발길질 몇 번으로 시드를 문밖으로 내쫓았다. "이모한테 일러바치고 싶으면 마음대로 해. 내일

362

어떻게 될지 보여줄게!"

몇 분 뒤 과부댁의 손님들이 저녁 식탁에 둘러앉았다. 열두어 명쯤 되는 아이들도 당시 그 지방의 관습에 따라 같은 방에 차려놓은 작은 식탁에 나뉘어 앉아 있었다. 적당한 때가 되자 존스 노인이 짤막한 연설을 했다. 자기와 자기 아들들을 위해 이런 자리를 베풀어준 더글러스 부인에게 감사하다고 말했다. 그런데 또 한 사람이 있는데 그 사람이 워낙 겸손해서…….

노인은 그런 이야기를 늘어놓았다. 그는 헉이 이 모험에서 한 역할에 관한 비밀을 털어놓았는데, 그가 할 수 있는 가장 극적인 방법으로 털어놓았다. 사람들이 놀라는 기색을 보이긴 했지만, 좀 더 좋은 분위기였다면 보였을지도 모르는 열광적인 반응이 아니라 주로 그냥 놀란 척해주는 정도였다. 그러나 더글러스 과부댁은 몹시 놀란 척하면서 헉에게 온갖 칭찬과 감사의 말을 퍼부었다. 헉은 모든 사람의 시선과 칭찬을 한 몸에 받는 것이 참을 수 없이 불편했다. 그래서 새 옷을 입어서 느끼는 거북함을 거의 잊을 수 있었다.

더글러스 과부댁은 헉을 자기 지붕 밑에다 데리고 있으면서 교육도 시키겠다고 말했다. 또한 나중에 경제적 여유가 생기면 헉이 조촐한 사업을 시작할 수 있도록 해주겠다고 말했다. 드디어 톰의 기회가 왔다. 톰이 말했다.

"헉은 돈이 필요 없어요. 헉은 부자예요!"

모인 사람들 모두가 이 유쾌한 농담에 걸맞은 유쾌한 웃음을 터뜨리고 싶었지만 체면을 중시하는 사람들이라 억지로 참았다. 그러나 그 침묵은 약간 어색했다. 톰이 침묵을 깨뜨렸다.

"헉은 돈이 생겼어요. 믿지 않으시겠지만 헉은 돈이 많아요. 아,

여러분, 웃지 마세요. 여러분께 제가 보여드릴 수 있을 것 같네요. 잠시만 기다리세요."

톰은 문밖으로 뛰어나갔다. 거기 모인 사람들은 당황스러워하면서도 흥미롭다는 듯 서로를 바라보다가 입을 다물고 있는 헉에게 너도 말 좀 해보라는 듯이 눈길을 보냈다.

"시드, 톰이 왜 저러는 거냐?" 폴리 이모가 물었다. "저 애가… 저 애가 왜 저러는지 통 알 수가 없구나. 난 결코……."

톰이 무거운 자루를 메고 끙끙거리며 들어왔다. 그래서 폴리 이모는 하던 말을 끝맺지 못했다. 톰은 식탁 위에 수많은 황금빛 금화를 쏟아놓으며 말했다.

"자, 보세요. 제가 뭐랬어요? 반은 헉의 몫, 반은 제 몫이에요."

이 광경에 사람들은 숨도 제대로 쉬지 못했다. 모두가 금화를 응시했지만 잠시 입을 여는 사람은 하나도 없었다. 그러고는 만장일

치로 설명을 하라는 요구가 있었다. 톰은 설명할 수 있다고 말하고 이야기를 시작했다. 이야기는 길었지만 흥미진진했다. 그 매력적인 이야기를 중단시키는 방해는 어느 누구에게도 나오지 않았다. 톰의 이야기가 끝나자 존스 노인이 말했다.

"나는 오늘 저녁 여러분을 놀라게 했다고 자부하고 있었는데 이제 보니 그렇지도 않은 것 같습니다. 지금 톰의 이야기는 내 이야기를 싱겁게 만들고 있습니다. 그 점을 나도 인정합니다."

사람들은 돈을 세어보았다. 액수는 1만 2천 달러가 조금 넘었다. 거기 모인 사람들 중에서 누구도 한꺼번에 그렇게 많은 현금을 본 사람은 없었다. 물론 그보다 가치가 더 나가는 재산을 가지고 있는 사람은 몇 명 있었지만 말이다.

35장

톰과 헉의 뜻하지 않은 횡재가 초라하고 작은 세인트피터스버그 마을에 큰 물의를 일으킨 사실에 독자 여러분은 만족할지도 모른다. 액수도 엄청났지만 그게 모두 현금이라는 사실은 거의 믿기 어려울 정도였다. 이 사건은 이야기와 부러움의 대상이었고, 칭찬의 대상이었다. 마침내 많은 사람들의 이성이 건전치 못한 흥분에 짓눌려 비틀거렸다. 사람들은 세인트피터스버그와 인근 마을에 있는 모든 '유령의 집'을 찾아가 마루 판자를 뜯어내고 건물의 기초까지 파헤치며 샅샅이 뒤졌다. 그것도 어린아이들이 아닌 어른들이 그랬다. 그중에는 꽤 근엄하고 현실적인 사람들도 끼여 있었다.

톰과 헉이 어디를 가든 사람들이 다가와 그들을 칭찬하고 부러운 눈으로 바라보았다. 그들이 기억하는 한 지금까지 한 번도 자신들의 말이 그렇게 존중받은 적은 없었다. 그러나 이제는 그들이 무슨 말을 해도 사람들이 하나같이 존중하고 되풀이했다. 두 소년이 어떤 행동을 하든지 간에 모두 특별한 것으로 간주되었다. 그래서 두 소년은 평범한 말이나 일상적인 행동조차 제대로 할 수 없었다. 게다가 그들의 과거 행적까지 들추어내서는 그것을 탁월한 독창성의 표시로 치켜세우기도 했다. 마을 신문은 두 소년의 전기적인 기사를 실었다.

더글러스 과부댁은 헉의 돈을 6퍼센트 이자로 투자했고, 새처 판사도 폴리 이모의 부탁을 받고 톰의 돈에 같은 이자가 붙도록 했다. 이제 두 소년은 정말로 막대한 수입을 갖게 되었다. 그들은 각자 1년 중 주중에는 하루에 1달러, 일요일에는 그 절반의 이자를 받게 되었다. 그만한 돈이면 마을 목사가 받는 금액과 맞먹었다. 아니 목사가 받기로 약속된 금액이었다. 그러나 실제로 목사는 그만한 액수의 돈을 못 받고 있었다. 물가가 싼 그당시에는 일주일에 1달러 25센트면 어린아이 하나를 먹이고 재우고 교육시킬 수 있었다. 또한 그러기 위해 입히고 씻길 수도 있는 금액이었다.

새처 판사는 톰에 대해 좋게 평가하고 있었다. 보통 아이 같으면 자기 딸을 동굴에서 구해내지 못했을 것이라고 말했다. 더구나 베키가 절대 비밀이라고 하면서 톰이 학교에서 자기 대신 매를 맞았다는 이야기를 했을 때 판사는 크게 감동했다. 베키가 마땅히 맞아야 할 매를 대신 맞으려고 톰이 거짓말을 한 것에 대해 관대하게 용서해달라고 딸이 말하자, 판사는 그런 거짓말이야말로 고귀하고 관대하고 아량이 넓은 거짓말이라고 열변을 토했다. 그러면서 그 거짓말은 손도끼에 관한 조지 워싱턴의 칭찬받을 만한 진실성과 함께 나란히 역사에 길이 남을 거짓말이라고 덧붙였다. 판사가 마룻장 위를 힘차게 걸으며 이런 말을 할 때처럼 베키에게 아버지의 모습이 크고 멋있게 보인 적은 없었다. 베키는 곧바로 톰에게 달려가 그 이야기를 들려주었다.

새처 판사는 톰이 장차 커서 훌륭한 법률가나 위대한 군인이 되기를 희망했다. 그 둘 중 하나를 하거나 또는 두 가지를 다 할 수 있도록 톰이 처음에는 육군사관학교에 입학하고 다음에 미국에서 제일가는 훌륭한 법과대학교에서 훈련받도록 뒤를 보아주고 싶다고 말했다.

헉 핀은 갑자기 부자가 되고 이제 더글러스 과부댁의 보호를 받으며 살게 되자 처음으로 사회생활이라는 것을 하게 되었다. 아니, 오히려 그 세계에 억지로 끌려 들어가 그 속에 내동댕이쳐진 것이다. 그가 처음 느끼는 고통은 거의 참을 수 없었다. 과부댁의 하인들은 헉을 끊임없이 깨끗하게 씻기고 말끔하게 입히며 머리에도 빗질을 해댔다. 침대 시트도 밤마다 새로 갈아주었는데, 그 시트에는 헉의 마음을 끄는 다정한 친구 같은 작은 얼룩이나 때라곤 찾아볼 수 없었다. 식사 때도 나이프와 포크를 사용해야 했고, 냅킨과 컵과 접시도 사용해야 했다. 또한 공부도 하고 일요일이면 교회에도 나가야 했다. 말도 점잖게 해야 했기 때문에 말에서 김이 빠져버렸다. 어느 쪽을 돌아봐도 문명의 빗장과 족쇄가 그를 포위하고 손발을 꽁꽁 묶어버렸던 것이다.

헉은 3주 동안 그 고통스러운 생활을 용감하게 참아내다가 어느 날 종적을 감추고 말았다. 더글러스 과부댁은 몹시 상심한 채 꼬박 48시간 동안 모든 곳을 다 뒤졌다. 마을 사람들도 몹시 걱정이 되었다. 그들도 높고 낮은 모든 곳을 찾아보았고 시체를 찾기 위해 강을 뒤졌다. 없어진 지 사흘째 되던 날 아침 일찍 현명하게도 톰 소여는 사용하지 않고 방치해둔 도살장 뒤켠에서 뒹구는 빈 나무통들을 기웃거렸다. 그중 한 통 속에서 톰은 그 피신자를 발견했다. 헉은 거기서 잠을 잤던 것이다. 그는 마침 훔쳐온 음식 찌꺼기로 막 아침을 때우고 나서 길게 누워 편안히 담배를 피우고 있었다. 머리는 빗질

도 하지 않아 마구 헝클어졌고, 예전의 그 자유롭고 행복하던 그를 개성 있게 보이게 하던 낡아빠진 넝마 조각을 그대로 걸치고 있었다. 톰은 헉을 끌어낸 뒤 그가 집을 나와 일으키고 있는 말썽을 이야기하며 집으로 돌아가라고 타일렀다. 헉의 얼굴에서 평온한 만족감이 사라지고 우울한 빛이 감돌았다. 헉이 말했다.

"톰, 그 얘기는 그만둬. 노력했지만 잘 안 돼. 그런 생활은 내게 맞지 않아. 익숙하지가 않다고. 과부댁은 나에게 다정하고 친절하지만 난 그런 생활을 견딜 수가 없어. 매일 아침 같은 시간에 일어나야 하고 세수를 한 뒤에는 빗질을 해대는데 머리에서 천둥치는 소리가 난다니까. 과부댁은 장작 헛간에서 잠도 못 자게 해. 금방이

라도 질식시킬 그 빌어먹을 옷을 입어야 한다고. 톰, 공기도 통하지
않는 것 같은 옷 말야. 좋기는 우라지게 좋아서 땅바닥에 주저앉지
도 못하고 눕지도 못하고 뒹굴지도 못한단 말이지. 지하실 문짝 위
에서 미끄럼 탄 지가 몇 년은 지난 것 같아. 교회에 가서 땀이나 빼
야 하고, 그 입에 발린 설교들, 난 증오해! 파리도 마음대로 잡을 수
없고, 뭘 우적우적 씹을 수도 없고, 일요일 진종일 구두를 신어야
하고. 과부댁은 종이 울리면 식사하고, 종이 울리면 잠자리에 들고,
종이 울리면 일어난다 이거야. 모든 것이 다 지독하게 규칙적이어
서 정말 견딜 수가 없어."

　"헉, 누구나 그렇게 하고 있어."

"톰, 남들이 그러는 것은 나랑 상관없어. 나는 남들이 아니잖아. 그러니까 더는 참을 수가 없다고. 그렇게 얽매여 사는 건 정말 끔찍해. 먹을거리가 너무 쉽게 얻어지니까 도무지 맛이 없어. 낚시질 갈 때도 허락을 받아야 하고 헤엄치러 갈 때도 허락을 받아야 해. 허락받을 필요 없이 뭐든 할 수 있다면 죽어도 좋겠어. 그리고 얌전한 말만 해야 하니까 조금도 편치 않아. 그래서 나는 매일 다락방에 올라가 얼마 동안 실컷 욕을 퍼부어야만 입맛이 돌아. 안 그랬으면 난 벌써 죽었을 거야, 톰. 과부댁은 담배도 못 피게 하고 소리도 못 지르게 해. 사람들 앞에선 하품도 못하고 기지개도 못 켜고 가려워도 긁지도 못한다니까. (그러고는 특히 화가 나고 억울함을 당한 어조로) 게다가 빌어먹을! 과부댁 아줌마는 늘 기도를 한다니까! 그런 여잔 처음이야! 톰, 그러니 도망칠 수밖에, 그럴 수밖에 없었어. 게다가 곧 개학하니 나도 학교에 가야 할 거 아냐. 정말이지 그건 참을 수 없을 거야, 톰. 이봐, 톰, 부자가 된다는 게 남들이 떠들어대듯 그리 대단한 게 아니더라고. 걱정에 또 걱정, 진땀에 또 진땀, 차라리 죽고 싶은 마음을 항상 갖도록 만드는 거야. 나는 이 누더기 옷이 편하고 이 나무통 속에 누워 있는 게 편해. 나는 이런 생활을 다시는 버리고 싶지 않아. 톰, 그 돈만 없었더라면 내가 이렇게 골치 아픈 일을 당하지 않았을 텐데. 그러니 이제 네가 내 몫도 다 가져. 나한테 어쩌다가 가끔 10센트짜리 동전 한 닢씩만 주면 돼. 그것도 자주 줄 필요는 없어. 나는 쉽게 손에 넣을 수 있는 것 따위에는 아무 관심도 없어. 그러니까 네가 과부댁에게 가서 내 대신 잘 좀 말해줘."

"헉, 이봐, 내가 그렇게 할 수 없다는 건 너도 잘 알잖아. 그건 공평하지 못해. 그리고 좀 더 참아보면 너도 그런 생활을 좋아하게 될 거야."

"좋아하게 된다고! 그건 뜨거운 난로 위에 오래 앉아 있으면 그 난로가 좋아진다는 말이나 마찬가지야. 아냐, 톰, 난 부자도 싫고 그런 숨 막히는 집에서 살고 싶지도 않아. 나는 숲과 강과 나무통이 좋아. 나는 그것들과 떨어지지 않을 거야. 에이, 빌어먹을! 우리에 겐 총도 있고 동굴도 있고, 산적 노릇 할 준비를 죄다 갖추었는데 이런 귀찮은 일이 생겨서 모든 걸 망치다니!"

톰은 기회를 잡았다.

"이봐, 헉, 부자가 되었다고 해서 산적이 되는 걸 포기한 건 아냐."

"아니라고? 톰, 너 진심으로 하는 말이니?"

"내 말보다 더 진심일 수는 없어. 하지만 헉, 잘 들어, 네가 점잖 게 굴지 않으면 산적 무리에 끼워줄 수 없어."

헉의 기쁨이 싹 가셨다.

"톰, 나를 끼워줄 수 없다고? 전에는 나를 해적단에 끼워줬잖아?"

"그랬었지. 하지만 이번엔 달라. 산적은 해적보다 더 고상하거 든. 일반적으로 말해서 그렇다 이거야. 대부분의 나라에서 산적들 은 신분이 아주 높은 귀족들이야. 공작이나 뭐 그런 정도로."

"톰, 넌 그동안 나하고 친하게 지내왔잖아. 이번에 나를 빼진 않 겠지? 설마 그러진 않겠지, 톰?"

"헉, 그러진 않을 거야. 내가 그렇게 할 리가 없지. 하지만 사람들 이 뭐라고 하겠어? 아마 이렇게 말할 거야. '흥! 톰 소여의 산적단이 라고! 형편없는 녀석들이 끼여 있군!' 그건 바로 헉 너를 두고 하는 말일 거야. 너도 그런 말은 듣고 싶지 않지? 나도 마찬가지야."

헉은 얼마 동안 아무 말이 없었다. 정신적 갈등을 겪고 있었다.

헉이 마침내 말했다.

"저 말야, 만약 네가 나를 산적단에 끼워준다면 과부댁으로 돌아가서 한 달쯤 견뎌보기로 하지. 참을 수 있는지 한번 해볼게, 톰."

"그러면 됐어, 헉. 약속한 거야. 자, 그럼 따라와. 내가 과부댁 아주머니에게 너를 좀 느슨하게 대해주라고 부탁할게, 헉."

"톰, 그렇게 해줄래? 그렇게 해줄 거야? 잘됐다. 가장 힘든 몇 가지만 풀어준다면, 몰래 담배도 피우고 욕도 할 거야. 힘들어도 참고 견뎌보다가 아니면 폭발하고 마는 거지, 뭐. 그런데 언제 패거리를 모아 산적이 될 거니?"

"아, 그건 당장 해야지. 오늘 밤에 아이들을 모아 입단식을 할 수 있을 거야."

"뭘 할 수 있다고?"

"입단식이지 뭐야."

"그게 뭔데?"

"서로에게 돕겠다고 맹세하는 거야. 비록 네가 죽어서 토막이 난다 해도 산적단의 비밀을 결코 누설하지 않겠다고 맹세하는 거지. 또 누구든 우리 단원을 해치는 놈이 있으면 그놈은 물론이고 그의 가족까지 처치하겠다고 맹세하는 거야."

"그거 신나는데… 톰, 그건 정말 신나는 일이구나."

"신나고말고. 그 맹세는 인적이 아무도 없고 제일 으스스한 장소를 골라서 한밤중에 해야 해. 유령의 집이 제일 좋은 곳이지만 사람들이 온통 파헤쳐버렸으니……."

"톰, 어쨌든 한밤중에 한다니 아주 좋구나."

"그럼, 한밤중이니까 좋은 거지. 관 위에다 맹세를 하고 피로 서

명을 해야 해."

"그거 정말 신나는 일인데! 해적 놀이보다 백만 배는 재미있겠다. 그럼 나는 죽을 때까지 과부댁에 붙어 있을 거야. 톰, 내가 진짜 멋있는 산적이 되어 온 세상 사람들의 입에 오르내린다면 과부댁도 진창에서 나를 건져내어 길러준 걸 자랑스럽게 생각할 거야."

맺는말

이 연대기는 이렇게 끝난다. 이것은 엄격히 말해 한 소년의 이야기이기 때문에 여기서 마쳐야 한다. 이야기가 계속되면 어른의 이야기가 된다. 성인에 관한 소설을 쓰는 사람은 정확히 어디에서 이야기를 끝내야 하는지 알고 있다. 즉 결혼하는 데서 끝내면 된다. 그러나 어린아이들에 관한 소설을 쓰는 사람은 가장 적절하다고 생각되는 곳에서 끝을 내야 한다.

이 책에서 역할을 한 대부분의 인물은 아직도 부유하고 행복하게 살고 있다. 언젠가 또다시 그들의 이야기를 가지고 그들이 어떤 부류의 어른으로 성장했는지 보여주는 것도 가치 있는 일일지 모른다. 그러므로 지금은 그들의 현재 삶에 관해 아무것도 밝히지 않는 것이 가장 현명할 것이다.

작품 해설

　《톰 소여의 모험》은 토속적인 유머가 넘치고 인간의 심리와 성품에 대해 예리하게 관찰한다는 점에서 이제까지 지상에 출현한 문학작품 가운데 소년 소녀들을 위한 가장 위대한 소설이라고 해도 과언이 아니다. 이 소설은 소년 소녀들을 위한 책에서 한 발 더 나아가, 미국의 황금시대를 구가하면서 마크 트웨인의 시대에 벌써 사라진 목가적인 소박한 시절과 장면을 그린 전원시다. 트웨인은 그 사라진 목가적 낙원을 상상 속에서 세인트피터스버그라는 시골 마을에 설정한다.《허클베리 핀의 모험》보다는 구성 면에서 규모는 좀 작지만,《톰 소여의 모험》은 어린이들의 환상과 성인들의 노스텔지어를 적절하고 탁월하게 묘사한 작품이다.

　머리말에서 트웨인은 "나는 주로 소년 소녀들을 즐겁게 해주기 위해 이 책을 썼지만, 바로 그 이유 때문에 성인들에게 외면당하지 않기를 바란다. 한때 자신들의 모습이 어떠했는지, 어떻게 느끼고 생각하고 이야기했는지… 성인들이 즐거운 마음으로 회상하도록" 하고 싶다고 명확히 밝히고 있다. 자신의 이 발언을 충족시켰는가 그렇지 못한가를 독자들은 읽으며 판단하면 된다.

　그럼에도 후대의 문학평론가나 학자들 가운데는 이 작품을 두고 성인 세대, 즉 기성세대와 소년 소녀들의 밝고 자유로운 세계의 대립, 다시 말해서 어린이들의 밝은 세대와 무겁고 어둡고 책임이 따르는 기성세대를 대립시켜 묘사하는 작품으로 보는 사람들이 많다. 사실 기성세대를 공격하고 비웃으려는 의지는 이 작품 속에 전혀 없다고 말할 수 있다. 왜냐하면 마크 트웨인은 원래가 유머리스트지 새터리스트(satirist), 즉 풍자가가 아니기 때문이다.

또한 이 작품 속에 "여자들은 약속을 지킬 줄 몰라" 하는 대화가 나왔다고 해서 마크 트웨인이 여권 반대론자라느니 뭐니 하며 토를 달거나, 이 작품의 살인마를 혼혈아 인전 조로 설정한 것을 보아도 그가 인종차별주의자가 확실하다며 토를 다는 평자도 있다.

그러나 우리는 그냥 트웨인이 머리말에서 밝힌 대로 담담하게 아름다운 낙원을 배경으로 소년들이 엮어가는 전원시를 따라가보는 것만으로 충분하다.

* * *

"토요일 아침이 밝았다. 여름을 맞은 세계는 온통 밝고 신선하며 생동감이 넘쳐흘렀다. 모두의 가슴속에는 노래가 있었고, 젊은이의 가슴에서는 그 노래가 입술을 통해 흘러나왔다. 얼굴마다 웃음이 감돌고, 모든 발걸음에는 용수철이 달려 있었다. 개아카시아 나무에는 꽃이 피어 그 향기가 대기를 가득 채웠다. 마을 너머 그 위쪽에 위치한 카디프힐은 초목으로 푸르렀다. 저 멀리 위치한 그곳은 마치 몽롱하고 평온한 것이 오라고 손짓하는 낙원처럼 보였다."

2장 도입부인데 이러한 낙원 같은 분위기의 묘사는 장이 바뀔 때마다 아름다운 수채화처럼 펼쳐지며 소설의 배경을 이룬다. 이러한 배경 속에서 톰이 벌이는 여러 가지 사건들은 아름다운 교향곡, 이를테면 베토벤의 제6번 〈전원교향곡〉의 주멜로디와 부멜로디처럼 독자의 마음을 즐겁게 한다.

톰을 매질하고 야단치는 폴리 이모도 재밌지만, 톰과 친구들이 물물교환으로 사용하는 물건들, 즉 죽은 고양이, 진드기, 뺀 앞니, 소 오줌통, 딱지 등이 웃음을 참을 수 없을 정도의 상상적 자극과 쾌감을 끊임없이 안겨준다.

톰이 최초로 이성에 눈을 뜨는 장면, 원래 좋아했던 에이미가 베키로 대치되는 과정, 서로 질투까지 하는 사랑의 유희가 어린 시절의 추억을 자극한다. 또한 톰과 조 하퍼가 수업을 빼먹고 숲속으로 들어가 로빈 후드 놀이를 벌이는 장면, 톰과 조 하퍼와 헉 핀이 잭슨 섬이라는 무인도에서 사흘간 해적 놀이를 하며 보내는 동안 마을 사람들이 그들의 실종을 익사로 여기고 장례식을 준비하는 장면, 그 장례식에 맞춰 돌아와서 마을 사람들과 식구들을 놀래키는 동시에 기쁘게 하는 장면, 그리고 헉 핀에게 담배와 욕을 배우는 장면… 그 밖에도 일일이 열거할 수 없을 정도로 다양하고 많은 장면들이 베토벤의 〈전원교향곡〉 속에서 음으로 들리는 물결치는 밀밭, 멀리서 들리는 물레방아 소리, 여러 새들의 지저귐을 연상시킬 정도다.

〈전원교향곡〉에서 폭풍의 장면이 나오듯 《톰 소여의 모험》에서도 폭풍이 불어온다. 톰과 헉이 죽은 고양이를 가지고 공동묘지에 갔을 때 벌어지는 살인 사건이 그것이다. 톰과 헉은 그 사건의 전모를 처음부터 끝까지 자세히 보았지만 살인마 인전 조의 보복이 두려워 영원히 입 밖에 내놓지 않기로 혈서로 맹세한다. 결국 술꾼인 포터 영감이 살인죄를 뒤집어쓰고 재판에 임한다. 톰은 헉과의 맹세를 깨고 그 포터 영감의 누명을 벗겨준다. 인전 조는 재판장의 유리를 깨고 도주하고, 톰은 일약 마을의 영웅이 된다. 베키의 애정도 되찾는다.

결국 이 소설은 절정을 향해 치닫는다. 톰과 헉은 산적 놀이도 하고 보물을 찾기 위해 '유령의 집'이라는 오래전에 버려진 집으로 가게 된다. 거기서 인전 조와 그의 허름한 동료가 들어와 자신들이 가져온 상자를 감출 구멍을 파다가 금전이 든 상자를 발견한다. 톰과 헉은 2층에 숨어 이 장면을 목격한다. 결국 톰은 인전 조가 그 돈 상자를 지하 동굴에 숨긴 사실을 알게 된다. 베키 어머니가 베푼 소풍을 갔다가 발견하게 된 것이다. 소풍에서 다른 아이들과 떨어져 낙오되었던 톰과 베키는 천신만고 끝에 구조되지만 인전 조는 동굴에서 나오지 못하고 굶어 죽는다. 톰과 헉이 보물상자를 찾는 것으로 이 대 교향곡은 끝이 난다.

〈전원교향곡〉의 마지막 악장이 태풍이 휩쓸고 간 전원을 재건하는 아름다운 선율로 끝나듯《톰 소여의 모험》이란 이 교향시도 훈훈하게 끝맺는다. 헉은 부자가 된 것을 버겁고 귀찮은 것으로 여기고 제 몫의 돈 6천 달러 모두를 톰더러 가지라고 한다. 노력 없이 쉽게 얻어지는 먹을거리는 맛이 없다는 것이다. 훔치거나 애써서 구한 음식이 그립다는 것이다.《톰 소여의 모험》이라는 전원시는 이렇게 막을 내린다. 상큼한 뒷맛을 남긴다.

톰이 조직한 해적단, 사마귀 치료법, 울타리를 칠하는 작업, 잭슨 섬, 베키 새처, 인전 조, 헉 핀 등이 없었다면 미국 문학은 빈약한 것으로 오그라져 있을 것이다.

※ 끝으로 '톰 소여'를 두고 미국인과 대화할 기회가 생기면 반드시 '톰 쏘
여'로 발음해야 상대방이 곧 알아듣는다는 말을 해두고 싶다.

옮긴이 이덕형

작가 연보

1835 11월 30일. 마크 트웨인(본명 : 새뮤얼 랭혼 클레멘스)은 미주리 주 플로리다에서 치안판사 존 마셜 클레멘스와 제인 램프턴 사이에서 태어났다.

1839 클레멘스 가족은 미주리 주 해니벌로 이사한다. 이곳이 작품 속에 회상으로 창작한 세인트피터스버그다.

1847 아버지 존 클레멘스가 사망한다. 가족에게 돈은 남겨주지 않았지만 벼락부자가 되겠다는 낙천적 계획에 몰두하는 선천적 성격을 아들들에게 물려주었다.

1848~52 학교를 그만두고 지방신문사의 식자공이 된다. 2년 후 형 어라이언이 경영하는 신문사로 옮긴다. 이 기간 동안 그 신문에 이따금 재미있는 짧은 스케치를 기고하기 시작한다.

1853~6 경력 있는 식자공이 되어 동부 뉴욕과 필라델피아의 여러 신문사에서 일하고, 서부의 세인트루이스와 케오쿡 같은 도시에서 식자공으로 일한다. 필라델피아에서 그는 프랭클린의 무덤을 경건한 마음으로 방문한다. 그 당시 트웨인의 생활은 프랭클린의 생활과 많이 닮아 있었다.

1857 코카인의 원료인 코카의 풍부한 시장을 장악하기 위해 남미 대륙으로의 진출을 시도하며 세인트루이스로 떠났지만 신시내티에 머물게

된다. 그곳에서 잠깐 어떤 신문사에서 일한 후 허레이스 빅스비라는 사람한테 수로 안내인 수련을 받기로 계약한다.

1861 남북전쟁과 북군의 봉쇄로 미시시피 항로가 두절되어 수로 안내인 일자리를 잃는다. 트웨인은 잠시 남부군 게릴라로 활동하다가 네바다 주 서기관으로 지명된 형 어라이언을 따라 네바다 주로 간다.

1862~3 그 지방을 탐험하고 여러 가지 광업과 관련된 일을 하다가 다시 신문사로 돌아온다. 버지니아 시 〈엔터프라이즈〉의 기자가 된다. 이 곳에서 클레멘스는 '마크 트웨인'이라는 필명을 처음 사용하기 시작한다. 가끔 시의회를 취재하기도 하고 이 광산촌의 자유분방한 생활에 고무되어 해학적인 글을 써서 기고하기 시작한다. 1863년 버지니아 시를 방문한 양키 해학자이며 희극적인 강연을 잘하던 아테머스 워드(찰스 파라 브라운)라는 작가에게 처음으로 칭찬받고 용기를 얻는다.

1864 샌프란시스코 지역으로 가서 금광에 투기하다가 다시 신문으로 돌아온다. 〈더 캘리포니아〉의 편집인이면서 독특한 서부 이야기를 쓰는 작가로 알려진 브렛 하트(1836~1902년)를 만나는데, 하트는 트웨인의 재능 연마를 돕는다.

1866 샌드위치(하와이) 제도를 방문한다. 이 여행을 하도록 재정적 지원을 한 캘리포니아의 여러 신문사에 재미있는 편지 형태로 이때의 경험을 기고한다. 캘리포니아로 돌아와 하와이에서의 경험을 토대로 재미있는 강연자가 된다.

1867 파나마 운하를 경유하여 뉴욕으로 돌아온 트웨인은 '퀘이커 시티 호'를 타고 유럽 성지 여행단에 끼여 유럽 여행길에 오른다. 여행하는 동안 캘리포니아 신문들에게 편지를 보낸다. 이것이 곧 《순진한 사람의 해외 여행기》(1869년)의 소재가 된다. 이 유럽 여행기와 관련된 편지들을 〈헤럴드 트리뷴〉지가 다시 출판해준 것에 힘입어 일약

명사가 된다.《캘러베러스 고을의 유명한 뜀뛰는 개구리》라는 처녀 작이 출간되어 유머리스트로서의 명성이 높아지고 재미있는 이야기 를 선사하는 강연자가 된다.

1870 뉴욕 엘미라 지역 석탄 재벌의 딸 올리비어 랭든과 결혼한다. 장인 은 사위인 트웨인에게 버펄로의 신문 〈익스프레스〉지 소유권을 넘 겨준다. 트웨인은 〈갤럭시〉라는 월간지에 기고하는 작가가 되어 《고난을 이기고》(1872년)를 출간하여 자신의 광산 경험을 소개한다.

1872 〈익스프레스〉지 주식을 매각하고 코네티컷 하트퍼드로 다시 돌아온 다. 뉴욕과 보스턴의 출판 중심지와 거리가 가깝기 때문이었다. 그 후 누크 팜 지역에 호화 맨션을 짓고 이사한다. 이웃에는 하리에트 비처 스토우와 신문 편집인이며 순수문학자였던 찰스 더들리 워너 (1829~1900년)가 살았다. 워너와 합작하여 당시의 퇴폐상을 풍자한 글《도금 시대》를 발표한다. 이 기간 동안에 트웨인은 두 번 영국을 여행하며 강연을 계속하는 한편 자동 스크랩북 기계를 발명한다.

1874 당시 동부에서 가장 영향력이 있던 〈애틀랜틱 먼슬리〉에《미시시피 강에서의 추억》을 연재한다. 오하이오 주가 배출한 문학비평가 겸 소설가 윌리엄 딘 하월스(1837~1920년)가 그 잡지의 편집장으로 있 었다. 그는 트웨인의 친한 친구에다 후원자가 되었고, 트웨인이 단 순한 유머 작가에서 새로운 문학적 사실주의 작가로 변신하도록 도 왔다.

1876 《톰 소여의 모험》을 출판한다. 브렛 하트와 합작으로 〈아, 죄여〉라 는 무대 희극을 창작하는데, 작품의 성공 기간은 짧았고 브렛 하트 와 불화가 생겨 곧 두 사람의 우정 관계도 끝난다.

1877 존 그린리프 휘티어의 70회 생일 연회석상에서 재미있는 연설을 한 다. 연설 주제는 광산 캠프에서의 포커 게임이었는데, 그 게임에 참 여한 악명 높은 자들의 이름은 롱펠로, 에머슨, 올리버 웬델 홈스 등

이었다. 보스턴 시는 그 연설을 재미있는 것으로 받아들이지 않았다. 그러나 트웨인은 죽는 날까지 '만찬 식사 후의 연설가'로 명맥을 유지했다.

1878~9 순회강연에 싫증을 느낀 트웨인은 강연을 포기하고 해외 여행길에 오른다. 가족들과 친구 겸 목사인 조셉 H. 트위첼과 함께 독일과 이탈리아를 방문하는데, 그의 다음 여행기인 《방랑자의 해외 여행기》(1879년)는 이때 얻은 경험을 토대로 쓰여졌다.

1880 품위 있는 청중에게 손을 뻗치기 위한 첫 작품으로 중세를 다룬 《왕자와 거지》를 써서 우선 딸들에게 읽혀 반응을 점검한다. 《도금 시대》에서 그랬듯 트웨인은 이 작품에서 사회의식을 발휘한다. 그러나 자본주의 체제에 대한 적개심보다는 봉건제도에 대한 적개심을 유발시킨다.

1882 《미시시피 강에서의 추억》을 널리 알리겠다는 욕망에서 젊은 시절을 보낸 그 강으로 돌아간다. 옛날과 오늘날을 비교하기 위해 발행자와 같이 여행을 떠난 것이다. 《미시시피 강에서의 추억》에서 표현된 항해 기술의 향상에 관한 그의 열정은, 검토도 하지 않고 발명에 투자했던 사례와 마찬가지로 실패로 끝난다. 페이지 자동식자기의 실패는 가장 악명 높은 실패였다. 그때부터 트웨인은 크나큰 재정적 곤란에 빠진다.

1884 뉴올리언스 출신의 작가 조지 워싱턴 케이블(1844~1925년)과 함께 순회강연을 떠난다. 각자는 그해에 발간된 《허클베리 핀의 모험》을 포함한 그의 작품을 낭독했다. 케이블은 흑인 인권을 옹호하는 투사였기 때문에 그의 소설 《그랜디시메스》에서 흑인의 시민권을 간접적으로 옹호하고 주장했다. 1803년의 '루이지애나 구매(Louisiana Purchase)' 당시에 시작된 '남부 제 주의 단합'을 향한 남부인들의 태도를 암암리에 표출하는 책이었다. 트웨인은 남북전쟁 이전에 미시

시피 강을 내려오는 한 소년과 도망친 노예에 대한 이야기 속에서 그와 유사한 내용을 완성시켰다.

1885 《허클베리 핀의 모험》으로 성공을 거둔 트웨인은 U. S. 그랜트 대통령의 개인적 회고록을 출간하기로 계약을 맺는다. 이 작품은 재정적으로 큰 성공을 거두었다. 그 뒤로 그보다는 성과가 적었지만 그런 작품들을 쓰는 모험을 감행했다.

1889 마침내 《아서 왕 궁정의 코네티컷 양키》에서 (남북전쟁 이전의) 남부 봉건제도의 죄악에 대한 공격을 계속한다. 이 작품에서 행크 몰건은 현대적 기술을 이용하여 '기사도의 꽃'을 파괴한다.

1891~4 이 무렵 재정이 악화됨에 따라 유럽으로 돌아가지만 그의 출판사는 파산한다. 부인의 종용을 받는 한편, 스탠다드 오일 사장 헨리 허들스톤 로저스(1840~1909년)의 도움으로 파산 재판소로 피신하기보다 채권자들에게 돈을 갚겠다는 서약을 한다.

1894 《얼간이 윌슨의 비극》이라는 멜로드라마 격의 이야기를 발간, 오도된 인종 문제라는 테마를 다루었다.

1895 빚을 갚기 위한 돈도 벌고 다음 여행기를 위한 소재를 얻기 위해 적도를 따라 세계 여행길에 오르는 강연 여행을 시작한다. 이렇게 해외에 체재하는 동안 하트퍼드에 남기고 온 사랑하는 딸 수전이 뇌막염으로 죽는다. 트웨인은 1896년에 발표한 《잔 다르크》라는 감상적인 역사 소설 속에서 딸을 회상한다.

1897~9 유럽에 오래 체류하는 동안 트웨인은 계속 비관론자로 변한다. 《인간이란 무엇인가?》라는 기계적이며 결정론적인 세계관을 피력하는 대화집을 발간하고, 《해들리버그를 타락시킨 사나이》(1899년)와 미완성으로 끝난 《신비한 이단자》(1916년)를 내놓았다.

1900 미국으로 돌아오지만 하트퍼드로는 가지 않았다. 트웨인은 미국에

서 따뜻한 환영을 받았다. 예일 대학은 1901년에 그에게 명예 문학 박사 학위를 수여했다. 이 시기 그의 글은 다양한 형태의 제국주의, 즉 벨기에령 콩고에서의 착취와 필리핀에서의 미국 군대의 모험 등을 공격한다. 1903년 기독교인의 과학에 대한 '예찬'을 무자비하게 공격한다.

1903 악화되는 아내의 건강을 회복시키기 위해 아내를 데리고 유럽으로 돌아간다. 1904년 피렌체에서 아내가 사망한다.

1904~8 미국으로 돌아오자 트웨인은 초조하게 셋집을 전전하면서 계속 되는 언론과의 인터뷰를 통해 루스벨트 행정부가 지원하는 해외에 서의 미 제국주의 팽창에 항의한다. 자서전을 받아쓰게 하지만 자신이 사망한 후에 발표하도록 조치하는 한편 다른 작품들도 간행키로 하고 집필하는데, 누군가를 모욕하고 중상하는 내용이 들어 있을지도 모르기 때문이었다. 1907년 옥스퍼드 대학은 그에게 명예 문학 박사 학위를 수여한다. 트웨인이 몹시 탐내던 학위였다. 이 마지막 유럽 여행에서 트웨인은 행복을 만끽했다.

1908~10 코네티컷 레딩에 있는 스톰필드에 마지막 궁전, 그것도 피렌체 풍의 궁전을 짓는다. 그의 만년은 망상증과 우울증으로 먹구름이 드리워져 있었지만 개인적 인기는 지속되었다. 그리하여 그가 입은 흰색 양복은 이 시기에 1년 내내 사람들이 입고 다니는 유행이 되었다. 딸 진이 1909년에 죽었으며, 트웨인은 1910년 4월 21일 딸의 뒤를 따랐다.

옮긴이 **이덕형**

서울대학교 사범대학 영어교육과와 동 대학원을 졸업했다. 이화여자고등학교, 동성고등학교, 서울사대부속고등학교 교사로 재직하고, 서울대학교 강사와 연세대학교 교수를 역임했다. 편저로《한 권으로 읽는 세계문학 60선》이 있고, 역서로 콜린 맥컬로의《가시나무새》, J.D. 샐린저의《호밀밭의 파수꾼》, 월터 페이터의《페이터의 산문》, 《르네상스》, 존 업다이크의《센토》, 《돌아온 토끼》, 올더스 헉슬리의《멋진 신세계》, 존 파울즈의《프랑스 중위의 여자》, 토머스 로저스의《20세기 아이의 고백》, 캐서린 맨스필드의《가든 파티》, 그레이엄 그린의《천형》, 유리 다니엘의《여기는 모스크바》, 펠릭스 잘텐의《밤비》, 헨리 데이비드 소로의《월든》, 이솝의《이솝 우화》등 다수가 있다.

톰 소여의 모험

1판 1쇄 발행 2010년 5월 10일
2판 1쇄 발행 2025년 2월 20일

지은이 마크 트웨인 │ 옮긴이 이덕형
펴낸곳 (주)문예출판사 │ 펴낸이 전준배
출판등록 2004. 02. 11. 제 2013-000357호 (1966. 12. 2. 제 1-134호)
주소 04001 서울시 마포구 월드컵북로 21
전화 02-393-5681 │ 팩스 02-393-5685
홈페이지 www.moonye.com │ 블로그 blog.naver.com/imoonye
페이스북 www.facebook.com/moonyepublishing │ 이메일 info@moonye.com

ISBN 978-89-310-2446-3 04800
ISBN 978-89-310-2365-7 (세트)

• 잘못 만든 책은 구입하신 서점에서 바꿔드립니다.

⚘문예출판사® 상표등록 제 40-0833187호, 제 41-0200044호

■ 문예세계문학선

★ 서울대, 연세대, 고려대 필독 권장 도서   ▲ 미국대학위원회 추천 도서
● 《타임》 선정 현대 100대 영문 소설   ▽ 《뉴스위크》 선정 세계 100대 명저

1 젊은 베르테르의 슬픔 괴테 / 송영택 옮김
▲▽ 2 멋진 신세계 올더스 헉슬리 / 이덕형 옮김
▲●▽ 3 호밀밭의 파수꾼 J. D. 샐린저 / 이덕형 옮김
4 데미안 헤르만 헤세 / 구기성 옮김
5 생의 한가운데 루이제 린저 / 전혜린 옮김
6 대지 펄 S. 벅 / 안정효 옮김
●▽ 7 1984 조지 오웰 / 김승욱 옮김
▲●▽ 8 위대한 개츠비 F. 스콧 피츠제럴드 / 송무 옮김
▲●▽ 9 파리대왕 윌리엄 골딩 / 이덕형 옮김
10 삼십세 잉게보르크 바흐만 / 차경아 옮김
★▲ 11 오이디푸스왕 · 안티고네
소포클레스 · 아이스킬로스 / 천병희 옮김
★▲ 12 주홍글씨 너새니얼 호손 / 조승국 옮김
▲●▽ 13 동물농장 조지 오웰 / 김승욱 옮김
★ 14 마음 나쓰메 소세키 / 오유리 옮김
★ 15 아Q정전 · 광인일기 루쉰 / 정석원 옮김
16 개선문 레마르크 / 송영택 옮김
★ 17 구토 장 폴 사르트르 / 방곤 옮김
18 노인과 바다 어니스트 헤밍웨이 / 이경식 옮김
19 좁은 문 앙드레 지드 / 오현우 옮김
★▲ 20 변신 · 시골 의사 프란츠 카프카 / 이덕형 옮김
★▲ 21 이방인 알베르 카뮈 / 이휘영 옮김
22 지하생활자의 수기 도스토옙스키 / 이동현 옮김
★ 23 설국 가와바타 야스나리 / 장경룡 옮김
★▲ 24 이반 데니소비치의 하루
A. 솔제니친 / 이동현 옮김
25 더블린 사람들 제임스 조이스 / 김병철 옮김
★ 26 여자의 일생 기 드 모파상 / 신인영 옮김
27 달과 6펜스 서머싯 몸 / 안흥규 옮김
28 지옥 앙리 바르뷔스 / 오현우 옮김
★▲ 29 젊은 예술가의 초상 제임스 조이스 / 여석기 옮김
▲ 30 검은 고양이 애드거 앨런 포 / 김기철 옮김
★ 31 도련님 나쓰메 소세키 / 오유리 옮김
32 우리 시대의 아이 외된 폰 호르바트 / 조경수 옮김
33 잃어버린 지평선 제임스 힐턴 / 이경식 옮김

34 지상의 양식 앙드레 지드 / 김붕구 옮김
35 체호프 단편선 안톤 체호프 / 김학수 옮김
36 인간 실격 다자이 오사무 / 오유리 옮김
37 위기의 여자 시몬 드 보부아르 / 손장순 옮김
●▽ 38 댈러웨이 부인 버지니아 울프 / 나영균 옮김
39 인간희극 윌리엄 사로얀 / 안정효 옮김
40 오 헨리 단편선 O. 헨리 / 이성호 옮김
★ 41 말테의 수기 R. M. 릴케 / 박환덕 옮김
42 파비안 에리히 케스트너 / 전혜린 옮김
★▲▽ 43 햄릿 윌리엄 셰익스피어 / 여석기 옮김
44 바라바 페르 라게르크비스트 / 한영환 옮김
45 토니오 크뢰거 토마스 만 / 강두식 옮김
46 첫사랑 이반 투르게네프 / 김학수 옮김
47 제3의 사나이 그레이엄 그린 / 안흥규 옮김
★▲▽ 48 어둠의 속 조셉 콘래드 / 이덕형 옮김
49 싯다르타 헤르만 헤세 / 차경아 옮김
50 모파상 단편선 기 드 모파상 / 김동현 · 김사행 옮김
51 찰스 램 수필선 찰스 램 / 김기철 옮김
★▲▽ 52 보바리 부인 귀스타브 플로베르 / 민희식 옮김
53 페터 카멘친트 헤르만 헤세 / 박종서 옮김
★ 54 몽테뉴 수상록 몽테뉴 / 손우성 옮김
55 알퐁스 도데 단편선 알퐁스 도데 / 김사행 옮김
56 베이컨 수필집 프랜시스 베이컨 / 김길중 옮김
★▲ 57 인형의 집 헨리크 입센 / 안동민 옮김
★ 58 소송 프란츠 카프카 / 김현성 옮김
★▲ 59 테스 토마스 하디 / 이종구 옮김
★▽ 60 리어왕 윌리엄 셰익스피어 / 이종구 옮김
61 라쇼몽 아쿠타가와 류노스케 / 김영식 옮김
▲▽ 62 프랑켄슈타인 메리 셸리 / 임종기 옮김
▲●▽ 63 등대로 버지니아 울프 / 이숙자 옮김
64 명상록 마르쿠스 아우렐리우스 / 이덕형 옮김
65 가든 파티 캐서린 맨스필드 / 이덕형 옮김
66 투명인간 H. G. 웰스 / 임종기 옮김
67 게르트루트 헤르만 헤세 / 송영택 옮김
68 피가로의 결혼 보마르셰 / 민희식 옮김

(뒷면 계속)